长篇历史小说

大宋天子

宋神宗

秦 俊◎著

人民东方出版传媒
東方出版社

目　　录

一　龙登九五

韩琦等人见英宗停止了呼吸，急令中使去请太子。太子尚未赶到，英宗的手忽然动了一下，众人大惊。

张莺十三四岁便知道勾引男人，经常和他舅舅欧阳修眉来眼去，欧阳修还为她写了一首词——《望江南》。

神宗尽管不相信欧阳修“扒灰”，但劾书出自御史之手，不得不查。

在两宋的皇帝中，宋英宗赵曙是比较混蛋的一个。他自宋嘉祐八年(1063年)四月，以宋仁宗养子的身份位继大统，做了三年零八个月皇帝。他一即位便“不豫”(害病)，以致“不豫”得连为仁宗出殡的葬礼都不能参加。“不豫”的情况稍好一点，就和垂帘听政的皇太后曹娥儿怄气，一直怄到皇太后撤帘。之后，用了一年多时间为已经故去的生父定名分，非要追崇他的生父——濮安懿王赵允让为皇帝。

新皇帝想追崇自己的生父为皇帝，不是不可以。但是，得有一定的条件。

条件呢？这个新皇帝，必须是通过改朝换代做了皇帝。通过改朝换代做了皇帝，不但可以追崇他的父亲为皇帝，还可以追崇他的高祖、曾祖、祖父为皇帝。

赵曙之为帝，乃是以宋仁宗养子的身份而为之，没有资格追崇他的生父。

况且，他已经做了宋仁宗的养子，就应该以宋仁宗为父，至于赵允让，就不能再叫父亲了。

连父亲都不能叫，岂能追崇为皇帝！

这道理，赵曙不是不懂，可他一意孤行。以司马光为首的台谏①官以集体辞职抗

① 台谏：御史台和谏院的简称。御史台，源自西汉，西汉置御史中丞(后改为御史大夫)居殿中治，掌图书秘籍，兼掌纠察。汉成帝时，御史中丞专掌纠察，且将御史中丞办事地点称作御史台。谏院，北宋置，掌谏正朝政得失的机构。以司谏、正言充知院官，或以它官兼领，称知谏院。

争，被赵曙一一踢出汴京，弄得朝野一片哗然，赵曙这才有些怕了。

你赵曙既然怕了就该收手。可他不想收手，经与宰相韩琦和新任参知政事欧阳修一番密谋，想让皇太后出面为他解围。

众所周知，皇太后与英宗向来不和，居然从深宫走出来，置朝廷礼仪和众大臣的反对于不顾，手诏天下，“可令濮安懿王称皇，王氏、韩氏、任氏①并称后。”

朝野在震惊的同时，又有些不解。殿中侍御史②范纯仁经多方打听，弄清了事实真相。

宋治平二年（1066 年）正月二十日，英宗亲自出面邀请皇太后到天章阁观赏桃花。之后，母子二人共同用膳，英宗频频给皇太后敬酒。皇太后本来不胜酒力，今见儿子如此“盛情”，不忍拒绝，一连饮了八杯，醉眼蒙眬地叫着英宗的小名说道：“宗室，娘不敢喝了，娘已经醉了，娘想回宫躺一会儿。”

英宗忙点了点头说道：“若照孩儿之意，再敬母后几杯。既然母后说不能喝了，孩儿这就送母后回宫。”

皇太后正欲起坐，英宗忽又说道：“母后别急，孩儿还有话要说。”

皇太后道：“有什么话，你说吧。”

“孩儿想把内宫的两个美人③晋升为婕妤，还得母后附署。”

皇太后道：“此事应该由皇后附署，娘不能越俎代庖。”

英宗道：“滔滔（皇后）是您的亲外甥女，她的秉性脾气，母后难道不知吗？”

皇太后微微一笑，说道：“你已经当了皇帝，还如此怕她？”

英宗苦笑一声道：“她是个有名的醋桶，简直就是第二个房夫人④。每当孩儿纳妃，抑或是晋升妃子的时候，她就闹。但是，她听您的。”

皇太后又是微微一笑，说道：“你是想让娘做你的挡箭牌呢！”

英宗咧嘴一笑，又点了点头。

“好，娘成全你。”

---

① 任氏：赵允让王妃，英宗生母。在任氏之前，赵允让还有两个正妻——王氏、韩氏。

② 殿中侍御史：唐宋御史台属官，为御史三院殿院的长官，简称殿中、殿院或侍御。

③ 美人：皇帝妾之名号，自为一阶，正四品，次于婕妤，高于才人。

④ 房夫人：即唐代名相房玄龄的夫人，她出于嫉妒，不让房玄龄纳妾。唐太宗便把房夫人召进宫来，在她面前放了一杯“毒酒”，曰：“在房玄龄纳妾和‘毒酒’之间，你必须择一。你如果不同意房玄龄纳妾，就得把‘毒酒’喝下。”房夫人当即端起“毒酒”，一饮而尽。谁知，杯中不是毒酒，而是醋。吃醋一词由此而来。

英宗忙把准备好的同意追封生父生母的诏书双手呈给皇太后，皇太后连看都没看，便签上了自己的大名。英宗急忙命宣赞舍人①把皇太后签了名的诏书送达中书省②。韩琦、欧阳修打开诏书，相视一笑。这份诏书正是欧阳修起草的那份。

英宗的目的达到了，但韩琦和欧阳修臭了。在此之前，欧阳修在国人心目中的地位很高，简直就是第二个范仲淹。如今却一落千丈，被世人称为第二个吕夷简——好人中的坏人，坏人中的好人。御史吕诲愤然上书英宗："乞以臣此章下百官，共议欧阳修、韩琦等陷君于违礼之罪！"

欧阳修一生，陷盗外甥女丑闻，但对于他的名声，并无一点儿妨碍，这一次……悲乎，悲乎！

英宗的目的虽然达到了，但他是以欺骗的手段达到的。乍一看，吕诲等人弹劾的是欧阳修和韩琦，但真正的弹劾对象却是他。他本来就经常性的"不豫"，看了吕诲的劾书，"不豫"复发了。

偏在这时，从陕西传来一个不好的消息。西夏王李谅祚率兵十万攻打宋之边陲重地——大顺城。英宗"啊"了一声，栽倒在御案上。救起后，这位不到三十六岁的皇帝失语了。

他虽然失语，但神志还很清醒，每天依赖于放在龙榻边上的一支笔来发布诏令，处理军国大事。

大宋这条船尽管还在走，但舵手出了问题，船上人能不怕吗？

怕，肯定怕。

这一怕，便想物色一个舵手，以备不测。

韩琦，作为大宋的宰相，理应担起物色后备舵手的重担。

但是，要物色后备舵手，必须得经皇帝同意，否则，就是图谋不轨。此理，韩琦比任何人都清楚。若不清楚，当司马光奉仁宗之口谕要他议一议立何人为储君时，他不但不干，还嘲笑司马光："你太老实了，立储乃国之大事，皇上健在，没有他的诏令，谁敢议呀！"

如今，英宗既没有死，也没有立储之意。韩琦居然对英宗长子——颍王赵顼说道："臣知道大王喜欢游历，愿大王自今日始不要轻易离开汴京。"

---

① 宣赞舍人：宋阁门官。原名通事舍人，掌传宣赞谒之事，隶于东、西上阁门使。

② 中书省：魏、晋以后中央政令所出的总机构。宋代，中书省与枢密院分掌政务军事，亦称两府。

颖王回道:“父王龙体如此,我哪还有心游山玩水!”

韩琦注视颖王良久,意味深长地说道:“非指此也。”

颖王会意,朝韩琦深作一揖道:“多谢韩相!”

自此,颖王天天待在汴京。韩琦暗自喜道:“这小子蛮精呢,我得帮他一把。事若成,不但为自己,也为子孙铺了一条路。”

十二月二十一日,英宗“不豫”的情况更加严重,连写字都有些困难,韩琦趁探病之机,进言曰:“陛下久不视朝,中外惊疑,愿早日建储,借安社稷。”

欧阳修立马附和道:“陛下,韩相国之言,道出了臣等之心声,还请陛下早些决断才是!”

英宗将头轻轻点了一点。

韩琦乘机奏道:“圣意既决,即请手诏。”

英宗尚未及答,韩琦便命召学士承旨①张方平,入殿草制。待张方平一到,韩琦拜而问道:“陛下之意,应立何人为储君?”

英宗指了指嘴巴,韩琦这才想起,英宗早已失语,暗道了一声“惭愧”,亲将英宗扶起坐定,命张方平进纸进笔。英宗勉强提笔,费了好大力气,方写了“立大王为皇太子”七字。

韩琦道:“立嫡立长,陛下所说之大王,一定是颖王了。”

英宗又将头点了一点。

韩琦再拜说道:“陛下圣明。但是,‘大王’毕竟不是‘颖王’,还请圣躬更亲书之。”

英宗再次点头,提笔更书之——“立颖王为皇太子。”张方平遵着帝意,恭拟数语,自首至尾,立刻缮就,中留一处可写两个字的空白。

韩琦将草制诏书仔细看了一遍,双手呈给英宗,洪声奏道:“草制已成,请陛下在空白处亲笔加上太子之名。”

英宗长叹一声,颤抖着挥笔在空白处加上“赵顼”二字。

写毕,将笔一抛,潸然泪下。

韩琦将英宗平放榻上,朝他拜了一拜,率众执政趋退。刚一出了福宁殿,枢密使文彦博小声对韩琦说道:“韩兄,见皇上泪乎?唉,人生至此,虽父子亦不能无动也。”

---

① 学士承旨:翰林学士承旨的简称。初置于唐,为翰林学士院的长官,掌以白麻草拟内命诏旨,顾问应对事。为皇帝亲近之臣。

韩琦冷冷回道:“国事当如此,有什么办法!”

文彦博张了张嘴,又合住了。越一日,册立太子,并举行大赦。此后,英宗病体一日不如一日,好不容易度过年关,已是治平四年(1067 年),文武百官恭上尊号,当于元旦辰刻,入朝庆贺。既至福宁殿,英宗并未御朝,大家对着虚座,舞蹈一番,依次退出。但见外面朔风怒号,阴霾四塞,均觉得天象告变,主兆不详。过了七日,也就是宋治平四年(1067 年)正月初八,在位仅三年零八个月的英宗皇帝停止了呼吸。守候在龙榻旁的韩琦等人,急令中侍[①]去请皇太子。皇太子尚未来到,英宗的手忽然动了一下,文彦博大惊,对韩琦说:“吾等匆匆忙忙请太子前来,皇上如果复生,吾等岂不犯了大逆不道之罪,是不是赶紧遣人阻止太子进宫?”

韩琦一脸镇定地说道:“先帝如果复生,乃太上皇!”

文彦博这才放下心来,候皇太子一到,立马敲起瘆人的丧钟。

俗语不俗,“盖棺定论。”也就是说,评价一个人怎么样,只有等他死了,才能作出正确结论。英宗已经死了,可以给他作结论了。他尽管不是个东西,但并非一无是处,可圈可点之处有五:

一、不耻下问。临朝听政之时,凡官员有所上奏,他一定要询问朝廷惯例,以及历史上合适的办法,每次裁决,都出人意料。

二、不贪色。除了他的原配高滔滔,很少宠幸别的女人。

三、畏天。治平二年八月,京城大雨,水潦为灾,宫廷门外,俱遭淹没,官私庐舍,毁坏不可胜数,溺死者一千五百八十人。有人说这是因他德政有亏所致,他不但不怒,反下“罪己诏”罪己。

四、继绝世,放宫女。录用后周皇帝柴荣后人为官;即位的第二年、第三年,两次放出宫女三百一十五人。

五、废除“驸马升行。”宋太宗时代,枢密副使柴禹锡的孙子柴宗庆,娶太宗四女儿为妻。柴禹锡为了讨好太宗,将他孙子改名柴新庆,而柴宗庆的父亲叫柴新云。如此一来,父子同辈,老子成了儿子的哥哥。自柴宗庆之后,凡娶公主的人,皆升一辈,并成为一种制度,史称“驸马升行。”英宗为帝的第二年,将这一制度断然废之。

讲过了英宗,咱该讲赵顼了。

“家不可一日无主,国不可一日无君。”英宗升天,皇太子赵顼登上皇帝宝座,大赦

① 中侍:宫中的侍从官。

天下。因他庙号神宗，史称神宗皇帝。尊皇太后曹娥儿为太皇太后，皇后高滔滔为皇太后，晋封弟灏为昌王、子煦为延安郡王。命韩琦为山陵使①、司空兼侍中，宰相如故；曾公亮行门下侍郎兼礼部尚书，进封英国公；文彦博行尚书左仆射、检校司徒兼中书令；富弼为武宁军节度使，进封郑国公；曹佾为昭庆军节度使、检校太傅；种谔为同中书门下平章事②、检校尚书左仆射；欧阳修、张方平仍任原职，并加尚书左丞③；陈升之为户部侍郎；吕公弼（吕夷简之子、吕公著之兄）为刑部侍郎；将司马光等六谏官召回京城，官复原职；其余百官，诸如吕诲、包拯、范纯仁、贾黯、赵抃等，亦进秩有差。

二月乙酉，神宗首御紫宸殿听政，立向氏为皇后。向氏者，系故相向敏中之曾孙女也。

神宗能够如此顺利地当上皇帝，韩琦、欧阳修具有大功焉。

正因为他二人有大功，神宗才对他们特别尊崇和信任。

这一尊崇和信任，引起了一些朝臣的嫉妒和不满。加之韩琦和欧阳修在英宗追崇生父的过程中，自始至终站在英宗一边，而且，还给英宗出了不少馊主意，故而被一些朝臣视为邪党。

既然称之为邪党，那就不是他两个人，是一群。

在这一群人中，有一个叫蒋之奇的，本是通过科举入仕，为了向上爬，变着法儿讨好欧阳修，因欧阳修之荐得为御史，也被视为邪党，不少人对他冷嘲热讽。蒋之奇受不住了，很想和欧阳修弄出一些事来，以塞众谤。某一次酒局，他结识了罢官在家闲居的薛宗孺。据薛宗孺自己讲，他是欧阳修妻子的堂弟，通过科举入仕，官居宛县知县。半年前，他抓捕了一个江洋大盗，这大盗在落网之前，因内讧已经受了很重的内伤，可他并不知道，审问时动了杖刑。动用杖刑也很正常，只不过杖得有些多了点——杖一百。当天夜里，这大盗死在狱中。大盗的妻子拒不收尸，还跑到汴京，击响了登闻鼓，惊动了英宗。要说这也不算什么大事，只需欧阳修出面说明一下情况，也就没事了。可欧阳修硬不说，薛宗孺受到了罢官的惩处。自此，恨死了欧阳修。

蒋之奇试探着问道："薛大人，欧阳修如此对您，您气不气？"

薛宗孺恨声说道："气，当然气，我恨不得一刀宰了他！"

---

① 山陵使：给皇帝修陵墓的官。宋代，一般由首相或者宰相兼任。

② 同中书门下平章事：即同平章事，唐宰相衔。唐以门下省长官侍中、中书省长官中书令等为宰相，员数有限，他官欲兼宰相，即加此衔。宋沿置。

③ 尚书左丞：阶官。宋前期为文臣迁转官阶，元丰改制后升任执政（副相）。

蒋之奇将军道："您既然这么恨他，为什么不杀他呢？"

薛宗孺叹道："好赖他是我的堂姐夫。况且，杀人还要偿命。"

"这倒也是。哎，除了杀他之外，难道就没有别的法子一出您心中之恶气吗？"

薛宗孺道："肯定有，但我这会儿想不出来。"

蒋之奇笑道："我这里倒有一个现成的法子。"

薛宗孺追问道："什么法子？"

"拿他的风流韵事做文章。"

"这……"薛宗孺反问道："拿他的风流韵事做文章？"

蒋之奇点了点头，"哎"了一声又道："薛大人，卑职问您一个有关欧阳修的私事，可以吗？"

薛宗孺亦点了点头，说道："您问吧。"

"前几年，有人告发。说他与他外甥女张莺有奸情，连仁宗皇帝都惊动了。您实话实说，这事到底有没有？"

薛宗孺道："应该有。"

蒋之奇道："可是，官府已经结案，说这是对欧阳修的诬告。而且，这个案子还是素有青天之名的包拯结的。"

薛宗孺道："那是他们官官相卫。"

"您说欧阳修与他外甥女有奸情，有没有证据？"

薛宗孺道："有。"

"请道其详。"

薛宗孺道："您也知道，欧阳修是出了名的风流才子。而他的外甥女呢？不只长得漂亮，还多才多情。十三四岁便知道勾引男人，经常和欧阳修眉来眼去，欧阳修为她还写了一首诗——《望江南》。"说到这里，将《望江南》有滋有味地诵了一遍：

江南柳，
叶小未成荫。
人为丝轻哪忍折，
莺怜枝嫩不胜吟。
留取待春深。
十四五，

闲抱琵琶寻。
堂上簸钱堂下走，
恁时相见已留心。
何况到如今！

吟过《望江南》后，薛宗孺批讲道："'莺怜枝嫩'中的'莺'字，不就是张莺吗？还有'簸钱'，是小女孩玩的一种游戏，张莺八岁来到欧阳修家，不正是学'簸钱'的时候吗？还有，'恁时相见已留心'，因'叶小未成荫''枝嫩不胜吟''留取待春深'！既然这样，张莺长大了，'成荫'了，他岂能不'春深'？所以呀，说欧阳修和他外甥女没有奸情鬼都不会相信！"

蒋之奇频频颔首道："您这话说得很对，从这首词来看，欧阳修一定和他外甥女有奸情。但是，仅凭这首词还不能定欧阳修的罪。"

"为什么？"薛宗孺问。

蒋之奇道："正如您刚才所说，欧阳修是出了名的风流才子，他的词作中有不少'艳词'。况且，这个案是包拯审的，且早已结案，若再拿这件事去整欧阳修，绝对整不倒他！"

薛宗孺长叹一声道："诚如此，我这口恶气是没办法出了？"

蒋之奇道："也不一定。"

"怎么出？"薛宗孺问。

"欧阳修做了三十几年官，两知贡举①，能没有人给他送礼？"

薛宗孺道："听我三姐说，欧阳修从不收人财物，为这还得罪了不少人。"

"这……哎，您刚才不是说，欧阳修是一个出了名的风流才子吗？他既然风流，就不可能只和外甥女风流……"

薛宗孺双掌一拍道："您这一句话把我给提醒了，欧阳修经常狎妓，府里的丫环，只要有点姿色，他一个也不放过。甚而，有人说，他还和她儿媳吴春燕有一腿呢！"

蒋之奇二目放光道："欧阳修真的和他儿媳有一腿？"

"我是听我三姐的丫环文馨儿说的，但我没有核实。"

---

① 知贡举：一称知举官。亦称主司。唐宋之时，朝廷在举行礼部试时特设的官。知贡举者可以决定举人的取舍，并核定其名次。

"与儿媳有奸,俗称'扒灰',最为人所不齿,欧阳修真的有这事,不说那官当不成,连人都无法作了。你赶紧把这事儿核实一下!"

薛宗孺道了一个"好"字。

与薛宗孺分手后,蒋之奇一边走一边想。他越想越高兴:"今晚这酒喝得值,我正想寻一个事儿,和欧阳修闹翻,好让国人知道,我不是他的'邪党',刚好薛宗孺送来了一个事儿,我得赶在薛宗孺之前把这个事儿捅出去。"想到此,径奔书房。

夏竦的小妾桃红和蒋之奇前后村,地头连着地头。她虽说将至不惑之年,既会保养,又会打扮,看上去像二十几岁。她本就风流,夏竦又死了,耐不住寂寞,上元节观灯,哪里人多,哪里热闹,她就往哪里钻,和蒋之奇不期而遇。他乡遇故人,说不完的话,说了几次之后,说到了一个床上。半月前,结为夫妻。她听说蒋之奇吃酒回来了,忙给他烧了一碗葛根茶。谁知,茶都快放凉了,还不见蒋之奇进她的卧房,便寻到了书房。

蒋之奇正在砚墨,一个娇滴滴的声音,飘进了他的耳中。

"哟!您也不看时间,已经两更两点了,还在研墨,您想干什么呀?"

蒋之奇一边研墨一边回道:"想写一个奏章。"

"为什么事呀?"桃红问。

"弹劾欧阳修。"

"欧阳修这个人挺君子的,您弹劾他什么呀?"桃红又问。

"弹劾他和他儿媳妇的事。"

"他和他儿媳妇怎么了?"桃红追问。

"有奸情。"

"这事您怎么知道?"

蒋之奇回道:"是欧阳修妻弟薛宗孺亲口告诉我的。"

"那薛宗孺可有什么证据?"

蒋之奇回道:"没有,他也只是听说而已。"

"听说的事,您也敢写呀?"

蒋之奇点了点头。

桃红一脸担心地问道:"这件事如果不是真的怎么办?"

"那也不用怕。"

桃红问:"为什么?"

“我是御史,御史可以风闻奏事。”

桃红“噢”了一声道:“听您这么一说,妾就放心了。去,坐一边歇去,妾给您研墨。”

第二天,一份洋洋洒洒三千余字的弹劾欧阳修的奏章摆到了神宗的御案上。神宗尽管不相信欧阳修会做出如此有违人伦、道德败坏的事情,但这奏章出自御史之手,不得不查。查的结果,子虚乌有。神宗勃然大怒,将蒋之奇、薛宗孺双双流放崖州(治所在今海南省崖县崖城镇)。蒋之奇不服,上书自辩,理由是御史可以风闻奏事,即使所奏不实,也不应该治罪。他的自辩占了一个“理”字,神宗很不情愿地收回诏命。但御史台他是不能待了,改监道州酒税去了。

欧阳修“扒灰”的事虽然不存在,但宋代有一个不成文的规定,凡有丑闻者,不管真假,都得离职。有鉴于此,欧阳修上书神宗,请求辞职,神宗不批。不批,欧阳修继续上。七上之后,神宗才勉强同意,贬欧阳修为观文殿学士①、出知亳州(治所在今安徽省亳县)。

制②下当天,神宗设宴为他饯行。欧阳修试探着说道:“臣曾知滁州三年,听说这几年,哪里变化很大,臣想绕道滁州一游,不知可不可以?”

神宗道:“爱卿是对朝廷有大功的人,不受假日所限,想什么时候上任,就什么时候上任,想去哪里转,就去哪里转。”

欧阳修忙避席谢恩。

翌日,神宗内降一旨,改任欧阳修为滁州知州,把欧阳修感动得泪流满面。

欧阳修离开了汴京,韩琦、张方平便成了朝臣的众矢之的。

御史吕诲率先向韩琦发难,上章弹劾,说他自嘉祐(1056—1064年)以来,擅权误国,破坏礼制,导先帝“为非。”书上,神宗置之不理。吕诲三上之后,韩琦坐不住了,上书神宗,请求辞职。一连上书七封之后,神宗也像对待欧阳修那样,准其辞去宰相,改任淮南(路名,治所在扬州)节度使,兼司徒和侍中如故。他未及赴任,被种谔击退的西夏王李谅祚再度犯边,一举攻占绥州(今陕西绥德),又奉旨改知永兴军③(治所在今西

① 观文殿学士:宋学士职名。宋制,常以诸殿阁命名学士,出入侍从,以备顾问,无官守,无职责,而资望极高。除特恩外,非曾任执政者不授。

② 制:即制书。圣旨因不同的内容而采用不同的措辞,主要有“诏曰(书)、制曰(书)、敕曰(书)”三种。凡重大政事须布告天下臣民的,使用“奉天承运,皇帝诏曰”开头,即诏书;凡表达皇恩、宣示百官的,都以“奉天承运,皇帝制曰”开头,即制书;凡给官员加官晋爵时,告诫官员要戒骄戒躁,再接再厉,不要骄傲自满,恃宠而骄,采用“奉天承运,皇帝敕曰”开头,即敕书。

③ 军:军在唐代是一种军区,只管兵戎。至宋代,则成为兵、民、军、政合一的行政区域。凡是历代节镇所在,仍保留其军号,或加给新的军号,称之为节度州。另外设军的地方,则是由县升的,或领数县,或不领县。这种军往往比县略高一级。设军的地方,一般是边境,也有在关隘要地的。

安)。

韩琦离京时,神宗设宴为他饯行,询之曰:“孰可代韩公之位?”

韩琦回道:“富弼。”

神宗点了点头。翌日诏下,拜富弼为首相。“邪党”的两个党魁相继被贬出汴京,到地方任职,无疑给张方平敲了一个警钟,他自忖下一个弹劾的对象就是他了。与其等着遭人弹劾,何如自求离去!于是,他也来了一个主动上书求辞,神宗见他去意甚坚,便允其所请,也以观文殿学士的职衔,任西京(洛阳)留守①。

神宗本就觉得廷臣乏才,欧阳修、韩琦、张方平这一走,他有些急了。

赶紧选人,选一批有才之人补充到执政班子。

一想到选人,神宗立马想到了王安石。

四年前,王安石丧母,回家丁忧。他一边为母守孝一边读书,三年丧满,在家乡临川聚众讲学。扬州李定、福州郑侠、越州(今浙江省绍兴市)陆佃、仙游蔡卞,皆从其学。

临川距汴京将近两千里,而王安石仅仅是一个教书先生而已,神宗何以知道他的大名,又何以知道他有才?

韩维!

神宗是通过韩维知道王安石的。

韩维何许人也?

韩维是仁宗朝参执政事韩亿的第五子,少好读书,学识渊博,刚一及冠,参加礼部考试,名列前茅。是时,其父位居执政,为了“避嫌”,放弃了殿试。后经欧阳修力荐,出任史馆检讨②。三年后,外放扬州,任通判③,进而任扬州知州,进而任礼部员外郎。神宗为颍王时,出任记事参军④;神宗为皇太子,出任右庶子⑤。

韩维在扬州任通判之时,王安石初仕,为扬州判官。二人一见如故,谈读书,谈抱负,谈朝政之得失。韩维曾对时任扬州知州的韩琦说,王安石之才不在管子(管仲)之下,日后必将成为扭转乾坤之人!

---

① 留守:官名。初置于东汉,仅在京师置。至宋,在全国置四京:东京汴梁、西京洛阳、北京大名、南京商丘,每京皆置留守,为四京最高长官,多由当地知府兼任。

② 史馆检讨:馆职名。修史时掌搜集、检阅资料与校对文字。

③ 通判:官名。宋置,虽为州、府佐官,但握有连署州、府公事和监察官吏的实权,号称“监州。”

④ 记事参军:职事官。始置于晋,掌撰写笺、奏。

⑤ 右庶子:东宫属官,宋初为正四品,元丰改制后为从五品。始置于三代。至隋,始分左庶子、右庶子。多为兼官,可与左右谕德轮流入皇太子宫值班。

这话仅仅说给韩琦,绝不会成就了被人争议九百多年的王安石!

他还说给了谁呢?

神宗。

在神宗眼里,韩维已经不是他的下属,而是他的良师益友。他二人经常抵足长谈,许多疑难事情,包括国事,韩维总能说出一些独特见解,使神宗豁然开朗,由衷赞道:“卿之脑瓜,异于常人。”

韩维回道:“不是臣的脑瓜异于常人,是臣交了一个叫王安石的朋友,臣这些见解,都是跟他学的。”

“王安石何许人也?”神宗问。

这话,韩维已经等了许久,神宗话音一落,他便滔滔不绝地讲起了王安石。

二　王安石出山

送诏书的阁门通事舍人见王安石不肯奉诏，跪下求他。他还是不肯接受，一转身躲进茅厕。

神宗长叹一声道："财政的亏空，每年达一千五百七十余万贯，朕本想把先帝的丧事办得风光一些，因为拿不出钱，只得草草了结，朕每当想起这事，心中似刀剜一般。"

神宗将御案"啪"地一拍，说道："这个王安石，就是我大宋的夔，我用定了！"

王安石，抚州临川人，字介甫，少好读书，过目不忘。每一下笔，动辄洋洋千万言。友人曾巩，曾携其文示欧阳修，修叹为奇才。经修延誉，王安石名声大振，庆历二年（1042 年），赴汴京参加省试，名列第一，因试卷中对先帝仁宗有些不恭，由状元郎黜为进士及第，授扬州判官。

旧例，凡进士及第出身的，在地方任期三年，可以得试馆职①。王安石任职不到二年，因一篇《祭范仲淹文》，得仁宗赏识，内降一旨，召他回京参加"馆职"考试，他居然上书拒之。三年任满，调知鄞县：起堤堰，决陂塘，水陆咸利。又贷谷于民，立息令偿，俾得新陈相易，邑民亦颇称便。王安石自谓足治天下，人亦信为真言，相率称颂。寻通判舒州，文彦博极力举荐，又召试馆职，王安石婉拒之。欧阳修荐其为谏官，王安石又以祖母年高，不便赴京为辞。欧阳修复荐，勉强入京，任职群牧判官，与司马光、吴充为伍，而他们的顶头上司——群牧使，乃赫赫有名的包拯。

某一天，群牧司衙门内一丛牡丹盛开，芳香袭人，引得蜂蝶翩跹期间，笑一笑比黄河水变清还要难的包拯，不但笑了，还兴致勃勃地请下属喝酒，举座皆饮，唯有司马光和王

① 馆职：唐宋时，对供职于史馆、昭文馆、集贤院、秘阁等处官员的统称。此职是执政的备选。

安石端坐不动。包拯正在兴头上，哪肯放过，亲自过来劝酒。劝了一遍又一遍，而且，脸上已经有了愠色，司马光不再坚持，喝了一杯。王安石呢？任你包拯怎么劝，就是不饮，弄得包拯很尴尬。

这事风一样地传遍了汴京城，朝野对他刮目相看，京官中的一些后起之秀，诸如吕公著、范镇、赵抃、韩绛等，纷纷登门拜访。他们轮流坐庄，或相聚于茶坊，或相聚于酒肆，谈论诗词歌赋，及古今朝政之得失；或相互考校学问，往往一谈便是一个通宵。

每次相聚，别人都是收拾得干干净净，穿戴整整齐齐，唯有王安石"蓬头垢面"，经常穿着一身褶皱的衣服；而且，那衣服散发着一种臭味。好友们多次提醒，他依然我行我素。没奈何，好友们每半个月就拉他一块儿去定力院澡堂洗澡。洗澡的时候，偷偷地把王安石臭烘烘的脏衣服拿走，在原来的位置上放上为他准备的新衣服。王安石洗好后，拿起新衣服就穿，根本不知道自己的衣服已经让人换了。好友们戏称此举为"拆洗王安石。"

这一"拆洗"，王安石不但不臭，反而声名鹊起。宋仁宗嘉祐三年（1058 年），迁三司使①度支判官，上任月余，王安石上了一封万言书，请求仁宗重举"庆历新政"改革之大旗，"以古准今，则天下安危之乱尚可以有为，有为之时莫过于今日，要求立即实现对法度的变革，不然汉之亡于黄巾，唐之亡于黄巢的历史，必将重演。"

仁宗看了王安石椎心泣血的万言书，只说了一句话："此人能文。"既然能文，那就与司马光一块儿去修'起居注'吧。"

修"起居注"是干什么的？修起居注就是负责记录皇帝言行。

既然要记录皇帝言行，一天到晚就得跟着皇帝，这个差事，许多人求之不得，可王安石一再婉拒。为此，他一连上了九道奏章，可任命的诏书还是送来了。

送你尽管送，我王安石就是不接，直到送诏书的阁门通事舍人②难为得跪下磕头求他，他还不肯接受，一转身躲进茅厕，连求饶的机会都不给了。阁门通事舍人万般无奈，把诏书送到茅厕里转身就跑。王安石不得不收起诏书，很勉强地上任。未几，又升知制诰③。

嘉祐（1056—1064 年）末年，宋仁宗按照惯例，在金明池举行赏花钓鱼宴。钓鱼时，

---

① 三司使：三司，即盐铁、度支、户部。掌全国财政，三司最高长官称三司使，亦称计相，其佐官有副使、判官。

② 门通事舍人：宋阁门司属官，掌传宣赞谒、承奏劳问之事。

③ 知制诰：官衔名。唐、宋时掌起草诏令的加衔。

参加者都会把准备好的赞颂皇帝的诗词拿出来吟诵一番，场面很活跃。唯有王安石低着头，一边吃东西，一边沉思。仁宗命内侍前去察看，内侍回来禀报说他在吃鱼饵。仁宗很恼火："王安石，诈人也！若因见识少，误食一粒鱼饵，也是人之常情，可他竟把一碟子鱼食全吃完了。"

此事一传两传，传到了王安石耳中，他非常生气，上书求辞，仁宗御笔一挥，外放常州知州。

他上任不到一年，因母丧丁忧去了。

丁忧期满，在家乡设馆收徒。因韩维的多次推荐，神宗几次下诏召王安石进京，王安石借口养病，不肯奉诏。神宗不再勉强，让王安石知江宁。王安石不再拒绝，欣然上任去了。

任命王安石为江宁知州，也是韩维的主张。

韩维久在神宗身边侍奉，知道他急于改革，但又不希望王安石骤得大用。

不是韩维不希望王安石骤得大用，而是怕神宗改革的意志不坚，害了王安石。

实践证明，韩维的担心是对的，神宗在没有召王安石之前，就王安石拒不奉先帝之诏之事，征询了英国公曾公亮。

曾公亮道："王安石文章道德极佳，屡召不起，应该是身体的原因，也许与先帝不肯降尊纡贵有关，陛下若恳辞切言相召，他也许就会应召了。"

这个答复，应该是可以了。可神宗不放心，掉过头又去征询礼部侍郎吴奎的意见。吴奎的答复和曾公亮相反。

"王安石乃一介书生，做事迂腐。而且，气量狭窄还偏执，绝非宰辅①之材。若用之，必乱纲纪。"

神宗半信半疑道："他真的像卿说的那样吗？"

吴奎道："臣和王安石曾共过一年多事，臣对他十分了解。臣不敢欺君！"

"那就请卿说一说他气量如何的狭窄吧！"

"王安石小时候很狂，把'学得文武艺卖给帝王家'这句话常挂在嘴上。他的八舅看不起只会读书的王安石。因王安石皮肤粗糙，如同蛇皮，便嘲笑他，'就你那行货，也能卖得出去吗？'王安石怀恨在心，考中进士后，荣归故里，写了一首诗送给舅父。诗曰：'世人莫笑老蛇皮，已化龙鳞衣锦归，传语进贤饶八舅，如今行货正当时。'您看，对

① 宰辅：又称宰执。首相、宰相、次相、参知政事，统称宰辅。

于他的亲舅,尚睚眦必报,心胸够窄了吧?”

神宗将头轻轻摇了一摇,说道:“爱卿刚才诵的那首诗,绝非王安石所作。”

“何以见得?”吴奎问。

“爱卿刚才诵的那首诗,俗之又俗,还一股暴发户气息,而王安石呢?才高八斗,所写之诗,令文学泰斗欧阳修拍案叫绝。”说到这里,情不自禁地咏起了王安石的《登飞来峰》:“‘飞来峰上千寻塔,闻说鸡鸣见天日。不畏浮云遮望眼,只缘身在最高层。’你看,这首诗的言辞之间,有一股不畏奸邪、不惧困厄、吞吐天地的大气魄,与你刚才咏的那一首,有天壤之别!”

吴奎道:“陛下既然不信臣的话,臣也没有办法,臣还可以举一些别的例子,以证明王安石气量狭窄,不知陛下愿不愿听?”

神宗道:“你讲吧,朕愿意听。”

“王安石初仕,任扬州判官,韩公(琦)是他的顶头上司。因点卯时他经常迟到,加之衣帽不整,又一脸的惺忪,韩公误以为他是因眠花宿柳造成的,敲打了他几句,他便怀恨在心。后经韩维道破,韩公悔之,欲收他为门生。他不但婉言拒之,而且说:‘攀高结贵的事,小弟不屑为也。’此后,韩公屡屡向他示好,他装聋作哑。”

神宗道:“诚如爱卿所言,王安石这么做,朕对他愈发欣赏。何也?人,通常来讲,谁不愿意攀高接贵?而独独王安石不愿。如此之人,可谓是凤毛麟角,大宋的官员,如果有一半人像王安石,就不会出现结党的现象,大宋官场的风气,也不会坏到现在这样!”

吴奎苦笑一声道:“臣本来想再讲一讲王安石和包拯的事,听您这么一说,臣不再讲了。但臣还想讲一讲有关王安石偏执的毛病,不知陛下愿不愿听?”

“朕愿听。”

“王安石做知制诰时,兼责京城刑狱。是时,在京城发生了这样一件案子:两个少年是好朋友,其中一个养了只非常好的鹌鹑,另一个想要,养鹌鹑的这人死活不给,想要的这个仗着是好朋友,居然抱起就跑。朋友一时性急,追上去一刀把他剁了。开封府依法判凶手死刑,王安石硬是不同意。他挥笔批驳道:‘按律公取窃取,皆以盗论。该少年不与斗鹌,伊友擅自携去,是与盗无异。追杀是分内事,不得为罪。’开封府见此驳词,自是不肯认错,当下据实奏辩。王安石亦劾府官妄谳。案下审刑、大理两司,覆按定刑,都说开封府所判无讹。王安石仍不肯认过,本应诣阁门谢罪,他却自以为是,并不往谢。御史遂劾奏安石,奏牍留中不报。王安石反迭发牢骚,上书请求致仕。”

神宗道:“从爱卿说的这件事看,王安石是有些偏执……”

吴奎道:“宰辅是东府的首脑,佐皇帝治天下,位高权重,必须由大智慧、大胸怀、特公正的人来担任。如果用了一个偏执狂的人为相,不把朝政搞糟才怪呢!”

吴奎的意见和曾公亮相左,神宗决定再征求一下其他大臣的意见。刚好,韩琦从永兴军归来,向神宗汇报西北边防之事。谈完边事,神宗问:“爱卿不肯担任宰辅,朕不得不违心允之。卿虽然离开了庙堂,可庙堂的心你还得操呀。如今,你也知道,咱大宋积贫积弱久矣。要改变这个现状,就得启用一些有本事的新人做宰辅,你觉得王安石这人怎样?”

韩琦断然回道:“他不行。”

“为什么?”

“王安石学识过人,让他做翰林学士,再恰当也不过了。但让他做宰辅万万不可!”

“为什么?”神宗又问。

“气量狭窄而又偏执!”

这话,咋和吴奎的回答如出一辙呢?神宗猛然想起,韩琦和王安石有过节。

既然他俩有过节,那就不用再问了。

问谁呢?

问富弼,抑或是文彦博,这二人既是大宋老臣,又都做过多年宰辅,看人自与常人不同。而且,也没有听说他俩和王安石有什么过节。

文彦博的回答是:“王安石只懂学问,不解世情,不宜做宰辅。”

神宗无语,隔日召富弼问之。

富弼的回答更让神宗失望:“王安石是一奸人,绝对不能大用。”

神宗问:“爱卿凭什么说王安石是一奸人?”

富弼也不解释,把苏轼老爹苏老泉攻击王安石的那篇《辨奸论》,朗声咏了一遍:

> 事有必至,理有固然。惟天下之静者,乃能见微而知著……
>
> 昔者,山巨源见王衍曰:“误天下苍生者,必此人也!”郭汾阳见卢杞曰:“此人得志。吾子孙无遗类矣!”
>
> 今有人,口诵孔老之言,身履夷齐[①]之行,收召好名之士、不得志之人,相与造

① 夷齐:伯夷、叔齐,商朝人,两兄弟互相让王位。周灭商,两人耻食周粟,隐居首阳山,吃野菜,饿死在山里。

作言语，私立名字，以为颜渊、孟轲复出，而阴贼险狠，与人异趣。是王衍、卢杞合而为一人也。其祸岂可胜言哉！

夫面垢不忘洗，衣垢不忘浣，此人之至情也。今也不然，衣臣虏之衣，食犬彘之食，囚首丧面，而谈诗书，此岂其情也哉？凡事之不近人情者，鲜不为大奸慝，竖刁、易牙、开方是也。以盖世之名，而济其未形之患。虽有愿治之主，好贤之相，犹将举而用之。则其为天下患，必然而无疑者，非特二子之比也。

孙子曰："善用兵者，无赫赫之功。"使斯人而不用也，则吾言为过，而斯人有不遇之叹。孰知祸之至于此哉！不然，天下将被其祸，而吾获知言之名，悲夫！

神宗很沮丧。

正当神宗打算抛弃王安石时，韩维不失时机地站了出来。

"陛下，您对大宋的国势怎么看？"

神宗回道："积贫积弱！"

"贫到什么程度？"韩维问。

神宗长叹一声道："财政的亏空，每年多达一千五百七十余万贯①。朕本打算把先帝的丧事办得风光一些。因为拿不出钱，只得草草了结，朕每每想起这事，心中似刀剜一般。"

"弱到什么程度？"韩维又问。

"咱大宋拥兵一百余万，却屡屡遭到西夏及辽国的欺凌，今天失一城，明天失一地，明明打了胜仗，反要签订丧权辱国的盟约。"

"咱大宋为什么积贫？"韩维复问。

"官冗、兵冗所致。"

"怎样才能走出积贫积弱的困境？"韩维追问。

"改革。"

"怎样改革，由谁来主持改革？"韩维再问。

"怎样改革，朕还没有想好。至于由谁来主持改革，若照朕的本意，最好让一位有声望的老臣来主持，譬如韩琦、富弼、司马光、吴奎、文彦博等。"

---

① 贯：古代穿钱的绳索，即钱串。每一串（贯）为一千文。宋代为770文。宋代一贯钱约当今之481.25元。

“那，陛下为什么不把改革的重担交给这些老臣呢？”

神宗回道：“韩琦一直求辞，朕已将他外放知永兴军。吴奎呢？朕曾就如何解决‘积贫积弱’和‘富国强兵’之事征询过他，他的答复很空洞，根本解决不了实际问题。”

“他怎么说？”韩维问。

“他说，要想解决这两个问题，只需做到八个字就可以了——‘顺应天命，合乎人心’”！

韩维笑了：“这话是有些空洞。除了韩琦和吴奎之外，不是还有富弼、司马光和文彦博吗？”

“朕也曾征询过司马光，司马光的答复虽然站的很高，但不解决眼前问题。”

“司马光怎么说？”韩维问。

“司马光说，无论是解决‘积贫积弱’，还是‘富国强兵’，关键识人。做帝王的，只要分清小人君子，让君子辅佐他管理天下，国家自然就富强了。”

韩维又笑了：“他这话只说对了一半，领兵打仗，抑或是治理国家，不可能不用君子。但是，君子们不一定有克敌制胜和治国之才。若是用没有克敌制胜和治国之才的君子来治理国家或统兵，情况将会更糟！宋襄公，陛下不会不知道？他统兵打仗，一味地讲仁，什么‘不半渡而击’呀，什么不‘不擒二毛’呀？够君子了吧？泓水之役，被楚国打得大败，留下了千古笑话！哎，司马光不行，还有文彦博和富弼呀。”

“朕和文彦博谈了半个时辰，他和司马光一样，同样让朕失望。”

韩维又问：“文彦博怎么说？”

“他也主张用君子治国。出宫后，他找到司马光，二人联名给朕上了一封奏章，提出了修身治国的六大秘诀——仁、明、武（此三字乃修身之秘诀）、官人、信赏、必罚（此六字乃治国之秘诀）。也就是说，一个君子，必然是一个心中有仁爱之心的人，一个明辨是非的人，一个刚正不阿的人。这种人在名利和权势面前，依然可以坚守自己的原则和立场，甚至为了原则可以牺牲自己的性命。明君治国不必费心庶务，而应当精心挑选官吏；在处理国政的时候，只要能够有功必赏、有过必罚就可以了。如此一来，自然能够人人激励，奋勇向前。这些话，臣等不只给英宗讲过，也给仁宗讲过。朕看了他俩的奏书，哭笑不得。时代在变化，文彦博和司马光要朕依然用几十年前的老办法来治国，如何行得通！”

韩维点头表示同意：“文彦博、司马光不行，富弼呢？他不只是一个有声望的老臣，更是首相，还是当年主持‘庆历新政’的两个首脑之一（另一位是范仲淹）。”

“他同样令朕失望!”

“您已经召见他了?”韩维问。

“朕不但召见了他,还和他聊了半天。”

韩维追问:“都聊了一些什么?”

“聊的都是如何强国,如何富民,如何改革弊政的事情。”

“富弼怎么说?”韩维复问。

“他说,要想强国富民,首先就要学会当一个好皇帝。如何才能当一个好皇帝?首先,不能让他人知道您的好恶。否则的话,那些奸佞小人就会投您所好,或者借此攻击仇敌。‘庆历新政’之所以夭折了,就是因为一些奸佞小人,诸如贾昌朝、夏竦等,揣测到了仁宗惧怕‘朋党’的心意,而拼命攻击君子党,致使‘庆历新政’半途而废。所以,陛下您应当效仿老天,把喜怒哀乐藏在心底,这样就能够作出公正的判断了。”

韩维点头说道:“富弼的话很有道理。”

神宗道:“他这话,分明是拾了韩非子的牙慧,朕不敢说错。但朕要的是如何富国强兵,如何一雪先帝对外用兵屡战屡败的耻辱!朕的话还没有落音,富弼便以教训的口气说道,‘陛下即位不久,应当让天下人感受到您的恩泽。希望您二十年之内不要谈论战争,也不要重赏那些取得战功的边疆将士。否则,战事一开,祸端就要来了!’朕觉得他有些危言耸听,笑了一笑说道,‘有这么严重吗?’他说,‘就这么严重!’”

韩维长叹一声道:“廉颇老矣!”

神宗道:“既然廉颇老矣,那只有用王安石了!”

韩维拜而说道:“陛下圣明。”

这一圣明,王安石得以进京,做了翰林学士。与他一起进翰林院的,还有两个人,前一位是他前半生的朋友,后半生的死敌司马光;后一位也是他的好友,叫吕公著。

王安石到达京城的第二天,宋神宗便将他召进宫来。一见面,神宗毫不掩饰自己的急切:“请问爱卿,欲治积贫积弱之沉疾,达到富国强兵的目的,当以何为先?”

王安石铿声回道:“改革。”

宋神宗心中暗喜,王安石的回答果然与众不同,满面异彩地问道:“怎么改革?”

王安石回道:“这个问题非数语说得清楚,您容臣想一想,好好写一个奏折呈您如何?”

神宗道:“也好。不过,朕复有一问,还请爱卿如实回奏。”

王安石将头重重地点了一点。

“唐太宗这人怎么样?”

神宗之所以有此一问,那是他志向远大,欲作唐太宗第二呢!

王安石沉声回道:“唐太宗不怎么样!”

神宗一脸愕然地瞅着王安石,暗自思道:“难道历史上还有比唐太宗更伟大的君主吗?”

王安石知道他想的什么,一脸凝重地说道:“陛下要效,只能效法尧、舜,没有必要去效法唐太宗!”

神宗欲言又止。

王安石轻咳一声,缓缓说道:“陛下想师法唐太宗,那是因为唐太宗在位时,唐朝出现了为世人称道的‘贞观之治’。其实,他的‘贞观之治’远不如汉之‘文景之治’,就国力而言,连他之前的初隋都不如。况且,在治国上,他只是继承了无为而治的治法,并无自己的创新。贞观以前是民不聊生的隋朝,此后,一直到后周,中国没有出现一个出色的帝王,所以,显得他特别的出色而已。”

神宗这还是第一次听到有人如此解释“贞观之治”,默想了片刻问道:“爱卿要朕效法尧、舜,朕何尝不想效法尧、舜,可是,尧、舜太高了呀!”

王安石道:“尧舜之道,至简而不烦,至要而不迂,至易而不难。只是后学者没有学会,才以为高不可攀。”

神宗二目为之一亮:“诚如爱卿之言,朕决定效法尧、舜。可是,天下这么大,伟大如尧、舜者,也得有一批贤臣相助,诸如舜之四贤——夔、稷、契和伯益,咱大宋有吗?”

王安石十分肯定说道:“有!”

神宗一脸惊喜道:“那就请爱卿说一说,朕如果要学舜,孰可为朕的夔、稷、契和伯益?”

王安石回道:“陛下诚心要法舜,自会有象夔、稷、契和伯益那样的贤人出现。关键是陛下能不能以真诚之心来对待这些贤人?如果不能以真诚之心对待这些贤人,他们即使到了您的身边,也会遭到像四凶①那样的人排挤,逐渐离您而去。”

神宗信誓旦旦地说:“爱卿放心,只要是贤臣,朕会以诚心相待的!”

王安石将头点了一点说道:“诚如陛下所言,臣就放心了。”

不知不觉,君臣二人谈了两个时辰,王安石欲要告退,神宗道:“别急,朕还有话

① 四凶:中国神话传说中由舜帝流放到四方的四个凶神——混沌、穷奇、梼杌和饕餮。

要问。”

王安石道：“请陛下赐教。”

“大宋如此积贫积弱，但大宋立国已经一百零九年，并未出事，何也？”

王安石反问道：“数十年来，大宋出的事还少吗？诸如《澶渊之盟》、西夏立国、西夏屡屡入侵、王则造反、侬智高之乱，等等。”

“夷族入侵也罢，叛民作乱也罢，并没有将大宋这条船掀翻。只要船不翻，就不算有事。”

王安石“噢”了一声道：“臣明白了。”他见内侍已经开始准备灯烛之物，再次请求告退。回到家中，吃了几口晚饭，便躲进书房，想了半夜，捉笔恭拟了一份奏折——《本朝百年无事札子①》。神宗接札后，展而阅之：

……

伏惟太祖躬上智独见之时，而周知人物之情伪，指挥付托必尽其材，变置施设②，必当其务③。故能驾驭将帅，训齐士卒，外以捍夷狄④，内以平中国。于是，除苛赋，止虐刑，废强横之藩镇，诛贪残之官吏，躬以简俭为天下先。其于出政发令之间，以安利元元⑤为事。太宗承之以聪武，真宗守之以谦仁，以至仁宗、英宗，无有逸德失德。此所以享国百年而天下无事也。

仁宗在位，历年最久。臣于时实备从官⑥，施为本末，臣所亲见……

然本朝累世因循末俗之弊，而无亲友群臣之议。人君朝夕与处，不过宦官女子；出而视事，又不过有司之细故⑦……君子非不见贵，然小人亦得厕参与其间；正论非不见容，然邪说亦有时而用。以诗赋记诵求天下之士，而无学校养成之法……至于理财，大抵无法，故虽俭约而民不富，虽忧勤而国不强……

---

① 札子：古代公牍文的一种，分为两类：①用于发指示，或称“堂帖。”宋代中书省或尚书省所发指令，凡不用正式诏命的称为札子。②用于向皇帝或长官进言议事。

② 变置施设：设官分职。变置，指改变前朝的制度而重新设立制度。

③ 当其务：合于当前形势的需要。

④ 夷狄：同蛮夷，旧时指我国东部和北部的少数民族。这里指建立在我国北方和西北方的契丹、西夏两个少数民族政权。

⑤ 安利元元：使老百姓得到平安和利益。元元，老百姓。

⑥ 实备从官：王安石在宋仁宗时曾任知制诰，替皇帝起草诏令，是皇帝的侍从官。

⑦ 有司之细故：官府中琐屑细小的事情。

伏惟陛下躬上圣之质①，承无穷之绪②，知天助之不可常恃，知人事之不可怠终，则大有为之时，正在今日……

这个札子，还不到一千四百字，但它以扬为抑，褒中有贬，在探讨北宋立国以来百余年间太平无事的原因的同时，剖析了宋仁宗统治时的种种弊端；通过“百年无事”的表象，揭示出危机四伏的实质，犀利地指出因循守旧、故步自封的危害；并就吏治、教育、科举、农业、财政、军事等方面的改革提出了自己的见解和主张。鼓励神宗，及早进行改革，“大有为之时，正在今日！”

神宗将《本朝百年无事札子》，一连看了三遍，将御案“啪”地一拍，说道：“这个王安石，就是我大宋的夔，我用定了！”

第二天，早朝后，神宗把王安石留下，一脸兴奋地说道：“爱卿的《本朝百年无事札子》，朕昨天晚上已经看了，写得不错，朕想拜卿为宰辅，帮朕谋划改革之事。”

王安石做梦都在想着跻身宰辅，改革大宋之积弊，从而实现富国强兵之目的。但是，要改革，不可能不触及百官乃至皇亲国戚和士大夫的既得利益。既然触及了他们的利益，他们不可能不反对。“庆历新政”就是因为那些既得利益者，诸如夏竦之流的反对夭折了。不，他们的反对只是一个方面，真正使“庆历新政”夭折的人是仁宗皇帝。是他自己听信了谗言，害怕了，不要新政了！而神宗皇帝远没有仁宗皇帝推行“庆历新政”的时候那么成熟。而我王安石的资历、政绩、声望乃至皇帝的信任程度也远不如范公（仲淹）。所以，我这会儿不能答应他，我得看一看，抑或是试一试他改革的决心，以及对我心诚的程度！

怎么试？

王安石想起了三国的诸葛亮。诸葛亮在南阳卧龙岗隐居之时，才二十几岁，还从未做过官，因好友徐庶之荐，刘备三顾，方才出山辅佐刘备，终使刘备成就了帝业。我应该学一学诸葛亮，不说让皇帝三顾了，一顾也可。可是……我不该他一道诏书，便急匆匆地跑到汴京！

诸葛亮已经不能学了，我可不可以学一学李迪呢？

李迪是真宗朝和仁宗朝的贤相，几与寇准齐名。宋仁宗为帝时，才十三岁。皇太后

① 躬上圣之质：具备最圣明的资质。

② 承无穷之绪：继承永久无穷的帝业。绪，传统。

刘娥为了抬高宋仁宗的地位，拼命地打压朝臣，把经筵讲读官①，由坐着讲课，改为站着讲课。满朝文武，皆觉不妥，但无一人敢言。李迪正直敢言，两度遭贬，他刚一复官，便冒着再次遭贬的风险，上书朝臣，请求恢复经筵讲读官坐着讲课的制度。刘娥勃然大怒，再一次将他贬出汴京。我若是效仿李迪，也来一个上书，既可试出当今天子对我的心诚程度，又可以试一试朝廷及文武百官对改革祖制的真实态度。

对，就这么办！

① 经筵讲读官：即经筵官。不只为皇帝授课，也可与皇帝和皇帝的侍读、侍讲等官讨论经史。

三　二试宋神宗

半个月后，惊喜突然降临——轮到王安石主讲，神宗居然给他赐座，也就是说，他可以坐着讲课了。

阿云对着梦中的韦大，恶狠狠地砍了七刀。韦大惨叫几声，不再叫了。

唐介回到政事堂，告诫曾公亮："我郑重告诉你，如果王安石被重用，天下必受其害，你要好自为之！"

王安石朝神宗拜了一拜，说道："陛下刚刚擢臣为翰林学士，若再擢之，恐怕要被人妒忌了。倒不如让臣先做一个经筵官，臣也好借机向您请教一些问题。"

神宗点头说道："爱卿所言，确有一定道理，朕答应你。"

"陛下既然答应臣做经筵官，臣想就'经筵'方面的几个问题请教陛下。"

神宗道："请讲。"

"经筵何解？"

神宗答道："特指为皇帝讲解经传史鉴。"

"经筵置于何时？"

神宗回道："始置于汉，但作为一种制度固定下来，是咱们太祖皇帝。"

王安石复问："经筵官都有哪些人担任？"

"多由翰林院官员或馆阁①之臣担任。"

王安石明知故问道："经筵官授课时，是坐着还是站着？"

"站着。"

---

① 馆阁：宋有昭文馆、史馆、集贤院，称为三馆，掌图书、经籍、修史等事；又有秘阁、龙图阁、天章阁诸阁，掌贮藏图书秘籍及历代御书御集。合称馆阁。

王安石又问:“经筵官算不算皇帝老师?”

神宗不加思索地回道:“当然算。”

“臣有一句大不敬的话,讲出来请陛下莫要怪罪。”

神宗微微一笑道:“太祖皇帝的‘勒石三戒’,其中一条就是‘不以言获罪’,爱卿的担心未免有些多余了。”

王安石亦微微一笑道:“臣的担心,真是有些多余。哎,民间有一俚语,叫作‘一日为师,终身为父’,这话不知陛下听说过没有?”

“听说过。”

“平民百姓尚知道如此尊师,天子难道不应该尊师敬师吗?”

神宗道:“应该。但是,天子毕竟不是平民百姓,‘三纲五常’之第一纲,便是‘君为臣纲’,这个臣当然也包括经筵官。既然天子是臣的纲,天子就不可能像平民百姓那样敬师了。”

王安石颔首说道:“陛下所言甚是。但臣复有一问。”

“请讲。”

“汉唐经筵官授课的时候,是站着还是坐着?”

神宗回道:“朕不知也。”

王安石道:“据臣所知,汉唐及大宋立国之初的经筵官,都是坐着讲的。”

“什么时候改为站着讲?”

王安石道:“仁宗皇帝时改的。”

“为什么要改?”

“仁宗皇帝初登大位,才十三岁,章宪明肃刘皇后(刘娥)觉得仁宗皇帝太年轻,害怕朝中出现霍光、曹操之类的权臣,故有意打压朝臣,把经筵官由坐着授课,改为站着授课。”

神宗“噢”了一声道:“原来如此。”

“陛下与初即帝位的仁宗皇帝相比,不只是个成年人,还是一个非常成熟的成年人。不只是一个非常成熟的成年人,还是一个睿智英武、明察秋毫,让人望而生畏的不世出的皇帝!所以,无须再用打压朝臣的办法来维护和抬高皇权!”

“爱卿的话颇有道理,诚如爱卿所言,在仁宗皇帝初即帝位时已经把经筵官由坐着讲,变成站着讲。仁宗皇帝即位的时间,距今已经四十五年,若改之,朕不能不征求一下百官的意见,最好来一个廷议。”

王安石拜而说道："陛下所思甚是。"

廷议的结果，王安石很失望。文武百官，竟无一人支持改变经筵官站着讲课的制度。这个文武百官，当然也包括经筵官自己。

神宗开始点名了。

"刘爱卿……"他指着刘攽问道："你觉得经筵官授课，是坐着好呢，还是站着好呢？"

神宗为什么要指名道姓问刘攽？刘攽是庆历年间进士，做了二十年的州县官，王安石进京之前，他已经调进汴京，任国子直讲①和经筵官。神宗以为，刘攽本身就是经筵官，肯定会支持王安石的意见。

谁知，刘攽并不支持。

"回禀陛下，'三纲五常'第一纲，君为臣纲。经筵官虽然担任着为皇帝授课的任务，但他依然是一个臣子，所以，他为皇帝授课的时候，应当避席。至于皇帝给他赐座，那是对他的恩宠。"

刘攽不支持王安石，宰相曾公亮呢？他可是一直在力挺王安石呀！

神宗又朝曾公亮指了一指问道："曾爱卿，你说一说，经筵官是站着讲好，还是坐着讲好？"

曾公亮也不支持王安石。

"陛下，臣在仁宗、英宗二朝，曾做过八年经筵官，一直是站着讲的，臣觉着还是站着讲好。"

神宗不甘心，又把一双龙目投向韩维，韩维忙将头摇了一摇。他轻叹一声，示意当值太监，宣布退朝。

王安石一脸怒气地回到翰林院，刚坐下，韩维来访，他勉强站起，道了一声"请坐"。

韩维在他对面坐下后，笑嘻嘻地问道："还在生气吗？"

王安石冷声回道："我不该生气吗？"

"你应该生气，但又不应该生气。"

王安石冷"哼"一声道："这算什么话？自相矛盾！"

"你要经筵官站着讲课改为坐着讲课，这是对儒道的尊重，对老师的尊重。但你想

① 国子直讲：即国子博士，简称国博。初置于晋武帝咸宁四年（278年）。掌儒学训导之政，总领国子、太学、广文学、四门学、书学、算学等。宋改国子博士为国子直讲。

了没想，这样一改，由皇上独坐，变为君臣同坐。其结果，明显地彰显了臣权。彰显了臣权，就等于削弱了君权，有关削弱君权的事，谁敢支持您呀?”

王安石默想片刻道:“你的话不无道理。但是，把经筵官由站着讲课改为坐着讲课，皇上已经同意了，皇上本人尚不怕改了以后削弱君权，百官们还担心什么呢?”

韩维道:“皇上即使同意改，事关君权，百官们不得不慎之又慎。况且，谁知道皇上是真想改，还是假想改。”

王安石道:“皇上是真想改。”

韩维道:“何以见得?”

“皇上若是不想改，当我的建言遭到冷遇后，他完全可以就腿搓绳而否定我的建言，可他不但没有否定，反要征求刘攽、曾公亮，甚至您的意见。而刘攽呢?本身就是经筵官，皇上觉着，刘攽肯定会支持我。谁知，他并不支持。还有曾公亮和您，您二位一直在力挺我，可是……”王安石将头轻轻摇了一摇，说道:“您二人的表现实在让人失望。”

韩维道:“我的‘看法’和您不同。皇上并不是真的想改。您别摇头，还是我刚才那句话，如果把经筵官由站着授课改为坐着授课，明显地彰显了臣权。如果让您和皇上变换一下位置，您会支持吗?皇上之所以同意改，那是怕伤了您的面子!而刘攽呢?作为经筵官更不敢支持您了。何也?如果他支持您，有彰显臣权之嫌!至于曾公亮，他不支持您，是另有他因。曾公亮这个人，人倒也不错，但私心有点重。此前，他之所以一直力挺您，那是他想把您拉进朝廷，共抗与他同相的韩琦。韩琦离开朝堂，虽然又杀出来一个富弼，但富弼老了，又不大管事，他等于一人独相，所以，他就不想再挺您了。不，不但不再挺您，还有些忌妒您了。何也?皇上对您太器重了，您进京之后，数日之间，由翰林学士迁经筵官。大宋之制，只有宰相才有机会和皇上坐着讲话。也就是说，文武百官，能够坐着和皇上对话的只有他曾公亮和富公(弼)。如果把经筵官由站着讲课改为坐着讲课，那么，能够坐着和皇上对话的，就不是他俩了，而是十几人。且是，在这十几人中，除了他和富公之外，都是给皇上授课的，老师的地位，当然要高于下属的地位。这种现象，不是他愿意看到的。所以呀，皇上即使不征求他的意见，他也会自己跳出来反对。”

经韩维这一点拨，王安石的气消了一大半。半个月后，惊喜突然降临——轮到他主讲，神宗居然给他赐座，也就是说，他可以坐着讲课了。他又惊又喜，但是，他没有接受，仍然和别的经筵官一样，站着讲课。

这是第一试。一试的结果，神宗对他还算不错。但是，百官的表现太让人失望了，还得试。

刚好，登州（治所在今山东蓬莱县）发生了一件杀人案，京官们为此吵闹不休。

杀人犯是一个年轻貌美的女子，她的名字叫阿云，家贫，母死无力殡葬，放出风来，如果有男人愿意出钱帮她葬母，她就嫁给他。但有两个前提，这个男人的年龄不能超过三十岁，且容貌还不能太差。有一个叫韦大的老光棍，已经四十六岁了，又穷又丑。穷到什么程度？房子四面漏风，家里最值钱的东西是那条为了娶媳妇做的一条新被子；丑到什么程度？两颗黄板牙裸露着，那脸比包拯还黑。如此一个人，因挖地窖挖出三十几串古钱，便想去吃天鹅肉，央了一个绰号叫巧八哥的老媒人前去阿云家求亲。巧八哥因得了他三串钱的好处费，便搅动三寸不烂之舌，把韦大说成了当代的潘安①和石崇②。到了新婚之日，阿云见韦大家徒四壁，且又丑陋不堪，转身就走，被韦大抱住不放，强行拜了天地，阿云只得以泪洗面。韦大如果单单又穷又丑倒也罢了，他还性情粗暴，一言不合，便对阿云拳脚相加，打得她遍体鳞伤，阿云不堪其虐，一次又一次地逃跑，一次又一次地被抓回，一次又一次地挨揍。阿云将心一横，决心结束这种地狱一般的苦日子。某一日半夜，从厨房里拿了一把刀，对着睡梦中的韦大恶狠狠地砍了七刀。韦大惨叫几声，不再叫了，她以为韦大死了，弃刀而逃，回到娘家，越想越怕，跑到县衙投案。

因命案在身，知县忙将阿云收监，又发签传来了重伤在身的韦大。经过审问，知县将阿云判了死刑。阿云不服，由其堂叔出面，上告登州。登州知州许遵认为知县判决有误：大宋律法规定，凡谋杀而能自首者，减罪一等；杀而未死又可减罪一等，这一减，将阿云死罪减去，改杖三十，流放三千里三年。韦大不服，由其舅出面，进京告御状。神宗大笔一挥，把这个案子批给了刑部③、审刑院和大理寺，让他们重审。审刑院和大理寺依据大宋律令——母丧未满出嫁，为不孝；谋杀亲夫，乃十恶不赦之罪，将阿云判了死刑。

此前，许遵已经调京任大理寺正④，因这件案子与他有关，理所当然地回避了。但当他得知了终审的结果，很生气，欲要上书神宗争辩，被同僚劝住。此案若是就此了结，也就没有戏可看了。

御史台的官员并没有因许遵的沉默而沉默，上书神宗，责之曰，许遵断案能力如此之低，竟能迁官，而且还迁官大理寺正，掌议断刑，实朝廷之耻也。建议神宗将许遵贬官

① 潘安：古代四大美男之一。

② 石崇：西晋人，曾为荆州刺史，以劫掠客商致财产无数，曾与贵戚王恺斗富，以蜡代薪，作锦布障五十里。

③ 刑部：尚书省六部之一。北宋前期，与大理寺、审刑院，并为中央三大司法机构。

④ 大理寺正：大理寺官员，秩从五品下。元丰（1078 年）改制后为从七品。掌议断刑。

流放。

这样一来，许遵不能再沉默了，上书神宗自辩。许遵该不该贬官流放，关键是阿云弑夫一案的判断有误无误。神宗自己不好说，便命王安石和司马光共审此案。

王安石和司马光年岁相当，官职相同，又曾两度共事，早在宋仁宗嘉祐（公元1056—1063年）年间，就结下了深情厚谊，被时人称之为"嘉祐四友"①。因这个案子，二人争得面红耳赤。

王安石认为，阿云在母亲丧期出嫁，不但不能治罪，还应该旌表②。何也？她卖身葬母，乃大孝之举！至于说阿云谋杀亲夫，犯下十恶不赦之罪，也有待进一步探讨。韦大确实是阿云亲夫，可是，他这个亲夫来路不正，是骗取所得。再者，阿云弑夫，乃是为了自保。而且，弑而未死；而且，阿云又主动投案。有此四因，不应该判阿云死刑！

司马光反驳道："王介甫，你这是狡辩，不管她阿云因为什么，在为母亲守孝期间而披嫁衣，就是大不孝！弑夫未死，那是韦大命大，不能因为韦大没死而减轻阿云的罪行！"

两个好友各执一词，谁也说服不了谁。没奈何，各自将各自的意见写进奏折，呈达神宗圣裁，弄得神宗左右为难。若是不判阿云死刑，就得贬斥刑部、审刑院、大理寺那些参与重审此案的官员，也有伤司马光和御史们的面子。若是判了阿云死刑，许遵遭贬事小，关键是伤了王安石面子。而王安石呢？自己正要委他"改革"之大任，前不久，他曾上书请求改变经筵官站讲之制，我没有采纳，已经伤了他一次面子，这一次若是再伤，他怕是要闹情绪呢？为了改革大局，那只有伤司马光他们了。

诏下，阿云弑夫一案，维持许遵之判。凡刑部、审刑院、大理寺参与重审该案的官员，应当接受教训，多学律令。

王安石暗自笑了。

老实说，阿云弑夫未遂，刑部、审刑院、大理寺判她死刑，并不算错。何也？"三纲"者——君为臣纲，父为子纲，夫为妻纲。若因弑夫未遂而不杀，臣子谋反亦未遂，是杀也不杀？当然要杀。臣子谋反未遂该杀，那么，对弑夫未遂者也应该杀。况且，在"十恶不赦之罪"中，阿云犯了两条，第一，不孝。第二，不睦。不睦就是谋杀亲属，抑或是女子殴打、控告丈夫。女子殴打、控告丈夫尚且不赦，而阿云所为乃是弑夫。而且，又将夫

① 嘉祐四友：指北宋散文家王安石、司马光、吕公著、韩维。嘉祐年间，四人同在朝中为官，特相友善，暇日多会于茶坊，往往谈燕终日，他人罕得而与，时人称其为嘉祐四友。

② 旌表：古代，对遵守礼教的人的表扬。

砍成重伤。二罪并罚,将她判以剐刑也该!

王安石明知判阿云斩刑不错,可他为什么还要反对？他是在进一步试神宗对他的态度,亦是在挑战御史台、刑部、审刑院和大理寺。让经筵官由站着讲课改为坐着讲课,只是以老祖制改新祖制,尚且遇到一些官员的反对,如果以后对大宋的政治、经济、军事、文化、教育等方面进行全面改革,肯定会遇到很大阻力,如果不把自己的威信立起来,如果神宗不坚决支持自己,其下场将会和范仲淹的“庆历新政”一样。

这一试,他心中有了底,连御史台、刑部、审刑院、大理寺都败在他的手里,其他部门更不在话下了。特别是神宗的态度,更让他欣慰,神宗不但信任支持我王安石,而且还有意迁就我王安石!

该出手了。

但是,自己现在的官职,仅仅是一个翰林学士兼经筵官,以此二职来领导改革,显然是不可能的,得挤进两府①,最好是东府。

王安石正想着如何挤进东府,宰相曾公亮又一次站出来力挺他。

在王安石进京之前,文彦博、陈公弼、陈升之已迁枢密院正副使;赵抃、唐介则迁参知政事(副相)。初时,曾公亮一味地防范韩琦、富弼,甚至王安石。防着防着,他觉得不对劲,该防文彦博了。

文彦博资历老、贡献大、城府深,连翻手为云、覆手为雨的前相夏竦都不是他的对手。何况,在执政班子中,不只他自己的枢密副使陈公弼视文彦博的马首是瞻,就连宰相府的两个副相也视文彦博的马首是瞻。每当议事时,往往是曾公亮与陈升之对抗文彦博等四人,为了加强自己的力量,曾公亮向王安石伸出了橄榄枝,并向神宗建言,让王安石也加入执政班子。

此建言正中神宗下怀。

宋立国以来,对于宰执的人选,在没有任命之前,一般都要征求一下宰执们的意见。征求的结果,两个赞成,四个反对。反对最激烈的是参知政事唐介。唐介曾做过多年的御史,不只弹劾过仁宗的丈伯张尧佐;也弹劾过文彦博,因他一纸劾书,把文彦博从宰相位置上拉了下来,人称其为铁面御史,他的名气比黑脸包拯还大。

唐介坚决反对让王安石进入宰执,引得神宗很是不快,质问唐介:“卿既然竭力反

① 两府:指掌政的中书门下省(宰相机构)和掌军的枢密院。因中书门下省的办公地点位于枢密院之东,故称之为东府;枢密院称之为西府。

对王安石进入宰执，那就请卿说一说，王安石是文学不行呢，还是经术不行呢，再不就是执政能力不行呢？”

唐介回道：“王安石不管是文学方面，还是经术方面，皆有建树，但他泥古不化，迂腐不堪，又非常执拗，若让他作了宰执，恐怕要乱动祖宗法度，祸国殃民！”

唐介的回答自相矛盾，王安石既然泥古不化、迂腐不堪，那就应该因循守旧才是，岂会乱动祖宗法度？神宗有心反驳，见他病恹恹的，话到嘴边又吞了回去。

唐介回到政事堂(宰相办公处)，告诫曾公亮：“皇上召我征求王安石进入宰执的意见，该说的话我已经说了。我郑重地告你，如果王安石被重用，天下必受其害，你要好自为之！”

曾公亮虽然没有反驳，但一脸的不屑。他害怕因唐介的反对影响了王安石。第二天早朝后，曾公亮单独留下，汇报了河北赈灾的情况之后，话锋一转问道：“臣听说为王安石进入宰执的事，陛下征求了不少大臣的意见？”

神宗将头点了一点。

“结果怎么样？”曾公亮问。

“反对的甚多。”

“是不是唐介最激烈？”曾公亮又问。

“他确实最激烈，但他是一个直筒子，他反对的理由也不值一驳。文彦博就不同了，他只说了两句话——王安石只懂经术，未通世务。如果王安石真的是这样一个人，怕是做不好宰执呢！”

曾公亮正要为王安石辩解，有小宦奏禀——太皇太后不豫。

神宗忙问：“太皇太后怎么个不豫？”

小宦回道：“晕倒了。”

神宗忙命启驾，径奔柔仪殿，亲自侍奉太皇太后用药。是夜，宿于柔仪殿。第二天，经太皇太后一再相催，神宗方才回到垂拱殿。他一坐下，便命内侍召王安石前来朝见，问之曰：“有人说卿只知经术，未通世务，卿怎么解？”

王安石回道：“经术乃经世之术，是用来治理国家的。有人说臣未通世务，实乃他自己未通经术，请陛下明察。”

神宗点头称是。翌日，内降一旨，迁王安石为参知政事。王安石入朝谢恩，神宗道：“卿刚入京时，朕曾问卿，‘欲治积贫积弱之冗疾，达到富国强兵之目的，当以何为先？’卿回曰，‘改革’。如今，卿已位列宰执，那就请卿说一说如何改革？”

王安石道:“变风俗,立法度。”

神宗道:“变风俗,立法度,又当以何为先?”

王安石道:“理财。立国之本,首在理财。周朝设泉府①等官,无非酌盈剂虚,变通民利,后世惟桑弘羊②、唐刘晏③粗合此意。今欲理财,亟应修泉府遗制,借收利权。利权在握,然后庶政可行。”

神宗道:“卿言甚是。”

王安石又道:“古人有言,‘为政在人’。但人才难得,亦难知。今使十人理财,有一二人不肯协力,便可败事。尧与众人共择一人治水,尚且九载未成。而今择用不止一人,能保无异议吗?陛下若要变法,首在不惑异说。”

神宗道:“朕知道了,卿可拿一个方案,列出应行之新法,朕好次第施行。”

王安石道:“承蒙陛下错爱,把变法图强之大任委之于臣。但变法之事,波及面极广,不是臣这样一个副相可以主导得了的。臣恳请陛下,成立一个负责变法的新官署。”

神宗道:“可。”

王安石道:“因变法从理财入手,而三司使掌财政。臣为这个新官署想了一个名字,叫‘制置三司条例司’,陛下以为如何?”

神宗道:“好。”

王安石道:“既然由‘制置三司条例司’主持变法,它的规格得高于三司署。”

神宗道:“可。”

王安石道:“它像三司署一样,署中之事,中书门下不得过问。”

神宗道:“可以。但是,成立一个新官署乃朝廷之大事,请卿写一个奏折呈朕,把成立这个新官署的必要性、职掌,以及官员的设置等等,全写出来。”

王安石道了声遵旨,再拜而去。

翌日,他便把连夜赶写的《请置“制置三司条例司”》的奏折呈给神宗。

---

① 泉府:官名。“泉”,古代钱币的名称。泉府,在周,乃地官的属官,掌收购市上滞销物资及借贷收息等。

② 桑弘羊(前152—前80年),西汉政治家。出身于商人家庭。武帝时,任治粟都尉、领大司农。制定推行盐铁酒类的官营专卖,设立平准、均输机构控制全国商品。这些措施,打击了富商大贾的势力,增加了西汉政府的收入。后因“谋反”被诛。

③ 刘晏(715—780年),唐朝理财专家。

一、应及早成立制置三司条例司

……

二、职掌:经画邦计,以变旧法,以通天下之利。

三、折叠主官(编制)

折叠主官:

同制置三司条例,一员。掌领制置三司条例司,制定新法,签书三司条例公事。

折叠三司属官:

制置三司条例司检详文字官(起草变法条文),二员或三员;制置三司条例司相度利害官,若干。有权临时选官遣使考察新法实行之利弊。

神宗阅了王安石奏折之后说道:"所奏甚是,这个'制置三司条例司',就由卿来兼领。"

王安石道:"陛下如此信任臣,臣不敢辞。"

神宗道:"古语曰,'万事开头难'。卿身为副相,又要兼领'制置三司条例司',朕怕卿一人忙不过来,让枢密副使陈升之亦兼领制置三司条例司,如何?"

王安石道:"好! 陈升之位列执政,又对变法之事非常积极,曾数次语臣,大宋若不改革,即使尧舜复生,也很难使大宋振兴。好,让陈升之与臣共领'制置三司条例司'好!"

神宗道:"既然爱卿说好,那就这么定了。"

王安石将头使劲点了一点。

"朕既然要卿兼领'制置三司条例司',卿可自择掾属①。"

三天后,王安石将"制置三司条例司""掾属"的拟任名单呈给神宗。

同制置三司条例:王安石、陈升之

制置三司条例司检详文字官:吕惠卿、曾布、章惇

制置三司条例司相度利害官:谢卿材、苏辙、程颢、薛向

神宗阅到吕惠卿名字,抬头问道:"吕惠卿何许人也?"

---

① 掾属:古代属官的统称。

王安石回道："泉州（治所在今福州市）晋江人，字吉甫，前光禄卿勋[①]吕璹之子也。"

"吕璹的名字，朕陌生得很。"

王安石道："吕璹虽非科举出身，但熟悉政事，曾任宜州（治所在今广西宜山县）通判。侬智高反叛时，吕璹自率厢军两千，绕敌之后，斩敌首一千余。累迁至光禄勋。"

神宗道："父非科举出身，子呢？"

"二十五岁中进士，自县丞而知县，现为真州通判。他的贤能，岂止今人，即便是前代的知名大儒也难以企及。学习先王之道而且能够用于今世的，当今之世，只有吉甫一人而已！"

神宗"噢"了一声，低头又阅。

"曾布何许人也？"

王安石回道："史馆修撰[②]曾巩之弟也。"

"朕知之矣。嘉祐二年（1057 年），兄弟二人一块儿高中进士，被称之为双黄蛋（一个鸡蛋两个黄）。那一年他才二十一岁，而曾巩已经三十八岁了。"

王安石点头说道："陛下所言甚是。"

"朕听说他与乃兄一样，擅长文学，治国行吗？"

王安石道："行。臣曾和他长谈过三次，他的文学很不错，一首《水调歌头·向红尘里》，响遍江南。他自入仕那天起，就把自己交给了朝廷，为县、州之长达六年之久，未曾省亲，致使夫人心中怨恨，写词质问。他的见识，他的变法构想，更是常人难及……"

神宗道："停，朕想知道，他的夫人高名上姓，所作之词何也？"

王安石道："他的夫人姓魏，名玩，字玉汝，其怨词叫《菩萨蛮》。"

王安石小声吟道：

溪山掩映斜阳里，
楼台影动鸳鸯起。
隔岸两三家，

① 光禄勋：初置于秦，称郎中令。汉武帝时改称光禄勋。宋沿置，掌祭祀、朝会、宴飨、酒醴、膳馐之事。

② 史馆修撰：史官名。初置于唐，朝官兼任修史之职者称史馆修撰，资浅者称直史馆。宋代沿置，掌修日历。

出墙红杏花①。
绿杨堤下路，
早晚溪边去。
六见柳絮飞，
离人犹未归。

神宗点了点头道："如卿所言，此人应该用。哎，章惇又何许人也？"

"章惇字子厚，建州（治所在今福建建瓯）浦城人，为人豪侠慷慨、博学善文。陛下知道史馆修撰章衡吗？"

神宗道："章衡乃嘉祐二年的状元②，朕岂能不知？"

"章惇乃章衡之叔，章衡却年长章惇十岁。嘉祐二年，叔侄同赴汴京参加科举考试，章衡高中状元，而章惇亦得二甲进士。身为叔叔，居于侄儿名下，章惇以为耻，居然放弃功名，复读三年又考，得二甲第一名，赐进士及第……"

神宗"吞儿"一声笑了："有趣！这个章惇呀，你虽然是章衡之叔，但你却比章衡小了十岁……哎，嘉祐二年，章惇年庚有几？"

"二十五岁。"

神宗道："这个章惇，二十五岁高中进士，换作别人，睡梦中怕是还要笑醒呢，他居然因侄儿排名在他之前，把好不容易考取的功名放弃了，有个性，太有个性了！嗯，他不但有个性，也有真本事，再考，不但中了，且比前次考得更好。这个人，不仅要用，还要重用！"语毕，又移目下阅。

"谢卿材何其人也？"

王安石回道："臣的父母官。他一到任便组织百姓兴修水利、灌溉农田，致使臣家乡的稻、粟，每亩增了三至四成。"

神宗点了点头，瞟了一眼拟任名单上的苏辙说道："苏辙确实有才，但他是个愣头青，听风就是雨，连先帝都敢骂，敢用吗？"

---

① 出墙红杏花：南宋叶绍翁《游园不值》诗，有"春色满园关不住，一枝红杏出墙来"之句，备受人们称赞。魏夫人此句，早于叶诗，亦精妙可称，朱熹把魏夫人与李清照并提曰："本朝夫人能文，只有李易安（李清照）与魏夫人。"

② 状元：宋之进士，分为三等，即三甲。一甲三名，第一名称状元，第二名称榜眼，第三名称探花；二甲若干，赐进士出身；三甲若干，为同进士出身。

四　泼皮章惇

王安石劝神宗:“要变法图强,就得起用新人,起用那些‘愣一点’的新人!”

唐介质问神宗:“既然陛下与士大夫共天下,增设如此重要的一个官署,为什么不听一听士大夫的声音?”

桂管家搜至酒房,见有土松处,佯疑,取锄掘之,得死人腿一条,大叫曰:“汝竟敢杀吾家逃奴!”

王安石笑问神宗:“陛下说苏辙骂先帝的事,是不是发生在嘉祐二年?”

神宗道:“正是。”

就这件事来说,苏辙真是够愣了。嘉祐二年,他与其兄苏轼一块参加省试,他见仁宗皇帝年事已高,担心他倦于政事,便在试卷中对仁宗进行劝诫:“近年来,宫中嫔妃数量激增,已达千人之多,日日歌舞饮酒,嬉笑无度。陛下在朝堂之上不与大臣咨询国家大事,下朝后又不向侍从讨教治国之道。汉三代衰亡的教训,汉唐灭亡的前辙,因为后宫争宠带来的灾难,陛下也是知道的。长此以往,各种弊端必然会产生……陛下不要以为好色只是一己之事,不会扰乱国家大事。错矣! 当今的大宋,海内穷困,民生凋敝,契丹、西夏又对我虎视眈眈,陛下若不悬崖勒马,汉唐灭亡的历史,怕是要重演呢!”

苏辙在试卷中所举的这些例子,有些属实,有些是道听途说。比如好色的事,确实有,但与其他皇帝相比,微不足道。是的,他确实好色,爱屋及乌,三番五次下诏要迁张贵妃伯父张尧佐的官。但是,由于大臣的反对,没有迁成;他所喜欢的女人,硬是让大臣和太监们一一赶走,他连个屁都没放。

再者,说“他在朝堂之上不与大臣咨询国家大事,下朝后又不向侍从讨教治国之道”,这不仅是道听途说了,是造谣。仁宗皇帝如果真像苏辙说的那样,大宋的经济岂能如此腾飞? 文化岂能那么繁荣? 繁荣得把汉唐盛世甩得不见影儿!

苏辙这么做,如果换个皇帝,不说砍他的头,至少问他一个大不敬之罪,可仁宗不但不治他的罪,还将他的试卷评为中等,任命为商州(今之陕西商县)军事推官①。这件事距今已经十年了,神宗那时还是一个不到十岁的娃娃,居然记到现在,而且耿耿于怀。一想到"耿耿于怀"四字,王石安的心不由得"咯噔"一下。苏辙当年的试卷,骂的并非神宗,他尚且耿耿于怀。可见他的肚量比仁宗相去甚远,要改革,要变法,可不只是骂人,是要从那些既得利益者,包括皇族,甚至皇帝口中掏肉,神宗会容忍我吗?如果他不容忍,商鞅的下场就是我王安石的下场!

王安石不寒而栗。

但是,如果不改革,不变法,就国家来讲,如何解决大宋的顽疾——积贫积弱!不解决积贫积弱,富国强兵就是一句空话;就个人来讲,不改革,不变法,如何实现自己的抱负?不实现自己的抱负,那就是一个庸官!

大宋不缺庸官!不但大宋,开天辟地以来,历朝历代都不缺庸官。

他长叹一声。

他这一叹,神宗赶紧向他表白:"苏辙的事,朕只是随便说说而已,爱卿如果认为苏辙可用,那就用吧。"

神宗这一表白,王安石的心情又好了许多,神宗的肚量尽管不如仁宗,但他对我还蛮在意的。他本来不想用苏辙,我只是长叹了一声,他便同意用了。况且,改革的风已经放了出去。不,不只是放了出去,连改革的官署——"制置三司条例司"都成立了,我若是打退堂鼓,如何向天下人交代?

"开弓没有回头箭。"

干!

我一定要坚定不移地干下去!

我不但要干,还得干好。但这么大的事,仅凭我一人之力是不行的。

一个篱笆三个桩,一个好汉三个帮。我既然选中苏辙做我的帮手,我就得为他说话,消除他在皇上心中的阴影。

王安石轻叹一声,说道:"陛下,您说苏辙是个愣头青,一点也没说错。但是,他与别的愣头青又有所不同,别的愣头青不只是头脑简单,还容易冲动,做事不计后果。苏辙呢?如果是一个头脑简单的人,文章绝对不会写得那么好,也绝对不会十七八岁便高

① 推官:唐节度使、观察使属官,掌推勘刑狱诉讼。宋沿置,实为郡州佐官。

中进士及第。至于他在试卷中写了那些不该说的话，那是因为他年轻，凭着对朝廷，对国家的一腔热血，才写出了那一番常人不敢说的话。”

他见神宗将头点了点，继续说道：“古往今来，敢干大事，能干成大事的人，大都是年轻人，还大都有点‘愣’。比如汉之霍去病，若是不‘愣’，初次征讨匈奴，仅率八百骑深入敌境数百里，斩敌两千多，吓得数万匈奴兵四散逃亡。那一年他才十七岁。再如本朝的富（弼）相，为了国家的利益，在敌国的营帐里反复抗争，甚至当着仁宗皇帝的面骂自己的岳父晏殊‘奸邪’，够愣了吧？”

神宗又将头点了点。

“富相呢？”王安石继续说道：“经过数十年的官场磨炼，‘愣劲’早已不复存在。正因为他没有了‘愣劲’，才会安于现状。他既然安于现状，还会支持陛下改革和变法吗？”

神宗老老实实地回道：“不会。”

“像富公这样的元老重臣，不止一个，而是很多很多，比如韩公（韩琦）、文公（彦博）、吴奎、唐介、欧阳修等等。这些人，在‘庆历新政’时可都是推行新法的重要成员、范公（仲淹）的左膀右臂！所以，要变法图强，就得起用新人，起用那些‘愣’一点的年轻人！”

神宗频频颔首道：“爱卿所言甚是，那咱就多起用一些愣一点的年轻人吧！”

王安石向神宗拜了一拜说道：“陛下圣明。”

“程颢呢，是不是也有点‘愣’？”神宗问。

王安石道：“他倒不怎么愣，但他的老师有点愣。”

“他的老师是谁？”神宗问。

“周敦颐。”

神宗道：“是不是撰写《太极图说》《通书》和《爱莲说》的那个人？”

王安石道：“正是。”

“朕听说，周敦颐的《太极图》源自华山道士陈抟的《无极图》？”

王安石道：“是的。”

“《太极图》的核心是讲天人感应、格物致知、存天理、灭人欲？”

王安石点头说道：“正是。”

“《爱莲说》写得不错，其‘莲之出淤泥而不染，濯清涟而不妖’之语，脍炙人口，为天下称道。”

王安石又将头点了一点。

“哎，爱卿不是说周敦颐有点愣吗，他怎么个愣法？”神宗问。

王安石道：“他在任南安军司理参军[①]时，高继宣的继父周虹好吃懒做，还经常殴打继宣老娘，继宣劝之不听，扇了继父一耳光，继父将他告到军衙。因铁面御史赵抃是周虹的表叔，知军想讨好赵抃，硬要以‘以子殴父’之罪判高继宣斩刑。周敦颐反对，辩之曰：‘周虹只是高继宣继父，继父岂能和亲生父亲相提并论？况且，周虹欺负的乃是高继宣生母，高继宣为了生母才打周虹，罪不至死。若为了讨好上司而杀人，我坚决不干！’话毕，挂印而去。为了个素不相识的高继宣而挂印，而丢掉了自己的前程，您说他‘愣不愣’？”

“他是有点愣，哎，朕问的是程颢，卿却谈起了程颢的老师，朕想知道程颢到底是一个是什么样人？”

王安石道：“臣刚才已经说了，他是周敦颐的学生。他之所以能成为周敦颐的学生，源于他的父亲。他的父亲程太中是南安军通判，官职比周敦颐略高一些，算是周敦颐的半个上司。他经过长期观察，发现周敦颐这个人不简单，毅然把自己的两个儿子——程颢、程颐郑重地交给周敦颐。二程自从当了周敦颐的弟子，每日钻研大道，科场名利之心再也没有了。周敦颐升天之前，一反常态地对二程说道，‘科场还是要下的，若自己不取得功名，不做官，如何去教化执政者。’二程葬过恩师，一边为恩师守墓，一边苦读六经，大比之年进京，双双高中进士及第，程颢官拜晋城知县，程颐则做了太学博士[②]。”

“程颢官声如何？”神宗问。

王安石道：“官声甚好。”

神宗道：“何以见得？”

“晋城张元刚刚葬过养父，一个老叟找上门来，自称是张元亲生父亲。张元问他，所从何业，老叟回道，从医。可在张元的印象中，他的生父乃是一个地道的农夫。张元不肯相认，老叟便将张元告到县衙。前任知县要老叟提供证据，老叟便从怀中取出一张处方册，处方册的背面写道：‘某年某月某日，因家贫无力抚养儿子，将一岁儿子送给张田翁家。’而张元的养父叫张田，前任知县硬让张元认老叟为父，张元不干，前任知县便

---

① 司理参军：宋代州、军之属官，简称司理。或司李。职掌狱讼。

② 大学博士：学官名，隶国子监。初置于西汉。专一经，以教授太学生（或国子生），秩从八品。

判了张元一个不孝之罪，将张元收捕入狱。张元妻子头顶状纸，自州而京，上诉了将近一年没有结果，当张元即将绝望之时，程颢来了。复审案子那日，将原告被告以及张元的四邻一起传到县衙。只问了几句话，便将案子翻了过来。”

神宗来了兴趣：“他都问了些什么？”

“他首先问老叟，‘张田翁是一个人名吗？’老叟回道‘是。’程颢又问张元，‘你养父高名上姓？’张元回曰，‘张田。’程颢复又问老叟，‘你俩说的不是一个人吧？’老叟回曰，‘是一个人。’程颢道，‘你明明说你将你的儿子给了张田翁，可张元的养父叫张田。’老叟道，‘张田翁就是张田。’程颢问，‘为什么？’老叟回曰，‘翁是老的意思，’程颢问张元，‘你养父若是还活着的话，年庚几何？’张元回道，‘年庚七十有二。’程颢问张元四邻，‘张田今年是不是七十二岁？’四邻回曰，‘是。’程颢复问张元，‘你年庚几何？’张元回道，‘小民年庚三十四岁。’程颢又问，‘如此说来，你养父收养你的时候才三十八岁？’张元将头点了一点。程颢移目老叟，‘老爷和张元的对话你都听见了吧？’老叟回道，‘听见了。’程颢将惊堂木‘啪’地一拍道，‘众衙役听令。’众衙役轰然应道，‘是。’程颢朝老叟一指道，‘把这个老家伙拖下去重打五十。’老叟怒道，‘你为什么打我？’程颢道，‘你是一个骗子！’老叟反问，‘你凭什么断定我是一个骗子？’程颢道，‘你说张田是个老翁，而张田收养张元时才三十八岁，一个三十八岁的人岂能称翁？’老叟无言以对，被衙役拖到后堂打了五十大板。”

神宗赞道：“这个程颢办案的本领，可与包拯比肩了。但是，一县之长政声如何，不只要看他断案的水平，还得看他会不会牧民、育民、捕盗、兴学和兴修水利等等。”

王安石道：“陛下所说的这些事，他都干得非常好。”

神宗道：“能否举一个例子？”

王安石道：“例子太多了，莫说举一个，十个也能举。就说他在晋城吧，他一到任，便组织百姓打井、修渠、治理陂塘。他还根据乡村距离的远近，让百姓结成伍保，共同承担徭役。凡是孤寡老人、残疾人，确定亲戚、乡党的连带责任，保证其衣食无忧。凡是路过晋城的行旅之人，一旦有病，当地居民必须为其延医治病。对于百姓，他主张用‘仁德教化。’县境张栓因盗窃罪被抓，程颢在审他的时候说，‘你能痛改前非，我就对你从轻处置。’张栓回曰，‘我愿意痛改前非。’程颢便把张栓薄责一下放了。张栓后来再次做贼，县吏来抓捕他时，他自愧无颜再见程颢，便自刎了。他走到哪里把学校办到哪里，任职扶沟县时，建了一个书院，他自己亲自授课，全国各地的士人学者，前来就学的络绎不绝，诸如蔡人谢良佐，闽人杨时、游酢，陕人吕大临，洛人朱光庭，河北澶渊的周纯明等。朱光庭是嘉祐年间进士,曾有人问他,你去扶沟县听程颢讲课,有何感受?朱光庭回曰,‘如同在春风中坐了一个月。’‘如沐春风’一词,便是由此而来……”

神宗将手摆了一摆,说道:“爱卿不必说了,朕同意用程颢。哎,薛向这个人,朕知道他是科举出身,但不知道为官怎么样?”

王安石道:“很好。”

神宗道:“那就请爱卿说一说他怎么个好法。”

“他曾知永寿县,有一辽人,赍香药两筐,到永寿贩卖,按律应抽其税十之一二,辽人出示枢密使王德用之书,说是这两筐香药乃是王德用托他捎给其弟的,薛向曰,‘焉有执政寄家之药而委胡人者?’鞫之,果妄。智也!又曾为开封度支判官①、权陕西转运副使、制置解盐,盐足支十年。兼牧沙苑马监时,该苑占地千顷,年养马之费四万贯,仅得驹三百。薛向一上任,便将马让民间代养,地亦租之于民,所得租金,皆作为养马之资,付给养马之民。马若生驹,给予一定的钱作为奖励。如此一来,钱未增一分,年可得马万匹。此人可称得上理财高手,计算无遗策。”

神宗将头略略点了一点,说道:“你说他行,他一定行。成立‘制置三司条例司’的诏书和任命官员的敕书,朕让执政们议过后,立即颁行。”

“照理,这两件事,应该交执政们议一议。不过,您也知道,多数执政,对变法并不支持,若是让他们来议,怕是不会议出一个好结果来。为了少惹麻烦,您干脆以内降诏书的形式,把这两件事给解决了吧。”

神宗默想了一会儿,说道:“爱卿所言甚是。”

三天后,成立制置三司条例司的诏书和任命王安石、陈升之等人的敕书一块儿颁出。

这一颁,引得百官议论纷纷。第一个站出来反对的是富弼,朝会上,他当着神宗的面,质问王安石:“王介甫,朝廷已经设立三司,为何又立一三司?”

王安石不慌不忙地回道:“此三司与彼三司有所不同,彼三司是负责朝廷的财政,今所设置之‘制置三司条例司’,乃是为了便于推行新法。”

富弼问:“据你说,制置三司条例司的设立,乃是为了推行新法,但不知新法由何衙门制定,又由何衙门颁布?”

---

① 度支判官:度支原为度人为出之意。魏晋南北朝时设“度支尚书”,掌管国家财政收支。度支尚书一般由宰相兼领,其下有副使、判官。判官常自尚书省其他曹司中调取郎官来充任,称为判官郎中,人数四至六人。

王安石回道:“既然成立了推行变法的新衙门,新法的制定和颁布就应该由这个衙门来负责。”

富弼复问:“这个新衙门,是归属东府还是西府?”

王安石回道:“谁也不归属。”

富弼再问:“制置三司条例司,既然可以直接发布政令,两府又无权过问,它是一个什么衙门?是它大,还是两府大?”

这个问题,王安石不好回答,移目神宗。

神宗轻咳一声,说道:“两府置之于太祖,掌文武大政,是两个永久性的衙门,而制置三司条例司之设,乃是为了变法特设的一个官衙。它们之间不存在孰大孰小的问题。”

富弼欲言又止,唐介跳了出来,大声问道:“诚如陛下所言,制置三司条例司和两府之间,不存在孰大孰小的问题,那么,制置三司条例司所颁布的新法,两府不执行怎么办?”

“凡制置三司条例司所颁布的新法,朕都会一一细审,朕不同意,它就不能颁布。朕既然同意它颁布,那就视同朕的诏令,两府没有理由不执行!”

唐介冷笑一声道:“臣明白了,‘制置三司条例司’虽然是一个临时衙门,但它可以架空两府,甚至挟持两府。好,很好!但臣有一个问题,请陛下不吝赐教才是!”

神宗冷声说道:“请讲。”

“与士大夫共天下这话出自何人之口?”

神宗道:“太祖。”

“这是不是祖训?”

神宗道:“是。”

“执行得怎么样?”

神宗道:“很好。”

“既然陛下与士大夫共天下,增设如此重要的一个衙门,陛下为何不听一听士大夫的声音?”

神宗不知如何回答。王安石不失时机地站出来为神宗解围:“唐大人,您怎么知道成立‘制置三司条例司’的事,陛下没有听士大夫的声音?”

唐介和王安石曾为阿云弑夫案和如何评价五代不倒翁冯道之事争辩过两次,加之在变法一事上二人的主张截然相反。故而,唐介对王安石不是一般的反感,今见他公然质问自己，怒火中烧，大声喝问道："王介甫，你张口尧舜，闭口尧舜，尧舜之时，何曾有滥设官衙之事？"

王安石哪甘示弱，大睁着两眼反驳道："张口尧舜，闭口尧舜，乃是尊崇古之贤君，有什么不对？至于滥设官衙之事，你更是信口开河。什么叫滥设？尧舜之时，确实没有'制置三司条例司'这个衙门，但是，两府和三司也没有呀！如果说设立'制置三司条例司'是滥设，两府和三司算不算滥设？两府和三司如果算，那就应该把两府和三司也给砍了；还有您这个参知政事，尧舜时也没有呀，是不是也应该把你给砍了？"

唐介无言以对，又羞又气："啊、啊、啊……"脸色苍白，摇摇欲坠。文彦博、赵抃忙上前将他架住。

王安石这才想起，唐介生性耿直，又大病初愈，如果因为自己刚才那番话把唐介气死了，岂不要被千夫所指！有心上前道个歉，见富弼等人皆以怨恨的眼光盯着自己，又站住了。

唐介不甘认输，但又无法回答王安石的诘问，大口地喘气，喘息了许久方道："王介甫，你说得对，尧舜之时，确实没有两府和三司这样的衙门，也没有参知政事这一官职，但尧舜时人少、事少，设官也少。尧舜时中国有多少人呀？顶多百十万。咱大宋是多少呢？先帝英宗在世的时候，已经达到了六千万。所以呀……"

赵抃暗自说道："唐介这是怎么了，自己给自己设套。王安石为什么要变法，就是他觉着古今情况不一样，为了适应发展了的形势，才要变法。你唐介这么讲，也是说古今情况不一样，既然不一样，变法有什么错？唉，这个唐介，我得制止他。否则，以王安石的性格，一定会反驳他，甚至还会拿他之矛，攻他之盾。如此一来，那可真要把唐介气死了！"

想到此，他"嘿嘿"一笑，说道："唐大人，你看，日已过午。况且，关于成立制置三司条例司的诏书，已经颁布了，您和介甫没必要再为这事论个高低。"

神宗当即附和道："唐爱卿，赵爱卿所言颇有道理。况且，'制置三司条例司'之设，乃是出于朕意，与介甫无关。至于这个衙门该不该设，等它运行一段，咱们再议如何？"

还没有等唐介回答，神宗已经站了起来。

其实，他压根就不准备让唐介回答。

当值太监，将拂尘一摆，高声宣道："退朝——"

唐介为官数十年，既清廉，又刚正不阿，也曾数任谏官，因他弹劾而遭贬的三品以上的大臣就有十几个，内中还有一个刺头，是仁宗皇帝爱妃张贵妃的伯父张尧佐，被国人誉之为唐青天、真御史，在北宋享此殊荣的仅他和包拯而已。

如此一个人，如此辉煌的一生，居然栽在一个晚生后辈王安石手里，唐介越想越气，旧病复发，勉强活了三十天，驾鹤西去了。

唐介虽然死了，但汴京的士大夫并未停止对“制置三司条例司”设置的非议。而且，非议的对象由机构扩大到人。

不只是非议，是抨击。

受抨击最厉害的当然是王安石了，其次是吕惠卿和章惇。

某一日，司马光和文彦博，一边饮茶，一边闲聊，聊着，聊到了吕惠卿。

“不知你听说了没有，皇上问及吕惠卿，介甫把他夸成了一朵花。”文彦博长叹一声说道。

司马光道：“我听说了。”

文彦博叹道：“其实呀，吕惠卿是一个小人，是一个奸邪小人！”

司马光道：“他怎么个奸邪？”

文彦博喝了一口茶，讲了吕惠卿的一件丑闻。

吕惠卿的族叔吕温在县城东关有一座闲房，久未住人，破烂不堪，以每月八贯的房租，租给一经营丝绸的张姓商人。

张商人耗资一百贯，将其房进行改造，开了一个丝绸庄，经营不到一年，一李姓商人找到吕温，愿以每月十五贯的价钱，租其房。

吕温动心了，托人捎话张商人，要收回房子，张商人不同意。

吕惠卿听说了这件事，笑说道：“叔，侄儿有一个办法管叫张商人乖乖地把房子退给您。”

吕温道：“你如果能让张商人把房子退给叔，你今年进京赶考的钱叔全出了。”

吕惠卿笑问道：“您知道侄儿进京赶考得花多少钱？”

吕温道：“顶多二十两。”

吕惠卿道：“二十两您出吗？”

吕温道：“叔出。”

吕惠卿便授吕温一计，吕温依计而行，将吴家奴叫到密室，如此这般交代一番，吴家奴携妻投张商人为仆。

两个月后，吴家奴携妻而逸。吕温遣桂管家携仆二人并吴家奴夫妇之画像来见张商人，指着画像问曰："此男，汝认识不？"

张商人老老实实回道："认识。"

"此男，乃吕员外之逃奴也。两个月前，此奴盗吕员外钱五百贯，不知去向。昨日，有人告吕员外，言说此奴携妻投汝。"

张商人道："此奴来投，实有之，但余实不知此奴为吕员外之奴仆。"

桂管家道："汝知不知道，那是汝的事，余很想知道，此奴夫妇今安在？"

张商人回曰："昨日已逸去。"

桂管家将脸一板说道："吾家员外昨日始侦知此奴在汝宅，岂有逸去之事！必汝匿之耳，吾要搜之。"

张商人自知无欺，慷然允之。桂管家率二奴逐屋寻找。至酒房，见有土松处，佯疑，取锄掘之，得死人腿一条，大叫曰："汝竟敢杀吾家逃奴！"

张商人又气又惧，分辩道："余未杀人。"

桂管家反问道："汝未杀人，何来死人之腿？吾家逃奴。今又何在？走，咱这就一块儿去见官。"

张商人惧，满脸赔笑道："您别急，您听我说。我绝对没有谋杀您家逃奴。至于这条人腿吗？一定是别有用心之人所为。日已正午，咱先不说人腿之事，咱先去吃饭，吃了饭再说好吗？"

桂管家半推半就。菜好，酒好，加之张商人殷殷相劝，把桂管家喝的酩酊大醉，被人扶到吕温家中。

第二天中午，桂管家率着二奴，又来到张商人绸庄，大呼小叫，非要拉张商人去见官。张商人好话说尽，方才入席，又喝了一个酩酊大醉。

第三天中午，桂管家率着二奴，再次来到绸庄。张商人不仅热情招待，还送给桂管家一锭五两重的银子。桂管家悄悄告诉张商人："若退还吕员外之房契，事可息。"

张商人本来就怀疑，家中的死人腿，乃吴奴所为，听桂管家这么一说，愈发认定，自己所疑不差，有心去官府状告吕温，但自己并没有掌握吴奴的半点罪证，一旦惊动了官府，这事就会没完没了。俗谚不俗："屈死不告状，饿死不做贼。"退还他的房契，不就赔了一百贯钱吗？这一百贯钱，就当给吕温买个好点棺材！

张商人走了，吕温笑了。一脸灿烂的吕温兑现了许给吕惠卿的银子。吕惠卿有了银子，一路唱着来到汴京，考了个进士及第，初任为真州推官……

文彦博话音一落，疾恶如仇的司马光一脸愤色地说道："可恶，这个吕惠卿实在可恶！我明天便上书弹劾他。"

文彦博将头摇了一摇，说道："你还不能弹劾他呢！"

"为什么？"

文彦博道："吕惠卿的这件事，虽然传得沸沸扬扬，但无法核实。"

"为什么？"司马光又问。

"吕温死了。"

司马光"嗨"了一声，一脸的沮丧。

文彦博道："在'制置三司条例司'的官员中，论奸邪，首推吕惠卿，章惇次之。章惇虽然没有吕惠卿奸邪，但他早年混迹赌场与勾栏①，看尽了人间百态，也受尽了人间白眼，既泼皮，又胆大，行事不计后果，一旦做起坏事来，对国家的危害，不亚于吕惠卿。"

司马光眉头微皱道："您这话不大靠谱吧？早几年，通过介甫，我和章惇交往了几次，他说他家世代为官，他的父亲章俞，官至银青光禄大夫②。如此一个有背景的人，岂能混迹于赌场和勾栏？"

文彦博道："是的，章惇确实出身于官宦之家，他的父亲也确实叫章俞，但他不是嫡出。他不但不是嫡出，连庶出也不是，乃野合所生。"

文彦博又喝了一口茶，慢悠悠地讲起了章惇。

章惇的母亲小凤仙，是他爹，也就是章俞的小儿媳妇。小凤仙嫁到章家不到三年，男人死了。死了男人一年后，肚子被她公公搞大了，闹得满城风雨。没奈何，章俞将她安置到邻县的亲戚家。到了亲戚家后，小凤仙又与亲戚的一个邻居搞上了。而这个邻居是当地一个泼皮头儿。经常带着小凤仙出入赌场、勾栏。

近墨者黑，章惇十一二岁便学会了赌博、鞠蹴、骑马、射箭。当他得知自己的身世后，哭着、闹着非要归宗，起初章俞不答应，后见他归意甚坚，勉强同意。章惇归宗后，在章俞的调教下，改邪归正，埋头书斋，十年后与其侄章衡一块儿赴京参加科举考试，考了个进士出身。因耻居侄儿章衡之后，毅然放弃功名复读。

章惇虽然放弃了功名，但通过这次科举，他结识了苏轼、苏辙兄弟。某一日，章惇与

---

① 勾栏：宋元时百戏杂剧的演出场所。

② 银青光禄大夫：大夫之名，初置于汉，银章青绶，秩比二千石，故称银青光禄大夫。历代沿之，唐宋为文散官，从三品。

苏轼一块儿出游仙游潭，潭下是万仞绝壁，只有一根小横木连接对岸，章惇推了推苏轼，请他先行。

苏轼将头使劲摇一摇："走小横木太危险，咱还是从原路返回吧。"

章惇讥笑道："连个小横木都不敢走，还能成什么大事？你看我的！"

说毕，章惇迈步踏上横木，舞蹈而前。不一会儿，到达彼岸，朝苏轼做了一个鬼脸，转向绝壁，攀藤而上，在石头上写了八个大字——章惇、苏轼到此一游。

他返回后，拍了拍苏轼的肩头："论写诗我不如你，论胆识你不如我。所以呀，我虽然比你晚登科三年，但我的官一定比你做的大。"

苏轼点了点头说："你的官也许比我做的大，但你不得好死！"

"为什么？"章惇问。

"你日后一定会杀人！"

章惇又问了一个"为什么"。

苏轼道："你连自己的命都可以不要，别人的命怎么会放在心上！"

章惇哈哈大笑道："也许你说得对。"

二人返回客栈，休息了一夜，第二天一大早便去爬山。刚爬到半山腰，前边的人飞奔而返，一边跑，一边喊道："老虎，山北有老虎！"

苏轼忙向章惇说道："既然山北有老虎，咱就不要上了。"

章惇道："别听他们瞎说，大白天的，哪来的老虎？上！"一边说，一边拽着苏轼的胳膊，强拉着他继续登山。

五　三劾王安石

富弼和唐介弹劾王安石，也只是说他不该鼓动皇上滥设衙门，而吕诲一出手就是要把王安石往死里整，列举了他十大罪状。

吕诲的遭贬，暂时达到了杀一儆百的效果，朝堂上再也听不到反对变法的声音了。

范纯仁两次上书，被神宗压了下来，再上，且质问道："臣所谏之事，事关社稷，所劾之人，乃朝廷重臣，是对是错，陛下应该有个态度……"

苏轼和章惇气喘吁吁地爬上山顶，果见山北的大石头旁蹲了一只猛虎，苏轼掉头就跑。章惇不但不跑，还捡了几块石头，朝猛虎扔去，居然把猛虎吓跑了。

时隔一个月，苏轼兄弟相聚，苏轼说："想不到章惇竟是一个亡命之徒。这种人呀，也许会是你最好的朋友，面对生死之难时，都敢为你出头。可他一旦和你翻脸，或者不认可你，他会动用一切手段，把你往死里整。这样的人，咱还是离远点好。"

苏辙将头点了点。

议过了章惇，文彦博、司马光又议了一会儿谢卿材、苏辙、程颢和薛向。

司马光叹道："介甫一门心思要变法，可现在的法都是前人制定的，实行了数百年甚至上千年，国人已经习惯了，他若是一变，很多人不适应，恐怕要引起混乱。我曾和他长谈过两次，他不听。其实呀，反对变法的，不只咱们这几个老头儿，朝中大臣很少有支持他的。没人支持，他就变成孤家寡人。为了寻找帮手，他到处拉人，只要支持变法，不问出身，不问品德，都往他的变法班子里拉，才使吕惠卿之流有了跻身变法班子的机会。我所困惑的是，苏辙、程颢，明明是正人君子，为啥也要挤进去凑热闹？"

文彦博亦叹道："也许是介甫把变法的前景描绘得太诱人了。"

司马光冷笑一声道:“是够诱人的。介甫曾大言不惭地说道,只要实行变法,‘民不加赋而国用足’……”

文彦博道:“我听说,为这句话,你和介甫当廷吵了起来。”

司马光点头说道:“有这么回事,他王介甫说这句话,简直就是在挑战百官的智商和学识。我当即反问他,‘怎么个变法’就可以使‘民不加赋而国用足?’王介甫回道,‘理财,只要善于理财,就民不加赋而国用足!’我反驳道,‘天地间的财物有定数,不在官即在民,你王介甫所说的民不加赋而国用足,只不过暗里做手脚,抢夺民财,那比加赋更恶劣。加赋至少还有根据和具体数字,你这一招乃是拾的汉朝桑弘羊的牙慧,桑弘羊那一招确实让国家富了,但老百姓穷了,不是沦为盗贼,就是扯旗造反,若非汉武帝断然改之,汉朝的江山怕就完了。’唉,王介甫已经无言以对,想不到皇上竟站出来为他开脱,说什么王介甫的理财和桑弘羊的理财不一样。我正要问皇上,他二人的理财怎么个不一样,富相拽了拽我的袍袖,我这才把嘴闭上。”

“唉,皇上本来是一个英主,居然被王介甫……”文彦博复又长叹了一声。

反对变法的人,如果都像文彦博和司马光那样,只是在下边议一议,倒也没有什么。

吕诲跳了出来。

吕诲出身名门,祖父是太宗、真宗朝的名相吕端。太宗在世时,已经立真宗赵恒为太子,但他驾崩后,大内总管王继恩勾结李皇后和参知政事李昌龄等,欲立长皇子赵元佐为天子,吕端智囚王继恩,扶赵恒登上了皇帝宝座,故而,赵家皇帝视吕端为恩人。而吕诲呢,又有恩于英宗。仁宗没有儿子,忌言立储,吕诲作为御史,率先提出立储,为英宗顺利即位出了大力。到了英宗年间,韩琦、欧阳修等宰臣为了讨好英宗,主张追尊英宗生父濮安懿王为皇帝,吕诲和司马光公开反对,受天下君子的尊崇。当宦官任守忠在曹太后和英宗之间挑拨离间时,吕诲上书,要求驱逐任守忠,并反复劝说宋英宗,要他孝顺曹太后;对于曹太后,又以英宗龙体有恙为名,劝她体谅、容忍儿子,在协调两宫关系上立下大功。

吕诲不只名气大,声望高。而且,他本身还担任御史中丞。宋朝一般不设御史大夫,御史中丞是御史台的实际掌门人,职责就是监察、弹劾百官。他一出手,那份量绝对比唐介大。

他是怎么出手的呢?

他是直接上书神宗。

富弼和唐介那么反对王安石,也只是说王安石不该鼓动神宗滥设衙门。而吕诲一出手，便说王安石奸诈，犯了十件大罪。

第一件，慢上无礼。王安石在仁宗末年，因为裁断案件与中书省不和，仁宗下诏让王安石前往中书省道歉。御史台虽连番催促，但王安石就是不道歉。英宗在位时，几次征召王安石进京为官，王安石拒不奉诏。

第二件，好名嗜进。王安石在仁宗、英宗朝几次拒绝朝廷征召，标榜自己无意为官，但到了本朝，一道诏令就前往江宁出任知州，之后更是毫不推辞地出任翰林学士、参知政事。在仁宗、英宗二朝，他多次拒绝朝廷征召，不是无意为官，而是嫌官小，王安石是一个不折不扣的贪图名爵的伪君子！

第三件，不识君臣之分。经筵官给皇帝讲课历来都是站着讲，王安石出任经筵官之后却要求坐着讲，从而抬高他个人的身份。

第四件，掠美于己，敛怨于君。王安石担任副相以来，每次议事，都和同僚争吵不休。结果如果不合王安石的意，王安石就请求单独面见皇上，要求皇上直接下诏认可自己的做法。凡能落好的事，王安石说是自己的干的；凡挨骂的事，王安石便把责任推到皇上身上。

第五件，挟情坏法。面对许遵的错误判决，王安石竟然支持，把谋杀亲夫的大罪判成死罪减二等，把个人感情凌驾于法律的公正之上。

第六件，背公死党。王安石自从出任翰林学士之后，没有向朝廷推荐一个官员，但是，多次在皇上面前夸赞自己的弟弟王安国。皇上用状元的待遇对待王安国，王安石还有些不满意。主考官员说王安国的考试成绩不咋的，王安石就大怒，要求严惩主考官。

第七件，专威害政。自从太祖皇帝以来，宰相就不能单独下发公文，可王安石竟然要求宰相可以直接下发公文，明显是觊觎皇权，扰乱国政。

第八件，凌辱大臣，气死唐介。

第九件，离间天子骨肉。中书省不在品的章辟光居然上书，要求皇弟岐王搬出皇宫，惹得高太后勃然大怒。章辟光哪里有胆子上这种书，分明是受了王安石的指示。王安石这么做，明显是挑拨皇帝母子不和、兄弟不和，用心险恶！

第十件，鼓动皇上设置三司条例司，其长官却由自己兼领，把自己凌驾在两府和三司之上。

结论是——王安石“外示朴野，内藏巧诈，骄蹇慢上，阴贼害物”；“误天下苍生，必是此人！”

在这十件事中，有的根本不复存在，比如第四件和第九件；有的捕风捉影，抑或是道听途说，比如第六件、第七件；即是果有其事者也多与事实不符，抑或是认识的分歧，比如第一件、第二件、第五件、第八件；至于第十件，那是神宗的事，王安石个人根本无权决定。第三件让经筵官由站着讲改为坐着讲，既是恢复古制，也是体现对老师的尊重，王安石何罪之有？

但是，这个劾书出自御史中丞之手，而这个御史中丞又不是一般人物。况且，大宋立国以来，有一个不成文的规定，文武百官只要有丑闻，不管真假，都得辞官。而王安石的丑闻，还不止一件，是十件，王安石不得不上表求辞。

神宗封还他的表章，且说道：“御史、谏官可以风闻奏事，吕诲的话，卿不必放在心上。”

对于神宗的这个答复，王安石很不满意，二次上书求辞。书中，直言不讳地说道：“台谏官固然可以风闻奏事，但变法是一场战争，士气可鼓而不可泄。若听任御史和谏官风闻奏事，岂不要扰乱军心，军心一乱，这仗还怎么打？”

王安石的话不是没有道理，若依了王安石，就得惩处吕诲。若是惩处吕诲，神宗既于心不忍，又有悖台谏官可以风闻奏事的祖制。

正当神宗为惩处不惩处吕诲甚为纠结的时候，王安石的第三封辞书又呈到御案上。

王安石这样做，自有他的道理，吕诲如此攻击我王安石，若不对他严加惩处，其他台谏官必将起而效之，攻击新法，抑或是攻击我王安石，这法还怎么变！

神宗看了王安石的第三封辞书之后，依然不想惩处吕诲。他通过曾公亮，传话王安石，那话说得也十分委婉：“吕诲应该遭贬，但是，若是贬了吕诲，朝野上下会把怨气结在爱卿身上。如此一来，恐怕会增加爱卿内心的不安。”

皇上把话说到这个份上，王安石如果会来事，就该借坡下驴，上书神宗，不让他惩处吕诲。但是，王安石没有这么做——“曾相，请您转奏皇上，我王介甫已经以身许国，吕诲的事，陛下如果处理得当，怎会增加我王介甫的不安呢？”

王安石的这句话，决定了吕诲的命运，已经在家待罪的吕诲被踢出汴京，知邓州去了。

“何为待罪？”

待罪就是以戴罪之身在家等候朝廷处理。“待罪”之人多为台谏官员，但是，“待罪”之人并不是真的认为自己有罪，而是要挟朝廷的一种手段，是台谏官员以强硬措施来行使其正当言事权的最后一举，久之形成一种制度，只可惜，这种制度随着南宋的灭亡也灭亡了。

吕诲的遭贬，暂时达到了杀一儆百的效果，朝堂上再也听不到反对变法的声音了。

王安石笑了，由他导演的变法的大幕，徐徐拉开。

熙宁二年（1069年）七月，经“制置三司条例司”议定，“均输法”闪亮登场。

制置三司条例司所议定的新法，一共八条。其中：

富国法六条。

（一）农田水利　饬吏分行诸路，相度农田水利，垦荒废，浚沟渠，酌量升科，无论吏民，皆须同役，不准隐漏逃匿。

（二）均输　诸州郡所输官粮，俱令平定所在时价，改输土地所产物，官得徙贵就贱，因近易远，并准便宜蓄买，懋迁有无。

（三）青苗　农民播种青苗时，由朝廷出资贷民，至秋收偿金，加息十分之二，或十分之三，归还朝廷。

（四）免役　使人民分等，纳免役钱，得免劳役，国家别募无职人民，充当役夫。

（五）市易　就京师置市易所，使购不卖之物于官，或与官物交换，又备资贷与商人，使遵限纳息，过限不输，息金外更加罚金。

（六）方田　以东南西北各千步为一方，计量田地，分五等税，人民按税照纳。

强兵法二条。

（一）保甲　采古时民兵制度，十家为保，五百家为都保，都保置正副二人，使部下保丁，贮弓箭，习武艺。

（二）保马　以官马贷保丁，马死或病，令按值得偿。

在这八法之中，“均输法”排序并非第一，何以要它第一个登场？按照王安石的话讲，此法主要为了改变汴京的物资供应状况，既易行，又容易见效。

北宋汴京城，不仅拥有一百多万人口，更重要的是这里的人口不比其他城市，居住的有皇帝、皇族、宫人，还有众多的达官贵人和他们的亲属。这些人有钱，消费高。此外，驻在京城周围的十几万军队也需要大量的物资供应。为了保障汴京的需求，宋太祖建国不久，便成立了发运使司（简称“发运司”）。未几，又在各路府州县成立了相应机构。这些机构,隶属于“三司,”它的职责就是向全国调派物品,以供京师。经是好经,却被歪嘴和尚念歪了。

发运司只是一个执行机关,只能按“三司”衙门的命令到某地区征集、运送某些东西。而发布命令的“三司”衙门,那里的长官大多都是科举出身,满口的礼仪,但对各地的物产既不了解也不研究,仅仅依据一些陈年旧档向各路府州县摊派任务。某地某种物产多得贱如泥土,他不摊派,反向那些不出产,或出产很少的地方摊派,导致某地物产丰富,却积压、滞销;某地物产稀缺,却不得不从别地购买后再贡献汴京。

如此一来,能不劳民伤财?

若仅仅劳民一点,伤财一点,也不算什么。关键是“三司”的大佬们都是些口不言利、手不沾钱的君子,哪有闲心去管市场上真正需要些什么?于是,京城需要的往往运不进来;京城积压的倒源源不断地涌了进来,使供需脱节。这样,就使京城那些信息灵通的巨商大贾们有了可乘之机,他们以低价买入,高价卖出,一个个肥得流油。

问题虽然很大,但只需调整“发运司”的隶属关系,再对京师的供需情况和各地物产摸一摸底,有什么征什么,缺什么供什么,问题就可以得到解决。

有宋神宗的支持,调整“发运司”的隶属关系易如反掌。

诏下,拜薛向为“发运使”,发运司由隶属“三司”,改为“制置三司条例司”。

薛向走马上任,所办的第一件事,就是责令各级“发运司”官员,必须对辖区内的物产情况做出调查,把各地的特产明目、丰收歉收的情况如实呈报朝廷。

第二件事,上书神宗,请他拨给各路“发运司”衙门一笔款。各地物产不必运送到京城,“发运司”官员根据各地的实际情况买入卖出。这样做,地方百姓的利益既可以得到保障,又可以使国家在交易中获得巨大的利润。

神宗觉着这是一个好经,但是,若通过“三司衙门”给“发运司”拨款,将遭到一些朝臣的反对,为了少惹麻烦,由大内拨给“发运司”钱五百万贯及贡米三百万石。

有了神宗的坚决支持和雄厚的启动资金,薛向的工作开展得非常顺利。他根据“徙贵就贱,用近弃远”的原则,和京师的实际需要收购一些“变易蓄买”的物品运到非生产地区变卖。发运司也不再像以前那样强迫百姓交纳各种实物,而是将实物折成款交纳;在歉收地区,发运司则拿库存的物品供应京师,再用民户交纳的税到丰收地区购买实物以补充库存。

“均输法”实行不到半年,没有增加老百姓半分负担,既解决了以往的供需脱节问题,又让国家在买与卖之间赚到了大笔的钱。王安石实现了他的诺言——“民不加赋而国用足。”

国人得到了变法的实惠，不少人由抨击、辱骂王安石，变为赞扬王安石。

但是，有那么几个仁人君子，经过一个时期韬光养晦，又相继跳出来攻击王安石。

在这些仁人君子中，跳的最高的是范纯仁。

范纯仁何许人也？

范纯仁，字尧夫，是大宋第一完人范仲淹的二公子，官居知谏院，但他的名气远远大于他的同僚。这不只是因为他有一个好爹，他还是带着一身神秘来到人世的。据说，在他出生前一天晚上，其母李氏梦见一个小孩从月亮中掉下来，赶紧用衣服接住，第二天便生下了他。

他自幼聪慧，七岁便能讲授《三字经》。

一个七岁的孩子，如果能背下来《三字经》，吾等也许就会视他为天才。而范纯仁不只是会背，而是会讲！

他不只聪慧，且好学，读书往往要读到四更才肯休息。父亲怕他累着，只允许他读到二更。二更之后，他把灯放到帐子里继续读书，时间长了，帐顶都熏成黑色。

宋庆历四年（1044 年），宋仁宗恩荫百官子弟，范纯仁被恩荫为太常寺太祝，这是个正九品官，官虽不大，但在一般人看来十分荣耀，范纯仁拒不就职。友人问他为什么，答曰：“靠恩泽而得官，吾耻之。”

五年后，他凭着自己的本事，考了个二甲第二，授官武进知县，他因武进离家太远，不方便照料父母，上书辞之，朝廷将他改任长葛知县，他又上书辞之。这样一来，连范仲淹也有些不解了，问之曰：“你前一次说离家太远，不方便照料父母，而长葛距汴京，也不过二百余里，骑快马一天就能赶回来，你为何又上书辞官？”

范纯仁拜而回道：“一天固然不算长，但您和我娘一旦有个头疼发热，呼唤孩儿的时候，一是孩儿听不见，二是听见了也不能立马赶到二老跟前，所以，我不能因为当官就离开父母。”

范仲淹长叹一声，没有再说什么。范纯仁一边读书，一边侍奉父母。四年后，范仲淹去世，范纯仁又为他守了三年孝方才出来做官，以著作郎①的官衔担任襄城知县。

是时，襄城牢中人满为患，范纯仁把这些犯人一一提审，根据罪之轻重，分配一定的植桑（树）任务，只要如数完成，就减轻他们的罪行。本来无桑无蚕的襄城县，到处都是

① 著作郎：官名。东汉末始置，属中书省，为编修国史之任。宋代，掌编修“日历”。

桑林,但当地百姓不叫它们桑林,而叫"著作林"。三年任满,范纯仁调任襄邑县(治所在今河南睢县),县境内有一个皇家御苑,养了上千匹马,养马人仗着是皇宫宿卫,经常纵马狩猎、践踏禾稼。百姓出面阻拦,他们不但不听,还殴打百姓,历任知县惧于皇威,不管不问。范纯仁上任不到一个月,便将纵马伤禾的十二个养马人抓起来,一一鞭之,打得皮开肉绽。养马人将他告到朝廷,仁宗勃然大怒,将范纯仁召到汴京,当面责之。范纯仁不但不认罪,还反问仁宗:"请问陛下,养兵之费来自何处?"

仁宗冷声回道:"来自田赋。"

范纯仁又问:"如果禾稼任人践踏,减少了收成,田赋还能交得上吗?"

仁宗无语。

范纯仁自问自答:"肯定交不上。若是无了田赋,不只断了养兵之费,也断了大内和百官的钱粮。故而,历来明君皆重禾稼,对于践踏禾稼的人,必定严惩!曹操割发代刑的故事陛下不会不知道吧?臣就不信,像陛下如此一个不世出的明君、仁君,还不如一个八百多年前的曹操?"

仁宗幡然醒悟:"爱卿做得对,朕错怪了爱卿。"赐其帛五十匹、粮一百石,并擢其为殿中侍御史。

未几,仁宗驾崩,英宗位继大统。英宗本是仁宗继子,当了皇帝后硬要尊崇生父为皇帝,就连皇太后都同意了,范纯仁一而再、再而三地上书反对,被踢出汴京,知蕲州(今之蕲春县)。他虽然遭贬,但和他父亲当年一样,虽贬犹荣。

三年任满,迁京西提点刑狱①、京西陕西转运副使。熙宁二年五月底,神宗召范纯仁回京询问陕西的城郭、甲兵以及粮食储备情况,纯仁回答道:"城郭大致完备,甲兵大致修整,积蓄大致够用。"

神宗有些不悦:"你的才能,朕一向十分看好,为何所有事物都只是大致?"

范纯仁回道:"大致的意思就是尚未达到极致,这样也就够了。希望陛下不要过于重视边境上的军功,以免边将一味附和,挑起战端,给国家制造烦扰。"

神宗点了点头:"卿这一次回来就不要走了,朕还有一些别的事情询问。"

范纯仁点了点头。

---

① 京西提点刑狱:京西,指京西北路,治所在西京(洛阳)。提点刑狱,简称提刑官。提刑官始置于北宋淳化二年(991年)。初仅在路置,掌一路刑狱公事。

三天后诏下，拜范纯仁为兵部员外郎，兼起居舍人①、同知谏院。

由于父亲的关系，范纯仁和王安石一直相处得很好，因变法之事顶上了牛，“均输法”刚一颁布，范纯仁便上书反对：“王安石改变祖宗之法，聚敛克扣，人心不安。《尚书》说，怨恨难道是公开的吗？更重要的是那些看不到的。希望陛下重视那些看不见的怨恨。”

神宗阅书后将范纯仁召到宫中，问之曰：“什么是看不见的怨恨？”

范纯仁没有直接回道，而是引用了杜牧②的一句话——“天下之人，不敢言而敢怨。”

神宗既没点头，也没摇头，范纯仁不甘心，翌日又上一书：

敢怒而不敢言是一件很可怕的事情。能够做到让国人敢怒而不敢言的君王首推夏桀王。而夏就亡在夏桀王手里！殷纣王、秦始皇、汉武帝步夏桀王后尘，其结果，殷亡于周；秦始皇二世而亡；汉武帝若不是醒悟的快，汉朝怕是也要亡在他的手里。陛下如果想学夏桀王他们，臣无话可说。但臣相信，陛下绝对不会去学夏桀王。正因为臣觉着陛下不会学夏桀王他们，臣才敢把心里话直陈陛下。臣曾经亲耳听到陛下说要效仿先王使政治清明，现在却取法汉代桑弘羊的均输法，并且使小人主持此事，盘剥百姓，致使怨声载道。王安石用所谓富国强兵之术打动陛下，只为了追求一时的功效，便忘记了他以前学到的知识。崇尚法令、尊崇商鞅，侈谈财力背弃孟轲，斥责老成之人为因循守旧，指责舆情公论为流俗之言，与自己政见不和便是小人，合者则为贤人。朝中大臣，大多趋炎附势，陛下又信任有加，那么又有什么样的事情做不出来呢？路途遥远，便要循序渐进，事情重大，便不可追求速成，人才不能短期养成，积弊也不是瞬间就可以革除的。倘若一味追求事功，就很容易被别有用心之人利用，应该尽快将那些因言获罪的人召回朝廷，同时斥退王安石，以符合天下人的期望。

书上二十余日，没有消息。范纯仁又上一书：

---

① 起居舍人：官名。隋炀帝始置，属内侍省。唐代，置起居舍人于中书省，掌记录皇帝所发的命令。宋、辽亦置。

② 杜牧：字牧之，晚唐杰出诗人，官居中书舍人。后人称杜甫为“老杜，”称杜牧为“小杜”。其诗《清明》更是脍炙人口——“清明时节雨纷纷，路上行人欲断魂。借问酒家何处有，牧童遥指杏花村。”

臣作为一个谏官，所谏之事，事关社稷；所劾之人，乃朝廷重臣，是对是错，陛下应该有个态度。而臣的谏书上呈陛下已经二十余日，杳无音信，这是对谏官的藐视。既然谏官在陛下眼中形同无物，还要置谏官干什么？若是谏官无用，臣还赖在谏官这个位置上干什么？臣愿意纳还官印，改做国子监①。臣不能当一个好谏官，但臣准备做一个好老师。

书上第三日，曾公亮把范纯仁叫到政事堂，语之曰："你的书皇上全都看了，他觉着你讲的话有一定道理。目前，悠悠万事，以变法为大。请你理解。"稍顿，又道："你如果实在不想做谏官了，就迁你做知制诰。"

范纯仁将头摇了一摇，说道："我不想迁官。"

"为什么？"

范纯仁道："作为一个谏官，所谏之事不被采纳，朝野一定会认为我所谏不当。连做个谏官都不称职，反要去做知制诰，岂不让人笑掉大牙！"

曾公亮默想片刻，说道："你和范老伯伯一样，都是君子，少见的君子，把名声看得比命都重要。我也知道拿升官发财这样的事很难打动你的心，但皇上要我传话给你，我不能不传。但我觉着，对变法不利的话，包括对王安石，你不要再说了，说了皇上也不会听。"

范纯仁一脸倔强地说道："我要说。我一定要说。我不但要给皇上说，我还要给王安石说。皇上不理睬我，王安石不会不理睬我吧？"

曾公亮将头摇了一摇，说道："你还是不说的好。老实说，你给皇上的书，皇上看后，全压了下来。包括王安石，都不知晓。王安石的个性别人不知道，你还能不知道吗？他如果知道你上书反对变法，而且弹劾他，他一定会勃然大怒，想办法收拾你。"

范纯仁凛然说道："他王安石再拗，我占了一个理字，他能把我怎么样？最多将我罢官。而如此被人藐视之官，我早就不想做了！"

曾公亮长叹一声，没有再说什么。

范纯仁回到谏院，把呈给神宗的三封书的底稿翻出来，工工整整地各抄了一份送给王安石。

果如曾公亮所料，王安石拿着"三书"怒气冲冲地去见神宗。张口便道："陛下，范

---

① 国子监：官司名，掌管教授经术、荐送诸生、勠印书籍等。

纯仁虽然出身名门,可他的见识与乃父相去甚远。当年,为了振兴大宋,范公(仲淹)首倡变法。而他,不但不支持新法,还给新法乱扣帽子。桑弘羊贱买贵卖有什么不好?只是因为司马迁说不好,那就不好了?只是因为孟子主张言不及利就抹杀均输法?范纯仁思考问题太简单了。国家在非常时期,不行非常之法怎么能改变窘境?陛下,臣知道您很敬重范公,爱屋及乌,不肯惩处范纯仁。您这样做,等于姑息养奸!"

他也许觉得把话说得有些太重,轻叹一声又道:"臣也很敬重范公。而且,臣和范纯仁的关系也不错。但为了新法的推行,为了富国强兵,为了振兴大宋,咱不能让范纯仁再这么胡闹下去,得对他进行严惩!"

"怎么惩?"神宗问。

"罢他的官!"

神宗将头摇了一摇,说道:"范纯仁所言,即使错了,大宋祖制,不以言获罪。况且,他还是一个谏官,可以风闻奏事。朕若罢了他的官,让朝野怎么议朕?"

王安石道:"不罢他官倒也可以,但不能让他在京城待了!"

"这倒可以考虑。"

翌日诏下,贬范纯仁为成都路转运使①。范纯仁自己倒没有说什么,开封府推官苏轼站出来。苏轼天资极高,过目成诵,风流不让李白,敏捷还在曹子建之上,放眼天下,在文学方面能让他钦佩的只有三个人——欧阳修、王安石、司马光。对此三人,以师师之。今见他的王老师屡屡贬黜名臣大贤,引起朝野非议,不忍坐视,预约了两次,方在政事堂见到了王安石,直言相询道:"恩师,学生听说范纯仁被贬官了?"

王安石点了点头。

"学生听说,范纯仁是因为反对新法被贬的?"

王安石又将头点了点。

"他不只反对新法,还反对您?"苏轼又问。

王安石道:"新法是在老夫的主持下制定的,既然反对新法,当然也会反对老夫了!"

"但是,反对新法的并非范纯仁一个人呀!"

王安石道:"是的,反对新法的人确实很多,但范纯仁跳得最高!"

---

① 转运使:官名,始置于唐,初为差遣官,由朝廷特命大臣经理江淮米粮、钱币、物资的转运,供给京师和百官所需,后遂为常设官。宋在路置转运使,其官署称转运使司,副使为其佐官。

“范纯仁的声望极高，您拿他开刀，是不是有点不大合适？”

王安石道：“正因为他声望高，才能达到杀一儆百！”

苏轼将头使劲摇了一摇，说道：“学生不这么看。”

“你怎么看？”

苏轼道：“朝中大臣，反对新法的十之六七。他们之所以反对新法，那是因为他们觉得新法与民争利，有悖先贤的治国之道。更害怕因为新法的施行扰乱了现有的社会秩序，引起动乱。您应该想方设法说服他们，否则，十之六七的官员和您对着干，这新法很难推行下去。”

王安石道：“老夫何尝不想说服他们。可是，老夫说服得了吗？范纯仁不仅上书皇上，攻击新法，还直言不讳地建言皇上，将老夫斥退。这还不算，他把呈给皇上的书，又抄一份送老夫，蹬鼻子上脸！”

苏轼道：“范纯仁的脾气，您还不知道吗？和他老爹一样的耿直。您名为副相，实为宰相。俗话不俗，宰相肚里能撑船，您还是放他一马吧。”

王安石将脸一沉，说道：“你在官场的时间不算短了，堂堂一个知谏院的去留，能是我一个副相决定的吗？”

若换作别人，谈话也许就此打住，可苏轼没有打住，继续劝道：“知谏院官的去留，决定权不在宰相，但宰相可以向皇帝建言……”

王安石皱着眉头，说道：“老夫是可以向皇上建言，但请你问一问范纯仁，他还反对不反对变法？若是他不再反对，老夫明日便向皇上建言。若是他继续反对，老夫这肚子有些小，莫说撑船了，恐怕连一块石头也放不下。”

苏轼道：“学生这就去面谒范纯仁，请恩师静候佳音。”一边说一边站了起来。

王安石将手摆了一摆，说道：“子瞻别急，老夫还有话要说。”

苏轼复又坐下。

王安石道：“老夫看了范纯仁弹劾老夫的书，老夫一夜未眠，做小诗一首，请你转送纯仁。”

说毕，命书童徐伦，将他楷书的《商鞅》一诗，交给苏轼。诗曰：

自古驱民在信诚，一言为重百金轻。

今人未可非商鞅，商鞅能令政必行。

苏轼出了相府,直奔范纯仁府邸。

范纯仁掷地有声道:“王安石的变法,拾的就是管(仲)商(鞅)牙慧,是对儒学原旨的背叛,是一种急功近利的短视行为。变法的结果,国库的钱也许会增加一些,但民风坏了,要再多的钱何用?请你转告王介甫,他的那个变法我反定了!”

苏轼既说服不了王安石,也说服不了范纯仁,只有叹息而已。

随着变法的深入开展,苏轼由中间派转到王安石的对立面。这不只因为苏轼骨子里崇尚儒道,王安石的助推也是一个重要原因。

六　悬联征婚

殿试的题目之一——求对。上联曰:“飞虎旗、旗飞虎、旗卷虎藏身。”

王雱张目说道:“只需抓几个反对新法的大臣,枭首市曹,不怕新法不行!”

苏轼也不看王安石脸色,继续说道:“您的《字说》,以竹鞭马为‘笃’。那么,笑字是什么?是以竹鞭犬了!”

王安石变法,本来是为了富国强兵,从“均输法”的实施来看,确实能达到富国强兵的目的。但是,如此好的事却遭到许多人反对,这个问题不能不引起王安石的深思。

这个问题,不只他在思考,所有的变法派成员也在思考,包括他的儿子王雱。

王雱,字元泽,幼甚聪慧,读书过目不忘,十一二岁便已著书数万字。

十三岁时,韩维拜访王安石,谈及与西夏的战事,他居然像成年人那样叹息道:“朝廷小瞧了这些地方,虽说是不毛之地,如果让西夏得到了,敌人会越发强大。自此,边境无宁矣。”

韩维奇而荐之。十五岁那年,被朝廷征召为通仕郎①。他进京不到半年,嫌通仕郎官卑俸薄,辞官归里。居家无事,作策论二十余篇,极论天下大事;又作《老子训解》《佛书义解》,亦数万言。

十七岁那年,他又动了做官之念,考了个州试第一。为了备考省试,他提前两个月来到汴京,在备考的同时,偶尔也去街上走一走。这一日,他行至双龙巷,见一家门楼上挂着一个走马灯,灯上有一上联,却无下联。上联曰:“走马灯,灯走马,灯熄马停步。”

他觉得奇怪,驻足问门子:“这个上联写得不错,怎么没有下联?”

门子见他是一个赶考举子,深作一揖回道:“回举子,俺家庞员外年届知天命之年,

---

① 通仕郎:选官名。宋朝文臣,由朝官和选人两部分组成,选人迁转阶官自成条例,通仕郎乃选官四等七阶之第三等,秩从八品。

膝下有一女儿，芳名庞佳，才貌双全，年已二八，还没有婚配，特出联求婿。可这联挂出一个多月了，硬是没有人能对，举子若没婚配，可否试着对上一对？”

王雱笑回道：“本公子倒没有婚配，但本公子想问一问汝家小娘子①果真是才貌双全么？”

门子回道：“小人不敢欺骗举子。”

王雱本想问他，你说你家小娘子才貌双全，哪貌可赶得上古代四大美女？话到唇边，觉得不妥，改口问道：“你说你家小娘子才貌双全，何以见得？”

门子回道：“小人不敢说俺家小娘子长得美若天仙，但小人可以告诉您一件事，朝廷选秀女，大太监李宪主其事，他见上报的备选秀女名册上没有俺家小娘子，便责问开封府尹，那个叫赛貂蝉的庞佳怎么没见？开封府尹回道：‘她正在为母守孝’。”

王雱“噢”了一声道：“汝说你家小娘子有才，汝不妨说一说她怎么有才？”

门子指了指灯上之联反问道：“这个上联还不可以证明么？”

王雱忙点头回道：“当然可以。”

论才，王雱不在乃父下；论德，远不及乃父，乃父为人呆板，不近女色，而王雱才华冠世，且风流倜傥，整日里寻花问柳。他家乡临川远离京城，又非一富庶繁华之地，对上他眼的女人没有一个。读了庞佳之联，又听门子讲了庞佳之貌，不由得怦然心动，暗自思道，这次赴京考个进士应该没有问题，若是能够抱得美人归，岂不喜上加喜！

想到此，笑嘻嘻地对门子说道：“请唤你家员外出来，本公子有话对他说。”

门子道：“什么话？还不是想让俺家员外把悬联征婚的话，再给举子当面说一遍吗？”

王雱点了点头。

门子道：“再说一遍的目的，是不是害怕俺家员外赖婚？”

王雱笑了一笑，没有回答。

“这副征婚联挂出来一个多月，无一人能对，您若是对上来了，俺家员外不知道怎么高兴呢，岂会赖婚！”

王雱道：“说得也是。”

可是，当王雱真要对的时候，他又对不出来了。这个上联，连用了三个灯字。而且，第一句说的是一物（灯）；第二句虽然把第一句的第三个字和第一个字互换了一下位

① 小娘子：宋代，对“美眉”一律称“娘子”，年轻一些的可以称“小娘子”，但绝对不能称“小姐”。小姐是对“妓女”的专属称呼。在妓女这一行当里，出众的美妓另有称呼，叫作“行首”，也可以叫作“行头”。

置，意思没变；第三句，把第二句分开为二物（灯和马），而其中之一物，随着另一物的变化而变化。

他将头轻轻摇了一摇。

他明明对不上来，又不好意思说，便“嗨”了一声，自言自语道：“韩伯父今午要请我的客，我咋把这事给忘了。我得走，我得赶紧走，不能让长辈等晚辈。”

他朝门子拱了拱手说道：“门子大哥，我有个急事不能在这里待了，请你把这个联看好，等殿试一结束，我立马来对。”

门子明明知道，他对不出来，借故开溜，也不说破，拱了拱手说道：“祝您好运，金榜题名。”

王雱连道两声“谢谢”，转身回了客栈。他白天想，夜里想，想了三天，也没有想出来下联。他干脆不想了，专心致志地备考省试和殿试。

省试时，他的考绩并不怎么样，虽然被录了，但名次排在一百名之后。

殿试时，他的好运来了，其中有一道考题“求对”，这个对联也是只有上联而无下联，上联曰：“飞虎旗，旗飞虎，旗卷虎藏身。”

他拿到考卷，高兴得差一点跳了起来，强压欢喜，一挥而就，对曰：

“走马灯，灯走马，灯熄马停步。”

殿试后，他迫不及待地赶到双龙巷，大声嚷嚷道：“门子，快唤你家员外出来。”

门子见他一脸喜悦，料他一定想出了下联，飞报庞员外。庞员外忙将他请到客厅，命下人茶果伺候。

王雱将手摆了一摆，说道：“茶果伺候，何如笔砚伺候！”

庞员外将头点得如小鸡啄米：“贵人说得是，小子们，笔砚伺候！”

王雱饱蘸浓墨，又在砚台上膏了一膏，悬腕写道：

走马灯，灯走马，灯熄马停步；

飞虎旗，旗飞虎，旗卷虎藏身。

庞员外带头叫好，盛宴相款。当他得知王雱乃大名鼎鼎的王安石之子，又刚参加了殿试，中个进士应当不成问题，喜忧参半。

所喜者何也？

王雱不只有一个好爹，他本人才高八斗，风流倜傥，又有一顶进士的桂冠，如此一个贵人,找上门来,做他的乘龙快婿,岂能不喜!

所忧者又何也?

像王雱这样的新贵,谁不看好?只要有女儿的人家,没有不想招他作乘龙快婿的!王雱一旦被某一个达官贵人相中,或以利诱之,或以势压之,谁敢担保王雱不变心!

唉,难道煮熟的鸭子,还能让它飞吗?

不,不能让它飞!

要想不让它飞,唯一的办法就是把王雱留下。不只把他留下,今日就让他和佳儿拜堂成亲。

可是,婚姻大事,讲的父母之命,媒妁之言,如今,连他父母的面都没有见。他会和佳儿拜堂成亲吗?

他将头摇了一摇。

"转而又一想,也有可能。婚姻大事,虽然讲的是父母之命,媒妁之言。但今天的情况有些特别。"

我公开悬联征婚,他不只应征了,而且还对上了。他如果不答应,我就告他一个戏耍良家民女之罪,逼他就范!

想到此,庞员外想方设法劝王雱喝酒,等他喝到有几分醉意的时候,笑嘻嘻地说道:"王公子,俺佳儿悬联征婚,悬了一个多月,只有您一个人对上,什么是天意,这就是天意。常言道,'天意不可违。'既然不可违,老夫想让您和佳儿早一些儿拜堂成亲,您说可好?"

王雱笑嘻嘻地问道:"但不知早到什么时候?"

"今日。"

王雱微微一怔,反问道:"今日?"

"对,就是今日。"

王雱道:"今日是不是有些急了点?况且,婚姻大事,我不能不禀报父母一声。"

庞员外将脸一板,说道:"公子这话老夫不愿意听。老夫征婚并非掖着藏着,而是昭告天下,公子应征之前就应该禀告令尊大人,只有征得了令尊大人的同意才能前来应征。公子既然应征了,老夫就视为令尊大人同意了。你若拿要禀告令尊大人这事来搪塞老夫,老夫就以公子戏耍良家女子之罪,将公子告到朝廷。老夫若是一告,公子即使考了一个状元,怕是也要被朝廷刷下来。事大事小,公子自己看着办吧!"

听了庞员外这一番话,王雱惊出一身冷汗,满脸赔笑道:"庞员外息怒,庞员外不想让在下禀告老父老母,在下不再禀告也就是了。至于什么时候成婚,若以在下之意,等东华门唱名之后再定如何?”

庞员外道:“不必了,老夫的佳儿,悬联征婚,征的是一个缘分,并不是因为您金榜题名了才嫁给您。”

“这……”王雱又提出一个新的条件。

“老员外,学生家乡的婚俗,原和中原一样,在没有成婚之前,男女是不能见面的。十二年前,一个叫柱子的男子,因嫌妻子丑陋,洞房花烛之夜,把妻子给杀了。自此之后,男女成婚之前,一定得见上一面。”

庞员外默想了一会儿,说道:“既然公子家乡有这个风俗,老夫不能不答应。这样吧,饭后,咱去茶室,让佳儿以献茶的名义和你见上一面如何?”

王雱道:“好。”

因他急于见到庞佳,哪有心思吃饭,胡乱扒拉了几口便道:“老员外,在下已经饱了,可否这会儿就去饮茶?”

庞员外道了一声“可”,将王雱引到茶室,宾主相向而坐。不一刻儿,一二八佳娘,袅袅婷婷地走了进来。只见她面如芙蓉,肤如羊脂,穿一件雪白的衣裳,比花花不语,比玉玉无色,真绝世佳人也!

王雱越看越爱,差一点儿把涎水都流出来了。

庞员外见了他这个表情,心中暗喜,找了一个借口,走出茶室,安排拜堂之事。

庞员外就这一个女儿,不能悄无声息地把她嫁了,他要弄出去一些动作来,仅鼓乐班子就请了十二个,写对联和喜字的红纸买了一百张。

王雱不知道是心血来潮还是昏了头,居然提出所有的喜字都由他来写。

他刚刚提笔写了一个“喜”字,韩维的大公子飞马来报,“元泽哥,俺爹说您中了,您高中二甲第五名。”

王雱大喜,情不自禁地在“喜”字旁又写了一个“喜”字,在一旁的庞员外,以及周围的人齐声赞道:“这个喜字加的好,喜上加喜!”

庞员外忙让仆人将“囍”字贴在门上,表明双喜临门。

此后,凡遇婚庆之事,人们用“囍”字取代了“喜”字,久之成俗。此是后话。

王雱高中之后,原以为至少弄一个知县当当,谁知,诏下,仅拜了他一个从七品的宣议郎①,气得他破口大骂,拒不就职。后经韩维苦劝,虽说就职了,两天打鱼,三天晒网。

① 宣议郎:初置于唐,从七品。宋沿置。

但他的两大爱好——读书和觅花宿柳没有丢，直到他老爹重返朝堂，他才从脂粉堆里走了出来，积极地从事变法活动，为他老爹出谋划策，被他老爹视为左膀右臂。

某一日，程颢拜访王安石，闲谈之中，谈到了时政，正在互相辩难，王雱闻庭中有争执声，执一妇人冠，大踏步地来到庭中，见了程颢，也不行礼，反问王安石："父亲与程伯父所谈何事？"

王安石回道："新法颁行，人多阻挠。究为何因，我与你程伯父各执己见，故争辩耳。"

王雱张目说道："此事无需争辩，只须抓几个反对新法的大臣，枭首市曹，不怕新法不行！"

儿子如此无礼，王安石也不斥逐，只轻描淡写地说道："吾儿休要乱语。"

程颢本是一个道学先生，瞧着王雱这副形状，心中已有几分不快，及至听了雱语，愈加厌之，正色说道："老夫正与参政谈论国事，作为后生晚辈，不应该多嘴！"

此言一出，把王雱气得面上青筋乱蹦，恨不得冲过去赏程颢一顿老拳。

到了此时，王安石不得不训道："你程伯父所言极是，还不快快给我退下！"

王雱将嘴张了几张，一脸愤色地退出客厅。

经王雱这么一冲，程颢无了争执的兴趣，起身告辞。

王安石送程颢归来，见王雱坐在客厅，满面不悦道："宋制，'不以言罪人，'从来没杀过一个上书言事的大臣。你却要老爹抓几个反对新法的大臣杀掉，太过分了！"

王雱反驳道："自古以来，还没有听说过变法不流血的。在历代的变法中，最典型的莫过于商鞅变法。商鞅如果不是果断地将反对变法的太子的老师公子虔和公孙贾，削其鼻黥其面，变法就不会成功。但变法成功了，秦国也富强了，商鞅却被反对变法的国君（原太子），以'谋反'的罪名'车裂'而死。"

王安石叹道："吾儿所说之事，为父岂能不知！但是，为父已经说过，大宋的国策，不以言罪人。为父既不想作有悖大宋国策之事，更不想开一个'以言罪人'和杀士大夫的坏头！"

"诚如父亲所言，那就听任反对者在哪里狂吠吗？"

王安石复叹一声道："变法不可能没有人反对，但我万万没有想到，反对的人会这么多。特别是韩琦、富弼、范纯仁等也反对变法，而且反对得如此激烈！我更不曾想到，当年范公搞'庆历新政'，韩琦和富弼何等积极，怎么说变就变了呢？还有那个范纯仁，他可是范公的亲儿子呀！他反对变法，岂不是否定他的老父！唉，令人费解，令人费解！"

王雱道:“好解得很!”

“怎么解?”王安石问。

“范仲淹推行‘庆历新政’的时候,韩琦、富弼都很年轻,一腔报国热血。如今,他们老了,当年的锐气早已不复存在。他们所思所想,是如何安逸,如何做一天和尚撞一天钟!”

王安石叹了一声,说道:“韩琦、富弼固然老了,没有锐气,其他人呢?反对变法的不只有老人,还有年轻人,这又作何解?”

王雱将头轻轻摇了一摇。

“刚才,你程伯父讲,说老爹的变法有些操之过急,先期的事情没有做好。”

王雱问道:“先期的事情是什么?”

王安石回道:“教化。通过教化,改变官场的风气,提高官员对变法的认可度。”

王雱眉头微皱道:“这话孩儿好像也听到过。对了,是子瞻说的,是子瞻亲口对孩儿说的。他还说父亲的变法有悖于儒家的‘先道德,而后事为,先教化而后法度的行为’准则。”

王安石轻叹一声道:“仔细想来,你程伯父和子瞻的话颇有道理,咱真得把‘教化’这一课补上呢!”

“怎么补?”王雱问。

王安石没有直接回答,反问道:“你能不能组织几个人,编一本关于变法的书?”

王雱道:“可以。”

“在这本书里,把变法的意义讲深讲透,把变法的前景描绘得越美越吸引人越好。”

王雱道:“孩儿知道。”

“书成之后,印它个十万册,廉价出售。”

王雱道:“孩儿遵命。”

“子瞻曾经给老爹说过,变法成功与否,关键在得不得人。经过爹近一年的观察,让朝中现有官员死心塌地跟着老爹变法,不大可能,咱得自己培养、选拔。怎么选拔?最好的办法莫过于科举。但是,若不对科举制度进行改革,取的‘士’照样不会拥护变法。怎么改?第一,把变法的内容纳入试卷。第二,组织人把四书五经进行重新阐释,而且,阐释的结果就是科举考试的标准答案。第三,不再考诗赋了,让当官彻底与诗赋无关。第四,不再默写四书五经的原文,考经义、考策论、考治国立法的具体办法。”

王雱频频颔首:“父亲说得极是,对四书五经进行重新阐释的事,您就交给孩儿办吧。”

王安石道了声“好”，继续说道：“字是书之本，在重新阐释四书五经之前，要先正其本，老父的《字说》①，就是为了正本，此书对中国的文字进行了重新的阐释，再有三五天就可以收笔了，届时一并印发。”

王雱道了一声“遵命”。

神宗正宠着王安石，王安石叫他改革科举制度，他便下诏改革科举制度，王安石要他印发什么，他便下诏印发什么。

此举招来朝野一片反对之声，就连他的门生苏轼也站到了反对者的行列。但他不想让自己的老师成为众矢之，更不想和老师决裂，他打算再劝一次他的老师。预约了三次，方在政事堂见到了王安石。

他不能直截了当地说他的老师改革科举制度不好，也不能说神宗作序的《四书五经》阐释得不好。

说什么呢？

就说《字说》。王安石的《字说》，一字解作一义，许多见解，超越前人。但相当一部分违背了古文字学“六书”的条例，仅从楷书的点划释字，不得要领，甚而穿凿附会，贻人笑柄。他虽说执拗，但做学问还是认真的，若是能把《字说》中一些很明显的谬处给他指出来，他不会不改正。再由《字说》推至新阐释的四书五经和科举制度……如果把《字说》中一些很明显的谬误指出来，他不肯改正，那就只好和他决裂了。

王安石听说苏轼来访，忙道了一声“请”。

苏轼刚落座，小童便将香茗献上，师生二人一边饮茶一边闲聊。聊有半盏茶的时间，苏轼便把话题转到《字说》上。他将《字说》的妙处夸了一番后说道：“恩师，学生觉得，您解字并不是按照‘六书’的条例，而是按照楷书的点划来解，学生的这个感觉对不对呀？”

王安石将头点了一点，说道：“你这个感觉对。”

“学生觉着您这种解字的方法，不如按照‘六书’的体例好。”

“为什么？”王安石问。

“用您这种方法释字，让人觉着有些牵强附会。”

王安石略有不悦道：“不见得吧。”

① 《字说》：为王安石所撰，共二十四卷。它的许多解释，妄为比附，贻人笑柄。

苏轼道:"'坡'字,以您之解,从土从皮,也就是说,坡乃土之皮也。"

王安石道:"这样解不对吗?"

苏轼道:"'坡'字这样解没错。若如老师所解,'波'字就得这样解,'波'从水从皮。也就是说,'波',乃水之皮也!"

他也不看王安石的脸色,继续说道:"'滑'呢?从水从骨。也就是说,'滑',乃水之骨也。据学生看来,无论是波还是滑,它的本意并非如此。还有老师的《字说》,以'竹'鞭马,为'笃'。那么'笑'字是什么?是以'竹'鞭'夭'了?"

王安石面如猪肝,几次欲言又止。苏轼怕把王安石气出个好歹来,忙把话顿住。

王安石一脸愠色道:"你怎么不说了呢?"

苏轼满脸带笑道:"学生这是一己之见,也可以说是班门弄斧,还请老师见谅。"

王安石冷笑一声道:"你这不是一己之见,你背后还有韩琦、富弼、司马光和文彦博。老夫听说,老夫的《字说》刚一面世,他们便组织人挑毛病,老夫的《字说》是有一些不尽人处,但不至于像他们说的那么糟。他们真有本事,也拿出一个《字说》来。他们的箭,表面看来,射的是《字说》,真正的目的,是要射新法。老夫不希望你人云亦云,更不希望你站在新法的对立面。"

苏轼心凉了,比冰还凉。他朝王安石拜了一拜,一脸沮丧地出了政事堂。

回到家中,苏轼对苏辙说道:"变法不是一件容易的事情,它牵扯到方方面面,反对者不只是那些既得利益受损者和守旧势力,还有相当一部分人是求稳怕乱。故而,自春秋至今,大的变法有九次之多,成功者极少。就是侥幸取得一些成就者,一是靠君王的鼎力支持;二是实施变法者个人魅力和道德文章。就这两条来说,目前并不具备。王公重返朝廷之前,道德文章无不为天下人敬仰,但自吕诲劾他十罪之后,声望大减,甚而不少人把他视为奸诈小人。而他自己又急于求成,还刚愎自用,不会,也不知道及时调处他和那些元老大臣的关系,甚而还把那些政见不同的好友,诸如范纯仁等驱赶到反对变法的阵营里。这一次,无论是改革科举制度,还是重新阐释四书五经,抑或是编《字说》,目的是用新教材教育出新型人才,新考试考出来一批新官员,来取代官场上诸如司马公(光)、韩公(琦)、文公(彦博)、欧阳公(修)等拥有同样见解、同样欲望的老官员。他这样做,老官员恨他,而新进的举子进士,也并不领情。何也?那些备考科举的学子,数年,十数年,学的不是王雱阐释的四书五经,也不是王公的《字说》。这一改革,他们还得重新学起。而且,过去的科考,以背默四书五经为主,这一改,变为策论为主,学子们有些不大适应,骂他的人当在半数以上。有一俚语叫作'老公公背儿媳妇过河——力也出了,王八蛋也落了。'这话说的就是王公呀!"

苏辙轻叹一声,说道:"您说的这些话,也有人给小弟说过。王公确实不该改革科举制度,更不该自著《字说》。《字说》在未成书之时,有关《字说》的笑话,已经传得沸沸扬扬。某日,司马公(光)造访王公,谈及'鸠'字,司马公问:''鸠'字以'九'从鸟,何说也?'王公回道:'有啊,'鸤鸠在桑,其子七兮'和爹和娘,恰是九个。'惹得司马公(光)哈哈大笑;又传,'王公解蔗字不得其义,一日行圃,见畦丁莳蔗横瘗之,曰:他时节皆生。公悟曰:蔗草之蔗生者也。'王公于形声字不能辨别,而一概用会意来逞其臆说,做学问尚且随心所欲,任意发挥,若让他来治国,来变法,非把国家搞乱不可!"

苏轼道:"所以呀,我说王公的变法不可能成功。你呢,把他戴给你的那顶'制置三司条例司'相度利害官的帽子早一些儿甩掉。"

苏辙将头点了一点,说道:"好。"

苏轼又道:"听说'青苗法'也要闪亮登场了?"

苏辙又将头点了一点。

"你对'青苗法'怎么看?"

苏辙回道:"青苗法实际上是对旧的常平仓法的一种变通。"

"你对'常平仓法'又怎么看?"苏轼追问道。

"常平仓之设初旨是调节粮食价格、防止谷贼伤农及商人的高利贷盘剥。每当丰收之年,由国家出面,大批购进粮食,置于常平仓,灾荒之年则由国家,低价放粮。既叫'常平仓法,'又叫'常平敛散法。'这种做法,经是好经,关键是让谁来念,高僧念是一个味道,歪嘴和尚念又是一个味道。而世上高僧像月亮一样稀少,歪嘴和尚如星星一样繁多。念的结果,往往是青黄不接,抑或是遭受大灾之时,贫民急需救济和籴粮的时候,却得不到常平仓的粮食。这些粮食不是被地方官员私吞,就是挪作他用。更可恨的是,有些地方官员竟与富商大贾勾结,借收籴和出粜的机会共同渔利。国家若碰上特殊情况,如调动军队,也经常把常平仓的储粮移作军费。到了皇上位继大统,常平仓已名存实亡。王公(安石)想让'常平仓'实起来,既造福于百姓,又让国家有钱可赚。具体做法是,由常平仓拿出粮食,在百姓青黄不接的时候籴给百姓,百姓按照二至三分利息在粮食收获后归还常平仓,此举被称之为青苗法。"

苏轼道:"诚如你所言,这个'青苗法'不错吗?"

苏辙道:"'青苗法'不如'常平仓法'。"

"为什么?"苏轼问。

“常平仓法您也知道，每到收获的季节，国家拿出钱购粮，防止谷贱伤农。当灾年出现时，国家以低廉的价格卖出，让百姓能吃上饭。所以呀，这个‘常平仓法’可以说是一项为黎民百姓造福的仁政。即使在执行中出现了偏差，也不会给百姓带来麻烦，而‘青苗法’就不是这样了，它既想起到常平仓法的作用，又想赢利。而且，息达二至三分；而且，它贷出的不是粮食，是钱。本钱来自哪里？来自常平仓的粮，把常平仓的粮变成钱。粮呢？贷来后，一是吃，二是作种子。钱呢？除了可以买粮买种子外，它还可以买吃买喝买穿的，甚而还可以用来赌博。钱入民手，虽良民不免枉用，及其纳钱，虽富民不免逾限。如此，则恐鞭棰必用，州县之事不胜烦，唐刘晏曰：‘使民侥幸得钱，非国家之福；使吏苛法督责，非民之便。’”

苏轼道：“你既然知道，国家不应该贷钱与民，你们在酝酿新法的时候，你为什么不劝说王公？”

苏辙道：“劝了，不止一次地劝。若非我一劝再劝，这‘青苗法’半年前就闪亮登场了。唉，都怪这个王广廉！”

“王广廉何许人也？”苏轼问。

苏辙轻咳一声，从王广廉的人品讲起，一直讲到“青苗法”的出笼。

王广廉是韩林学士王珪的外甥，论文才，舅甥不相上下；论德，远不如其舅。王珪为人处事，小心谨慎，连走路都怕树叶掉下来砸住头。王广廉好大喜功，还善于投机钻营。他听说王安石要行“青苗法”，遭到不少朝臣反对，便上书朝廷，现身说法，把“青苗法”的前景描绘得一片辉煌。他在河北路供职之前。曾在陕西路供职，他的顶头上司——转运使李参，“因部多戍兵”，一年粮不够半年吃，遂令辖下之太原州拿出常平仓之粮出售，所售之钱，在青黄不接时，贷给缺粮缺钱的贫民，待谷熟还之官，号“青苗钱”，不只解决了戍兵的吃粮问题，还库有存粮。他愿意效法李参，在河北路率先推行“青苗法”。

王安石见了王广廉的奏书，如获至宝，当即召见了王广廉，问之曰：“青苗法果真可行乎？”

王广廉回曰：“可行。”

王安石又问：“河北路常平仓的存粮还有多少？”

王广廉回曰：“不足一百石。”

王安石曰：“就是一百石存粮，能换几个钱？顶多能换五十贯，只有五十贯本钱，如何行‘青苗法？’”

王广廉回曰：“朝廷可以先拿出一部分钱作本钱。下官也不多要，只要五十万贯，朝廷只要能让下官运行一年,下官便把本利,一并归还朝廷。”

王安石叹道:“朝廷若是有钱,就不会一而再、再而三地削减先皇的丧葬费了!”

“难道连五十万贯都拿不出来吗?王广廉问。”

“‘青苗法’的推行,不只你一个路。全国有多少路呢?有二十二路,一个路五十万贯,二十二路就是一千一百一十万贯,这笔钱绝对拿不出来。”

王广廉默想了一会儿,说道:“我不要钱,我要度僧牒怎么样?”

王安石一脸诧异地问道:“你要度僧牒干什么?难道你也想出家?”

王广廉嘿嘿一笑,说道:“下官做梦都在想着如何为大人推行新法效犬马之劳,岂会出家!”

“那你要度僧牒干什么?”

王广廉笑回道:“换钱。”

王安石“噢”了一声,似有所悟。

七　与介甫第一书

宋时的僧人，可以娶妻，可以睡免费的尼姑，也可以做生意。而且，什么生意都可以做，包括卖猪肉和开妓院。

司马光夫人，长叹一声对文彦博说道："他（司马光）一下朝，除吃饭和会见客人，全待在书房，妹子虽有男人，但和没男人一样！"

司马光在《与王介甫书》（第一）书中，首先回顾了二人的友谊和"向慕之情"，笔锋一转，批评和教训起王安石来。

自唐以后，无论是盛世还是乱世，佛教总能遍地开花，繁荣昌盛。到了后周的柴荣，为了备战，不得不对佛教大打出手，被他废除的寺院达三万多所。赵匡胤比较仁慈，立国后不再打压佛教，被废除的寺院不仅全部得到了恢复，而且，每年以百分之十几的速度猛增。

古人为什么热衷于建寺院？

佛和人一样，得有一个居所，这居所便是寺院。

有了寺院就得有和尚、尼姑。

和尚、尼姑既服务于佛，又是佛在人间的代言人。不管是为官、为民、为农、为商、为兵，都希望有一个平安、幸福美好的今生和来世。而佛不仅可以给活人赐福、增寿、救苦救难，还可以主宰死人的命运。人死之后，是上天堂还是下地狱；是转世为人还是转世为畜，即使转世为人，转一个什么样的人，也大有讲究。

为了今生和来世，人们便竞相崇佛、敬佛，为佛安家，安一个漂亮的家。所以，寺院越建越好，其豪华程度超过了官府，可以说富丽堂皇。

如此好的地方，谁不向往呀？

到了宋真宗和宋仁宗时代，为僧为尼的不是几万计，而是数十万计。

人们踊跃做僧做尼，不只是因为住的地方好，宋朝的僧人可以开妓院，也可以做生意。而且，什么生意都可以做，包括卖猪肉。还可以把妻子娶到家中，给他生一堆小和尚；而且，不管你犯多大罪，只要一遁入空门，就可以逃避官府的惩罚；而且，高级的僧人还可以睡免费的尼姑，杭州"明因寺"的尼姑，就是专门接待高僧的；而且，寺院和官府、百姓已经融为一家："家家观世音，处处弥陀佛"，"士大夫圈，不谈禅，无以言。"

俗语不俗："老鸹(乌鸦)野雀旺处飞。"

这一飞呀，朝廷受不住了。为僧为尼固然好，但如果人人都做僧做尼？这地谁来种？这布谁来织？这车谁来赶？这国谁来保？这皇帝、皇亲国戚和达官贵人又让谁来伺候？

不行，得控制为僧为尼的人数。

怎么控制？发度僧牒。没有度僧牒的，一律不准为僧为尼，违者严惩。

如此一来，度僧牒成了紧俏货。

这一紧俏，便有人做起了度僧牒的生意，一个度僧牒，少的售价十几贯，多的高达数十贯。那时的一贯钱，可以买两石粮食。

王广廉要的哪是"度僧牒"？分明是白花花的银子！

但度僧牒毕竟不是银子，而王安石又急于推行"青苗法"，想了一想还是同意了。

"你想要多少度僧牒？"

王广廉道："二千五百个怎么样？"

王安石道："好，我给你二千五百个。你可以先行一步，但这一步必须走好，你若走不好，这'青苗法'就无法在全国推行了。"

王广廉拍着胸脯说道："请相公①放心，下官这一步一定走好！"

王广廉刚走，吕惠卿来了。建议王安石："相爷，'青苗法'既然登场了，要干咱就大干，何必要局限于河北一路？"

王安石道："在全国推行，也无不可，老夫担心的是，钱贷出去后，能不能收回？别来一个鸡飞蛋打！"

吕惠卿默想了一会说道："我有一个办法，可保证贷出去的钱，万无一失。"

王安石道："请讲。"

"把乡村贷钱的人按贫富组合，五户为一保。富户不但要贷钱，还得为贫穷户担

---

① 相公：对宰相的尊称。古时，凡拜相必封公。

保,贫穷户如果还不上,就由富户来还。”

王安石道:“若依你这个办法,就不用担心贷瞎的事了。可是,行‘青苗法’乃是帮助穷人度荒,富人又不需要帮助,咱若硬要贷给他,岂不又要遭人嚼舌根?”

吕惠卿道:“嚼他嚼吧,只要能让‘青苗法’迅速见利,只要能给朝廷的府库里增钱,反对的人即使将舌根嚼烂,也不会伤咱一根汗毛!”

“那,就照你说的办吧。”

吕惠卿道:“下官还有一个想法……”

王安石道:“请讲。”

“走一步是走,走两步也是走,‘青苗法’不仅可以在乡村居民中推行,在城市居民中也可以推行。”

王安石将头摇了一摇,说道:“这不妥。”

“为什么?”

王安石道:“城市居民中不存在青黄不接和购买种子之事。”

吕惠卿道:“可城市居民中也有穷人,有穷人就会有人借贷。”

“这……”王安石犹豫良久,勉强同意了。

三日后诏下,“青苗法”闪亮登场。

青苗法的利息较之高额的民间借贷,少了将近一半,照理,对于那些贫困户应该很有吸引力的。可是,诏下十几日,河北路居然无一人站出来贷款。王广廉坐不住了,询问老吏,老吏告诉他:“老百姓们在短时间内无法看透官府的用意,对天上突然掉下来的馅饼不但不敢下嘴,甚至还有点儿惶恐。”

若是换作别人,听了老吏之言,将会加大宣传力度,使老百姓明白,这是为他们好,他们自然就会贷款了。可王广廉不这么做,按照财产多寡,把百姓分为五等,第一等必须贷十五贯,第二等必须贷十贯,第三等必须贷五贯,第四等必须贷两贯,第五等必须贷一贯。而且,还来个五户联保,而这五户,又来一个贫富搭配。到了收贷的日子,若有穷人还不上,就由富户代还。

命令一公布,百姓哗然,台谏官闻风而动,竞相弹劾王广廉,但由于王安石的庇护,王广廉安然无恙。不只是安然无恙,反由河北路转运副使迁为转运使。王广廉也很为王安石争气,一年时间为朝廷盈利二十五万贯。

这二十五万贯的背后,记满了血泪账,一些为还不起贷款的贫困户还款的富户,为了追回贷还的钱,采用谩骂、威逼、牵牛牵猪,甚而吊打的办法,逼得那些贫困户卖房卖地，抑或是鬻儿鬻女。

其他路的情况与河北路大抵相同。也有一些路的做法比河北路更可恶。一些地方官员与地痞无赖勾结，"上散青苗钱于官厅，而置酒肆于谯门，民持钱而出，诱之使饮，十费其二三矣。"更有甚者，让娼女站在厅门口，引诱借贷之人前去行乐。

还有一些路的官员，想方设法坑农。比如宿州官员，居然来一个预支青苗钱，具体的做法，让负责"青苗法"的常平官，把十年间丰收时的粮食价格核算出来，作为本年预借的折合标准。折合的结果，上等绿豆每斗七十五文，次等七十二文，每斗比新粮上市的价格硬多了二十文。

如此一来，本来是惠民利民的青苗法，因为"吏缘为奸"，反而加重了对百姓的盘剥。

右正言李常、孙觉坐不住了，上书神宗：《乞罢青苗疏》。

神宗置之不理。

知司官①范镇上疏神宗，毫不客气地指出："所谓青苗钱，是李唐乱世的权宜之计，青苗在田，先估其直（值），收敛未毕，已趣（取）其偿，是盗跖之法也。"

神宗又来一个置之不理。

这事为富弼所知，很生气，他虽然没有了当年的锐气，但他作为首相，虽然站着茅缸不拉屎，但也不想眼睁睁地看着让王安石一伙如此胡来。

他决定辞官，来一个眼不见为净。

辞官也得有一个辞官的理由，他便以年老有病为由，给神宗上了一道辞表。神宗对于富弼的表现尽管失望，但他知道，富弼是三朝老臣，在朝中很有威望，一请就允，会让其他老臣有一个物伤其类之感，也无法显示出人君尊老爱贤的雅量。于是，便把他的辞表退了回去。

富弼也不傻，他深知，神宗不同意他辞官，作的是一个表面文章，若再留在朝堂上做看客，只能是自取其辱。他便继续上书，一连八上，神宗这才勉强同意。他不只宴请富弼，还给富弼加戴了四顶官帽——检校太师、武宁军节度、同平章事、判亳州（治所在今亳县）。

宴间，神宗说道："卿若去，首相当有曾公亮递补。但曾公亮之职，孰可迁之？"

① 知司官：通进银台司的长官。通进银台司乃宋传达表章的机构，为通进司、银台司的合称。初属枢密院，后改隶给事中。有知司官二人，以两制以上官员充任。

富弼回道:“文彦博。”

片刻沉默之后,神宗复又问道:“王安石如何?”

这一次轮到富弼沉默了。

沉默也是一种态度,那是富弼在委婉地表示反对。

富弼反对王安石拜相,这在王安石的预料之中,司马光、李常、孙觉他们攻击“青苗法”也在王安石的预料之中。但有一个人,所做的一件事,绝对出乎他的意料。

这个人便是陈升之。

陈升之貌似忠厚,内藏奸诈,王安石重返朝堂后,他刻意结交,王安石想听什么话,他便说什么话,被王安石引为知己。故而,在“制置三司条例司”成立的时候,他得以与王安石共领“制置三司条例司”。在推行变法之初,陈升之与王安石合作得非常愉快。偶尔也有争执,那是他在一些小事上故意和王安石唱反调,一旦王安石铁了心要做的时候,他就不再反对。王安石没有看穿他的把戏,反而更认为陈升之此人好合作,当曾公亮出任首相,宰相空缺,他便极力推荐陈升之出任。

陈升之当上宰相后,见反对变法的人如此之多,“制置三司条例司”也成了众矢之的,就开始琢磨着怎样抽身,以及如何和变法派撇清关系。

经过十几天的琢磨,他对神宗说道:“陛下,臣待罪宰相,无所不统,所领职事,岂可称司?”

神宗翻眼将他瞅了一瞅,问道:“卿意不想再兼职‘制置三司条例司’?”

“不是不想,是不合适。”

神宗正想劝他,一太监趋了进来:“启奏陛下,参知政事王安石大人觐见。”

神宗忙道了一声“有请”。

陈升之面现惶恐之色,再拜说道:“介甫前来觐见,必有事要奏,臣告退了。”

神宗道:“爱卿别走,爱卿所说之事,咱正好和介甫一块儿议一议。”

陈升之走也不是,不走也不是。

王安石趋了进来,向神宗行过君臣之礼,又向陈升之拱了拱手,方才落座。

神宗指了指王安石说道:“爱卿来得正好,刚才,陈爱卿对朕说,他不想兼领‘制置三司条例司’了。”

“为什么?”王安石问道。

神宗指了指陈升之道:“你自己对介甫说吧。”

陈升之那点私念完全是因王安石而起,如今,神宗反要他对王安石说,不免有些尴尬,但事已至此,又不能不说,“嘿嘿”一笑道:“我身为宰相,无所不统,若再领‘制置三司条例司’,有些不妥。”

王安石以为他是避嫌,已经做了宰相,还要兼领一司,怕有人说他贪权,哈哈一笑道:“陈相多虑了,古之六卿,即今之执政,有司马、司徒、司寇、司空,各名一职。宰相完全可以兼领一司。”

神宗移目陈升之:“介甫说得对,你还是兼领吧。”

陈升之一是急于和王安石撇清关系;二是觉得自己已经做了宰相,翅膀硬了,竟不听神宗之劝,说出了埋在心底的想法:“兹事(制置三司条例司)当归之‘三司’,何必揽取为己任?”

“制置三司条例司”自酝酿成立那天起,反对派就以“兹事当归之三司”为由,不停地反对,而今,这话又从陈升之口中说出,大出王安石意料。他……他这是打退堂鼓,为自己安排后路呢!

王安石越想越气,问道:“陈升之,你既然认为‘制置三司条例司’之事‘当归三司’,也就是说‘制置三司条例司’这个机构原本就不该成立!既然你认为不该成立,当时为什么不说?你……”

陈升之、王安石都是神宗一手提拔起来的重臣,他不想让二人相斗,忙出来打圆场:“介甫,你误会了,旸叔(陈升之字)之意,并不是说‘制置三司条例司’不该成立。他只是不想兼领‘制置三司条例司’。当初,为了提高‘制置三司条例司’的地位,由东、西二府(中书省和枢密院),各出一个人兼领,你呢?是以中书省的身份兼领的;他呢?是以枢密院的身份兼领的。如今,他已经不在枢密院了,他不想再兼领‘制置三司条例司’,也有道理。”

既然神宗这么说了,王安石也不好再说什么。

神宗继续说道:“介甫,旸叔已经离开了枢密院,你就从枢密院里再选一个人接替他吧。”

王安石道:“陛下既然让臣推荐一个人接替旸叔,臣不敢不遵。枢密副使韩绛你觉得怎么样?”

神宗当即表示同意。

韩绛与王安石乃同榜进士,二人素来向善,他兼领“制置三司条例司”后,一切视王安石马首是瞻。

表面上陈升之如愿以偿,不再兼领“制置三司条例司”了。但是,他真正的目的并未达到。不是没有达到,是孙权嫁妹——赔了夫人又折兵。

仁宗朝,他为了向上爬,暗结宦官,受到了吕诲、唐介等人的连番弹劾。本朝,又为了向上爬,拼命巴结王安石,为变法摇旗呐喊。如今,目的达到了,便想和变法派撇清关系,不仅为王安石所不耻,反对派也看不起他,称之为“筌相[①]。”他自知无脸见人,刚好母亲病故,回家丁忧去了。

陈升之一走,宰相立马空缺,王安石得以为相。经王安石力荐,吕惠卿为太子中允、崇政殿说书。太子中允虽为阶官,但崇政殿说书可是一个很高贵的职务,这个职务相当于皇帝的私人顾问加老师。

如此一来,变法派的力量更加强大了。王安石趁热打铁,又鼓动神宗颁发了推行“农田水利法”的诏令。

农田水利法看起来简单,不就是度一下田吗?不就是发动国民去垦荒、去修堤、去挖渠吗?后三项,大宋自立国以来,代代倡导,甚而给了很多优惠条件,但收效不大。第一项——度田,度田就是清丈土地。度田不但要度农民的土地,也要度达官贵人和豪强地主的土地。宋自立国以来,征收田赋的依据是凭后周王朝留下的数据。经过一百多年的变迁,户主,以及户主的占田情况,有了很大变化,特别是那些达官贵人和豪强地主,隐匿田产的现象非常普遍,他这一度,就要以户主的实有田产缴纳田赋,达官贵人和豪强地主岂能坐视不理!

韩琦、富弼离开朝堂后,就资历和威望而言,首推文彦博。于是,一些达官贵人纷纷去找文彦博,让他出头,把度田的事弄黄。文彦博觉着单凭自己的力量是办不成的。怎么办?邀人,邀几个有声望的人一块儿去找皇上。

邀谁呢?

司马光!

文彦博第一个便想到了司马光。

司马光和文彦博一样,都是神童。司马光砸缸救人,几乎家喻户晓。他入仕之后,为官清廉,敢于言别人不敢言之事。夏竦,北宋第一大奸,死后,仁宗下诏,赐给“文正”的谥号,司马光坚决反对,逼得仁宗不得不收回诏令。仁宗晚年多病,因他没有儿子,恶言立储,司马光一谏再谏,才立英宗为储君。英宗位继大统后,违背古制,执意要尊生父为先皇,司马光又站出来反对。他的学问,自不必说。进入知天命之年后,他的修养达

---

① 筌相:意即善于附会而博取富贵。

到了炉火纯青的程度。相传，某夏某一天，天热得像下火，天已经黑了，司马光却穿着朝服，坐在公案前汗如雨下地批阅公文，而且是正襟危坐，不动如山。送公文的小吏不知道他还在办公，满头大汗地闯了进来，见状，吓了一跳，忙收住脚。结果又犯了一个错误，脚收得太急，把蜡烛晃倒了，差一点烧住司马光的袖子，小吏吓上加吓，腿都软了，可司马光自始至终，纹丝不动，只是目光如炬，一直紧紧地盯着他。

又传，某一日，文彦博去拜访司马光，司马光不在家，司马光夫人张氏热情接待了他。

寒暄一番之后，文彦博笑问道："听说君实每当看书、写文章的时候，把书房门一关，任何人都不让进？"

张氏长叹一声道："如果仅仅这样，倒还值得庆幸呢！"

文彦博依然笑眯眯地问道："还有比这更严重的事？"

"他，说出来也不怕您笑话，他一下朝，除了吃饭和会见客人，全在书房。妹子虽然有男人，但和没男人一样，当了二十多年活寡妇，唉！"说到此，潸然泪下。

文彦博似信非信，勉强又坐了一会儿便告辞了。隔了两天，遣小童持书来请司马光。司马光应邀而至，文彦博拿出了他的旧作，说是想出个集子，请司马光为之作跋，司马光满口答应。二人又说了一阵闲话，文彦博方道："君实，愚兄听说您一下朝，除了吃饭和会见客人，一直待在书房？"

司马光将头轻轻点了一点。

文彦博复又问道："诚如此，那弟妹岂不成了活寡妇？"

司马光又将头点了一点："是的，为此事，她还和小弟拌了几次嘴。"

文彦博正色道："怪不得你没有儿子，这责任全在你呀！"

司马光叹道："小弟的秉性，您也知道，酷爱书，总想写一部像远祖司马（迁）公那样一部书。想写这样一部书，不读书怎么行。况且，朝廷待小弟不薄，屡屡委小弟以重任。为君之臣，就得为国尽忠，为民尽力。我怕自己贪图享受，忘了国家忧患，便让木匠给我做了一个圆木枕头，取名为'警枕'。每当它一滚动，我就会从梦中惊醒，然后静坐书案前，想想当天哪些事情没有办好，以便第二天补救。我觉得，只有时时刻刻挂民在心，战战兢兢当官，才能不负朝廷。"

文彦博亦叹道："君实，真伟人也！"

司马光！

如此一个司马光，如此一个兢兢业业的司马光！莫说小吏和文彦博，就连神宗也对他敬畏三分。

司马光听文彦博说明了来历,良久方道:“这个王介甫真是越来越不像话了,这田是轻易敢度的!”

文彦博点头说道:“君实所言甚是,度田这事,古已有之,最早主张度田的是汉光武帝刘秀。刘秀乃千古一帝,度了不到仨月,引来一片反对之声,甚至农民都站出来造他的反,他不得不收回诏命。前车之辙,不能不鉴!唉,皇上乃一英主,不知怎的,王介甫说什么他便听什么。他以为通过度田,可以把士大夫和达官贵人隐瞒的田产清出来,而后按实有田产征收田赋,这样就会减轻农民的负担。他没有想一想,度田不仅对士大夫和达官贵人不利,也减轻不了农民一点儿负担。何也?他是按实有田产征收田赋,岂能不对农民也按实有田产征收?何况,要度田,不能不扰民。”

略顿,文彦博又道:“即使不扰民,即使能减轻农民负担,皇上也不应该干这事。”

“为什么?”司马光问。

“咱大宋不比其他王朝,其他王朝是家天下。咱大宋王朝是官家[①]和士大夫共天下。而要与士大夫共天下,就不能干损害士大夫利益的事。”

司马光将头点了一点。

文彦博道:“既然君实认可愚兄的话,就不能眼睁睁地看着王介甫他们胡来,咱一块儿面见皇上,阻止他。”

司马光道:“咱不能去找皇上。”

“为什么?”文彦博又问。

“正如您刚才所说,皇上被王介甫迷住了,对王介甫言听计从,咱找皇上还不如直接找王介甫。”

文彦博道:“哪咱这就去找王介甫?”

司马光道:“王介甫非常执拗,咱若是面对面和他谈,恐怕要当场吵起来。”

“那你说怎么办?”

司马光道:“咱给他写书,通过书来谈。”

“以咱俩的名义写?”

---

① 官家:宋代,对皇帝的敬称。时人认为,三皇官天下,五帝家天下。宋代皇帝二者兼有,故称皇帝为官家。

司马光道:“介甫对您有成见,您不能出面。”

“那,那就拜托您了。”

送走了文彦博,司马光关起书房门,整整坐了三个时辰,方将长达五千余字的《与王介甫书》(第一)写成,遣小吏送给王安石。

书中,司马光首先回顾了二人的友谊和“向慕之情。”继之,又将王安石好生赞扬了一番:

“介甫独负天下大名三十余年,才高而学富,难进而易退,远近之士,识与不识,咸谓介甫不起而已,起则太平可立至,生民咸被其泽矣。天子因此起介甫于不可起之中,引参大政,岂非亦欲望众人之所望于介甫邪?”

写到此,司马光将笔锋一转,又是批评,又是教训,还要王安石如此如此:

今介甫从政期年,而士大夫在朝廷及自四方来者,莫不非议介甫,如出一口,至闾阎细民、小吏走卒,亦窃窃怨叹,人人归咎于介甫,不知介甫亦尝闻其言而知其故乎?

今天下之人恶介甫之甚者,其诋毁无所不至,光独知其不然。介甫固大贤,其失在于用心太过、自信太厚而已。

……介甫素刚直,每议事于人主前,或与朋友争辩于私室,不少降辞气,视斧钺鼎镬无如也,及宾客僚属谒见论事,则唯希意迎合,曲从如流者,亲而礼之,或所见小异,微言新令之不便者,介甫辄怫然加怒,或诟詈以辱之,或言于上而逐之,不待其辞之毕也。明主宽容如此,而介甫拒谏乃尔,无乃不足以恕乎?昔王子雍方事上,而好下佞己,介甫不幸亦近是乎?

……今介甫为政,首建“制置条例司”,大讲财利之事;又命薛向行均输法,欲尽夺商贾之利;又分遣使者散青苗钱于天下而收其息,使人愁痛,父子不相见,兄弟妻子离散,此岂孟子之志乎?老子曰……“我无为,而民自化;我好静,而民自正;我无事,而民自富;我无欲,而民自朴。”……今介甫为政,尽变更祖宗旧法,先者后之,上者下之,右者左之,成者毁之,矻矻焉穷日力继之以夜而不得息。使上自朝廷,下及田野,内起京师,外周四海,士、吏、兵、农、工、商、僧、道,无一人得袭故而守常者,纷纷扰扰,莫安其居,此岂老氏之志乎?何介甫总角读书,白头秉政,乃尽弃其所学,而从今世浅丈夫之谋乎?

古者,国有大事,谋及卿士,谋及庶人……诗云:“先民有言,询于刍荛。”……今介甫独信数人之言,而弃先圣之道,违天下人之心……观介甫之意,必欲力战天下之人,与之一决胜负,不复顾义理之是非、生民之忧乐、国家之安危,光窃为介甫不取也。

当今之急务,乞罢“制置三司条例司。”均输、青苗、农田水利三法也应立停……方今生民之忧乐、国家之安危,唯系介甫之一言,介甫何忍必遂己意而不恤乎?

光今所言正逆介甫之意,明知其不合也。然光与介甫趣向虽殊,大归则同。介甫方欲得位以行其道,泽天下之民;光方欲辞位以行其志,救天下之民。此所谓和而不同者也,故敢一陈其志,以自达于介甫,以终益友之义,其舍之取之,则在介甫矣。

八　论三不足

司马光为考生拟了一道令王安石十分恼火的考题——论“三不足”的对错。

神宗看似在责问曾公亮，其实在责问王安石。

为了挽留王安石，神宗居然向他认错：“失之于详阅，寡人之过也。甚愧！”

敢让包拯下不来台的人，纵观大宋，唯王安石。

他不只敢让包拯下不来台，就连皇帝的使者——通事舍人，他也敢不给面子。

王安石第一次进京，被授予修起居注，他坚辞不就，通事舍人把诏书送到他的家中，他不但拒收，还跑到厕所躲了起来。

如此一个人。

如此执拗的一个人，他看准的事，他要干的事，八匹马也拉不回来，可司马光硬让他回头。而且，还将他好生教训了一番；而且，司马光所攻击的重点，是不该设“制置三司条例司”，“制置三司条例司”已经设置一年多。有道是，开弓没有回头箭，这“制置三司条例司”如果给撤了，等于宣布新法也不再推行了。王安石重返朝堂，就是想通过变法达到富国强兵的目的。这新法若是一停，他重返汴京还有什么意义！王安石原本打算回一封书，把司马光也好生教训一番。但书写好后，他又犹豫了，司马光乃是我王安石为数不多的好友之一，而他又誉满天下，我若以牙还牙，非闹翻不可。于是，将写好的书撕成碎片，另写一书，言不过百余字，其内容有三。第一，书已收到。第二，君实兄所说之事，咱俩早就谈过，争论过，小弟不想重复。第三，推行新法乃富国强兵唯一之途，恕弟不能半途而废！

王安石的回书，已经够明白了，照理，司马光应该就此打住。可他，硬是不肯罢休，又给王安石写了一书——《与王介甫第二书》，书中说，王安石这么做，侵官、生事、争利、拒谏，招致天下怨谤。他警告王安石，你如果硬搞下去，不出几年，将会出现“父子不相见，兄弟离散”的可悲局面，国将不国了。

王安石看了此书，不再顾全他们的友谊，针对司马光之言，回了一封很不客气的书——《答司马谏书》：

……盖儒者所争，犹在名实。名实已明，而天下之理得矣。今君实所以见教者，以为侵官、生事、争利、拒谏，以致天下怨谤也。某则以为：受命于人主，议法度而修之于朝廷，以授之于有司，不为侵官；举先王之政，以兴利除弊，不为生事；为天下理财，不为争利；辟邪说，难壬人，不为拒谏。至于怨诽之多，则固前知其如此也。

人习于苟且非一日，士大夫多以不恤国事，同俗自媚于众为善。上欲变此，而某不量敌之众寡，欲出力助上以抗之，则众何为而不汹汹然？盘庚之迁①，胥怨者民也，非特朝廷士大夫而已。盘庚不为怨者故改其度，度义而后动，是而不见可悔故也……

司马光明明知道，论执拗的程度，他远不如王安石，可他居然又给王安石写了一书，且将不应该变法的道理和青苗法的危害，喋喋不休地讲了一番之后，提出一个新问题——教化：

在介甫看来，盘庚遇水灾而迁都殷，不为怨者改其志，君实应该效之。君实只看到了盘庚不改其志的一面，忽略了教化的一面。据史书记载，盘庚迁殷，臣民有从者，有违者，盘庚不忍胁以威刑，故殷殷晓解，其卒也皆化而从之，非谓废弃天下人之言而独行己志也。光岂劝介甫以不恤国事，而同俗自媚哉？盖谓天下异同之议，亦当少垂意采察而已。

看了司马光第三书，王安石既可气又可笑。他还要忙他的大事，变法的大事，不想再和司马光打笔墨官司。此念一生，也懒得给司马光回信了。

在司马光看来，王安石这是高傲自大，是对自己的藐视。一来王安石职位比他高，二来王安石和皇上又黏得很紧，他再气，一时半会儿也奈何不了王安石。唯一的办法是

① 盘庚之迁：盘庚，商代国王，汤的第九代孙，即位后，为摆脱困境，避免自然灾害，乃从奄（今山东曲阜）迁到殷（今河南安阳市西北），在此之前的160年间，曾四次迁都。而这次迁都，居然安居了204年。

等，我司马君实就不信，十年还等不到一个闰腊月！

哪要十年呀？两个月不到，机会来了，神宗内降一诏，命司马光主持三年一度的馆阁人员考试。

馆阁者，三馆三阁之统称也。

三馆：昭文馆、史馆、集贤院是也。掌朝廷之图书、经籍、修史等事。

三阁：秘阁、龙图阁、天章阁是也。掌朝廷之贮藏图书秘籍及历代御书御籍。凡在三馆三阁供职的官员，统称馆职。宋时，馆阁之选，皆为天下英俊，必须通过考试，方可取得。而这个考试，不是人人都可以参加，必须达到两个条件。第一，有进士资格。第二，在地方任职三年以上。

如此重要的考试，朝廷居然让司马光来主持，这不只因为司马光学贯古今、德高望重，乃是神宗对司马光的器重！

在此之前，神宗几次想擢司马光担任参知政事，皆因王安石的反对而作罢。

司马光走马上任，为考生拟了一道令王安石十分恼火的考题——《论“三不足”的对错》。

何为“三不足？”

即：“天变不足畏，祖宗不足法，人言不足恤。”

这个“三不足”，不只朝野皆知；而且，都认为这是王安石为坚定神宗的变法决心而提出来的。但王安石不承认，他本想站出来辩解，但又怕越描越黑，来一个听之任之。

这一听之任之，司马光“嚣张”起来，竟把它作为选拔“馆阁”人员的试题。

古人，由于科学知识的局现，对天是非常敬畏的。他们认为，天变乃是上天神灵对人间的警示。故而，每当干旱、淫雨，抑或是地震，抑或是天上闪个流星，皇帝都要进行深刻反省，是不是办错了哪些事儿？而王安石居然说天变不足畏！

祖宗，乃人之根，不敬祖宗之人，被视为畜生，而王安石居然说祖宗不足法！

人言，也就是社会舆论。古之有为之帝王，对民意看得很重，“国有大事，谋之卿士，谋之庶人。周成王戒君陈①曰：‘有废有兴，出入自尔师虞，庶言同则绎。’”这里的庶言，指的就是民言民意。而王安石居然说人言不足恤！

司马光出这样的试题，既是朝王安石头上扣屎盆子，又是让考生公开鞭打王安石，差一点儿把王安石的肺给气炸，但他揉了揉肚子，忍了。

---

① 君陈：即周平公，周公旦之子，伯翁之弟。

他就是不忍又该怎么办?

“三不足”这话,他即使没有说,也不能否认。就是他否认,得有人信呀?关键的关键,人家司马光的试卷中并没有说“三不足”是他王安石说的!

这就是司马光的高明之处,杀了你的头,还不见血。

王安石虽然忍了,但年轻的宋神宗坐不住了,将王安石召进宫中,很委婉地问道:“选拔馆阁的试题卿听说了没有?”

王安石回道:“臣听说了。”

神宗道:“爱卿对《论‘三不足’的对错》这道试题怎么看?”

王安石回道:“这道试题是冲着变法来的。”

神宗犹豫了一会儿问:“‘三不足’这话,爱卿说过说有?”

王安石回道:“臣没有说过,但臣很欣赏‘三不足’之中的第三句话……”

神宗道:“请说下去。”

“因时代不同,再好的祖宗之法,也不可能一成不变。譬如皇位继承,宋太祖行的是兄终弟及,而宋太宗行的是子承父业。再如宋仁宗,他在位四十年,多次修订法律。”

神宗将头重重地点了一点:“爱卿说的对!哎,爱卿对‘三不足’中的其他‘两不足’怎么看?”

“‘天变不足畏’这句话,臣是这样看的。天,至高无上,我们应该敬畏。但是变不变,那是它自己的事,与人世无关,也可以不畏。譬如说,圣贤如尧、舜、周武王者,他们为帝为王时,也有旱、涝、风雪、蝗虫、地震之事发生。奸邪如夏桀、殷纣、周厉王者,他们为王时,也有风调雨顺,五谷丰登的时候。另外,天变如果真的为警示人世而变,东汉张衡发明的地动仪就不应该测量出地震的日期吗?至于‘人言’吗?也是既可畏,也可不畏。何也?人言不一定都是正确的。盘庚欲将商都迁之殷,决策非常正确,却遭到贵族和平民的坚决反对。汉武帝‘罢黜百家,独尊儒术’,怨声载道,可他之后的皇帝几乎都继承了他的衣钵。而陛下呢?每做一件事,总要广泛听取臣子意见,包括这次变法,可是,仍然是人言汹汹!若从这一点来看,人言是不足恤的。”

神宗又将头重重点了一点。

司马光本想借主持选拔馆阁人员考试之机整臭王安石,从而阻止新法的进行。他的目的只是部分地达到了,朝野非议王安石及其新法的声音确实比过去高了。但神宗不只对王安石更加信任了,变法的态度也更坚决了。这第二个结果是司马光不曾料到的,但他没有气馁。就在他像找白头小虫那样,继续找王安石的污点、错误的时候,变法派出现了第一次分裂。

苏轼、程颢家里各来了一个亲戚,苏轼的那个亲戚有些穷——二十亩薄地,三间破茅屋,去年春贷了五贯青苗钱,因遭了旱灾,没钱还,官府把他抓到县衙,吊打了半宿,没办法,借了邻村周阎王六贯钱交给官府。今年春,又贷了五贯青苗钱,去年的年息还是二分,今年涨到了三分。到了秋天,将收获的粮食卖了十几石,才凑了六贯五,还没来得及还官府,周阎王带着三个狗腿子寻上门来,追讨高利贷,不只抢走了他的钱,连家中的粮食也席卷而去。周阎王刚走,官府的人又来追讨青苗款,扬言,若还不上青苗款,就把他十六岁女儿珠儿没为官妓。他这才硬着头皮进京,找苏轼兄弟借钱。

程颢的亲戚虽是他们村中的富户,但拥有的田地并不多——四百亩。别的县大都是贫富相间,五户联保,他们县却来了一个十户联保。去年,这十户之中,有两户交不上青苗钱,他代交了。今年,他的互保户串通起来,都找借口不交青苗钱。官府又要他代交,他不干,被抓到县衙,吊打了一夜,他不得不又代那九户交了五十二贯青苗钱。他这次来找程颢,并不是问程颢借钱,而是想让程颢给他们知县打个招呼,别再欺负他了。

半月之后,神宗批转来一份反映推行"农田水利法"的奏章,王安石交苏辙和程颢,要他俩详议后,拟一份批驳对方的东西。他俩便由"农田水利法"议到了"青苗法",又由"青苗法"议到了各自的亲戚,在一旁的两个小吏,一个姓史,一个姓蒋,那姓史的将嘴唇动了一动,苏辙问道:"史浩,你不是刚刚省亲归来吗? 你所见到的情况是个什么样子?"

史浩回道:"卑职家乡的情况和二位大人那两个亲戚所谈更甚,一谈起'青苗法',一个个恨得咬牙切齿,吓得卑职不敢说自己在'制置三司条例司'供职。唉,那'农田水利法'真要在全国推行起来,又不知道怎么害民呢! 不怕二位大人怪罪,要不是为了养家糊口,这'制置三司条例司'小人早就不干了! 什么叫为虎作伥,小人觉着小人就是在为虎作伥!"

苏辙移目另一小吏:"蒋云,你们家乡的情况如何?"

蒋云回道:"卑职是城里人,坊郭[①]无地可种,可官府硬要推行'青苗法',弄得怨声载道。"

程颢移目苏辙说道:"子由弟,好像在'青苗法'未曾推行之前,你曾劝过介甫,'青苗法'不可行,若硬行之,'钱入民手,虽良民不免枉用;及其纳钱,虽富民不免逾限。如

---

① 坊郭:坊,里巷。坊郭,即城郭市街。

此，则恐鞭棰必用，州县之事不胜烦。'"

苏辙将头轻轻点了一点，说道："小弟确实这样劝过王公，但从目前的情况看，比小弟预料的还要严重。唉！"

程颢道："'青苗法'的危害如此之大，咱不能坐视不理！若则，便是为虎作伥了！"

苏辙又将头点了一点。

程颢道："咱俩这就去面见皇上，让他早一些废了'青苗法'。"

苏辙道："'农田水利法'也不能再行了，特别是度田。"

程颢道："好。"

神宗听苏辙、程颢谈了"青苗法"的危害，似信非信道："卿等说的可是实情？"

苏辙、程颢异口同声道："臣不敢欺君。"

"'青苗法'和'农田水利法'，是新法中的两项很重要内容，不能说停就停，卿等容朕好好想一想。"

苏辙、程颢再拜告退。

青苗、农田水利二法是否叫停，就在神宗犹豫不决的时候，远在大名府的韩琦寄来一份奏章，请罢"青苗法"。书云：

> 自去年始，陛下下诏推行"青苗法"，旨在惠民，不使兼并乘急，以邀倍息，而公家无所利其入。今所列条约，乃自乡户一等而下，皆立借钱贯数，三等而下，更许皆借，这岂不是硬性摊派吗？且乡户上等，并坊郭有物业者，乃从来兼并之家，根本用不着借贷，今强令借钱一千，纳一千三，是官府自放钱取息，与初诏相违。又条约虽禁抑勒，然不抑勒，则上户必不愿借，下户虽或愿借，借时容易还时难，一旦还不上，就会用鞭子蘸水死劲地抽，那会出人命的。陛下躬行节俭以化天下，自然国用不乏，何必使兴利之臣，纷纷四行，以致远迩之疑哉？乞罢"青苗法"，依常平旧法施行！

韩琦的奏章并不算激烈，但他身份不同。他不只是河北安抚使，他还是前首相，推行"庆历新政"的掌门人之一，更是神宗父亲的大恩人，没有韩琦，就没有他父亲的皇位。没有他父亲的皇位，就没有他现在的皇位，如果连这样的人说的话都不相信，那还能相信谁呢？

他看了韩琦的奏章，当即传旨，让执政们前来崇政殿议事。俟执政们一到，他袖上韩琦之书，踱将出来，众人忙向他行以君臣之礼。

礼毕，神宗召曾公亮至御案前，袖出韩琦之书，递给曾公亮，且说道："琦真忠臣，虽在外不忘王室。朕同意推行青苗等法，原本以为可以利民，不料害民如此。且坊郭间怎么会有青苗？乃亦强令借贷呢？"

神宗看似在责问曾公亮，其实在责问王安石。王安石坐不住了，立马反驳道："只要对百姓有利，即便是在坊郭借贷青苗钱又有什么不可？"

神宗见王安石公然相抵，心中未免有些不快，对曾公亮说道："爱卿可把韩琦奏书给介甫一瞧。"

王安石接过韩琦奏书，略略看了一遍道："似汉朝的桑弘羊，刮取天下货财，供奉人主私用，可谓兴利之臣。今陛下修周公遗法，抑兼并，赈贫弱，并不是剥民自奉，如何说是兴利之臣呢？"

王安石的辩解虽有一定道理，但神宗终以琦说为疑，沉吟不语。待安石趋出，神宗乃谕辅臣道："'青苗法'和'农田水利法'既不便行，不如饬令罢之。"

文彦博应声说道："早该罢之。"

神宗移目曾公亮，曾公亮既是新法的同路人，又与王安石关系不错，理应反对。但他不想眼睁睁地看着王安石独自坐大，忙向神宗拜了一拜说道："陛下圣明，'青苗法'和'农田水利法'既然如此害民，理应罢去。"

他这一说，众执政纷纷表态，竭诚拥护神宗之决定。

消息当天便传到了王安石耳中，他又羞又气，以生病为由，上书辞官。他也不管神宗允与不允，自此不再上朝。

到了这个地步，照理，废除"青苗法"和"农田水利"二法的事儿就是定局了。但是，你别忘了，宋朝是中国封建社会制度最完全的一个朝代。开国皇帝赵匡胤，想建一个熏笼①，这事交给宰相赵普八天了，熏笼还没建。他便质问赵普："朕未曾为帝之时，花几十文钱。就可以去大街上买一个熏笼，如今贵为天子，说了八天，还没办到，何也？"

赵普不紧不慢地说道："是条贯（制度）管住了您。您过去是一个平民，想干什么就干什么。您如今贵为天子，您要建熏笼，得经尚书省和七八个部寺同意，方能建。"

赵匡胤怒斥道："是谁做这些条贯来约束朕？"

"是您让臣做的呀！"

① 熏笼：放在炭盆上的竹罩笼，可用于取暖或烧烤，亦可用来熏香、熏衣。

赵匡胤道:“即是朕让你做的,也把它废掉。”

赵普道:“不能废。”

“为什么?”

赵普回道:“这些条贯不是为陛下所设。”

“为何人所设?”

赵普又道:“为陛下子孙所设。臣说句犯禁的话,有各种条贯管着,陛下的子孙即是一下等之主,大宋这条船还会照样往前行。”

赵匡胤转怒为喜。

宋朝,像废除某项法令的事,皇帝同意了也不行,得昭告天下。要想昭告天下,就得颁“诏”,而这个“诏”,不是皇帝想“诏”就诏,得由主管行政的宰相下令,由翰林学士们拟旨,才能颁布天下。这两道程序走下来,一般得四五天。

谁知,翰林学士刚刚把拟好的诏书呈到御案上,参知政事赵抃硬插了一杠,致使神宗改变了主意。

参知政事赵抃本来不赞成新法,又与王安石不和,不知为甚,居然进宫面见神宗:“陛下,王介甫上表辞官这事,您打算怎么办?”

神宗道:“他这个人呀,既忠君又有本事,就是有点太倔,国事稍不如他意,他就闹脾气,唉!”他将头轻轻摇了一摇。

“臣观陛下之意,并不打算让王介甫辞官?”

神宗轻轻点了点头。

“‘制置三司条例司’的头儿是王介甫,推行新法之事,则由‘制置三司条例司’掌管,而青苗法和农田水利法又是新法的两项重要内容,既然陛下没有罢黜王介甫之意,却在他‘生病’期间废了‘二法’,这不等于在掴王介甫耳光子吗?倒不如等他病好了上朝,让他自己宣布废除‘青苗法’和‘农田水利法’。如此,也算给了他一个下台的台阶。这样做,王介甫虽然失了点面子,但不至于颜面扫地。”

神宗道:“爱卿所言是也。”

故而,史书说,是赵抃救了王安石,从而救了新法。

这话只说对了一半。救新法的,不只赵抃,还有吕惠卿等人。

吕惠卿人品不行,但他知道自己几斤几两——没有王安石就没有他的今天。他还知道,在新法中,“青苗法”是重中之重,只要它一倒台,已经推行的各项新法也会倒台;没有推行的，将胎死腹中。他更知道，新法若是一倒，他的官梦也就完了。不行，我得设法保住新法，保住新法也就是保住了王安石，保住了王安石也是保住了我吕惠卿。为了达到这个不可告人的目的，他动员一切可以动员的力量，去游说神宗。在这一切可以动员的力量中，有两个人不能不提——神宗的亲信太监李宪和张若水。为动员这两个太监出山，他每人送二百贯钱。在各色人等的游说下，神宗动摇了，悄悄地派李宪和张若水出京，调查“青苗法”的推行情况。二太监出去转了一圈，还奏神宗说，“青苗法”使百姓受益匪浅，赞不绝口。吕惠卿在动员一切可以动员的力量游说神宗的同时，告了司马光一个黑状。在反对派里，论官职，司马光绝对不算大，但就反对变法态度之坚决，他绝对是第一。

宋朝，为了体现对大臣的尊重，大臣若是上表辞官，皇帝一般都要挽留。这个挽留，还不只停留在口头，往往由翰林学士代拟一道挽留的诏书。因王安石既是宰相，又是神宗器重的大臣，代拟的任务，便交给了文学泰斗一级的人物司马光。

司马光本是一个极为诚实的人，却在代拟诏书时玩了一个花招，借用神宗的口气，将昔日好友痛加鞭挞。诏书曰：

> 朕以卿才高古人，名重当世，召自岩穴，置诸庙堂，唯心委诚，言听计从，人莫能间，众所共知。今士大夫沸腾，黎民骚动，乃欲委远事任，退处便安。卿之私谋，固为无憾，朕所素望，将以委谁，只复官常，无用辞费！

这哪里是劝王安石复出视事，分明是在鞭打王安石。其用意很明显，就是有意激怒王安石。王安石果然中计，一边上书“谢恩”，一边收拾行囊，准备滚出汴京。吕惠卿闻讯赶来，劝之曰：“您不能就这么走呀！”

王安石将诏书弹了两弹，说道：“不是老夫要走，是皇上要赶老夫走。”

吕惠卿拿起诏书，初读之时，也觉得神宗不要王安石了。但仔细一想，觉得不大对劲：“相爷，一般来讲，大臣上表求辞，皇上不管是真心挽留，还是假意挽留，都会把上表求辞的大臣赞扬一番，可这个诏书，简直对您是口诛笔伐，这可有些反常呀？”

经他这么一提醒，王安石也觉着有些反常，自言自语道：“难道这诏书是假的？”

吕惠卿道：“诏书不会假。”

王安石又道：“那为什么会出现这种现象？”

“您知道这个诏书是谁拟的吗？”

王安石将头摇了一摇。

吕惠卿道:“下官听说这个诏书是司马光拟的。”

王安石道:“你听谁说的?”

“太监张若水。”

王安石道:“张若水的话不会有假,我明白了,这是司马光想借皇上之口告诉我,皇上对我很烦,也很生气,让我知耻而退,早一些儿离开朝堂。这个司马光,竟如此卑鄙!”说到此,他朝案上狠狠擂了一拳。

吕惠卿道:“相爷既然知道司马光在捣鬼,您若是真的辞官,拍屁股走人,岂不正中司马光下怀?”

王安石道:“你说得对。可是,辞官的表章,是我自己上的,皇上的‘诏书’又无留我之意,我不走也得走呀。”

吕惠卿道:“您只要答应不走,卑职自有办法让皇上再颁一道诏书,实心实意地挽留您。”

“什么办法?”王安石问。

吕惠卿狡黠地一笑道:“恕不奉告。”说毕,躬身告辞。

当天晚上,吕惠卿将李宪、张若水请到家中,密谋了一番。

第二天,二太监装作漫不经心的样子,将司马光“卑鄙”的行为,告之神宗。神宗立马找来司马光代拟诏书原稿,仔细地读了一遍,又气又悔:“失之于详阅,寡人之过也!”

有此三因,神宗改变了对王安石和“青苗法”“农田水利法”的看法,将未曾颁布的废止二法的诏书扔到废纸篓里。他原打算让翰林院再拟一道挽留王安石的诏书,一是怕翰林学士捣鬼,二是为了表示挽留王安石的诚意,亲自撰写挽留诏书。书中,明确表态,青苗、农田水利二法,乃利民之举,不再废止。且向王安石自我检讨:前次诏书,“失之详阅,寡人之过也。甚愧!”

作为一个皇帝,一个至高无上的皇帝,居然向臣承认错误,这种情况是不多见的。

王安石胜利了。

胜利了的王安石,接到诏书的当天,便进宫谢恩。尔后,大摇大摆地走向东府。除了赵抃、吕惠卿之外,见者无不惊讶。

文彦博小声问曾公亮:“曾相,王安石也和当年的王拱辰一样,自己给自己复官了?”

曾公亮将头轻轻摇了一摇:“依王安石的性格,他不会。”

“难道是皇上又向他示好了?”文彦博问。

曾公亮又将头摇了一摇说道:“依王安石的性格,单单皇上向他示好,他也不会‘复官’。”

“那,难道是皇上答应王安石不再废除‘青苗法’和‘农田水利法’了?”

曾公亮道:“应该是答应他了。”

文彦博恨声说道:“皇上怎能这样?出尔反尔,我找皇上去。”他见了神宗,直言相询道:“陛下,您要司马光所拟的废止‘青苗法’和‘农田水利法’的诏书,已经呈陛下三天了,怎么还不见颁行?”

神宗回道:“‘青苗法’和‘农田水利法’,朕不打算废止了。”

“为什么?”

神宗回道:“两天前,朕遣使出京察看青苗、农田水利二法推行情况,二使还奏道,二法使百姓受益匪浅,赞不绝口。”

“陛下所遣之使者何?”

神宗回道:“李宪和张若水。”

文彦博一脸愤然道:“青苗、农田水利二法的推行或废止,事关国家的法令,如此之大事,三朝宰相韩琦的话您不相信,反而去相信两个宦官!臣不解,臣实在不解!”

神宗微微一笑,说道:“老爱卿,你别发火,朕不是不相信韩公。朕不说你也知道,在变法这件事上,韩公一直持反对态度,对于持反对态度人的话,朕不能不打一个问号。而李宪和张若水无党无派,又随侍朕之左右,不能因为他们是宦官,就认为他们的话一定不可信。你别急,你等朕把话说完,你说宦官的话不可信,就算不可信,朕另遣他人为使,去京外查看一番之后再定如何?”

文彦博再拜说道:“陛下圣明。”

合该青苗和农田水利二法不该废止,一个叫李定的人来到了汴京。

李定何许人也?

李定字资深,扬州人,曾受教于王安石。经王安石精心辅导,他才得以考中进士。初仕为定县主簿①。三年任满,迁青州(五代时,吴越置,治所在今嘉兴县)判官。因知审官东院②孙觉之荐,得以入京候选。他一到京,便去拜访右正言李常,李常问曰:“君

① 主簿:战国时置。掌文书簿籍之事。此后,历代多沿置。

② 知审官东院:审官院乃考课京朝官的机构。宋初,患中书省权重,分中书吏置审官院。设知审官院二人。神宗熙宁三年(1070年)改审官院为审官东院,另置审官西院。东院掌文臣京朝官考课、叙爵、铨叙等事;西院掌武臣、阁门祗侯以上至诸司磨勘、注拟、差遣等事。

从南方来，民谓‘青苗法’如何？”

李定答道：“民皆称便。”

李常愕然道：“果真吗？”

李定轻轻颔首。

李常道：“举朝正为此事争论不休，请君不要妄开尊口！”

李定忙将头点了一点，告别了李常，径直去谒王安石，将与李常交谈之语告之。且禀曰：“‘青苗法’很是便民，奈何京师传言不便。学生只不过说了几句实话，李正言却警告学生不要‘妄开尊口’，学生甚是不解！”

王安石道：“朝中有那么一部分人，为了扼杀新法，听不得真言。明天，老夫带你面圣，你可把‘青苗法’在南方推行的情况，以及李常所嘱之语，如实上达圣听。”

李定话中有话道：“请恩师放心，学生知道什么话该说，什么话不该说。”

翌日，师生二人来到崇政殿，王安石略坐片刻，借口离去。李定趁机将南方推行新法的“好处”，讲了一通之后说道：“青苗、农田水利二法的推行，百姓称便，远近讴歌，舆情悉洽。”

神宗问：“爱卿所说，可是实情？”

李定回道：“臣不敢欺君！臣所言，若有半句谬语，请朝廷把臣贬逐岭南！”

神宗道：“谅你也不敢妄言。”

李定故作欲言又止之状。

“爱卿是否还有话要说？”神宗问。

李定将头点了一点。

“有什么话你尽管说。”

李定道：“‘青苗法’明明是一善政，可京师人并不这么看。而且，还只许说坏，不许说好……”

神宗道：“说下去。”

“臣昨天拜访李正言大人，恰巧文公(彦博)也在。李正言问及‘青苗法’在南方推行情况，臣如实告之，竟遭李正言呵斥。而且警告小臣，若再见人，问及‘青苗法’在南方推行情况，只能说坏，不能说好。唉，连京师这样的地方，都不允许人说实话，何况京师之外呢！”

神宗叹道：“朕亦不明白，均输、青苗、农田水利诸法，明明都是善政，可在文彦博、韩琦、司马光他们眼里，却成了扰民之政、害民之政、聚敛之政，必须废止而后快！”

李定道:“臣斗胆一言,请陛下莫要怪罪。”

神宗道:“请讲,不管你讲什么,朕绝不怪罪。”

“文公、韩公、司马公他们,为什么反对新法,原因有二。第一,他们上了年纪,贪图安逸,求稳怕乱。第二,所行之法,或多或少损害了他们的既得利益。就拿韩公来说吧,他家世代为官,到了他,又三次为相,独领朝纲十几年,且不说他受了多少贿,单他一年的俸禄,就高达七千贯,这么多钱,他不能一直放在家里呀,他得拿出来置地,抑或是生息。怎么生息?要么放贷,要么做生意。陛下行‘青苗法’,把他放贷的路给堵住了。陛下行‘均输法’,把他在京师做生意的路给堵住了。陛下行‘农田水利法’,很重要的一项内容是度田,只要一度田,就得按实有田地交纳田赋。而韩公呢?臣不敢说他一定隐瞒了多少田地,但臣敢说他一定有所隐瞒。所以呀,他反对新法很正常。”

神宗恍然大悟:“怪不得他们如此仇视新法,必欲废止而后快。还有那个司马光,为了将介甫赶出朝廷,借拟诏之机,用言语激怒介甫,让介甫自己辞官。李常这个人,朕对他的印象很不错,还是一个谏官呢,居然不让爱卿给朝廷说实话!朕受他们蛊惑了,居然还要遣人再去京外查看新法的推行情况。哼,朕不是那么容易骗的,已颁布的新法,不仅不能废,还得加大推行力度。未颁布的新法,次第颁布!”

李定再拜说道:“陛下圣明!”

神宗又道:“李爱卿,你是一个忠臣。你不只是一个忠臣,还是一个诤臣,朕不会亏待你!”

李定高声呼道:“陛下万岁、万岁、万万岁!”

九　艳遇浮屠河

李常弹劾李定，母死不丁忧，等同禽兽。让禽兽来纠察百官，实百官之耻也！

一进客厅，李问便双手搂住仇芳菲狂吻起来。仇芳菲积极回应。

仇芳菲拉开梳妆台下的抽屉，抽出一把剪刀，朝自个儿胸口扎去。

翌日，李宪奉旨传喻东府，要他们拟诏书两道，第一道，“制”李定为知谏院；第二道，“敕”韩琦请罢青苗疏。

韩琦接敕后，长叹一声道：“‘青苗’不废，民无宁日。皇上受奸人所惑，坚持己见，奈何，奈何！”

叹毕，修书一封，呈达天庭，要辞去安抚使之职。神宗接书，批了一个大大的“可”字。韩琦的权力萎缩到大名府一城之内。

皇上钦定李定为知谏院，若换作其他朝代，几乎是板上钉钉。可宋朝不行，无论是诏、是制、是敕，在颁发之前，统统由宰相下令，由翰林学士，或知制诰拟旨，方能颁发。而且，翰林学士、知制诰，如果认为这些诏、制、敕有问题，还可以直接拒接，封还朝廷。

宰相曾公亮接到内命后，当即进宫，对神宗说道：“查考故例，选人未有为谏官者。请陛下改命。”

神宗道：“既然故例没有，那就拜李定为监察御史里行①吧。”

曾公亮想说什么，嘴张了几张，终未说出口来，再拜告退。

知制诰苏敏求、苏颂、李大临接到曾公亮的命令后，拒不执行，且上书神宗曰：“御史的任职资格，须太常博士以上，曾任州通判，并有三人举荐，方能授之。如达不到上述条件，而任御史的则带里行，但仍需曾担任过知县和三丞（太常、宗正、秘书丞）以上京

① 监察御史里行：差遣名。隶御史台察院。初置于唐，宋沿置。职掌与监察御史同。

官充任。查李定之资历，最大官只做到秀州（治所在今之浙江省嘉县）判官，不符合任命监察御史里行的条件，请陛下收回成命。”

神宗阅书后，命李宪传谕苏敏求等三人，“拜李定为监察御史里行，确实有违故制。目前，朝廷急于用人，岂能拘泥于故制？请爱卿照拟无误。”

苏敏求三人经过一番商议，又上书神宗：“查李定此人，在地方任官期间，并无多么出色的表现，也未闻他有多大的才气，让他进京候选，已经是皇恩浩荡了。如果硬破故例，怕是百官不服呢！况且，那故制也不是轻易可破的，请陛下三思。”

神宗又命李宪传谕苏敏求三人：“朕曾和李定长谈一个时辰，朕觉得他是一个人才，请卿等相信朕的眼光。”

神宗把话说到这个份上，苏敏求三人依然坚持己见，拒不奉诏，弄得神宗直摇头。

苏敏求三人之所为，神宗可以容忍，王安石不能容忍，一是他的个性使然；二是他急于用人，像李定这么忠诚于他、又会来事的人，太少了。

王安石面谒神宗：“陛下，就‘三不足’之事，咱俩曾做过一次长谈。‘三不足’之一不足，就是‘祖宗不足法’。因时代不同，再好的祖宗之法，也不可能一成不变，何况故制呢！苏敏求等人不识时务，屡格诏命，目无陛下，若不惩处，他人仿而效之，圣威可就……”

王安石故意将话顿住。

神宗凝目王安石：“介甫之意，此事应当何处？”

“把他三人一并逐出翰林院！”

神宗道：“好。”

苏敏求、苏颂、李大临虽然被逐出了翰林院，但是，拜李定为监察御史里行的事，又差一点儿被人搅黄。

李常，大家还记得吧？就是那个要李定“妄开尊口”的人。

他见李定不只是“妄开尊口”，还刻意讨好王安石，为“新法”张目，甚气。听说朝廷要破例拜李定为监察御史里行，又气又恼，当即上书弹劾李定。书云：

> ……李定为泾县主簿，其生母仇氏病故，他不但不丁忧①，连孝服也不穿。如此不孝之人，等同禽兽。对于禽兽一样的人，朝廷不但不痛加鞭挞，还要升其官，且是还要他做监察御史里行。监察御史是干什么的？他的职责是纠察百官、巡按郡县、纠

① 丁忧：旧称遭父母之丧为丁忧。

视刑狱、整肃朝仪、分察六部、监仓库等事。让禽兽来纠察百官，实百官之耻也。

神宗阅书后，当即召王安石进宫，以李常之书示之。王安石粗粗地看了一遍说道："臣觉得李定不是这样的人。"

神宗道："李常素来耿直，又和李定是同乡，言之凿凿，对他的话，不能轻易否之。"

王安石道："诚如此，李定就在汴京，陛下何不召他一问？"

神宗将头点了一点。

不一刻儿，李定趋进宫来，向神宗行过君臣之礼，又向王安石行了一礼。

神宗示意当值太监，将李常劾书送给李定。

李定未曾看完，拿书的手，便微微有些发抖。如果承认李常所劾属实，莫说做监察御史里行，恐怕连州县官也当不成了；如果不承认呢？李常所劾之事，又千真万确，倒不如来一个含糊其词，能蒙混过去更好；如果蒙混不过去，那就听天由命了。

他轻叹一声道："陛下，臣实不知由仇氏所生，所以，闻其丧臣不敢服。"

听了他这个含糊其词的答复，神宗不但没有深究，居然还把李常招来，以李定之言告之。李常哂笑道："陛下，李定的话你也信？他李定做县主簿之时，并非三岁小孩儿，他的生母是谁，他能不知道？况且，他又不是抱养的，他是仇氏在他家生的！"

神宗勉强挤出一丝儿笑容道："朕这几天没有睡好觉，头晕。爱卿说的有道理，朕这就再召李定进宫当面询之。"

李定闻召，大恐，忙去找王安石商量。

王安石绷着脸问道："你到底知道不知道仇氏是你生母？"

李定嗫嚅着回道："知道。"

"既然知道，你为什么不丁忧？"

李定道："这里面有隐情。"

"什么隐情？"王安石始终绷着个脸。

"唉！"李定长叹一声，把他的隐情道了出来。

李定的父亲李问，进士出身，才高八斗，貌若吕布，官至国子博士①，如此一个人，莫说女人，连男人也喜欢。他刚弱冠，已娶阎氏为妻。游历时，又遇一美女，而这美女，已

① 国子博士：简称博士和国博。初置于晋，为六品官。宋沿置。

经成婚生子,其子名唤浮屠。

单说浮屠大家不一定知道,若说佛印禅师,恐怕是家喻户晓了。

苏轼朋友甚多,佛印是他最要好的朋友。佛印这个人,虽是出家人,却顿顿不避酒肉。这一日,煎了鱼下酒,正巧苏轼登门来访,佛印急忙把鱼藏在大磬之下,苏轼早已闻到了鱼香,进门后故意说道:“向阳门第春常在。”

佛印随口诵道:“和善人家庆有余。”

苏轼笑道:“既然磬(庆)里有鱼(余),拿出来一道吃吧。”

佛印不得不把煎好的鱼拿了出来,二人共享。

苏轼是个大才子,佛印是个高僧,两人经常一起参禅打坐,佛印老实,常被苏轼欺负。苏轼占了便宜很高兴,回家便在小妹跟前炫耀。某一次,两人又在一起打坐。苏轼问佛印:“你看我像什么?”

佛印回道:“我看你像尊佛。”

苏轼大笑:“你知道你像什么吗?”

佛印反问道:“你说呢?”

“像一堆牛粪。”

佛印无语。

占了便宜的苏轼回家又向苏小妹炫耀,苏小妹冷笑了一声,说道:“就你这个悟性还参禅呢,你知道参禅的人最讲究的是什么?见心见性,你心中有什么,眼中自然就会有什么。佛印说看你像尊佛,那说明他心中有尊佛;你说佛印像牛粪,想想你心中有什么吧?”

苏轼大惭。

扯得有些远了。

宋仁宗景祐年间,李问游历饶州浮梁(旧属鄱阳郡,今属江西省景德镇),途经浮屠河,桥南一丈开远有一洗衣女郎,看年纪也不过二十一二岁,发如墨染,脸蛋儿如花似月,裸露着的胳膊如嫩藕一般,一袭白衣裹着两个晃动着的大奶子,这哪里是人,分明是仙女,把李问看呆了。

洗衣女偶一抬头,瞥见了桥上的李问,见他既英俊又风度翩翩,还是一个秀才,不由得想入非非,吞了一口唾液,暗自说道:“这个俊后生,也不知道便宜了哪个丫头!”

她这一想入非非,搓板上的衣服被水冲走。李问惊叫一声:“衣服,你的衣服……”

洗衣女低头一看,那衣服已经漂出三尺多远,忙下河追捞,追了几步,突然“哎呀”

一声，跌坐河中。李问飞奔河中，将洗衣女搀了起来。

洗衣女指着三丈开外的衣服说道："衣服，我的衣服……"

李问沿河而下，将她的衣服捞了起来。

洗衣女抬腿欲走，突然"哎哟"一声，愁眉苦脸地说道："我的脚，我的脚给崴了，这家可怎么回呀？"

李问笑嘻嘻地说道："只要你愿意，我可以背你回家呀！"

洗衣女瞟了李问一眼，小声说道："我倒是愿意，可这大白天的，让一个俊俏后生背着，我这脊梁骨怕是要被人戳断了！"

"那你说怎么办？"李问问。

洗衣女想了想说道："翻过河堤，往北走一箭之地，有一个大宅院，院门口有一棵石磙粗的老樟树。俺那糟老头儿，就在那个大宅院里支色子①。劳您辛苦一趟，把他叫来，让他扶我回去。"

李问向洗衣女深深施了一礼，仿着舞台上奶油小生的腔调说道："小生遵命！"

他刚一转身，洗衣女又道："等一等，俺那糟老头儿，您又不认识，您怎么叫呀？"

李问双手一摊道："这……这倒是一个事哩。"

洗衣女嘻嘻一笑道："您别急，小奴教您。您进院之后，只需问，'谁是仇芳菲的男人呀？'不，不，这样问不妥。您这样问，'谁是林浮屠他爹？'您这一问，俺那糟老头儿必定应腔，后边的话，不用小奴教了吧？"

李问忙道："不用了。"

李问进得门前有老樟树的大宅院，双手抱拳说道："请问，哪位是林浮屠他爹？"

那个斜眼，又长了一个酒糟鼻子的汉子朝他翻了两眼回道："我就是。"

李问暗自思道，这个男人，看年纪还不到四十岁，仇芳菲却称他为糟老头儿，看来，她是极其讨厌她的男人。她既然如此讨厌她的男人，我一定能把她勾到手。

李问正想着美事，斜眼汉子问道："你找我有事吗？"

李问收神回道："你家娘子洗衣服崴了脚，走不成路，他让你去背她回家。"

斜眼一脸不悦道："她崴了几只脚？"

"一只。"李问回道。

---

① 支色子：赌博的一种。色子，也叫骰子，赌博时用以投掷。本作"投子"，后来改用骨制作，故称"骰子。"

“崴了一只,还有一只嘛! 你转告她,我这会儿手气正壮(好),没时间管她,叫她自己蹦回家去。”

李问暗自骂道:“天底下竟有这样的男人,为了玩,连自己的女人都不管。我……”

他转而又一想,他不管更好……

他转怒为喜,屁颠屁颠地循原路返回,对仇芳菲说道:“我照着你的话说给了你男人,你男人将我呵斥一顿,‘你眼瞎了,你没看我在支色子吗? 滚!’唉,这样的男人,天下难寻!”

仇芳菲粉脸生怒,破口骂道:“这个糟老头儿,我找他去!”

她长身而起,走了一步,便“哎哟”起来。李问忙上前将她扶住:“你不能走!”

仇芳菲“嚎”的一声哭了:“我,我是不是上辈子做了缺德事,积得这样一个男人! 赌,赌,一天到晚赌,把牛给卖了,地也赌完了,还在赌,说不定,哪一天把我也给卖了!”

他忙掏出手帕,一边为她拭泪,一边劝道:“卖了更好!”

“您……”仇芳菲嗔道:“小女子心里似刀扎一般难受,你不但不同情,还说风凉话!”

李问笑嘻嘻地说道:“我这不是说风凉话,我这是真心对你好。你没想一想,你才二十出头,又长得这么漂亮,他若是真的卖你,买你的人,怕是要排十里长队呢。这十里长队里,能没有一个爱你的人? 若是能嫁一个真心爱你的人,你不只跳出了火坑,你以后的日子也会像喝蜂蜜那样甜。”

仇芳菲“吞儿”一声笑了,照李问肩头上轻轻地擂了一拳道:“你真会说话!”

李问一脸正经地反问道:“本公子说的不对吗?”

仇芳菲轻叹一声道:“话虽这么说,小奴已为人妇,像样一点的人家,谁肯要我呀!”

李问依然笑嘻嘻地说道:“本公子是个秀才,老父亲当过两任知县,家有旱田四百亩、水田八百亩、骏马九匹,算不算一个像样的人家?”

“算,当然算!”

李问道:“既然算,本公子要你,你愿不愿意?”

“小奴不敢想。”

李问道:“你别耍滑了,本公子再问你一遍,本公子娶你,你愿不愿意?”

仇芳菲粉色生羞,又照他肩头擂了一拳,娇嗔道:“你坏,你坏死了!”

李问哈哈大笑道:“男人不坏,女人不爱。”说毕,照她粉颊上吻去。

仇芳菲轻轻推了他一把道:“大白天的,小心被人瞧见。”

李问忙将头抬了起来,朝四面一扫道:“没人,一个人毛儿也没有。”

仇芳菲道:“常言道,‘小心无大差’,没有人也别亲。”

“这……也好。”李问扶着仇芳菲,翻过河堤,正西走了约半里之地,来到一座破茅屋前。仇芳菲从身上掏出钥匙,将门打开。

一进客厅,李问便双手搂住仇芳菲,狂吻起来,仇芳菲积极回应。吻了一阵之后,李问贴着仇芳菲耳朵说道:“站了这么久,你受得住吗?”

仇芳菲娇笑道:“没事。”

“我能不能去你香阁里坐一会儿?”

仇芳菲一边“嗯”,一边点头。

李问双手托起仇芳菲,疾步进了卧室,将仇芳菲往榻上一放,继续吻。吻得仇芳菲娇喘吁吁,呢喃着说道:“你别吻了,我,我……”

李问忙将头抬了起来,略带惶恐地问道:“你怎么了?”

“你,你再吻我就受不住了。”

李问“哈”的一声笑道:“我就是让你受不住呢!”说毕又吻。但吻了几口之后,不再吻了。先是把双手伸向仇芳菲的酥胸,摸了一会儿之后,改为揉,揉得仇芳菲浑身酥软,又呢喃着说道:“你别揉了,我要……”

李问连说了三个“好”字,帮仇芳菲除去外衣、内衣及束胸。尔后,自个儿把自个儿脱得一丝不挂……

当他二人,正要共赴巫山之时,门“哐”的一声开了。李问扭头一看,大惊失色,忙抓起衣裳……

来人一把夺过他的衣裳,吼道:“哪里来的野小子,竟敢糟蹋我的女人!”

李问满脸惶恐道:“林大哥,我错了,你让我穿了衣服,我再回你的话好吗?”

斜眼正要道一个“不”字,瞥见仇芳菲已将外衣披到身上,大跨一步,一把将她的外衣扯了下来,骂道:“你这个贱人,你这个贱得连狗都睡的贱人,还知道羞耻!”

仇芳菲哀求道:“浮屠他爹,我错了。你让我穿了衣服,是打是罚,我全认。”

“呸!我也不打你,我也不罚你,我将你们这一对光身子狗男女用绳子拴了,拉出去游街!”

李问又惊又怕,“扑通”一跪道:“林大哥,我错了,请你高抬贵手,放我一马吧!”

斜眼冷哼一声道:“你凭什么要我高抬贵手?你糟蹋我的女人,我恨不得杀了你!”

“我……”李问正要继续向斜眼求情,忽听仇芳菲问道:“浮屠他爹,你真的要拉俺俩游街呀?”

斜眼将头重重点了一点。

“你这样做,纯心是想让我出丑。我出了丑,对你有什么好?”仇芳菲问。

斜眼歪着头回道:“有啊!”

“什么好处?”仇芳菲问。

“一出我心中恶气!”

“你出了心中恶气之后,是不是还要我做你老婆?”仇芳菲问道。

斜眼又将头重重地点了一点。

仇芳菲冷笑道:“你让我出这么大的丑,我还会做你老婆吗?”

“你是我花了十两银子买来的,你不做也得做!”

“我要不做呢?”仇芳菲问。

“你敢!”

“你听说过登州的阿云吗?”仇芳菲又问。

为阿云弑夫一案,京官们闹得不可开交,连神宗都惊动了,斜眼岂能不知!

斜眼瓮声瓮气地回道:“我知道。”

“你既然知道,你是不是也想让我做第二个阿云?”

斜眼又道了一声:“你敢!”

仇芳菲复又冷笑道:“你如此整我,纯心是不让我活了,兔子急了还会咬人,我有什么不敢!”

“你……”斜眼想了想说道:“我把你卖到烟花院为妓,看你还怎么学阿云?”

仇芳菲再次冷笑道:“我是一个大活人,不是你想卖哪里就可以卖的!”

斜眼道:“你是我的女人,我若卖你,谁也干涉不了!”

“别人是干涉不了,但我自己可以干涉自己。”

斜眼一脸讥笑道:“你怎么干涉?”

“我自杀,我若是一死,你还卖得成吗?”

斜眼冷哼一声道:“你吓谁呀?你若有种,这会儿就死给我看!”

仇芳菲也不反驳,拉开梳妆台下的抽屉,摸出一把剪刀,朝自个儿胸口扎去。

“你你你……”斜眼一边说一边去夺剪刀。

剪刀倒是夺了过来,可仇芳菲的胸口开始流血。斜眼忙用手去按仇芳菲的伤口,血从他的指头缝里继续往外流,流着流着仇芳菲停止了呻吟,将头一歪,昏了过去。

斜眼拦腰抱住仇芳菲，带着哭腔喊道：“菲妹，你不能死呀菲妹，我是给你说着玩的，你也当真！菲妹……”

李问不再害怕，朝斜眼吼道：“你喊什么喊，快去请郎中！”

斜眼忙将仇芳菲双手抱了起来，平放在榻上，掉头而去。

李问探身门外，直到确认斜眼走了，这才返身用手帕捂住仇芳菲伤口，低声唤道：“菲菲，你醒醒，你醒醒呀！”

见仇芳菲没有任何反应，李问“嚎”的一声哭道：“菲菲，我对不住你，是我害了你呀！啊，啊，啊……”

仇芳菲“呼”地坐了起来，李问大惊道：“你没死？”

仇芳菲娇嗔道：“你是不是想让我死呀？”

“哪里哪里，我巴不得你长命百岁！”

“你想让我长命百岁，不能这么问呀。”仇芳菲学着李问的腔调说道：“你没有死？”

李问笑嘻嘻地说道：“我该打，我不会说话，我真的该打！”一边说一边轻轻地扇自己的嘴。

仇芳菲亦笑嘻嘻地说道：“你这不是真心认错。”

“为甚？”

仇芳菲道：“打得不响。”

“我这就真心向你认错。”说毕，扬起右手，照着自己右脸颊“啪”地打了一掌。

他正要扬左手打自己左脸颊，仇芳菲劈手拽住他的左胳膊，嗔道：“别打了，说一句玩话你也当真！”

李问一脸愧疚道：“为了我，你连自己命都不要了，你的话，我敢不当真吗？”

这话把仇芳菲感动得热泪盈眶。

她能不感动吗？

她还不曾记事，娘死了。刚满七岁，他爹给他取了个绰号母老虎的后娘。后娘还带来了一个女儿曹改儿。曹改儿比她大四岁，啥活也不用干，却让她烧火、端饭、刷碗。而且，每顿饭都得等到全家人吃过之后才能吃。稍不如母老虎的意，便遭到一番痛骂或毒打。十五岁那年，临村一个柴姓阔少病危，巫婆说，用冲喜①的办法可以治好阔少的病。

① 冲喜：一种迷信行为，其做法是让一个久病不愈的病人结婚，用这个“喜事”来“冲”掉不好的运气，以期达到治疗疾病的效果。也可以让子女结婚给生病的父母冲喜。

阔少早已订婚,女孩的老爹在汴京做官,知道阔少患的是不治之症,坚决不同意。阔少的老爹不敢勉强,欲另觅他人为儿媳,母老虎听说后,让人去阔少家提亲,愿将仇芳菲嫁给阔少,但彩礼不能少于一百贯。

一百贯相当于一百两银子,阔少家有的是钱,满口答应。“冲喜”的当天夜里,阔少死了。仇芳菲不得不脱下红装,换上丧服。埋葬了“男人”,仇芳菲明为少奶奶,真正的地位,只不过一个女佣而已。每天,她和女佣们一样的干活,一样的吃饭。后因公公对她不断地骚扰,被婆子知道了,婆子固执地认为,这事都怪仇芳菲——母狗不摆尾,牙狗(公狗)不敢上。故而,她不去收拾自己的男人,反拿仇芳菲出气,将她的头发剪的七零八落,“发配”到猪舍里养猪。养了一年之后,又将她卖给了斜眼……

李问一边给仇芳菲擦泪,一边劝道:“你别哭,你这一哭,我也想哭,我……”

正说着,隐隐约约的脚步声从院子里传了进来。仇芳菲悚然一惊道:“公子,赌鬼回来了,您赶紧藏起来。否则,没有您好吃的果子!”

李问一脸惶恐道:“就这一间屋子,你让我往哪藏?”

“床下边。”

李问忙朝床下钻去,仇芳菲道:“衣服……”

李问反手抓起自己的衣服,钻到了床下边。

脚步声越来越近,仇芳菲抓起自己的衣服,盖住自己的胸脯和下半身,小声地呻吟。

斜眼惊喜交加道:“你醒过来了?”

仇芳菲气若游丝道:“你这个赌鬼,我不用你管,我不想见你,你给我走,走得越远越好!”

斜眼强忍住气说道:“你这个人,不知好歹。为了请邱郎中,我找了大半个村,还跌了一跤,差点儿把头都跌破了,你看,你看……”

他指着自己的额头问道:“这里是不是有个血泡?”

“我不看,我不看!”仇芳菲一边说一边将身子侧了过去。

斜眼正要再讲,被邱郎中摆手制止了。

“小娘子,我是来给你治病的,不是看你俩怄气的,请把身子侧过来,让我看一看伤口。”

“我……”仇芳菲想了想,将身子侧了回来。

邱郎中蹲下身子,仔细察看了仇芳菲的伤口后,将伤口清洗一番,敷上药,包扎之后,又开了一个处方,交给斜眼,嘱曰:“我还得给李大少的小娘子看病,你直接去药店,我的两个徒弟都在店里。”

斜眼忙道了一声“好”,送走了邱郎中,斜眼对仇芳菲说道:“我看呀,你也没多大事,这药早吃一会,晚吃一会,关系不大。你给我说实话,那个小白脸呢?”

“走了。”

“真的走了?”斜眼问。

“你若不信,你可以找呀!你可以掘地三尺地找呀!”

斜眼暗自思道:“听贱人的口气,小白脸怕是真的跑了。嗨,我咋这么笨呢,我应该先把他抓起来再去找郎中。”想到此,一脸的懊丧。

仇芳菲嘴虽然硬,心里却似十五个吊桶打水——七上八下。直到见了斜眼这个表情,才放下心来:“看来,我的话,赌鬼是相信了。但是,他又没有走的意思,得赶紧把他支走,否则,怕是要憋坏我的俊哥哥!”

她“哎哟!哎哟”地叫了起来。

“你怎么了?”斜眼问。

仇芳菲一脸痛苦之状地说道:“你这个赌鬼,把我的伤口气破了,里面像刀剜一样疼!哎哟,哎哟……”

“你先忍着,我这就去把邱郎中叫回来。”

仇芳菲不接他的腔,“哎哟!哎哟”地叫个不停。

斜眼掉头而去,直到没了脚步声,仇芳菲这才喊道:“俊哥哥,你出来吧。”

李问从床下钻出来,一脸赞许地说道:“你真行,把赌鬼给支走了。”说毕,俯身朝仇芳菲脸颊上吻去。

吻了几下之后,仇芳菲说道:“此屋非您久留之地,您快走吧,若是再让赌鬼撞上,那麻烦可就大了。”

李问频频颌首道:“你说得对,我这就走。”

他刚一转身,仇芳菲坐起来说道:“你就这么走吗?”

李问忙转回身来反问道:“你想让我怎么走?”

“您到底爱不爱我呀?”

李问回道:“当然爱!”

仇芳菲一脸幽怨道:“既然爱我,您连您的高名上姓都不肯告诉我,这能叫爱?”

李问忙一脸赔笑道:“我真该打。我这就告诉你,我姓李名问。”

“仙居呢?”仇芳菲问。

“扬州城嘉善坊进士街。”

“我伤好了去找您,您欢迎不欢迎?”

李问回道:“当然欢迎了。”

“我见了您之后,要是不想走呢?”仇芳菲复问。

李问一脸欣喜回道:“本公子求之不得!”

“您求之不得,嫂夫人怎么想?”

“我……这真是个事呢!”

仇芳菲黯然说道:“看来,您不是真心爱我!”

李问急忙否之:“你别胡说,我是真的爱你!”

仇芳菲轻叹一声,说道:“您再爱我,一个年轻女人,住到您家,不说嫂夫人不答应,令尊大人怕是也不会答应。”说到此,潸然泪下。

李问默想了一会儿说道:“你如果肯屈就的话,我纳你为妾。这样一来,家父和拙荆就无话可说了。”

“嫂夫人和令尊大人同意您纳妾吗?”

李问一脸肯定地说道:“他们会同意的。”

仇芳菲转悲为喜:“好。您走吧,三个月后,小女子去扬州找您。”

“为什么要这么久呀?”

仇芳菲回道:“小女子这伤口,没有两个月好不了。就是好了,还得养一段,这是其一;其二,小女子还得安排好老爹和浮屠才能走。”

“说到浮屠,浮屠呢,咋没见?”李问问。

“被他外爷外婆接走了。”

李问一脸惊讶道:“就你后娘那个德性,她会来接浮屠?”

仇芳菲回道:“后娘已经换了。”

“母老虎呢,是不是死了?”李问问。

“母老虎嫌俺家穷,跟一个玩猴的跑了。”

李问“噢”了一声道:“那,我这就回扬州等你,你可千万别让我失望呀!”

仇芳菲道:“您走吧,我不会让您失望的!”

李问转身走了两步,复又折回,从身上掏出两锭银子,递给仇芳菲:“菲妹,这是十两银子,请代我转给咱老爹。自此以后,他一家人吃的用的,我全包了。”

仇芳菲喜极而泣,喃声说道:“你真好,我……”

李问扳住她的双肩,吻了两吻,这才一步一回头地走了。

十　既生定，何生昌

乞丐模样的人，将小铜锣敲了三下，扯着嗓子喊道："新科进士李问是个大淫棍！"

鞭子像雨点似的落到斜眼身上，刚开始，他尚能忍住不叫，挨了十几鞭之后，像杀猪般地嚎叫起来。

朱寿昌摒绝酒肉，戒除嗜欲，并从佛印所言，灼背烧顶，刺血书佛经，誓诸神明，不找到母亲不罢休。

八月的扬州，天依然很热。李问为了备考乡试①，光着上身，坐在书房里读四书五经。

"笃笃笃"，"笃笃笃"。

李问一脸不耐烦地问道："谁呀？"

"少爷，我是大星。"

李问隔门斥道："你这个书童，是怎么当的？我不是已经给你说过了吗，我在读书，不叫你莫要前来打扰。"

"有美女找您。"

"美女？我认识的美女太多了，但不经我的允许，她们是不敢登门的。难道，难道她是仇芳菲？"

"正是仇芳菲！"

李问忙将门打开，迫不及待地问道："她在哪？"

---

① 乡试：也叫解试，每年秋季在各州举行。中举者冬末汇集到京城，次年参加开春，由礼部主持的考试。

“客厅。”

李问眉头微皱道:“谁让她去的客厅?”

大星道:“我也不知道。”

“那你咋知道她在客厅?”

大星回道:“程大管家找到我,说是老爷说了,有一个自称仇芳菲的女子来找少爷,在客厅等候,让我速报少爷。”

李问“噢”了一声道:“你速去把那个女子领到书房来。”

大星道了一声“遵命”,掉头而去。不一刻儿,把仇芳菲领到了书房。

李问强压欢喜,对大星说道:“有事我叫你,你该干什么就干什么去吧。”

支走了大星,李问一把将仇芳菲揽到怀里,好吻了一阵儿方才问道:“把老爹和浮屠都安置好了?”

仇芳菲将头轻轻点了一点。

“怎么安置?”李问问。

“您那十两银子,足够爹和娘吃一年。”

“浮屠呢?”李问又问。

“我把浮屠送到了水月寺。”

李问奇而问之:“浮屠年庚几何?”

仇芳菲回道:“五岁。”

“一个五岁娃娃,你把他送到水月寺作甚?”

“读书呀。”

李问又道:“想读书就该把他送到学堂才是。”

“他与水月寺玉通长老特别有缘,而这个玉通长老又学富五车。”

李问来了兴趣:“一个乳毛未褪的孩子,怎么会和水月寺的长老有缘?”

“浮屠落地后啼哭不止。哭到第三天,玉通长老前来化缘,将他的头顶抚摸了一会,又贴着他的耳朵嘀咕了一番,他居然破涕为笑。玉通长老对小奴说道:‘此子与佛有缘,长到五岁,可将他送到水月寺,贫僧亲自调教。’”

李问又“噢”了一声:“诚如此,我就放心了。”

“哎,咱俩的事,您到底给没给您老婆和爹说呀?”

李问回道:“说了。”

仇芳菲一脸担心地问:“他们答应了没有?”

“答应了。”

仇芳菲将头摇了一摇说道：“我不信。”

“你为什么不信？”李问问。

“您家世代为官，岂能让您娶一个两婚之女？”

李问轻叹一声道：“我哪敢说你是一个两婚之女。”

“您怎么说？”

李问回道：“我说你也是出身于官宦世家，还曾有恩于我。”

仇芳菲来了兴趣：“我倒想听一听，我是如何有‘恩’于您？”

李问道：“我是这么说的，我游学饶州，住在大德客栈，误食了死蟹，上吐下泻。店家给我请了一个郎中，这郎中不只不为我解毒，反给我开了一副补药，这病越治越重，店家怕我死在店里，雇了一个人，将我背到云台寺门前，放下就跑。也是我命不该死，被一个进香的阔太太发现，延医救治，方捡了一条性命。这个阔太太会观相，说我久后必贵，非要把女儿仇芳菲嫁给我。我出于感恩之心，未曾禀明高堂，便答应了。”

仇芳菲用右手食指轻轻地点着李问额头笑着说道：“您可真会编呀！”

李问笑嘻嘻地说道：“我若是不这么编，他们会答应让我娶你吗？”

仇芳菲道：“说得也是。”

李问的大老婆阎氏，虽然同意李问纳仇芳菲为妾，但心里总像塞了一块砖头，处处事事挤兑仇芳菲。仇芳菲是吃过苦受过难的人，一忍再忍。忍了一年之后，为李问生了一个大胖小子，取名李定。

李定两岁零三个月，李问参加州试，高中解元①。一路上斩将夺关，高中二甲第十二名，诏拜南安县丞。消息传到扬州，喜坏了李问一家，又是张灯结彩，又是唱大戏；还一连三天，宴请亲朋和乡邻。

戏正唱着，从戏台下跳上去一个乞丐模样拎着小铜锣的人。台上台下为之愕然。

那乞丐模样的人，将小铜锣咣咣咣敲了三下，扯着破嗓子喊道：“新科进士李问，是个大淫棍……”

他一上台，李问就觉着眼熟，但又想不起来是谁。等他喊了一声之后，这才想起，原来是斜眼呀，忙跳上舞台阻拦，哪里拦得住！

---

① 解元：州(乡)试第一名。

斜眼一边躲闪,一边继续喊:“李问是个大淫棍,他不只淫了我的妻子,还把我的妻子拐到扬州,做他的小妾……”“咣咣咣……”“李问是个大淫棍……”

家丁们见李问制服不了斜眼,忙跳上舞台帮忙,硬把斜眼的小铜锣夺了下来,拧着他的双臂,押向后台。斜眼一边挣扎,一边喊:“李问是个大淫棍……”

李问恼羞成怒,一连甩了他八个嘴巴,甩得他满嘴是血,他还在喊。拎小铜锣的家丁,抡起小铜锣,照他头上恶狠狠砸去。其他家丁见了,或用拳,或用脚,打得斜眼满地打滚,大声求饶。

李问喝住家丁,厉声问道:“你还敢胡言乱语么?”

斜眼慌忙回道:“我不敢了。”

李问警告道:“你若再敢胡言乱语,那就不只是皮肉之苦了。我的话你明白吗?”

斜眼回道:“明白。”

李问照他屁股上踹了一脚,喝道:“滚!”

赶走了斜眼,戏虽然又开演了,但观众看李问父子的表情有些异样,弄得父子俩很尴尬,正要悄悄退场,斜眼又跳上了戏台,这一次,他手中拎的不是小铜锣,而是一个破铁盆,他又敲了三下喊道:“老少爷们,大淫棍李问要杀人灭……”

“口”字未曾出口,便被李府的家丁捉住,押到后台。李问怒冲冲地来到后台,戟手指道:“你这个家伙,爷刚才是怎么警告你的！你居然又来捣乱,这是你自己找死,怪不得爷！众家丁,把他押回府中,好好教训教训!”

众家丁轰然应曰:“遵命!”

众家丁将斜眼扭送回府后,将他吊在屋梁上,用蘸了水的皮鞭猛抽,每抽一下,斜眼便嚎叫一声。他越嚎叫,家丁们抽得越狠。

李问老爹黑乎着脸走了进来:“住手!”

众家丁忙将已经扬起的鞭子收回。

李问老爹踱到斜眼身前,用右手捏住他的下巴,一字一顿道:“挨鞭子的滋味好受吗?”

“不好受。”

李问老爹又问:“你还想挨几下?”

“我一下也不想挨。”

李问老爹将眼一瞪,大声斥道:“你既然不想挨,为什么一再到戏场里捣乱?”

“你那儿子欺人太甚!”

李问老爹满目凶光，恶声恶气地问道："覆水难收，他已经欺负你了，你想怎么办？"

斜眼暗自吃了一惊，不敢再硬下去，但又不想就此罢手，想了一想回道："我要讨回我的老婆。"

"爷答应你！"

斜眼试探着说道："我被你们打成这样，你们得给我治伤。"

"爷答应你。"

斜眼见李问老爹答应得如此爽快，不再害怕，威胁道："我原打算去汴京击鼓告御状。我这一告呀，你儿子那官肯定干不成了！"

李问老爹哂笑道："你别吓爷，爷也不怕吓。你如果真想告御状，你还用一路乞讨，来到扬州吗？你来扬州，一是想讨回你的女人，二是想敲爷的竹杠。你说吧，连封口费和治病钱在内，你想敲爷多少钱？"

斜眼伸出一个巴掌。

"五贯钱？"

斜眼将头使劲摇了一摇。

"五十贯？"

斜眼又将头使劲摇了一摇。

"难道是五百贯？"

斜眼这才将头点了一点。

李问老爹冷笑一声道："你可真敢敲呀！五百贯，爷顶多给你五十贯！"

斜眼复又摇头。

"六十贯呢？"

斜眼再次摇头。

"七十贯呢？"

斜眼干脆把眼闭了起来。

李问老爹朝拎鞭子的家丁命令道："把鞭子给我！"

"啪！"

"啪！啪！啪……"

鞭子雨点似的落到斜眼身上。刚开始，他尚能强忍住不叫，挨了十几鞭之后，像杀猪般地嚎叫起来："求求你，你不要打了，七十贯就七十贯吧。"

李问老爹收住鞭子，满脸讥笑道："你不算傻，你还知道要命！"

斜眼哭丧着脸道:“你这不是废话吗,没有了命,钱再多有何用!”

“把他放下来吧。”

众家丁忙将斜眼放到地上。

斜眼长出了一口气,问道:“那钱你啥时候给我呀?”

“钱少不了你一文,但你得答应爷一个条件。”

斜眼问:“什么条件?”

“第一,你得写封休书。”

斜眼一脸困惑地问道:“休谁呀?”

“休仇芳菲,而且,还要把休她的时间,提前四年。”

斜眼将头摇了一摇,说道:“这不行。我跑了两千里路前来寻她,可不是为了休她。况且,你刚才已经亲口许我,将她归还给我。”

“你别急,爷还没有把话说完。爷答应将她归还给你,绝不会食言。爷之所以要你休她,爷是想让世人知道,在你已经休了仇芳菲的情况下,我儿才纳她为妾。”

斜眼“噢”了一声道:“我知道了。你让我休仇芳菲,乃是为你儿子开脱。但不知你想了没有,我若是写过休书之后,仇芳菲便是你堂而皇之的儿媳妇。我若是去告御状,你就会拿着我的休书,倒打一耙。哼,你真够阴险了!”

“事情不是你想象的那样,你若是害怕我倒打一耙,我让问儿先给你出具一副卖妻契。尔后,你再写休书。”

斜眼默想了一会儿说道:“我答应你。”

两刻钟后,李问把七十贯钱交给了斜眼;斜眼则把一张红色、正方形、按着鲜红指印的休书交给李问。

李问父子原以为仇芳菲轻易不会跟斜眼走的,想了两个方案。第一,好言相劝,许以重金。第二,把她绑起来,强送。

谁知,当李问把仇芳菲交给斜眼的时候,仇芳菲不但不哭不闹,反趴下给李问磕了三个响头。第一个头,表示歉意,是她让李问颜面扫地。第二个头,表示感谢,是李问让她过了将近四年的好日子。第三个头,托子。

这三个头,三句话,把李问给感动了:“菲妹,定儿不只是你的儿,也是我的儿,我会善待他的。咱这一别,这一世恐怕是难以相见了。我曾答应你,你爹一家的吃穿,我全包了。我既然说了,决不食言,自明年今日始,我每年遣人送给他十贯钱。”

仇芳菲哭着说道:“问哥哥,今生今世,咱俩不能白头偕老,下一世,咱一定会白头偕老。请您多保重!”

斜眼皱着眉头儿喝道:“还有完没完?走!”

她不得不走,一步一回头。

他们还没有走出扬州,李府的管家追了来。

斜眼一脸警惕地问道:“你想干什么?”

管家满脸微笑道:“我想和你商量个事。”

“什么事?”斜眼问。

“好事。”

斜眼冷哼一声道:“这老芽(太阳)是从哪里出来了,你竟追着给我送好事?”

“你别多心,这真是一个好事。”

斜眼冷声说道:“你就别兜圈子了,有屁尽管放!”

“看你,你这个人,说出话来能呛死人!”

斜眼道:“我就这个脾气,你如果觉着我说话难听,你别听!”

管家轻叹一声道:“算你厉害!你不让我兜圈子,我也不想兜圈子。我就来一个实话实说吧。昨天下午,李府正在唱大戏,被你两次跳上舞台,搅场子,把李府弄得很没面子。俺老爷说了,你如果愿意出面为他补台,他再给你三十贯钱。”

斜眼忙问:“李家想让我怎样为他补台?”

“明天下午,戏演到一半,你可跳上戏台,对观众说道,‘我叫林某某,仇芳菲是我妻子不假,但是,四年前我已经把她休了。如今,我见他嫁了一个有钱人家,便想敲她一下竹杠。谁知,李府不让敲,我一怒之下,跳上戏台,说李问是一个大淫棍,不只淫我妻子,还纳为小妾。事后,越想越觉着不该。我这会儿当着老少爷们的面,向李府道歉!’说完这话之后,你便跪下磕头,一连磕三个。”

“呸!”斜眼朝管家恨恨地啐了一口骂道:“什么好事,你分明是来损爷的!莫说你给爷三十贯,就是三百贯,爷也不干!”

管家擦了擦脸上的唾液,沉声问道:“三百贯你就别想,顶多给你四十贯,你干不干?”

“不干。”

“再加十贯呢?”管家冷声说道。

“不干。”

管家复问道:“再加十贯呢?”

“不干。”

……

加到九十贯,斜眼心动了,但口中依然说不干。

管家冷笑一声,掉头而去。

斜眼慌了:“哎,你别走。你说那事咱还可以再商量。”

管家冷声说道:“没有啥好商量的,你只说你同意不同意。”

“能不能再加十贯,凑成一百贯?”

“这……”管家故意顿了一顿说道:“我答应你!”

斜眼扬州之行,弄了个钵满盆盈。

一百七十贯钱,若是拿出来放贷,每年的收入不会少于五十贯。有这五十贯钱,就是一家人天天吃肉也吃不完。若是拿出来置地呢?更合算,就饶州来说,中等水田也能置九十多亩,这地若是租出去,每年的收入不少于一百四十石。

可是,斜眼既不买地,也不放贷。

干什么呢?

用于赌博,不到半年,输了个刁蛋净光。

可他还要赌,赌什么呢?赌老婆,只要赢他一贯钱,就可以睡他老婆。仇芳菲稍一不从,便来个拳打脚踢、耳光扇。仇芳菲不甘受辱,再一次出逃,嫁给了新野县的一个钉锅的。

钉锅的虽然没有李问年轻英俊,也没有李问的学识和地位,但他对仇芳菲好,无论挣多少钱,全都交给仇芳菲。仇芳菲叫他往东,绝不往西;叫他打狗,绝不撵鸡。随着三个孩子的出世和年龄的增长,她不再想李问,一心一意地和钉锅的过日子,嘉祐七年(1062 年),因患噎食(食道癌)去世。

如此一个女人。

如此一个命运多舛的女人!

如此一个四披婚衣的女人!李定连提都不愿提,岂能为她服丧?更不说丁忧了!

王安石听李定讲了他的隐情,轻叹一声说道:“诚如你之所言,仇氏已改嫁生子,你不为她服丧,也不为错。”

李定一脸感激道:“知我者,恩师也。皇上召我,我该怎么说?”

“你先别见皇上。”

李定一脸担心地问道:“皇上怪罪怎么办?”

“老夫这就进宫。老夫把你的隐情代为上奏,老夫自信,老夫的话皇上还是听的。等老夫见过皇上,你再去。”

李定深作一揖道:“谢恩师。”

神宗听王安石讲了李定的隐情之后问道:“你对这件事怎么看?”

王安石回道:“李定一家世代为官,也算扬州望族,让他为一个四披婚衣的女人,一个已经改嫁生子的女人服丧,岂不颜面扫地! 所以呀,就这件事而言,李定无错。”

神宗将头轻轻点了一点。

“陛下既然也认为李定无错,李常的话就不应当听,该封李定什么官,就封他什么官。”

“翰林学士不肯拟诏怎么办?”神宗问。

“那是陛下把他们宠的。陛下如果来一个谁不听话就罢谁的官,你看他们还敢不敢不拟!”

神宗将头轻轻点了一点,让曾公亮晓谕翰林学士,速拟任命李定为监察御史里行的制书,若是再敢抗命,罢官流放。

消息很快传到了李常耳里,他再次面圣,问之曰:“臣听说,陛下依然要封李定为监察御史里行?”

神宗道:“朕已问过李定,仇氏虽为其母,但他两岁多一点,仇氏已改嫁他人,且育有三子。她既然改嫁就不再是李家之妇,李定不为她服丧,不能算错!”

“我大宋立国不久,先帝太祖,便命翰林学士重编《孝经》,且诏告天下,国人要以忠孝为本。仇氏不管改不改嫁,都是李定的母亲。既然是他母亲,他就应该为仇氏服丧。且是,同是仇氏之子的佛印,并没有因为仇氏四披婚衣,而不为其服丧!”

神宗道:“李定与佛印不同。”

“有什么不同?”

神宗道:“李定是官,佛印是僧,僧的使命是既度自己又度别人。官的使命是忠君保国及牧人。如果世人知道李定是一个四披婚衣的女人所生,岂不要将他小瞧? 若是一旦被人小瞧,他还怎么牧人?”

李常没有反驳,将话锋一转问道:“陛下认识不认识朱寿昌?”

“朱寿昌曾知广德军,朕岂能不认识?”

李常又问:“他因甚辞官?”

“说是寻母。”

“陛下知不知道他的母亲是一个什么样人?”

“朕不知道。”

“臣想给陛下讲一讲朱寿昌母亲,不知陛下是否恩准?”

“你讲吧。”

朱寿昌,扬州人。其父名巽,进士及第出身,官至开封府通判,年届五旬,娶一刘姓女子为妾,一年后生寿昌。寿昌出生三个月,刘氏因一小事顶撞婆母,为朱巽所逐,改嫁党建。及寿昌年长,日夕思母。因父健在,不敢访求。年二十三,中进士,初仕为宁远主簿。越一年,父病故。朱寿昌为父丁忧三年,重返政坛,先后任畿县①尉、赤县知县、唐州通判等职。

每到一地任职,除办公事外,辄委属吏打探生母消息,又遍贻同僚书函,托访生母。不意愈久愈杳,越访越茫,他竟摒绝酒肉,戒除嗜欲,甚至从佛印所言,灼背烧顶,刺血书佛经,誓诸神明,不找到母亲不罢休。

熙宁初年,神宗授朱寿昌知广德军,他莅任数月,竟太息道:“年已不惑,尚未得见生母,如何为人?古人说得好,‘求忠臣于孝子之门’,孝且未尽,怎好言忠?罢罢罢!我宁舍一官,再往寻母,好歹总要得一确音。万一我母西归,就使阎罗殿上,我也要去探觅哩。”随即辞官,并与家人诀别道:“我此行若不见母,我亦不回来了。”

家人百般挽留,也没留住。他背着行囊,飘然径去,跋山涉水,触暑冒寒,沿途探问,好容易行入关中,到了同州(治所在今山西大荔),逐村挨户查问。有一老妇人,倚门立着,他便问生母下落。那老妇却似有所晓,便令寿昌入内,盘问底细。寿昌一一陈明,老妇不禁流泪道:“据你说来,你便是朱巽子寿昌么?”

朱寿昌频频颔首。

老妇“嚎”的一声哭道:“我儿,我便是你生母刘氏。”

朱寿昌又惊又喜,为了谨慎之见,问之曰:“您自称是我的母亲,便请您将我的祖父

① 畿县:宋代之县分为八等:赤县(京城内)、畿县(京城外)、望县(四千户以上)、紧县(三千户以上)、上县(二千户以上)、中县(千户以上)、中下县(不足千户)、下县(百户以下)。

祖母,以及我的姑姑、父亲的名讳、相貌和嗜好说一说。”

老妇点了点头,将哭声收住,照着朱寿昌所问,一一道来,不差分毫。

朱寿昌又问道:“您能不能说一说您因甚被逐,以及如何来到此地?”

老妇便将自己如何被逐,如何改嫁等情又一一道来。

朱寿昌倒身下拜道:“我的母亲,想煞儿了!”老妇亦对着寿昌,抱头痛哭,哭了一会,又由寿昌自述寻母始末。

老妇听着听着,破涕为笑道:“我已七十多岁了,你亦五十,谁料母子尚得重逢?想是你至诚格天,因得如此哩。”

言毕,复召入壮丁数人,与寿昌相见。这几个壮丁,乃是刘氏嫁党氏后所生之子。寿昌问明来历,即以兄弟礼相待,大家暄叙一场。当由党氏家内,草草地备了酒肴,畅饮尽欢。

越两日,寿昌即将老母刘氏及党氏数子悉数迎归扬州。前不久,文彦博邀司马光、苏轼、李常等,联名上书,说朱寿昌孝行卓绝,请求朝廷赐旌。

讲过朱寿昌辞官寻母之后,李常叹曰:“朱寿昌、李定同为扬州人,二人的生母俱为妾。且是,又都是改嫁生子。而李定生母改嫁时,李定已经两岁多了。可朱寿昌呢?才三个月。三个月就离开了生母的朱寿昌,能够辞官寻母,两岁多才离开生母的李定,为什么不可以为生母服丧?不孝如李定,有什么颜面站立朝堂?更何况,陛下还要封他为纠察百官的官?臣不解,臣实在有些不解!”他一边说,一边摇头。

就内心深处来说,神宗也觉着李常言之有理。但是,李定是王安石的学生,王安石又一直庇护李定。若是不封李定为监察御史里行,王安石肯定不高兴,说不定又要上书求辞呢!可新法的推行不能没有王安石。

“唉,既生瑜,何生亮!既生定,何生昌!”不过,这话神宗并没有说出口来。

李常见神宗不语,沉声说道:“陛下,臣以为李定不但不能做监察御史里行,还应当罢官!”

李常把话说到这份上,神宗不能没有一个态度。

“李爱卿,李定之为虽然与朱寿昌截然相反,但此类事情,如何处置,无例可循。这样好不好?明天朕就让礼部议一议,李定之为到底错不错,尔后再来商议如何处置之事。”

李常朗声说道:“陛下圣明。”再拜出宫。

为李定的事，礼部议了一天，吵了一天，但大部分官员还是认为，李定不为生母服丧乃不孝之举，应罢官。神宗将所议结果告之王安石，且征询他的意见。王安石坚持己见。

“陛下，臣还是那句老话，仇氏改嫁生子，已非李府之人，李定不为她服丧并不为错。李常他们之所以揪住李定不放，不就是因为李定为‘新法’说了几句实话吗？至于朱寿昌其母也已改嫁生子，他辞官寻之，对与不对，臣不妄加评说。即使按照李常他们所说，其孝行可嘉，臣倒想问他们一问，朱寿昌辞官寻母，乃是熙宁初年的事，距今少说也有三年。三年前他们为什么不上书请求朝廷赐旌？可见，他们醉翁之意不在酒！”

神宗道：“爱卿所言有一定道理。但是，李定不为生母服丧之事，已经被当作一件丑闻，传得沸沸扬扬。而我大宋自立国以来，有一个不成文的规定，文武百官，只要有丑闻，就得罢官。如果李常他们拿这个不成文的规定来问朕，朕何以对之？”

“只要有丑闻，不分真假，就得罢官，这样做本身就不对。”

神宗道：“可它已经约定俗成了！”

王安石反问道：“约定俗成就不能改了吗？”

神宗道：“可以改，但不少官员一直盯着李定，若从他这里改，怕是有不少人不服呢？况且，他所拜之官还是一个纠察百官的官！”

王安石想了一想，说道：“如果陛下觉着让李定做监察御史里行，有人不服的话，那就改做崇政殿说书①怎么样？”

神宗道：“那就让他做一个崇政殿说书吧。”

王安石道了一声“陛下圣明”，再拜而去。

朝廷要拜李定的制书尚未颁发，李常上书劾之：“李定如此不孝，怎可居劝讲之职？王安石明知李定不孝，因为有师生之谊，一再庇护，官德何在？如此一个没有官德之人岂可统领百官？应当罢之。”

李常此为，如同老虎头上搔痒，惹得王安石勃然大怒，入奏神宗道：“李常仇视‘新法’，屡格诏命，目无君上，应当罢官！”

神宗犹豫了一天，从了王安石之奏。文彦博闻之，邀监察御史林旦及司马光、程颢和苏轼兄弟，进宫见驾，劝神宗收回罢黜李常之制书。

---

① 崇政殿说书：宋文学侍从之官。掌为朝廷进读书史，讲解经义，备顾问应对。以学士侍从中有学术而秩卑浅者为之，班位在侍讲、侍读学士之下。

神宗也想收回，但因王安石的反对，不但没有收回，反将林旦等人一一踢出汴京。罪名是“朋比为奸”——司马光出知西京（洛阳），判御史台；李常通判滑州（治所在今河南滑县城）、程颢判镇宁军（治所在贵州省西部）、苏轼通判杭州、苏辙通判陈州（治所在河南淮阳）。

若照王安石之意，文彦博也得外贬，神宗念他有拥立之功，又是三朝元老，改为罚俸仨月。王安石不满意，与吕惠卿、章惇几经密谋，试图再寻文彦博一个错处，将他逐出汴京。

十一　四坛酸菜

这两个相扑女子，虽然有些胖，但皮肤很白，白得耀眼。而且，功夫也十分了得，把宋仁宗的眼睛都看直了。

吕嘉问嘟嘟囔囔道："您贵为执政，咱家又放着现成的轿，您不坐，却骑驴，我真不知道您是怎么想的？"

小吏大声说道："刘大人，赵大人要你的酸菜，那是看得起你，你不要给脸不要脸！"

到了宋仁宗时代，宋朝经三位皇帝的不懈努力，社会稳定，国泰民安。市民可以在汴京城买到鲜陈枝（荔枝），而且，这种荔枝来自福建兴化郡，比唐代杨玉环吃的那种来自四川的荔枝要高几个档次。一个看城门的大兵，穿的比欧洲、中亚、西亚的那些君王都阔。宋朝的官员不只吃得好，穿得好，还会玩。而且，还有足够的时间玩，宋朝官员的假期，一年高达一百五十六天。

夜市是汴京的一个亮点。汴京的夜市，可以二十四小时营业，大街上、酒楼各处灯火通明，人来人往，车水马龙，比白天还要热闹。苏轼有首诗，叫《牛口见月》，是写汴京夜市的，还是写汴京被淹时的夜市。

掩窗寂已睡，月脚垂孤光。
披衣起周览，飞露洒我裳。
山川同一色，浩若涉大荒。
幽怀耿不寐，四顾独彷徨。
忽忆丙申年，京邑大雨滂。
蔡河中夜决，横浸国南方。

车马无复见，纷纷操筏郎。
新秋忽已晴，九陌尚汪洋。
龙津观夜市，灯火亦煌煌。
新月皎如昼，疏星弄寒芒。
不知京国喧，谓是江湖乡。
今来牛口渚，日月重凄凉。
却思旧游处，满陌沙尘黄。

汴京被淹后，河水尚未退，大街小巷仍是水光一片，也没有影响汴京的夜市。

瓦子也是汴京的一个亮点。

瓦子在汴京极其普遍，它是宋朝最具特色的休闲娱乐场所，每天都有固定的节目演出。各个艺术团体演出的舞台，称为勾栏。勾栏里表演的节目有说唱、嘌唱、小唱、说浑话、歌舞、舞旋、杂扮、杂剧、南戏、傀儡戏、般杂戏、散乐、器乐、百戏、相扑、驯兽、魔术、杂技、筋干、拗腰、斗鸡、飞弹丸等等。

在这些节目中，最吸引人眼球的就是女子相扑了。

相扑源于鄂尔多斯草原，最早不叫相扑，叫赤身格斗。到了汉代，由于胡人的大量南迁，将这种格斗之术带到中原。中原人给它起了个很好听的名字——相扑。相扑的双方为了减少对方制约自己的机会，比赛时穿的衣服越来越少，到了宋初，仅用布条遮羞。女子那白花花的胴体成了一道耀眼的风景线，不管是居住在汴京的男人，抑或是到汴京走动的男人，无不以一睹女子相扑为快。

不，这话说得有些绝对，司马光、程颢兄弟在汴京为官多年，就没有看过女子相扑。

早年的宋仁宗虽然也没看过女子相扑，但他和司马光及二程不同，不是不想看，是有人管着不让看。管他的这个人，大家并不陌生，她是历史上唯一一个不是皇帝而穿过皇袍的女人。

这个女人叫刘娥，是他的大娘娘。

刘娥管了他十年，撒手人寰。他得以独掌大宋乾坤后，忙于清除刘娥势力，解决刘娥留下的烂摊子。二十年后，大宋的国力和繁荣程度远远超过了他的前任。他长出了一口气，想趁着还不算太老，好好享受享受。怎么享受？一是扩大后宫的人数，二是逛一逛勾栏什么的。

这一逛，他的两个眼球被台上的两个女子吸引住了。这两个女子，在相扑界名气很大,一个叫赛关索,一个叫白四姐。她俩虽然有些胖,但皮肤很白,白得耀眼。而且,功夫也十分了得,闪转腾挪,身法迅捷,赢得阵阵喝彩,把宋仁宗的眼睛都看直了。

这事儿不知道通过什么渠道传到了司马光耳里,他居然上书,把宋仁宗狠批了一顿——陛下贵为天子,如此轻浮,不成体统。不只要他下诏禁止女子相扑,还要他严惩导他为非之人。

所谓导他为非之人,就是那些伴他去看女子相扑的大臣和宦官。在这些大臣中,就有文彦博的名字。

宋仁宗阅了司马光奏书,道了一声"小题大作",将奏书扔到一旁。

司马光自己倒没有说什么,黑脸包拯跳了出来,闯宫见驾,大吵大闹,唾液溅了宋仁宗一脸,直到宋仁宗答应禁止女子相扑和惩治文彦博等人,这才出宫。

这件事距今已经十几年了,王安石把它寻了出来,作为向文彦博进攻的重型武器。

作为一个大臣,导皇帝为非,换到其他朝代,砍头算是最轻的了。

宋朝廷虽然不再砍头,但处罚是少不了的。

怎么处罚?

在宋朝,百官只要有丑闻,不管真假都得罢官。文彦博等人"导皇帝为非",既可以作为罪,又可以作为丑闻。无论作为什么,这官是不能再干了。可宋仁宗仅仅将文彦博等人,罚俸半年。

这个处罚太轻了,得重新处罚!

到底要不要重新处罚,朝议的结果,多数人不同意,反对最为强烈的是枢密副使吕公弼。他拍案说道:"我不同意重新处罚文枢密!据我所知,先帝仁宗观看女子相扑,完全出于圣意,并非有人'导之'。我大宋一向以仁政治国。莫说先帝观看女子相扑无人导之,就是有人'导之',已经处罚过了。且是,此事已经过去将近二十年,岂能再来追究?"

吕惠卿反问道:"已经处罚过的事就不能再追究了吗?"

吕公弼大声回道:"不能再追究了。"

吕惠卿又问道:"既然不能追究,嘉祐年间,赵抃由殿中侍御史①贬为睦州(治所在今四川达县)通判,又怎么说?"

---

① 殿中侍御史:御史台属官,初置于唐,简称殿中、殿院或侍御。初置六人,后增至九人,凡大朝会及朔望、六参时,则东西对立,弹劾失仪者。

至于赵抃遭贬之事,吕公弼乃始作俑者。故而,吕惠卿有此一问。

赵抃未中进士之前,曾在故乡衢州(治所在浙江衢县)陈戈家做过塾师,陈戈一家待他甚厚,且不说天天有肉吃,束脩也比别人几乎多了一倍。陈戈母亲,鞋做得特别好,乃当地一绝,人称“陈母鞋”,但她从来不卖,别人得一双极难,而赵抃在陈家五年,一年得一双。十余年后,陈戈父亲突然来汴,还给赵抃带了一双“陈母鞋”。赵抃喜出望外,热情地接待了陈戈父亲。谁知,陈戈父亲此来,给他出了一个大难题。

陈戈所在的县城有一个泼皮,名叫牛二。因看上了卖豆腐的美女乔菊,天天去豆腐坊骚扰。某一次,他喝醉了酒,又来到豆腐坊,大白天居然抱住乔菊,又亲又摸。乔菊一边挣扎,一边呼救。刚好陈戈在此路过,飞奔而来,他拉了牛二几下,没有拉开,顺手抓了一个凳子,朝牛二头上砸去,把牛二给砸死了。牛二的同伙将他扭送到州衙,关进了死牢。陈父此来,是想请他向衢州刺史说情,以免去陈戈的死罪。赵抃为官清正,人称“铁面御史”,若公开说情,其清名毁于一旦。因此,尽管陈戈父亲苦苦向他哀求,他左顾而言它。陈戈父亲觉着无望,哭着返回衢州。

在陈戈父亲未曾动身返乡之时,赵抃已遣管家赵琼骑快马去了衢州。

赵琼明明知道赵抃和衢州刺史既是同年,又是好友,却不去拜访,反跑到南监给陈戈送饭,因遭到狱卒阻拦,双方吵了起来,惊动了典吏。内中有两个认识赵琼,忙将狱卒呵斥一顿,陪着赵琼来到死牢。

送一次也就罢了,他却一连送了三天,典吏觉着不对劲,赵琼是赵抃的大管家,十几年了,从未独自回过衢州,这一次不但回了,且一住就是三天,且还是为一个死囚送吃送喝,这内中必有原因,忙将此事禀报了刺史。刺史亲自请赵琼吃饭,还一再追问他和陈戈的关系。赵琼回曰:“在这之前,并不认识陈戈。”

刺史奇道:“你既然不认识陈戈,为什么天天给他送饭?”

赵琼回道:“小人是受人之托。”

“受何人之托?”刺史又问。

赵琼故作欲言又止的样子,终不肯说出受何人之托,刺史不得不遣书吏去陈戈居住的坊中,打听陈戈和赵抃的关系。不到半天,书吏便将两家的关系打听得一清二楚,还报刺史。刺史听了,伸出大拇指赞道:“高,阅道(赵抃的字)这一手实在高!”遂笔下超生,以“误杀”罪结案,保住了陈戈一条命。

事隔八年,吕公弼任知谏院,听说了这件事,便上书弹劾赵抃,赵抃被踢出了汴京,陈戈已经充军一年还乡,又来个二度充军一年。

吕惠卿原以为他这样一问,吕公弼必将无地自容。

吕公弼不仅没有"无地自容",反张目斥道:"吕惠卿,你这是混淆视听!"

吕惠卿似笑非笑道:"你倒说一说我是怎样的混淆视听?"

"赵抃之为,乃是通过暗示的方式为陈戈求情,而赵抃又身为御史,知法犯法,罪加一等。且是,这事在我弹劾赵抃之前,赵抃未曾受过半点处罚。而陈戈明明是打人致死,却只定了个充军一年之罪。显眼不合律法。若非他是见义而为,那就不是再度充军一年的事了,那得砍头!文枢密呢?他并未'导先帝为非',罚俸半年,本就不该,尔等反要将他罢官,天下有这个理吗?"

吕惠卿欲要反驳,曾公亮摆了摆手说道:"惠卿,已经到了下朝的时间,文枢密的事咱隔天再议吧。"

一出政事堂,吕公弼便问曾公亮:"曾相,你得想办法保住文枢密呀。"

曾公亮轻叹一声道:"王安石他们铁了心要扳倒文枢密,我就是想保,怕也保不住!"

"他王安石再跋扈,你身为首相,只要你不在制书上签名,他们就罢不了文枢密的官。"

曾公亮又是一声轻叹:"你太天真了。我这首相是谁给的?还不是皇上给的!王安石他们只要把皇上说动了,我不签也得签,除非我不干首相了……唉!"

"依你说,文枢密的官非罢不可?"

曾公亮回道:"关键是皇上。"

"既然这样,咱就在皇上身上做文章,咱动员一些德高望重的老臣,比如富公呀、韩公呀,让他们上书皇上,力挺文枢密,有没有可能将文枢密保住?"

曾公亮回道:"也许能保住。"

"既然这样,我回家修书韩公。富公呢,您能否亲自出个面……"

曾公亮将头点了一点。

吕公弼回到家中,连朝服都没有脱,跑到书房给韩琦修书。

书刚写了一半,传来了"笃笃笃"的敲门声。

"谁呀?"吕公弼问。

门外回道:"二爷,我是嘉问。"

门"吱"的一声开了,可吕公弼并没让吕嘉问进来:"小问,明天我想让你给我送一封书,不知你有没有时间?”

“有,送给谁?”吕嘉问问。

“送给你韩琦爷爷。”

“好。”

吕公弼又道:“书,爷还没写完,你先去忙你的,两刻钟后再来。”

两刻钟后,吕嘉问又来敲门,他的身后还站了一个后生。那后生一见吕公弼,忙上前见礼:“吕伯父,我父亲想请您去俺家说说话。”

“你父亲?容老夫眼拙,你是谁家的孩子呀?”

“二爷。”吕嘉问忙为之介绍道:“他是我韩维爷爷的小儿子韩文阁呀。”

吕公弼“噢”了一声道:“怪不得老夫觉着面熟。哎,你父亲贵体怎么样?”

韩文阁回道:“好多了。”

吕公弼叹道:“我早就想去看看他,一天到晚地瞎忙,一直没有成行。告诉你父亲,我明天就去看他。”

韩文阁道:“可我父亲这会儿就想请您去俺家一趟。”

吕公弼道:“请转告你父亲,我正在写一个东西,今晚就不去了,叫他见谅!”

“曾爷爷也在俺家等您。”

“曾爷爷,你哪个曾爷爷呀?”吕公弼问。

“曾相曾爷爷。”

“是不是有什么事?”吕公弼问。

“我也不知道,但我父亲说,一定得把您请到俺家。”

“这……”吕公弼犹豫良久方道:“看来,一定是有什么事,我去,我这就去。小问,去把我的驴牵来。”

吕嘉问嘟嘟囔囔道:“您贵为执政,咱家又放着现成的轿,您不坐,却要骑驴,我真不知道您是怎么想的!”

“轿夫刚把我抬回来,这会儿怕是正在用饭呢。况且,咱家离你韩爷爷家也不过二里地。去吧。”

不一刻儿,吕嘉问牵来了一头硕健的小毛驴,吕公弼很熟练地骑了上去。

吕嘉问欲为他牵驴,被他摇手制止住了,便跟在毛驴后边,在韩文阁的带领下,“嘚嘚嘚”,一路疾行,来到了韩府。

韩维自两年前患了一种怪病,三五天便发作一次,每次发作时头疼欲裂、呕吐、视物不清，连御医都惊动了，就是治不好，不得不辞官。半年后，有人给他荐了一个姓魏的游方郎中，说魏郎中是治各种头疼的高手。他虽然将信将疑，但还是把这个郎中请到家里。游方郎中经过一番望、闻、问、切，说他的头疼病是颅内的虫子在作怪，必须坚持不间断的服他特制的药，方能见效。

他所谓的特制药，是一种黄豆大的小黄丸，而小黄丸成分是什么，他又不说。不知道小黄丸的成分，谁敢吃呀？

不敢吃，他的头就继续疼。

又疼了两个月，他实在受不住了，想把游方郎中给他的小黄丸找出来吃，被管家劝住了。

"老爷，您别急，等小人弄清楚了那些小黄丸是用什么做的，吃了之后有没有副作用，您再决定吃不吃。"

韩维道："算了吧，你一再问那郎中，小黄丸是由什么药材做成，他都没说，你怎么弄清楚？"

管家微微一笑道："小人已经有了叫他说的办法。"

"什么办法？"

管家说："他的相好（情人）田寡妇，小人已经找到了。小人许她，她若是能套出魏郎中的小黄丸用什么药材做成，小人给她二十两银子，她喜滋滋地答应了。"

"好，好，我等你的消息。"

三天后，管家拎着一副草药包子，乐颠颠地来报："套出来了。"

"那些小黄丸用的什么药材？"

"明矾、江珠子、蜡和蜜四种。"

韩维笑侃道："这几样药吃不死人，爷可以大胆地吃了吧？"

"您可以吃了，在吃之前，要先吃一些打虫药。这不……"他抖了抖药包子："打虫药我已经给您抓回来了。"

韩维又道了一个"好"字："你速去将药煎好送来。"

打虫药吃下不到一个时辰，韩维大便，屙出三十几根绦虫。服过一个月小黄丸，头疼病发作的次数逐渐减少，半年后居然好了，但他不想复官，不想复官的原因，他和王安石产生了严重分歧，特别在变法方面，王安石恨不得把八条新法一夜之间推向全国。他呢，主张循序渐进。在对待反对派方面，王安石一概打压，甚而将他们罢官流放；他主张做说服工作，甚而等待和妥协。对于用人问题，王安石主张，只要拥护变法，又有才，我就用，破格用；他主张对那些有才无德之人不用，或慎用。

有分歧就会有辩论，甚而争吵，争得脸红脖子粗，但他俩从未当着第三者面争论过。

他俩都在忍，谁也不想把矛盾公开化。

他俩何以要这样？

在韩维看来，王安石因他而荐才得以当上宰相，才得以成为变法的核心人物，若他和王安石公开闹翻，别人会说他识人不明，荐了一个王莽式的人物，祸国殃民。

在王安石看来，由于韩维的力荐，他才有今天，他才有了施展才能的机会，若和韩维公开闹翻，别人会借此指责他和他所推行的新法。

正因为他俩没有撕破脸皮，世人还以为他俩是一伙儿的，别人的话王安石不听，他的话王安石一定会听。故而，每当推行某一个新法，抑或是王安石打压、排挤，甚而要罢某人官的时候，那些反对派和被打压、排挤和罢官者的亲朋好友，便会登门拜访，请他为之说情。他既不能答应，也不能拒绝，往往会说："我不一定劝得动，但我可以试试"；"我这病你也是知道的，不能出门，等我这病稍轻一点，我就去找介甫。"

他确实找过王安石，除了争吵之外，一无所获。找了两次之后，他不再找了。可这一次求他的人，不是一般人，是一人之下、万人之上的当朝首相，他不能再糊弄了，把他和王安石的矛盾直陈曾公亮。

曾公亮叹息道："我真没有想到，他连您的话都不听。"

韩维亦是一声叹息。

曾公亮又道："我刚才见了富相，想让富相出面保一保文彦博，富相说他不行，皇上若是听他的，他就不会辞官了。他还向我推荐了您，说您和皇上亦师亦友；王安石呢？既是您的好朋友，又是因您之荐才当上宰相的。只要您出面，皇上和王安石不会不给您面子。唉，想不到，想不到……连您都不能保得了文枢密，还有谁保得了呢！唉，文彦博乃三朝元老，又有恩于皇上，有他在朝堂上站着，王安石干事多少还有一些顾忌，他若是被逐出朝堂，元老中就剩我这个孤雁了，我……"泪水在眼眶里打了几个转转，流了出来。

韩维慌忙劝道："曾相，您不要如此悲观，有一个人，只要她出面，一定能保住文枢密的官。"

曾公亮双眼为之一亮："谁？"

"太皇太后。"韩维略顿一下继续说道："先帝英宗和太皇太后不和，皇上那时还是一个皇子，瞒着先帝，天天去看望太皇太后，想尽一切办法讨太皇太后开心。'祖孙'关系，远远超过了‘母子’关系。若非皇上从中周旋，太皇太后很有可能废了先帝。皇上有感于太皇太后给了他这个面子，一登基，便破格地将太皇太后的侄儿曹佾封为郑国公。”

“照您这么说，只要太皇太后出面，保住文彦博的官，应当没有问题。关键是，谁能搬动太皇太后呀？”

韩维道：“公弼。公弼的父亲吕夷简有恩于太皇太后。”

“这，这事我倒没有听说。吕夷简对太皇太后有什么恩呀？”

“当年，章宪明肃刘（娥）皇后，为先帝仁宗选皇后，主其事者就是吕夷简。太皇太后的相貌并不特别出众，吕夷简硬是让她入选。”

韩维“噢”了一声道：“既然有这等事，只要公弼出面求太皇太后，太皇太后不会驳他面子的。哎，我这就遣人去请公弼，咱一块好好合计合计怎么样？”

“好。”

韩文阁将吕公弼引到韩府客厅，很知趣地退了出来。三个老人在厅里密谈，韩文阁则和吕嘉问站在客厅门外的桂花树下闲聊。

“文阁兄，你那殿前承旨干了几年了？”

韩文阁回道：“六年了。”

“咱大宋官制，三年就可晋升一级，你干了六年怎么还在原地踏步？”

韩文阁轻叹一声回道：“王介甫不待见我……”

他忽觉不妥，忙将话顿住。

吕嘉问一脸惊诧道：“介甫伯伯和韩伯伯的关系那么好，他怎么会不待见你呀？”

“我……咱换个话题吧。”

“不，你一定有事瞒着我！”

韩文阁将头使劲摇了一摇。

吕嘉问一脸不高兴地说道：“你别摇头，你一定有事瞒着我。咱俩这么铁，你还要瞒我，这就有点不够意思了！”

韩文阁轻叹一声道：“不是我要瞒你，有些事不能说。真的，有些事真不能说。”

他越说不能说，吕嘉问越是要问，韩文阁不得不以实言相告。说过之后，反复叮嘱吕嘉问：“这事出我之口，入你之耳，只限于咱俩知道。若是再有一个人知道，我就和你翻脸！”

吕嘉问拍着胸脯说道:“你放心,我不会给别人说的!哎,你和万人迷和好了没有?”

“和好个屁!”

“不就三十两开班钱吗,你没有出?”吕嘉问又问。

“不出,那戏班子还能成立?”

吕嘉问一脸不解道:“既然这样,她为什么不与你和好?”

韩文阁恨声说道:“王介甫的龟儿子王雱插了一杠!”

“王雱并不认识万人迷呀?”

韩文阁又愧又恨道:“引狼入室,引狼入室呀!”

韩文阁已经和万人迷姘了三年。

万人迷是艺名,她的真名叫刘丹凤,父亲刘五江做了三年知县,离任时把搜刮来的金子,装在四个坛子里,用泥封了坛口,贴上“淅川特产酸菜”封条。

这事不知怎地让私访的铁面御史赵抃知道了,他换上官服,赶来为刘五江送行。

刘五江心中发虚,一见赵抃,头上直冒冷汗。

赵抃装作若无其事的样子,拍了拍行李车问道:“你就这么点东西呀?”

刘五江慌忙点头。

赵抃拍了拍其中一口箱子问:“这里边装的什么?”

刘五江回道:“下官的铺盖。”

“这一口呢?”赵抃又问。

“下官的衣服。”

赵抃指了指贴有“淅川酸菜”的坛子问:“你怎么带这么多酸菜呀?”

他慌忙回答说:“家父最爱吃淅川的酸菜。”

赵抃笑着说道:“在下的慈母,也爱吃酸菜,正苦于无处去买,你既然能买到,就先把这些送给我,你再另买四坛带回去怎样?”

刘五江不想给,但又不敢不给。

赵抃见他一脸为难的样子,以商量的口气说道:“你实在舍不得,咱俩二一添作五行不行?”

他见刘五江不表态,微微一笑问道:“你是怕我不给你钱是吧?你说,这一坛多少钱,我如数给你。”

刘五江终于开口了:“不是钱的事。”

“那是什么?”

刘五江朝行李车一指说道:“您看,下官已经把行李装了车,正要出发呢,您来了。若是再派人去买酸菜,势必要耽搁行程。”

“这倒也是一个事。这样行不行,我只要你一坛,要你一坛怎么样?”

刘五江还在犹豫,周围的人看不下去了,嚷嚷道:“刘大人,不就一坛酸菜嘛,用不着这么小气。何况,赵大人还给你钱。”

刘五江红着脸,就是不表态。

赵抃朝随行的小吏使了一个眼色,小吏大声说道:“刘大人,赵大人要您的酸菜,那是看得起你,你不要给脸不要脸。失敬了!”说毕,打了一个箭步,来到行李车前,抱下一坛“酸菜”。

刘五江面如紫茄。

小吏对着酸菜坛子,很夸张地抽动了几下鼻子说道:“这酸菜真是够酸了,在坛子外边都能闻到,我简直就要馋涎欲滴了!”

赵抃依然笑着说道:“这坛子里的酸菜,怕是有七八斤呢,你想吃,就打开坛子吃吧。”

小吏斜了一眼面如倒血的刘五江,揭去了坛盖。

他“啊”了一声叫道:“银子,坛里边全是银子!”一边说,一边将坛口朝下,白花花的银子倾了一地。

众人大哗。

赵抃收住了笑容,板着脸问道:“刘五江,你不是说这坛子里是酸菜吗?怎么变成了银子?”

刘五江面如送葬金箔,大张着嘴说不出话。

“那三个坛子呢,装的什么?”赵抃又问。

“装的,装的……”刘五江冷汗如雨,两条腿不住地颤抖。

赵抃朝小吏命令道:“把那三个坛子,都给爷打开!”

众人一片惊呼:“哇,全是银子呀!”

刘五江“扑通”一声朝赵抃跪了下去。

跪也无用,刘五江因贪赃枉法之罪,被枭首示众,赃款充公;其妻子儿女亦被没入官府,或为奴,或为妓。万人迷那时还不到七岁,越长越俊,加之又天生一副好歌喉,十三岁那年,被绰号叫赛貂蝉的班主发现,出巨资将她脱籍。后经名师调教,登台唱戏,越唱越红,汴人送她一个绰号——万人迷。在这“万人”之中,有一个韩大公子,本名叫韩文阁。

韩文阁不只出手阔绰,也不管万人迷遇到什么麻烦,只要他知道,一定会想尽办法帮助解决,万人迷大为感动,以身相许。

这一许便是三年,赛貂蝉突然病故,戏班子内讧,万人迷乘机拉出十几个人员另组戏班子,钱呢？由韩文阁出。首场演出,还邀了汴京城几十个有头有脸的人物为她捧场,王雱也在应邀者之列。

演出结束后,万人迷设宴答谢。由于王安石的原因,众人对王雱格外恭敬。王雱本就风流倜傥,万人迷越看越爱。翌日,背着韩文阁单独宴请王雱,二人你敬我,我敬你,顷刻儿喝了一坛酒。

俗话不俗,“酒是色媒人”。这一喝,二人乘着酒兴,共赴巫山。

这一赴巫山,便好上了,韩文阁反倒成了多余的人。

吕嘉问一脸愤色道:“‘朋友妻,不可欺,’这个王雱,竟然欺负到好朋友头上,他迟早要遭报应的!”

韩文阁点头说道:“愚兄所言甚是。”

吕嘉问长叹一声道:“说是说,王介甫如日中天,这报应也不知何时才能降临?”

“快了。”

吕嘉问将头使劲摇了一摇说道:“难呀!”

“不难。”

吕嘉问问:“何以见得?”

韩文阁道:“他王雱之所以敢胡作非为,不就因为他有一个好爹叫王介甫吗？王介甫的好日子怕是也快结束了。”

吕嘉问又将头使劲摇了一摇。

“你别不相信。我不说你也知道,皇上之所以那么器重王介甫,就因为王介甫主张变法,通过变法富国强兵。变法也无不可,但王介甫急于求成,得罪了不少朝中权贵。有了矛盾也不可怕,可怕的是他不去调解,而是一味地打压。打压的结果,连他昔日的好友也成了他的敌人。这些敌人,少不得要对他群起而攻之,譬如司马光、苏轼,包括你二爷等等。群起而攻之也不可怕,因为皇上为他撑腰,可怕的是他们将要搬出一个人,这个人只要出面,不只文爷爷的官职得保,恐怕对王介甫也是十分不利!”

“这个人是谁?”吕嘉问问。

韩文阁一字一顿道:“太——皇——太——后。”

“太皇太后自撤帘后,从不插手朝政,他们搬得动吗?”

韩文阁道:“那就看让谁搬了。”

吕嘉问问:“你说谁能搬得动太皇太后?”

“你二爷出面怎么样?”

吕嘉问恍然大悟:“如此说来,今晚韩伯父请我二爷来,就是想让我二爷出面,去搬太皇太后的?”

韩文阁将头点了一点。

“我听我爷说,为太皇太后入选皇后的事,我曾祖父出了大力……”吕嘉问正说着,韩维送曾公亮、吕公弼出来,忙将话打住。

路上,吕嘉问试探着问吕公弼:“二爷,韩大人请您来,我还以为要商议什么大事呢,没想到这么快就结束了?”

吕公弼道:“韩大人他们要干的事,正是二爷要干的事,一拍即合。所以呀……”

他话锋一转说道:“今晚的事,你不要对任何人说!”

吕嘉问将头使劲点了一点。

“书写好了吗?”吕嘉问问。

“什么书?”吕公弼问。

“给我韩琦爷爷的书。”

吕公弼回道:“写好了。”

“什么时候送?”

吕公弼回道:“不用送了。”

“为什么?”

“他们想让二爷去搬太皇太后……”吕公弼戛然将话停住,改口道:“小孩子,不该问的别问。”

十二　吕嘉问盗书

王安石喜得贵孙,吴知县前来送礼,他不但不收,还上书皇上,将吴知县罢官。

王安石夫人背着王安石,为他纳了一个小妾,小妾奉了夫人之命到书房里伺候王安石大半个通宵,方被王安石发现。

吕惠卿对王安石说道:"咱们得设法敲打敲打太皇太后,叫她闭上嘴巴。即使不能叫她闭嘴,也得叫她不敢为反对变法的人张目。"

躺在床上,吕嘉问将这一晚的所见所闻,在脑海里过滤了一遍,得出的结论是:二爷他们都是反对王安石的,他们想方设法要保文彦博,为保文彦博,他们推二爷出面去搬太皇太后。关键是,即使太皇太后出面,是否保得住文彦博?若能保住文彦博,无疑给了王安石一记响亮的耳光。若是保不住,二爷他们可是把王安石得罪苦了。他们得罪了王安石,不是被贬官,便是被流放。我呢?作为吕公弼的侄孙,前程也就完了!

能否保住文彦博,并不取决于太皇太后而是皇上。我得设法探一探,皇上对新法的态度。皇上如果坚持推行新法,就一定会支持王安石。

怎么探?

皇上最信任的人并不是王安石,而是他的两个太监,李宪和张若水。

吕嘉问虽说认识张若水,但无交情。李宪是吕嘉问夫人玉珠的表舅,逢年过节,小两口总要去看看李宪。

第二天,早朝后,吕嘉问单独拜见了李宪,寒暄了几句之后问道:"表舅,王安石变法,遭到那么多人反对,他还能坚持多久?"

李宪纠正道:"你说错了,真正要变法的人,不是王安石,是皇上自己。王安石顶多算一个开路先锋。"

"经您老这么一点拨,我明白了,反对王安石变法,就是反对皇上。"

李宪点了点头。

“既然这样,王安石想拿掉的人,即使搬出太皇太后,也很难保住吧?”

李宪又将头点了一点。

吕嘉问深作一揖道:“谢谢表舅的开导,过一两天,我和小珠去家里看您。”

晚饭后,吕嘉问以下象棋为名,敲开了吕公弼的书房。吕公弼弟兄四人,孙子辈十几个,但他最喜欢吕嘉问。吕嘉问相貌堂堂,口才好,又聪明伶俐。吕公弼喜欢哼几声南阳曲子,他就专程跑到南阳,学唱曲子;吕公弼爱下象棋,他就专程跑到亳州,向享有“棋圣”之称的王之为学习棋术。他的棋术早已超过了吕公弼,每当二人对弈,他故意输。

这一次,他与吕公弼连杀六盘,“勉勉强强”赢了一盘,还悔了两次棋。趁着吕公弼高兴,吕嘉问笑问道:“汴京城纷纷传说,王安石要拿掉文枢密?”

吕公弼一边走棋一边回道:“不是传说,是真的。”

吕嘉问跳马后又问:“听说您在力保文枢密?”

吕公弼撑了一个士回道:“文枢密乃三朝元老,只因反对王安石罢李常的官,便将他十几年前的已经处罚过了的一件陈年旧事抖出来,非要将他踢出朝廷。如果让王安石得逞,他将会更加跋扈,祸害朝廷!”

吕嘉问一边走车一边问:“王安石要罢文枢密的官,不单单因为文枢密反对罢李常的官,深层次的原因,是文枢密一贯反对新法。”

吕公弼将象已经拿了起来,正要落下,听吕嘉问这么一说,冷哼一声道:“什么新法?扰民之法!莫说文枢密,朝中老臣有几个不反对,包括我!”说毕,将象“啪”的一声放回原处。

吕嘉问提醒道:“二爷,您把象放回了原地,这一步不等于白走了吗?”

吕公弼怒气冲冲道:“你别提新法,一提新法我就来气,别的且不说,单‘青苗法’,害得多少人家破人亡!”

吕嘉问试探着劝道:“孙儿听说,真正要变法的人是皇上,王安石只是皇上棋盘里一个车。反对新法,就是反对皇上。”

“这是谣言,是王安石一伙为了塞众人之口,拿皇上做挡箭牌!”

吕嘉问暗自忖道:“看样子,二爷他是铁了心反对变法,不能再劝了,劝也无用。为了我的前程,我得攀王安石这个高枝。”

怎么攀?

给王安石送钱、送物，抑或是美女？

不能送。

这三样东西都不能送。

王安石不爱钱，这话是韩文阁亲口对吕嘉问说的。

大宋到了宋真宗执政的时代，由于前两任皇帝的努力，国库里存满了钱，宋真宗看在眼里，喜在心里，一高兴，便拿钱来赏人。宋仁宗出手虽说没有他老爹那么阔绰，每年赏赐给大臣和嫔妃宫女的钱也没少过一千万贯。到了宋神宗，由于他爷、他爹把国库的钱给鼓捣完了，便很少再拿钱赏人，但他却赏了王安石。那是王安石进京做翰林学士的时候，神宗赐给他二百贯钱安家，被王安石原封退回。大前年，王安石喜得孙子，贺喜的几乎将门槛踢破，但除了几家亲戚、同年和门生之外，所送之礼一概不收。不收也罢，他上书朝廷，将送礼的吴知县罢了官。

实话说，这个吴知县，也不是一个好官，若是一个好官，哪来那么多钱送礼，且一送就是一个十两重的小金猪。

他为什么送小金猪？那是因为王安石的孙子是猪年生的，王安石不爱钱。物呢？他也不爱。这话是吕嘉问听王安石的一个门生说的。

这个门生叫郑侠。

郑侠，字介夫。福州福清县人，治平年间（1064—1067年）中进士，授光州（治所在今之河南潢川）司法参军①。三年任满，迁雉县（今河南省南召县）知县。

雉县宣教坊有一王姓少妇，丈夫患急病而亡，请仙霞寺和尚来家超度亡灵。王氏妙龄新寡，春心难持，加之和尚常以言语挑逗，几次三番，勾搭成奸。王氏的儿子王喜根还不到十二岁，但很聪明，他看出母亲与和尚的关系不正常，便想方设法阻止和尚与母亲来往。而且，还威胁王氏，他已经准备了一把刀，那个和尚胆敢再来，就一刀宰了他。王氏害怕，但又不想与和尚一刀两断，便以不孝之罪，将喜根告到州衙。

不孝之罪，乃十恶不赦之罪，前任知县便将喜根收监，照他本意，要判喜根流放之罪。因喜根还是一个孩子，司法参军认为判得有些过重，加之喜根的族叔到处找人说情，此事被搁置下来。

这一搁置，便是二年。

---

① 司法参军：州县佐吏名。掌议法断刑，有佐吏若干人。

郑侠一上任，就着手处理旧案，他把王氏召到县衙，问道："不孝，乃十恶不赦之罪。把你儿子仅仅判一个流放，有些太轻，爷想判他一个死罪，你同意不同意？"

王氏朗声回道："同意！"

"他可是你的亲儿子呀！"

王氏回道："像他这么孬的儿子，有了还不如没有。"

"那，爷就判他死罪了，你千万别后悔！"

"民女不后悔。"

"既然你不后悔，你速去买一口棺材来领尸。"

王氏欣然出了大堂，笑着对守候在县衙大门外的和尚说："好消息，新来的知县大人将喜根判了死刑，让我现在就去买棺材装喜根的死尸呢。"

和尚大喜道："太好了，走，洒家陪你去买棺材。"

话刚落音，跟踪他们的四个衙役冲了过来，将他两个戴上刑具，押到大堂。二人见机密已经泄露，不敢隐瞒，将他俩私通的经过，以及为什么要告王喜根不孝的目的一一供来。郑侠提笔，将和尚判了斩刑。

王氏呢？郑侠原本要判她一个没入官府为妓，因喜根苦苦哀求，改为流放三年。案子上报刑部，刑部以为这个案子判得好，又上报政事堂，王安石大笔一挥："此案应作为一个典范，颁'制'天下。"未几，经王安石提议，郑侠晋升为唐州通判。

唐州的唐庄出产一种藕，此藕与别地的藕不同，一是藕断丝不连；二是熟藕放得再久，不会发馊。当郑侠得知王安石喜得贵孙的消息，买了二十斤，遣一老仆送给王安石。

送藕老仆的儿媳是唐州辖下的桐柏县吴知县小妾的堂妹，无意中把王安石喜得贵孙的消息透了出去。吴知县便做了一个小金猪，亲自去汴贺喜，其结果，拍马屁拍到了马蹄上……

王安石不爱物，这话也是韩文阁亲口对吕嘉问说的。

王安石的病很厉害，尤其到了冬天，喘得上气不接下气。神宗听说后，遣御医为他诊治，御医给他开了一个药方，内中有一味药是紫团山的人参，这种参产量少得可怜，韩文阁的舅家表哥张文，恩荫得官，在礼部开拆案①干了六年，经王安石之手，由从九品擢为正九品。为了表示感谢，他想方设法弄了四两紫团山的人参送给王安石，王安石坚决

① 礼部开拆案：官司名。礼部常设办事机构之一。掌本部文书收发。

不要。王雱劝他:“您的病没有这种参治不好。况且,张文送您人参,并非求您办事,只是表示一点心意罢了。”

王安石一脸郑重地说道:“张文得以升迁,恩在皇上,老父我若接受了他的心意,那就变味了。况且,对于钱财,老父我的态度向来是,‘非吾所有,虽一毫而莫取’。老父我不能因为治病坏了一世清名!”

王安石不爱色,还是韩文阁给吕嘉问讲的。

王安石初仕时,任扬州判官,知州是韩琦,通判就是韩文阁老爹韩维。

韩琦官居枢密副使,曾久掌西北军事,有大功于宋。虽然遭贬,但头上还有一个很大的光环——以资政殿学士[1]左迁知扬州,根本不把刚出茅庐的王安石放到眼里。王安石既执拗又清高,你看不起我,我还看不起你呢,应付完公事之后,把时间和精力全用到了读书和著书立说上,衣不洗,地不扫,屋里臭气熏天。韩维劝他纳一个小妾,帮他理家,他说他和夫人有约,此生不纳妾。韩维好劝歹劝,他方才同意雇一个女佣。韩维便给他找一个年轻漂亮的小寡妇送上门来,他不要,韩维把小寡妇强行留下跑了。他追不上韩维,便拿一个小凳子吼小寡妇,硬是把小寡妇给吼走了。

王安石未曾做官之前,对房事就不大感兴趣。当了官,一年难得回去一次,夫人只要不找他,他绝不去碰夫人。某一次,夫人喝醉了酒,向妹子诉苦。妹子说:“哪有猫儿不吃腥的,他不主动碰你,也许觉着你不够漂亮;也许是老夫老妻,不新鲜了。换个年轻漂亮的,你看他主动不动!”

夫人将信将疑,花了六十贯钱给王安石买了一个妾。妾奉夫人之命去书房伺候王安石,她又是为王安石打扇,又是为王安石添茶,伺候了大半个通宵,才被王安石发现:“你是谁?”

妾羞答答地回道:“我是您的小妾潘云。”

王安石一脸愕然道:“你是我的小妾,我咋不知道呢?”

“是夫人给您纳的。”

王安石将书案“啪”的一拍道:“胡闹!我和夫人有约,此生不纳妾。她怎能背着我干出如此之事!你走吧,你这会儿就走!”

潘云不走,低头摆弄衣角。

---

① 资政殿学士:宋学士职名。由资望极高者担任,皇帝出入时侍从,以备顾问,无官守、无职掌。朝会时,班在翰林学士承旨之上。此职不轻易授人,以此职待曾任宰相者。但也有例外。

王安石又将桌子一拍吼道:“你怎么还不走?”

潘云红着眼圈儿问道:“老爷,我今晚是不是做错了什么事?”

王安石板着脸说道:“你没有。”

“是不是我长得丑?”潘云问。

“不丑。”

“既然我长得不丑,又没做错什么事,您为什么要赶我走?”妾又问。

王安石耐着性子解释道:“我刚才不是已经说过了吗,我和夫人有约,此生不纳妾!”

潘云反问道:“您既然和夫人有约,夫人为什么还要买我来?”

“这……”王安石冲出书房,大声喊道:“泽他妈,你给我出来!”

夫人从卧室里笑嘻嘻地走了出来,嗔道:“半夜三更的,你咋呼啥?”

王安石指着潘云大声问道:“这个女人是你给我买的吗?”

夫人道了一声“是”。

“这么大的事,你为什么不和我商量?”

夫人回道:“若是跟您商量,您会同意吗?”

“既然知道我不会同意,你为什么还要给我买妾?”

夫人不敢说是想试一试他到底好不好色,反以埋怨的口气说道:“您睁眼瞧瞧,哪一个为官的不是妻妾成群?可您就我这一个黄脸婆。知道底细的说是您自己不纳,不知道底细的说我是醋桶子,是个恶妇,不让您纳妾。我今年已经快四十岁了,不想背一个恶妇的骂名,所以呀,才给您买了一个妾。”

王安石将脚一跺道:“糊涂,糊涂!你怎能因为那些闲言碎语就违背了咱俩之约!你快把这个女子送走,这会儿就送!”

夫人心中暗喜,却装出一副很不情愿的样子说道:“深更半夜的,怎么送?要送,也只能等到天亮以后。”

王安石道:“那就等天亮以后再送吧!但是,你得把她领走。”

潘云“嗷”的一声哭道:“老爷,您不能送,我也不走。您实在不想纳我为妾,您就让我做您的丫环,一个高价丫环!”

王安石皱着眉头反问道:“高价丫环?你这话是什么意思?”

潘云一边哭一边说道:“买一个丫环,撑破天也就是一二十贯钱,买我,夫人却花了六十贯。”

王安石“啊”了一声道：“六十贯，六十贯呀！”他扭头恶狠狠地瞪了夫人一眼。

夫人忙向他解释：“老爷，是这样的。这个潘云是自卖自身，标价六十贯，还是一口价。我见她模样儿俊，又一脸的贤淑相，心一横，便把她买下了。”

王安石移目潘云：“你为什么要卖这么多钱？”

潘云抽抽泣泣回道：“不瞒大人，妾夫是祥符县一个库吏，七天前钱库被盗，少了三百贯。掌钱库的人一共是五位，知县大人要他们每人拿出来六十贯补之，谁若是不拿，就问谁一个监守自盗罪，为了救夫，小女子不得不自卖自身。”

王安石脱口赞道：“如此说来，你还是一个义妇呢。钱我不要了，天一亮就送你走。”

潘云“扑通”一跪，给王安石磕了三个响头。

王安石忙道：“不必多礼，起来吧。”

她正欲起身，突然又想起了什么，掉头移膝，给王安石夫人也磕了三个响头。

钱、物和美女都不能送，送什么呢？

有道是，“一心没二用。”吕嘉问既要下棋，又要想着给王安石送一个什么样的礼，吕公弼的马眼看就要卧他的槽了，他也不管，却来一个炮架当头。

吕公弼暗喜，卧槽一将，吕嘉问不得不向左移帅。吕公弼又来移车当头一将，吕嘉问输了。

吕公弼一边重新摆棋，一边讥笑吕嘉问：“你的棋，今天下的特别臭。我的马眼看就要卧你的槽了，你还来一个炮架当头，你若是将炮移到肋里，等着别我的马腿，也不至于输得这么快。”

吕嘉问“嘿嘿”一笑道：“我那时只想着炮架当头以后，再来一个车吃象，你就输定了。谁知，嘿嘿，还是您说的对，啥也不怨，就怨我的棋太臭。算了，不说了，好汉不赢头三盘，你就等着输吧！”

吕公弼“嘿嘿”一笑问道：“你知道你今晚输了几盘？”

吕嘉问回道：“六盘。”

“你还想输几盘？”吕公弼问。

吕嘉问故意大言不惭地回道：“一盘也不会输了！”

吕公弼又“嘿嘿”一笑说道：“但愿如此！”

但愿的结果，吕嘉问又输了三盘。可他也有收获，在下棋的同时，想出了一个让王安石心动的礼。但是,这个礼若是送出去,不只他的家族,恐怕半个汴京城的人都要戳他脊梁骨。

可是,这个礼若是不送,莫说飞黄腾达,怕是还要跟着两个堂爷——吕公弼和吕公著倒霉呢!

吕公弼赢了第九盘之后,笑嘻嘻问道:“还下不?”

吕嘉问忙将飞出去的心收了回来,忙不迭声道:“下,咋不下呢!我已经说过,‘好汉不赢头三盘’,我……”

吕公弼笑驳道:“你别吹了,你已经输了九盘。”

吕嘉问信心十足道:“您放心,这一盘我一定会赢!”

“还是那句话,但愿你赢。你先摆棋,我去方便一下。”

吕嘉问巴不得他走。

他刚一离开书房,吕嘉问便直奔书案,将抽屉拉开,里边果然有一封没有封口的书。书皮上赫然写着“稚圭(韩琦的字)兄亲启”。

他将里面的书抽出来,粗粗地看了一遍。书中列举了王安石的种种罪恶之后,恳请韩琦给予配合,上书弹劾王安石,为国除奸。

刚看完书,门外响起了“踢踢踏踏”的脚步声,他忙将书揣到怀中,将书皮放回原处。

爷孙俩继续下棋,直下到鼓打二更,方收棋就寝。

第二天,不到五更,吕嘉问便守候在王安石父子上朝的路上,他没敢拦王安石。

他拦住了王雱,将吕公弼他们要搬太皇太后出面力保文彦博的事,如同竹筒倒豆子一般全倒给了王雱。

王雱觉着事态严重,追上王安石,以吕嘉问之言相告。

王安石皱着眉头想了一会儿,说道:“朝会后我亲自接见吕嘉问,至于在什么地方,让他等候通知。”

吕嘉问这一等便是四个半时辰,直等得他肚子咕噜咕噜叫。他给花工五文钱,让他去街上买两个包子,花工退给他三文,且说道:“一个包子才一文钱,两文足矣。”

吕嘉问又将三文钱拍到花工掌心:“拿去吧,这三文是跑腿费。”

花工还没有回来,王雱来了,带着他七拐八拐来到了秘阁①后边一间密室。密室内

① 秘阁:北宋文史机构,端拱元年(988年)建于崇文院中堂,专藏三馆真本书籍及大内之古画墨迹。

坐了三个人——王安石、吕惠卿和章惇。

吕嘉问欲要上前行礼，王安石用手势加以阻止，并指了指放在西墙下的木凳，示意他坐下。

等吕嘉问坐下后，王安石慢腾腾地说道："你把你二爷他们如何串通，要保文彦博的详情，仔细说一说。"

吕嘉问"腾"地一下站起来，双手抱拳道："敬从相爷之命。"

王安石又朝他摆了摆手，示意坐下。他将头摇了一摇，依然站着，把他这两天的所见所闻，讲了一遍之后，从怀中摸出吕公弼致韩琦之书，向王安石趋去。

王雱抢前一步，将他拦住："把书给我。"

吕嘉问将书双手递给王雱，王雱接书转身，趋前四步，将书递给王安石。

王安石阅后，转给吕惠卿。书在吕惠卿、章惇手中转了一圈，又回到王安石手中。

王安石朝吕惠卿点了点头，吕惠卿会意，轻叹一声问道："吕嘉问，你刚才所说的可是实情？"

吕嘉问拍着胸脯回道："全是实情。"

"你二爷他们想让韩琦上书朝廷，连书都写好了，为什么没有发？"吕惠卿又问。

吕嘉问将头摇了一摇回道："小人不知。"

"你二爷见没见太皇太后？"吕惠卿复问。

吕嘉问再次摇头。

吕惠卿还想再问一些什么，王安石开腔了："吕嘉问，你可以走了。你二爷那里有什么新情况，随时来禀。"

吕嘉问向王安石、吕惠卿和章惇各行了一礼，方才离去。

吕惠卿不无担心地说道："相爷，如果吕嘉问所言是实，事态相当严重！"

章惇道："我觉着吕嘉问所言不一定可信。"

吕惠卿问："为什么？"

章惇回道："正如吉甫（吕惠卿字）兄自己所问，吕公弼既然想让韩琦自外上书来保文彦博，书都写好了，为什么不发？"

王雱抢先回道："也许他没来得及发；也许他觉着看能不能搬动太皇太后，如果能搬动，致韩琦的书就不用发了，如果搬不动，再发。"

吕惠卿频频颔首道："贤侄所言是也。"

章惇道："我有一疑，韩维、曾公亮他们深夜密谋，要吕公弼去游说太皇太后，今天咋没见太皇太后有什么行动?”

王雱又来一个抢答:“也许吕公弼还没有见到太皇太后,也许见到了太皇太后没答应他,也许太皇太后答应了还没来得及见皇上。”

吕惠卿道:“贤侄的第一个和第三个假设可能性很大,第二个假设的可能性几乎没有。为什么说呢?一是吕家有恩于太皇太后,太皇太后不会驳吕公弼的面子;二是太皇太后本人就对变法持反对态度,她不可能不为文彦博说话!”

章惇也将头点了一点,表示同意吕惠卿的分析。

王雱道:“吕叔叔的分析有道理,吕叔叔不妨说一说我们该怎么应对?”

吕惠卿移目王安石。

王安石轻咳一声,说道:“下一步,我想拿着吕公弼致韩琦的书去见皇上,告他一个京官外结大臣之罪,把吕公弼也一块儿扳倒。”

王雱道:“单凭告吕公弼外结大臣的分量还不够,应该再把他内结后宫之罪也加上。”

吕惠卿、章惇一齐附和道:“贤侄所言甚是。”

王安石道:“就照汝等所言,把吕公弼他们内结后宫这条罪也加上。”

吕惠卿道:“有此二罪,吕公弼死定了。”

王雱道:“吕公弼只要死定了,文彦博也就死定了!”

章惇提醒道:“与吾等作对的并非吕公弼一人,干脆把曾公亮和韩维也一锅炒了!”

王安石将头摇了一摇,说道:“那样做,打击面太大。再说,韩维与老夫的关系,尔等也知道,老夫还不想和他撕破脸皮。至于曾公亮,自老夫当了参知政事后,他还比较识趣,老夫不管说什么,干什么,他从未明确反对过,让他再做几天傀儡吧。”

吕惠卿、章惇脱口赞道:“相爷所言甚是!”

“爹打算什么时候见皇上?”王雱问。

“今下午就去见。”

王雱道了声“好”。

章惇道:“相爷这一见,扳倒吕公弼应该没有问题,但皇上不会对太皇太后怎么样。”

王雱恨声说道:“诚如此,岂不太便宜了老乞婆!”

王安石变脸斥道:“休得放肆!”

吕惠卿劝道:“相爷不可一味地斥责元泽贤侄,皇上对太皇太后不会怎么样,咱们得设法敲打敲打她，叫她闭上嘴巴。她即使不闭上嘴巴，至少也叫她不敢为反对变法的人张目。”

王安石将头轻轻一摇，说道：“她贵为太皇太后，不是吾等要她闭上嘴巴，她就会闭上嘴巴！”

吕惠卿一脸坚信地说道：“我有一个办法，管叫她闭上嘴巴。”

王安石道：“既然你有办法，那就把你的办法说出来听听。”

吕惠卿问：“相爷不会不知道曹佾吧？”

王安石道：“曹佾乃太皇太后的亲弟弟，官拜昭庆军节度使、检校太傅，朝野皆以曹国舅呼之。老夫岂能不知！”

吕惠卿道：“相爷知道曹佾，但曹佾还有一个弟弟，叫曹景林，朝野亦以国舅呼之，相爷怕是就不知道了。”

王安石道：“老夫听说过曹景林的事，但没有见过其人。”

“您听过他什么事？”吕惠卿问。

“这家伙好色，有一个叫什么来着的举子，叫个，叫个，看我这脑袋！想起来了，这个举子叫袁文正，携爱妻张氏赴汴参加省试，宿于铁塔附近，游园时，被曹景林撞见。曹景林贪其爱妻美色，故意和袁文正套近乎，袁文正还以为攀上了高枝，曹景林请他喝酒，他欣然而往，被曹景林活活勒死，张氏遂被曹景林强行占有，老夫说得对不对呀？”

吕惠卿频频颔首道：“您说得很对。”

“既然老夫说得对，那老夫接着往下说。”

吕惠卿道：“吾等洗耳恭听。”

“袁文正的书童，葬了袁文正之后，扬言要到开封府告曹景林。事为曹佾所知，把曹景林大骂一顿，并要他杀了书童和张氏灭口。书童好办，只需遣一得力家将就可。当曹景林举刀要杀张氏的时候，张氏苦苦向他哀告，叫他看在夫妻一场的份上，给她留个全尸。为留一个全尸，她选择了跳井。老夫只知张氏没死，跑到开封府去告曹景林，但她为什么没死，老夫就不知道了。”

吕惠卿道：“后边的事下官清楚。”

王安石：“你既然清楚，就讲给大家听一听吧。”

吕惠卿道了声“遵命”，不紧不慢地讲了起来。

张氏不只会游泳，还学过武术，在井里待了三个时辰，直到更深夜静，这才爬出井来，翻墙而逃，途遇曹佾，误以为是包拯，拦轿喊冤。曹佾大惊，以冲道渤罪名，用乱棍将张氏打死，弃尸乱葬坟。

夜半，张氏醒过来，径直去开封府喊冤，包拯勃然大怒，拍案说道："天子脚下，曹佾兄弟竟敢如此胆大妄为！若不将二贼绳之以法，我誓不为人！"但当他升堂传唤二贼的时候，突然多了个心眼，二贼仗着有太皇太后撑腰，不听传，抑或是躲起来了怎么办？不能传，千万不能传。倒不如以请客的名义将二贼诱而捕之。

包拯将曹佾和曹景林诱捕后，太皇太后忙去恳求仁宗。仁宗亲自出面为曹佾讲情，包拯不从，将曹景林处以斩刑，将曹佾流放岭南①。

半年后，仁宗喜得龙子，大赦天下，曹佾获释后，入山修行。他一修便是十年，达到了心与道合、形随神化的境界。某一天，汉钟离和吕洞宾游至他修道之处，问之曰："你修了十年道，你能不能说一说道在哪里？"

曹佾指着天。

二仙又问："天又在哪里？"

曹佾指着心。

汉钟离微笑着点了点头："心即天，天即道。你已经洞悟道之真义了。"于是授他《还真密旨》，让他精心修炼。

三年后，经汉钟离、吕洞宾点化，曹佾禅骨于徐州萧县东五十里之玉泉观，正式进入仙班。当地人为了纪念他，把玉泉观更名腾云寺，那寺名还是仁宗御笔亲题。

王雱早就听得不耐烦了，待吕惠卿话音一落，便没好气地问道："咱们此来，乃是商议如何对付太皇太后和吕公弼他们，你咋大谈起曹佾来？"

吕惠卿微微一笑，回道："谈曹佾并没跑题呀！"

王雱板着脸道："吕大人这话我不敢苟同。"

吕惠卿笑意如故："你记不记得，在没讲曹佾之前，我说了这么一句话，皇上不会对太皇太后怎么样，咱得设法敲打敲打她！"

王雱道："记得。"

吕惠卿道："咱谈曹佾就是想拿曹佾来敲打太皇太后。"

王雱道："怎么敲打？"

---

① 岭南：是我国南方五岭（大庾岭、骑田岭、越城岭、都庞岭、萌诸岭）以南地区的概称。

“咱鼓动袁文正家人，让他们上书朝廷，狠扯曹佾伤疤，并将曹佾兄弟之所以敢为非作歹，与太皇太后挂钩，像曹佾这样的人，没有资格升仙，升仙之说，完全是曹家捏造，请求皇上收回仁宗所赐之匾，并追查造假之人。太皇太后自顾不暇，还敢再胡说八道吗？”

王雱伸出右手大拇指夸道：“此计甚妙！佩服，佩服！”

王安石满脸堆笑：“吉甫这个点子不错，咱就来一个双管齐下。吉甫，你这就去寻找袁文正家人；老夫呢？这会儿就去面圣。”

十三　东明县闹访

王安石刚好在补“旬假”，没有上朝，被东明县一千多访民堵个正着，家人劝王安石躲起来，王安石不听。

花大枝愤然说道：“免役是免去差役，和水旱灾害有什么关系？居然也要人们出钱，还美其名曰‘叫免役宽剩钱’。我操他十八代祖……”

曾布回道：“有人告了‘市易法’的御状，说它乃是由朝廷尽收天下之货自作经营……卖什么什么贵，市人皆怨之。”

双管齐下的成效，比王安石他们期望的还要好。

一、太皇太后没敢为文彦博他们说话。

二、不只文彦博，连吕公弼也被踢出了汴京城，前者去了河阳，任河东节度使；后者去了成都，任知州。

三、曾公亮主动上书求辞，知天威军去了。

四、盗书的家贼吕嘉问晋升为“制置三司条例司”编审条例官；市易司提举官①章惇迁中书检正官②。

曾公亮一走，王安石理所当然地坐上了首相的宝座，韩绛、王珪、冯京晋升为参知政事，吕惠卿晋升为崇政殿说书，曾布晋升为农司司同举官③，邓绾晋升为监察御史里行、农司司提举官。

邓绾何许人也？乃成都双流人，礼部试第一名，初仕为职方员外郎。三年任满，迁宁州（治所在今甘肃宁县）通判，干了九年，还在原地踏步，他见王安石势烟熏天，便有

① 市易司提举官：宋神宗置，与市易司同提举官共掌市易司，但位在同提举官之上。

② 中书检正官：宋熙宁三年（1070年）置，掌检查、核对、纠正、催促中书门下处理的公务，权任颇重。

③ 农司司同举官：宋神宗置，与市易司同提举官共掌市易司，但位在同提举官之下。

意巴结，致书称颂，王安石阅之大喜，破格晋升。

只要王安石想提拔的官员，神宗无不应允。但神宗想用的人，王安石总要设法阻拦。比如韩维，和神宗乃是亦师亦友的人，神宗见他病愈，欲拜其为次相，王安石坚决反对，没奈何，改任开封府尹。

吕诲乃故相吕端之孙，为人刚正又有大才，只因反对王安石遭贬。神宗忽做一梦，垂政殿将倾，吕诲挺身举之，便欲召回吕诲，委以重任，王安石又极力反对。直到吕诲病死任所，也未能复官。

冯京之晋升，王安石也不同意，直到神宗将要变脸，这才不再反对。

王安石大权在握，便将未曾推行之免役、均输、方田、农田水利、保甲、保马等法，次第推行。

反对新法的朝廷大员、名士，大都被王安石踢出了汴京，但依然有人或明或暗地与新法作对。

平心而论，这些新法无一不好，只是在执行的过程中出现一些失误或偏差罢了。

就拿“保马法”来说，在王安石变法之前，战马是由牧马监①来养的，一个养了不到六千匹的广平牧马监，竟占用良田一百五十万亩。牧马监饲养战马不但费用高，而且养出的马质量很差，这些马“驱之边境，未战而冻死者十八九。”

早在宋仁宗时代，担任过群牧使的包拯、宋祁、叶青臣等著名大臣，一再向宋仁宗建议，动员民户养马，但由于种种原因，宋仁宗没有采纳。

宋仁宗办不到的事，王安石办到了。他诏令京西、京东、河北、河东、陕西五路，凡愿意饲养战马者，可向所在路投名（投递名帖），经所在路同意后，一户可以饲养一匹，马由牧马监配给，但总数不能超过八千匹。这些马可以用来捕捉盗贼，但行程不能超过三百里。养马户一年免交二百五十束蒿草，官府定时派人检查，养得好的给以奖励；马死了，由认养者赔偿（按中等价计算）。官府养一匹马一年花费二十七贯，民户只需发给十八贯，一匹能节省九贯，八千匹一年能省七万多贯。不只节省了钱，还可省掉一批官员和五千人的监兵。牧地出租，岁收赋一百万贯。保马法的推行，对国家和百姓有百利而无一害。

再说保甲法。新法规定，十家为一保，选主户②中有才干心力者一人为保长；五十

---

① 牧马监：宋置，分隶于群牧司及太仆寺骐骥院。凡京都、畿甸及地方能养马之处皆置。掌牧养官马及其繁殖之事。

② 主户：指拥有土地和资产，承担租税服役的人户，亦称税户。又分为城郭主户和乡村主户。

家为一大保,选主户中最有心力及物力最高者一人为大保长;十大保为一都保,选住户中最有心力及物力最高者二人为正副都保长。每户有两丁(男)者,选一人为丁,每户有三丁及三丁以上者,可以出两个以上人为保丁。以大保为单位,巡逻乡里,捕捉盗贼。

要巡逻,要抓人,就得有武器有功夫。故而,不只要给保丁配备武器,还要定期对保丁进行训练。这样做的好处,一是可以用保丁维持当地治安,二是用受过训练的保丁逐渐代替雇佣兵,执行驻防和征战任务。

保甲法实行不久,就出现了“盗贼比之昔时十减七八的喜人局面。”

由于保甲法的成效显著,王安石断然决定,罢黜更戍法。

何为更戍法?

更戍法又称出戍法。

北宋初年,宋太祖采纳宰相赵普的建议,以禁军分驻京师与外郡,内外轮换,定期(三年轮换一次,边远条件恶劣地区半年一轮换)回驻京师,故称更戍法,但将领不随之调动,使“兵无常帅,帅无常师”。此举对防止将领专权有利,却削弱了军队的战斗力。

罢更戍法,只是对宋朝兵制改革的一个尝试,却遭到一些人的攻击说王安石随意改变祖宗之法,但这个攻击远不如攻击免役法的力度。

免役法并非王安石独自臆想出来。它源于差役法。

“差”,顾名思义,就是当差。在此之前,宋承五代十国遗制,将乡村主户分为五等,其中一等为上户,二、三等为中户,四、五等为下户。上户和中户,都要为国家服一定的徭役,比如修城、铺路、架桥,战争期间搞运输,以及在国家各级衙门打杂,等等。但那些上户人家因为有钱,往往觅人代役。免役法的制定,无非是把这种出钱觅人代役的方法普遍化、合法化。这个事情看似简单,意义非常重大。这样做的结果,让从前需要当差的百姓,通过缴纳与自身等级相符的钱,买回自己的自由身,去干他想干的事。国家可以用这些钱去招募那些想当差的人。

但是,王安石的免役法是在牺牲上户和下户利益的情况下推行的。“差役法”明文规定,下户不用出“差”。上户虽然也出差,但是,宋朝又规定,皇亲国戚、勋臣、进士、僧道人家,都有豁免权,真正出差的只剩下那些中户了。

王安石的免役法取消了豁免权,也就是说,不管你多么高贵,也得交免役钱。至于下户,你穷,我承认,但不能不服役,要想不服役,也得交钱,只不过减半罢了,美其名曰“助役钱”。国人除了缴纳一年一次的免役钱、助役钱和夏秋两季的田赋外,还要再交免役钱、助役钱的百分之二十,用来防备水旱灾害,以及突发的战争,这叫“免役宽剩钱”。

上户和下户,也就是穷人和富人,原本是两股道上跑的车,由于共同的利益,他们走到了一条道上,且来了一个集体请愿。

某一天早晨。

一个五月的早晨。

一个阳光明媚、春光拂面的早晨,来自东明县的一千多名百姓涌到开封府衙,衙吏慌忙向韩维禀报。

韩维问:“他们来干什么?”

衙吏回道:“他们说,免役法逼得他们活不下去了,他们想让朝廷废除免役法。”

韩维冷声说道:“免疫法是‘制置三司条例司’制定的,开封府无权废除,让他们该找谁找谁!”

这话说得已经够明白了,这一千多人立马转身,径奔王安石府邸。

那一天,王安石刚好在补“旬假①”,没有上朝,被他们堵了个正着。家丁劝王安石躲起来,抑或是召巡警前来驱逐。王安石曰:“老百姓既然找上门来,我正好借机了解一下新法的执行情况。况且,我若不见,抑或是将他们驱逐,他们还会继续闹,甚而去击登闻鼓,那麻烦可就大了。”

说毕,让家丁到门外传话,让堵门者选三个代表进来面谈。

不一刻儿,家丁领进来三个人,二男一女。王安石让仆人给他们看座斟茶。他们刚进来时一脸怒气,恨不得吃了王安石,见王安石如此相待,反有些受宠若惊了。

王安石一脸祥和地问道:“诸位都是东明县的吗?”

三访民回道:“吾等都是东明县的。”

“东明县距汴京二百多里,你们这一千多号人,怕得走三天吧!”

三访民回道:“整整走了三天。”

“你们只顾行路,吃不好,睡不好,要不要先给你们弄点吃的?”

三访民回道:“不用。我们找您是有正事要说。”

“好,好。”王安石指着女子问道:“你叫什么名字?”

女子不敢回答。

---

① 旬假:宋朝的日常休假,即为十日一休,也就是工作九日,休息一日。每个月的十日、二十日、三十日或小月的二十九日,皆为固定的休假日期。如果因为公务没有休假,还可以补休。

二男鼓励她道："怕什么怕，说！"

女子鼓足勇气报上姓名："妾叫花大枝。"

王安石将头点了一点赞道："一听名就知道是个女汉子，家里几口人？"

"四口。"

"都是你什么人？"王安石问。

"女儿。"

"噢，三朵金花。"

花大枝呛道："狗屁金花，三个赔钱货！"

王安石微微一笑，掉头指着二男中的一男问道："贵姓？"

"姓石。"

"叫什么名字？"王安石问。

"石大海。"

"从事什么营生？"王安石又问。

"农忙种地，农闲了打草席。"

王安石移目另一男人："汝叫什么名字？"

"石大柱。"

"从事什么营生？"

石大柱回道："种地。"

"种了多少地？"王安石问。

"种了九十亩。"

"家里几个男丁？"王安石问。

"两个。"

"哪一个是你什么人？"王安石问。

"弟弟。"

"九十亩地，你弟俩种得了吗？"王安石问。

"其实，只我一个人种。"

"你弟弟呢？"王安石问。

"按照'保甲法'，二丁必须有一个当保丁。当了丁，就得参加训练，还得巡夜，还得供保长、大保长和都保长使唤，甚而还得为他们种地什么的，一年三百六十五天，几乎没有在家待过，怎么种地呀？"

王安石很震惊，他万万没有想到，他自以为有百利而无一害的“保甲法”竟也如此害民。

三访民见他一脸怒气，暗忖道：看他这个生气的模样，对民情确实不了解。我们既然来了，就得把推行新法的真实情况，说给他听。

“相爷，保甲法虽然也扰民害民，但比起免役法来说好多了。”说这话的是石大海。

王安石依然一脸怒气地说道：“说下去。”

“我……”石大海指了指石大柱说道：“俺两家原来都是四等户，当官的硬将俺俩划成了三等户，这一划，俺每一家就得多交一贯免役费。”

“你们县多划一等的约有多少户？”王安石问。

石大柱抢先回道：“全县不知道有多少，但俺们村被高划一等的十之四五。”

“你们只是划高了，像俺们这些女户（没有男丁）、单丁户，以及下户，原本是不出差役的，这个狗屁免役法一出台，硬要俺们也出钱，还美其名曰叫助役钱。俺们原来就无役，助的什么役，这分明是敲诈俺们这些女户、单丁户和下户，不想让俺们活了，制定这个免役法的人，早晚非要遭天击不可……”

王府管家指着花大枝大声呵斥道：“你这个泼妇，把嘴……”

王安石忙向管家摆了摆手，示意他闭嘴。

“说下去！”王安石指了指花大枝说道。

花大枝满脸怒气道：“民妇不说了。”

石大海道：“花大嫂不说了，小人还有话要说。”

王安石道：“讲！”

“当地官员推行免役法，硬将一些民户高划一等，抑或是两等，本已不该。他们还要俺们出‘免役宽剩钱’……”

王安石眉头拧得像个八字：“还要叫出‘免役宽剩钱’？”

石大海将头使劲点了一点：“对，就是要交‘免役宽剩钱’，这笔钱还不少呢，是‘免役钱’和‘助役钱’的百分之二十，说是交这笔钱是用来防备水旱灾害，以及突发的战争！”

花大枝愤然说道：“免役，是免去差役，和水旱灾害有什么关系？居然也要人出钱，还美其名曰叫‘免役宽剩钱’，我操他八代祖……”

石大海忙朝她摆了摆手，花大枝将涌到嗓子眼的“宗”字又硬生生吞了回去。

“诸位，你们说的这些事，有一些，老爷我这会儿就可以答复，比如‘助役钱’，已经收了，也就算了，以后不再收了。”

花大枝拍着双手说道:“这太好了!”

“关于户籍等级的划分和‘免役宽剩钱’的事,老爷我明天就派人去查。如果尔等所言属实,这错一定要纠,该是什么等级,就是什么等级,多收你们的钱,一文不少地退给你们。”

石大海和石大柱交换了一下眼神,石大海问道:“‘免役宽剩钱’呢,怎么说?”

“如果属实,以后不但不再交了,也是一文不少地退给你们。”

三访民欢呼雀跃。

打发走了东明县访民,王安石也不再休什么假了,穿上官服,径奔政事堂,遣使八人前去东明县实地调查。

半月后,使者还报王安石,东明县的情况比石大海说的还要严重。

王安石勃然大怒曰:“这事是谁干的?”

使者回道:“知县贾蕃。”

“贾蕃为什么这么做?”王安石问。

“他已经干了两任知县,却没有得到升迁,想多敛点钱,向朝廷邀功,使他得到升迁。”

“这么简单?”王安石问。

使者回道:“就这么简单。”

王安石似信非信,询之吕惠卿。经吕惠卿提醒,恍然大悟,恨声说道:“这个贾蕃,蓄意破坏新法,罪该万死!”

说毕,当即进宫面圣。

“陛下,半月前,东明县一千多名百姓,堵住了臣的大门,说他们深受‘免役法’之苦,臣还不大相信,遣‘制置三司条例司’和农司司的吏员八人前去东明县调查,调查人还报说,真实情况,比东明县访民说的还要严重。”

神宗道:“东明县百姓堵爱卿大门之事,朕第二天便听说了,朕也知道,爱卿已经遣使前去调查。朕相信爱卿会处理好这件事的,故而,朕就没有再问爱卿。既然使者说东明县的情况比访民说的还要严重,爱卿打算怎么处理?”

“臣打算这样处理:一、按照农司司关于上户、中户、下户的划分标准,对东明县各户进行核定,该是什么等级,就定他一个什么等级。”

神宗道:“好,就依爱卿所说办理。”

“以后再收各户的免役钱,就依据这次所核实的等级去收,以前多收的一律退回。”

神宗又道了一个“好”字说道:“三呢?”

“下户、女户、单丁户的助役费不再收了。”

“好。四呢?”

王安石一脸怒容道:“对那些蓄意破坏‘免役法’的官员要加以严惩!”

神宗微微一笑,说道:“不必了吧。”

王安石略显吃惊道:“为什么?”

“东明县官员,在征收‘免役法’的过程中确实干了一些违规违法的事。但他们这么做,也是一番好意。”

“什么好意?”王安石问。

“想给朝廷多弄点钱。”

王安石追问道:“他们为什么要这样做?”

神宗嘿嘿一笑道:“也许是为国,也许是想向朝廷献媚,好得到升迁。”

王安石道:“臣不这么认为。”

“爱卿怎么认为?”

王安石道:“还是刚才那句话,他们是蓄意破坏新法!”

“没那么严重吧?”

王安石冷声说道:“就这么严重!”

他也许觉着自己的话过于生硬,便放缓了口气说道:“东明县的知县若不是贾蕃,臣也许不会这么想,偏偏东明县的知县就是贾蕃!”

神宗道:“说下去。”

“您知道贾蕃是谁的门生吗?”王安石问。

神宗将头摇了一摇。

“是文彦博的门生。”

神宗“噢”了一声。

“陛下知不知道贾蕃的丈哥是谁?”

神宗又将头摇了一摇。

“是范纯仁。”

神宗又“噢”了一声。

“文彦博、范纯仁都是新法的反对派,且因反对新法而遭贬。他俩恨死了新法,贾蕃能不恨吗?他这一恨呀,便在‘免役法’上做手脚,故意损害新法在百姓中的形象,使百姓与朝廷对立,其用心何其险恶!"

神宗一脸愕然。

"臣恳请陛下对贾蕃加以严惩!"

神宗将头点了一点。

"还有韩维,也得惩罚。"

神宗道:"为什么?"

"一年前,他暗结吕公弼、文彦博,鼓动太皇太后干预朝政。念他曾为陛下之师,不但没有追究,反让他去知京都开封。这一次,他辖区内的百姓因为对新法不满,去开封府请愿,按照常理,他应该出面劝说。他不但不劝说,还诱导百姓闹臣,他的用心和贾蕃一样恶毒!如果不对他加以严惩,下一次,他怕是要做一些更出格的事呢!"

"这……"神宗打心眼里不愿意惩处韩维,但又不想直接拒绝王安石,托词道:"朕夜里没有休息好,头有些晕,韩维的事你让朕好好想一想再说。"

他这一想便是半月,在王安石三番五次的追问下,这才将韩维贬官韶州(因州北有韶石而得名),任知州;贾蕃则贬官稻城,由知县降为主簿。

韩维离京的前一天,富弼给他践行,谈及大宋的前景,富弼唉声叹气:"皇上如此信任王介甫,大宋怕是要毁在新法手里。"

韩维道:"您别这么悲观,不出三年,新法就会废除。"

"何以见得?"富弼问。

"新法在全国迅速推行的同时,王介甫他们也给自己埋下了隐患。第一,新法损害了士大夫的利益。文公(彦博)离京时曾和皇上深谈一次,他一针见血地指出,您别以为新法对国家好,对百姓好,大宋与别的王朝不同。别的王朝行的是家天下,而大宋行的是天子与士大夫共天下。既然与士大夫共天下,就不能损害他们的利益。皇上听了文公的话,似有所悟。第二,新法都是通过诏令的方式硬推行下去的,地方官和百姓对突然的变革难以适应。加之在推行过程中,一些人为了渔利邀功,干了不少损害百姓的事,导致民怨沸腾。百姓是水,朝廷是舟,唐太宗有一句名言,'水可载舟,亦可覆舟'。一千多东明县民堵了介甫之门便是覆舟前的一个预演。第三,皇上虽然将涉事人员,包括下官进行了惩罚,但对王介甫和新法画上了深深的一道。第四,变法派缺少人才,不得已用了一些有才无德之人,诸如吕惠卿、章惇、李定、邓绾、曾布、吕嘉问等,这些人的名声都不大好,这不仅影响了变法派的声誉,也影响到了朝廷的声誉,从而导致了人们对新法的反感。第五,以王介甫为首的变法派,缺乏必要的变通手段,给自己树了许多敌人，满朝老臣几乎都成为反对派，诸如韩公（琦）、文公（彦博）、范公（纯仁）以及吕诲、司马光、吕公著、吕公弼，等等。而这些老臣德高望重，他们的言行足可以影响半个朝廷。第六，对于反对变法的在京官员，王介甫将他们全部贬出汴京，到地方任职。这样一来，他的耳根确实清净了，殊不知，这些人一到地方，天高皇帝远，他们想干什么就干什么，包括拒不推行新法，王介甫也拿他们没有办法。第七，新法之所以得到推行，那是因为皇上的支持。皇上初即帝位，血气方刚，一心想着如何富国强兵，以雪诸先帝之耻。随着年龄、阅历的增长，皇上也在变，他所考虑的不单单是富国强兵，而是如何驾驭好大宋这条船。至少，不能让这条船翻。这么多人反对王安石，反对变法，大宋这条船会不会翻呀？这个问题皇上不得不考虑。如今，王介甫是大宋一人之下、万人之上的宰相，权力比当年赵普还要大，性格呢？又特别的执拗，皇上稍不从其意，便给皇上脸色看，久而久之，皇上受得了吗？皇上会眼睁睁地看着让他独自坐大吗？所以呀，下官认为，不出三年，皇上必定和王安石闹翻。皇上一旦不支持王安石，这新法不就完了吗？”

富弼频频颔首道：“你说得有道理，很有道理！老夫无忧矣！老夫自辞相后，从不喝酒，今晚老夫和你喝一个一醉方休。”

“咣、咣、咣”。

这一碰便是六杯。

王安石也在喝酒。

在变法派看来，能够把反对变法的皇上的老师赶出汴京，这是皇上对他们的极大信任，应当庆贺。

参加庆贺的一共六人——王安石、吕惠卿、王雱、李定、吕嘉问和邓绾。

大伙正喝得高兴，又闯进一个人来。众人举目一瞧，乃是曾布，忙招呼他入座。

吕惠卿笑问道：“何来之迟？”

曾布回道：“皇上有召。”

“所为何事？”吕惠卿又问。

曾布回答：“有人告了‘市易法’的御状，说它是由朝廷尽收天下之货自作经营，卖梳朴即梳朴贵，卖芝麻即芝麻贵。总之，卖什么什么贵，市人皆怨之。”

吕惠卿问：“你怎么回答？”

曾布道：“‘造谣，造谣！’我连说两个造谣之后，又道，‘陛下，‘市易法’实行以后，汴京城的物资不只比过去丰富了，而且，价格也跌下了许多。说‘市易法’坏话的人，一定是那些反对变法的人。'"

吕惠卿连道了两声"好",问道:"皇上怎么说?"

"皇上说,给他说这话的人,并不反对变法。"

"你又怎么回答?"吕惠卿又问。

"我说,那他不是与反对变法的人一个鼻孔出气,就是别有用心!"

"皇上怎么说?"吕惠卿复问。

"皇上说,爱卿别激动,朕只是问一问,别无他意。"说到这里,曾布将话锋一转,复又说道:"皇上对我说,'有人向朕力荐王雱,说他读书过目不忘,道德学识,不在乃父之下,可任馆职,抑或崇政殿说书。爱卿觉着王雱可不可任?'"他故竟将话顿住。

他这一顿,莫说王雱,就连王安石也很想知道下文,但又不能问,各自端起案前茶杯,轻轻地啜了一口又一口。

吕惠卿代他父子催促道:"曾大人,别卖关子了,说吧!"

曾布微微一笑,又喝了一口茶方才说道:"我反问皇上,'陛下,您看过王雱所著的《老子训解》和《佛书义解》吗?'皇上回曰,'看过'。我说,'王雱的学识怎么样?这两部书足以证明,还用臣再多嘴吗?'皇上将头轻轻点了一点,说道,'朕知之矣。'我说,'至于王雱的道德如何,臣给您讲他一件事,您就知道了'。"

说到此,曾布又将话顿住,但这一次他端的不是茶杯而是酒杯。

王雱反应超快,忙起身说道:"曾大人,对不起,今日本为庆贺韩维贬官韶州而吃酒,您进得屋来,只顾谈我的事,酒未曾喝得一杯,失敬,失敬!我这就代家父敬您三杯。"

曾布口中说"不敢当,不敢当",人却已经站了起来,笑脸相迎。

不只笑脸相迎,还把酒杯双手递了过去。

王雱一连敬了他三杯。

三杯酒下肚,曾布将嘴擦了一擦,接着刚才的话题:"我给皇上讲了什么事呢?讲了'麦舟助丧。'"

这件事发生在嘉祐年间。那时候王安石任知制诰,将所得俸禄买了五百斛①小麦,让王雱送回老家。一天晚上,船舶至丹阳(即今之丹江),相邻的一条船上传来哭声。

---

① 斛:容量单位。十升为斛,朝代不同,升的多少也不同。一般来讲,一升相当于今之一市斤。

而且，这哭声还十分悲痛。

王雱便遣家仆到相邻的那条船上探问。原来，是一条运送一个京官的丧船。这个京官姓全，曾在翰林院供职。这个京官本来就没多少积蓄，船行至此，仅剩十几贯钱，又被家奴盗去，逃之夭夭。全夫人又是气愤，又是绝望，不由得大哭起来。

家仆还报王雱，王雱连想都没想，就把身上的钱拿出来一半，连同五百斛小麦全部送给了全夫人。

两个月后，王雱返回开封，见了王安石，站立了许久，但不说话。王安石问他回到家乡见了哪些亲朋故旧，他才把遇到全京官遣霜的事说了出来。王安石问："你怎么不把麦子给她呢？"

王雱回曰："已全部给她了。另外，孩儿又将身上带的钱拿出了一半也给了她。"

王安石大喜道："救人危难是做人的本分，你不愧是我王介甫的儿子。"

神宗一边听一边点头："诚如爱卿所言，王雱的道德文章，确实不在乃父之下。朕欲擢他为馆职，但执政子不能任职馆阁，此乃本朝定例，不便擅改，若只授其为崇政殿说书，又有些小了点。这样好不好，朕授他太子中允①、崇政殿说书怎样？"

曾布忙跪而呼道："陛下圣明！"

曾布讲完了"麦舟助丧"，一脸喜悦地说道："三五天内王雱弟高升的制书就要颁发了。"

曾布所讲"麦舟助丧"之事，历史上确有其事，但这事不是王雱干的。

谁干的呢？

范纯仁。

那个京官也不姓全，姓石，叫石曼卿，名延年，乃北宋文学家，官至大理寺丞，刚正不阿，因遭权贵忌恨，贬海州通判。

范纯仁"麦舟助丧"之事，被传为美谈，在场的没有不知道的，但没有一个人说破。

三天后，王雱迁官的制书颁发天下。

这一颁发，少不得又是一番庆贺，上一次参加庆贺的人员，除了王安石，全都参加了。但这一次座次的安排，既不按官职，也不论年齿，论什么？

论功。

① 太子中允：东宫属官。东汉置。其地位在中庶子下、洗马上。宋时多为阶官。

这一论，曾布理所当然地坐了上位。

次位呢？

邓绾坐了。

邓绾凭什么坐了次位？

凭的就是神宗那句话，“有人向朕力荐王雱。”这个“有人”，指的便是邓绾。

有一句俗语，“祸不单行，福无双至。”而王安石一家，却是好事连连。王雱迁官的第三天，神宗亲书“大宋柱石”四字，并制成金匾，赐给王安石。

皇帝为大臣赐字，已经够荣耀了，可赐的这字，又是对一个大臣的赞扬；而且，赞扬的高度无以复加！

柱石是什么？

柱石是承载柱子的基石。查遍中国历史，享受这一殊荣的，在王安石之前，唯有西汉霍光。而霍光是一个什么人物？他是西汉名将霍去病的亲弟弟，是汉武帝的托孤大臣，曾经辅佐了四个皇帝。在这四个皇帝中，一个是幼主，两个是霍光立的。王安石算什么？既没有托孤之任，又没有迎立皇帝之功，只不过辅佐皇帝，进行了几年变法，居然受到如此高的赞誉！

大臣们不服，纷纷质问神宗，被神宗一一顶了回去：“是的，王安石确实没有托孤之任和迎立皇帝之功，但他主持的变法，才三年多一点，不但使本已空荡荡的国库堆满了钱。而且，安内攘外，手造升平，其功不比霍光小！”

十四　王韶开边

宋神宗未曾为帝之时，某一日，穿了一身盔甲跑到太皇太后那里，兴致勃勃地问道："奶奶，您看孙儿像不像一个将军？"

王韶稍做休整，便向吐蕃人砍出了第一刀……但这一刀，他砍得很温柔。

羌人很刁，只出一千多人迎战，将宋军诱到半山腰，忽听三声鼓响，数万羌人，呐喊着从山顶上冲下来。

在大宋的长江以南，一直都有一些少数民族生活在深山老林里，被历朝历代视为化外，呼作蛮夷，不置官吏，唯令各处酋长，部勒土人，使自镇抚。宋初，辰州（治所在今湖南沅陵县）瑶人秦再雄，武健多谋，为蛮人所畏服。太祖召至阙下，面加慰谕，命为辰州刺史，赐予甚厚，使自辟吏属，给一州租赋。再雄感恩图报，派选亲校二十人，分使诸蛮，招降各部，数千里无边患。

仁宗时，溪州刺史彭仕羲，自号如意大王，纠众作乱，经官军入讨，仕羲遁去。宋廷遣吏传谕，许他改过自归，仕羲乃降，仍任原职，后为其子师彩所弑。师彩兄师晏，攻杀师彩，自为刺史。蛮众之居，向分南北江，北江有土州二十，俱属彭氏管辖。南江有三族：舒氏、田氏、向氏。舒氏、田氏各领四州；向氏领五州。向氏暗附交趾，不听宋命，且有独立之意。湖北提点刑狱[1]赵鼎，上书朝廷，恳请出兵西南边疆，剿抚峒蛮[2]，置以郡县。

神宗将赵鼎之书遍示群臣，且问之以计。执政们大都反对出兵峒蛮，言之曰："先帝仁宗时，西南边疆侬智高造反，朝廷数次遣兵遣将，耗资上千万贯，历经将近二年，方

---

① 提点刑狱：提点刑狱司长官。提点刑狱，简称提刑司、宪司或宪台。宋太宗置，掌纠察本路狱讼、询问囚徒、详覆案渎、巡察盗贼以及举刺官吏等事，并有稽查漕司之权。

② 峒蛮：对居住在贵州、广西部分少数民族，如苗族、侗族、壮族等人的泛称。

才平定。而今，我大宋的国力远不如仁宗朝。且是，也无像狄青、杨文广兄弟那样的战将，就不要轻易招惹他们了。”唯独王安石与众臣意见相左，铿声说道：“非也，非也！峒蛮一定要讨！”

此话正合神宗之意，他笑而问道：“众臣皆以为峒蛮不可讨，唯宰相认为峒蛮可讨，若讨之，有无必胜之把握？”

王安石道：“有。”

神宗一脸赞许道：“说下去！”

“我大宋现今之国力，就钱来讲，确实不如先帝仁宗之时。但是，经过这几年的变法，拿出几百万贯钱，应当不成问题。至于有无像狄青、杨文广那样的战将，那看你怎么看？狄青在未成名之前，还是一个‘贼配军’，他从士伍做起，一步一步地成为战神。我大宋现今拥有将士一百多万，难道没有一个能打的么？”

他话音刚落，一李姓大臣出班说道：“宰相所言固然不错，然而，若讨峒蛮，眼前就得选一位带兵的将军，岂能容吾等在军中慢慢发现？”

王安石道：“若要讨伐峒蛮，诸位中就有一位带兵的大将。”

众臣你瞅瞅我，我瞅瞅你。

王安石朝章惇一指说道：“中书检正官章惇便是带兵的将才。”

众臣虽说对章惇带兵平叛的能力将信将疑，但当着章惇的面又不好再说什么。

沉默。

对沉默的理解，既可以认为是软抗，也可以认为是同意，还可以认为是保留意见。

神宗见众臣不语，而他自己又很想出兵讨伐峒蛮，从而实现他的强兵梦，便微微一笑说道：“既然众卿没有意见，朕就拜章爱卿为征南元帅。”

章惇忙出班谢恩。

“章爱卿，你这一次前去平叛，需带多少兵马？”神宗问。

“三千。”

神宗“啊”了一声。要知道，侬智高造反时，广南西路节度使率四倍于侬智高的厢兵前去平叛，三战皆北。仁宗又遣杨业之孙、杨文广之弟率六倍于侬智高的厢兵前去平叛，又一个三战皆北。仁宗复遣枢密副使文彦博和太监蓝元震率禁军两万前去，这一次更惨，只一战，全军覆没。仁宗再遣枢密副使梁适率两万禁军前去，又为侬智高所败。直到狄青、杨文广出山，才灭了侬智高。章惇既没带过兵，又没打过仗。而且，还只带三千人马前去平叛，肯定不行！

想到此，神宗笑问道："章爱卿，你果真只要三千人吗？"

章惇回道："三千人马已经足矣！"

"军中可是没有戏言！"

章惇铿声道："陛下只要拨臣三千人马前去平叛，臣若是不能将峒蛮剿抚，甘愿领受军法！"

神宗道："好，朕给你三千人马，若是不能剿抚峒蛮，朕就取你项上人头！"

章惇道："好！"

半月后，章惇率禁军三千，径奔溪州，彭师晏听说天兵到了，忙出郭一舍相迎。章惇不想扰民，就地驻扎下来，彭师晏甚为感动，自为前导，带轻骑十人，导章惇前去游说南江的舒氏、田氏和向氏。舒氏、向氏，既惧天兵之威，又感章惇之诚，奉表归顺朝廷。田氏元猛，自恃骁勇，不肯从命。章惇轻兵进讨，大败元猛，夺踞懿州（今之江西赣州），南江州峒，闻风而降，遂改置沅州，以懿州新城为治所。尚有梅山峒蛮苏氏，及诚州峒蛮杨氏，亦相继纳土。章惇创立城寨，于梅山置安化县，隶属韶州。又以诚州属辰州，寻又改称靖州，蛮人平服，章惇还朝。

在章惇进军西南期间，泸夷居然反叛宋廷，出兵扰宋。

泸夷者，居住在泸州（南朝梁置，治所在今泸州市）之夷。

泸州因地近泸水而得名。仁宗初年，夷酋乌蛮王得盖部族，居泸水之旁。附近有姚州城，废置已久，得盖奉表宋廷，乞赐州名，藉抚部落，效顺天朝。仁宗准奏，仍建姚州，授得盖刺史，铸印赐给。得盖死后，子孙私号"罗氏鬼主。"但势日衰弱，不能驭诸族。乌蛮有二酋，一名晏子，一名箇恕，皆属得盖孙仆夜管辖。二酋素来看不起仆夜，遂纠众反叛，并劫晏州山外六姓，及纳溪二十四姓生夷，自以为可以与朝廷匹敌，便发兵入扰宋边。

警达朝廷，神宗召群臣廷议，多数人反对出兵讨伐。反对者又分作两方，一方认为，朝廷正在对西南蛮夷用兵，胜负未定，不能在他地再燃战火；另一方认为，泸夷乃河里泥鳅，翻不起大浪，不必理它。又是王安石力排众议，朝廷方拜戎州（梁武帝大同四年置，治所在今四川宜宾市西南）知州熊本为察访使①，允他便宜行事。熊本常守边郡，熟知夷情——夷人内犯，全恃村豪为导，遂用金帛，将百余村豪请至帐中，全部斩首，并将他

① 察访使：宋官名。王安石变法时置。为了推行新法，朝廷频频遣使，到各地督查新法的推行情况。其中有常平使、相度官、察访使、体量安抚使等。

们的首级分送泸酋,戒之曰:“再与朝廷为敌,这些村豪的下场,就是尔等下场!”

泸酋股慄,纷纷遣使向熊本谢罪。独柯阴一酋不至,熊本遣都监王宣,招集晏州降众,及黔州义军,授以强弓毒矢,进击柯阴。柯阴酋居然迎战,那禁得弩弓迭发,一经着体,立即仆地,夷众大溃。王宣追至柯阴,其酋无法可施,只得降顺马前。宣报知熊本,本驰至受俘,尽籍丁口土田,及重宝善马,悉数归官。晏子、箇恕,闻官军这般厉害,哪里还敢倔犟?当下遣人犒师,并悔过谢罪。罗氏鬼主仆夜,本是个没用人物,当然拜表归诚。于是,山前山后十军泸夷,皆愿世为宋民。熊本一一奏闻,乃命仆夜知姚州;箇恕知归徕州;晏子未受王命,已经身死,子沙取禄路,亦得受官巡检。熊本凯歌还都,神宗嘉他不伤财、不害民,擢为集贤殿修撰,赐三品冠服。嗣又出讨渝州獠,破叛酋木斗,收溱州地五百里,创置南平军,熊本再次奏凯班师,迁为知制诰。

不管是熊本剿抚泸夷,还是章惇剿抚西南蛮夷,统属安内。

若仅仅因王安石安内有功,神宗也不会赐他金匾,更不会给予那么高的荣誉。

他还攘外。

这个外,指的是辽、夏二国。

辽国,原名契丹。

契丹族的起源,有的说源自乌桓、鲜卑二族;也有的说源自“白马青牛”。契丹人大都相信后一说。

传说,很早以前,一男神乘白马,自马盂山浮土河(今老哈河)而东,一天女驾青牛车由平地松林泛黄河(今西喇木伦河)而下,二人在盂土河与泛黄河之汇流处木叶山下相遇,结为伉俪,生子八。这八子及其子孙不停地繁衍生息,人口渐众,分为八部。到了唐朝末年,这八部首领联合汉人,及周边的少数民族,乘中原地区群雄角逐,纷争动荡中建国,定国号为契丹。

契丹经过数十年的开拓疆土,至宋,已经拥有北中国包括黑龙江以北,外兴安岭、乌苏里江以东及库页岛在内并今蒙古国、西亚等地的辽远地区。

宋太祖在位,尚能镇服契丹,到了宋太宗和真宗,既不知军,又百般压制军人,在与契丹的战争中,败多胜少,甚而打了胜仗,还要与契丹签订丧权辱国的条约——《澶渊之盟》,每年向契丹进献白银十万两、绢二十万匹。到了宋仁宗时代,辽(契丹)趁宋为西夏所败之机,迫使宋在《澶渊之盟》的基础上,每年向辽再贡白银十万两、绢十万匹。

耻辱!

这是有史以来,自视为中国正统的中原国家第一次向番邦进献贡物。

这种耻辱还不算大。不算大的原因，契丹既比宋建国早，又比宋地盘大。但是，宋建国八十年后，从她的肋窝里爬出来一个西夏国，论地盘不及宋的一个大州，居然也骑到宋廷头上拉屎撒尿。宋朝廷不只忍了，还每年"赐给西夏钱三十万贯、茶三万斤。"

这两个耻辱发生的时候，尽管宋神宗还未出生，但他会听人说。故而，很小便产生了"富国强兵"，打败蕃国，为诸先帝雪耻的念头，随着年龄的增长，这种念头越来越强烈。他未为帝之时，穿了一身盔甲，跑到太皇太后那里，兴致勃勃地问道："奶奶，您看孙儿像不像一个将军？"

太皇太后怒曰："你将来是要做皇帝的，皇帝的职责是坐镇宫中，号令四方。领兵打仗，自有人任之，你何必要自降身份！"

这道理，神宗岂能不知？他身穿盔甲的目的，是想向太皇太后表明，他要强兵，他要为诸先帝雪耻。

遭到太皇太后训斥，他虽然脱下了盔甲，但他内心深处的富国强兵之梦并未随之掐断，而是越来越强了。故而，他一当上皇帝，便启用王安石进行变法，从而把他的富国强兵之梦变为现实。

通过几年的变法，空荡荡的国库，钱日益增多。国已经"富"了，下一步便是"强兵"，扫平西夏，征服辽国，为历代先帝雪耻。

正当宋神宗想为先帝雪耻的时候，一个名叫王韶的汉子，走上了历史舞台。

王韶，字子纯，江州德安人。中进士后，初仕为新安县主簿。三年任满，迁建昌军司理参军。他不甘此职，参加了宋朝的制科考试。

何为制科考试？

制科考试，是宋朝的独创。进士科考试，三年举行一次，录取的人数也比较多。制科考试是不定期的，而且程序特别复杂。首先，你得有朝中大臣的推荐，推荐上了以后还得参加一次预试，由六位大臣组成的一个考试班子测试你，这个考试通过之后才能进入皇帝亲自出面的廷试。这个制度自建立以来，连同南宋在内，三百余年，共举行了二十二次。那么，录取多少人呢？四十一人。三百余年才录四十一人，难度之大，可想而知。但苏轼不仅参加了，还考了个第一名。

王韶落榜了。

落榜了的王韶，做了一个让人意想不到的决定——弃官不做，闯荡江湖去了。

他本是长江边上的南方人，居然跑到陕西去。他在大宋的西北边疆游荡了几年后写了一份奏折，通过王安石呈给了宋神宗。这份奏章名叫《平戎策》。这个《平戎策》，历史上评价非常高，可以与诸葛孔明的《草庐对》（又称隆中对）相媲美！

《平戎策》分三篇，要旨是先取河湟，控扼西北门户，斩断西夏右臂，再威服吐蕃，孤立西夏，然后伺机出兵，关门打狗，从而灭了西夏。

何为吐蕃？

吐蕃是中国古代藏族政权名。公元七至九世纪时，在青藏高原，由雅隆（在西藏山南地区）农业部落为首的部落联盟发展而成的奴隶制政权。九世纪中，统治集团分裂，奴隶、属民起义，吐蕃瓦解。

瓦解后的吐蕃首领，各自为政。最为强盛的吐蕃子民，首推河湟，其首领为赞普①唃厮罗。

唃厮罗的长子、次子——磨毡角和瞎毡，为了争当赞普，一个出走宗歌城，一个出走龛谷，各自为政。

唃厮罗对于长子和次子的出走，心怀怨恨。将死之时，立下遗嘱，传位于三子董毡。

董毡虽为赞普，但他无力收回两个分裂出去的哥哥，直到大哥磨毡角死后才把其部收编。至于二哥瞎毡，他只有等。

谁知，瞎毡死后，其部不肯受董毡所统，拥立瞎毡子木毡为赞普。

木毡作了赞普，正式宣告独立。

这一宣布，吐蕃出现了两个赞普。

分裂后的赞普犹如一盘散沙，对宋廷来说，他不仅不再是一面抵挡西夏南进宋廷的屏障和一支牵制西夏的力量，而是一个祸胎。

这一点，一般人看不到，王韶看到了。他在《平戎策》里说：欲取西夏，必先复河湟。我方抢先得到河湟，西夏人就有腹背受敌之忧。反之，若让西夏先得到了河湟，没有了后顾之忧，向大宋发兵的力度，会比李元昊时期更强，秦、渭两地，首当其冲，兰州、会州先被割断，古渭境陷入瘫痪。这就造成了以前范仲淹、韩琦等人都不曾面对的恶劣形势。要想征服西夏，必须拥有河湟。

当《平戎策》摆在神宗案头，他默读再三，对于是否出兵河湟，又来一个廷议。

廷议的结果，多数朝臣不同意出兵河湟。理由是，河湟部吐蕃乃大宋“不侵不叛”的朋友，你放着敌人不打，而对朋友下手，成什么话？往好处说，打赢了，把河湟抢回来，

---

① 赞普：亦作“赞府”“籛逋”。吐蕃君长的称号。

西夏人就会不舒服。这一不舒服,就有可能发生战争。战争一旦发生,就是开辟了一个战场,没事找事!

万一打不赢,大宋凭空多出来一个敌人。

神宗犹豫了。

王安石再次站了出来:"陛下,臣在未说应不应出兵河湟之前,斗胆一问,河湟是不是大宋的领土?"

神宗道:"当然是。"

王安石颔首说道:"陛下圣明,据臣所知,河湟自汉始,就是中国的版图。到了唐代,吐蕃人趁着安史之乱,把它据为己有。如今,我大宋出兵河湟,不是硬要占据河湟,而是收复河湟!"

神宗颔首道:"爱卿言之有理,那就让王韶去主政秦凤路①,并允他便宜行事。"

王韶走马上任,驻军通远军。稍事休整,便向吐蕃人砍出了第一刀。

这一刀砍向青唐(今之青海省西宁市。)

但这一刀,他砍得很温柔。

严格说,不是砍,是招抚。

俞龙珂是青唐势力最大的酋长,他拥有部众近二十万人,内中骑兵两万人。

在他的领地里,还有数字不详的羌人。

若是用武力讨伐俞龙珂,至少得动用两万名禁军,可王韶带来的禁军不足一万。

以一万对二十万,单从数量上讲,王韶必败无疑!

但是,古往今来,有不少战争,拼的并不是人,而是智和勇。

西汉霍去病,十九岁那年,居然带着六个亲兵,冲过黄河,直抵匈奴王帐,把五万匈奴军给收抚了。

但是,历史上像霍去病这样的人有几个?

一个。

不可复制的一个。

况且,那是什么情况?

那是在霍去病屡战屡败匈奴的情况下,那是在匈奴人谈霍去病色变的情况下才做

① 秦凤路:宋朝为了便于统治,把全国分为若干路。秦凤路是其中之一路,辖一府:凤翔(凤翔军节度);十九州:秦(雄武军节度)、陇、成、凤、阶、渭(平凉军节度)、泾(彰化军节度)、原、会、西安、熙(镇洮军节度)、河、巩、岷、兰、洮、廓、乐(响德军节度)、西宁(宾德军节度);五军:德顺、镇戎、怀德、震武、积石。

到的。

宋朝是什么情况？

宋朝与辽、夏之战，几乎是屡战屡败，在夷人眼里，宋人就是一只羊，是一只任人宰割的羔羊。

作为羔羊一个的王韶，居然要学霍去病，也带了六个亲兵去游说俞龙珂。

他居然游说成功了，俞龙珂不但答应举部众归服宋朝，而且，也只带了六个亲兵去汴京城觐见宋神宗。而且，还直言相求，要神宗给他赐姓。赐什么？赐姓包。

为什么他要姓包？

他仰慕包拯。

"陛下，臣所说包中丞是朝廷的忠臣，臣也想做忠臣，请陛下赐臣姓包吧。"

包中丞就是包拯，因包拯做过大宋的御史中丞。

神宗准其所请，赐其姓包，名顺。

第二刀，王韶砍向了千里之外的洮州①西边扶邦山和竹牛岭一带。

这一次是真砍。

但这一刀砍下去的对象并不是吐蕃人，而是羌人。

他为什么放着近敌木征不砍，去砍羌人？

这就是王韶的高明之处。

若凭王韶的军力，连比木征弱得多的包顺都没敢来硬的，他能去砍木征吗？

他之所以先砍洮西的羌人？一是胜算较大。二是征服羌人便是折了木征的臂膀。

宋人以前打仗，大都要列阵。如果是平原，这样做也无不可。若是山地呢？你列好了阵，敌人不来，岂不是白列了吗？你若是强攻，他就会用箭雨、礌石迎接你。所以呀，宋人和夷人打仗，败多胜少的原因，不单单因为"将不识兵，兵不识将"，墨守成规也是一个很重要原因。

王韶不是墨守成规那种人，若是，他就不会放着近敌不打，而打羌人！

你看，他这一次来打羌人，不仅没有在山下列阵，反直接向山上强攻。

羌人很刁，只出动一千多人迎战。而且，还是且战且退，将宋军诱到半山腰。忽听三声鼓响，数万羌人，呐喊着从山顶上冲了下来，宋军抵挡不住，前队开始败退。

---

① 洮州：辖境相当于甘肃临潭以西、西倾山以东的洮河流域。唐代宗广德（763—764）年间，地入吐蕃。

一偏将焦急地问道:“王大人,怎么办?”

王韶铿声回道:“你看我的!”一边说一边脱去锦袍,换上锃亮锃亮的铠甲。

他由后阵跑到前阵,一边跑一边喊:“弟兄们,为国建功的时候到了,跟我上!”

请记住,王韶在这里,喊的是“跟我上”,可不是“给我冲”。这两句话,乍一看来,意思很相近。细品品,相差千里。“给我冲”,是让别人去打敌人。“给我上”,是跟我一块儿去打敌人。

仅仅这么一句“跟我上”,士气大振。在王韶的带领下,硬是把羌人打败,冲上了山顶,斩酋长首级,焚庐数座。

消息传到河州,木征遣别酋瞎征偷袭王韶。

瞎征棋逊一筹,被王韶来了一个反偷袭,败退武胜。王韶乘胜追击,一鼓作气,拿下武胜,改其名为镇洮军。

王韶一边连章向朝廷报捷,一边乘胜进击河州,捣毁木征巢穴,连木征的妻子亦被擒获。进而,又讨洮、岷二州,酋长闻风而降。还有宕、叠二州,亦来归降。总计,王韶军行五十四日,涉千八百里,得州五,斩敌首数千级,获牛羊马万余头(只)。

宋自与外夷开战以来,何时取得过这样的战绩?史称熙河开边,或王韶开边。

为了纪念这一历史性的伟大胜利,朝议创置熙河路,升镇洮军为熙州,授王韶为经略安抚使、知熙州及通远军,并领河、洮、岷三州军事。

王韶还朝之时,王安石率百官出城相迎。

翌日,神宗设宴升平楼,宴请王韶等有功之将,众执政作陪。

宴间,神宗对王韶说道:“熙河开边,爱卿巨功甚伟。唯有一憾,酋首木征走脱。朕听说,此人既勇又黠,岂能甘心认输?或早或迟,还要作乱,爱卿以为呢?”

王韶避席拜而说道:“陛下圣明,臣明日便返回熙州,访察木征行迹,并将他捉拿归案。”

神宗频频颔首道:“爱卿真忠臣也。坐,坐下说。”

等王韶落座后,神宗复又问道:“爱卿此去,没有年儿半载,咱君臣怕是难得见面了。你对朝廷有什么请求,尽管说,朕尽量满足你。”

王韶略思片刻道:“要打仗,就得养军队,要养军队,没有钱是不行的,熙河路的禁军、厢兵、乡兵、蕃兵,总计有十五万,单就他们的粮饷来说,一年就得一百八十多万贯钱,若是再加上兵械、服装、疾病等等,每一年不能少于三百万贯。若是有了战争,花的钱将会更多,可朝廷一年拨给的钱才一百五十万贯……”

说到这里，他把话顿住，满目殷切地瞅着神宗。

神宗默想了一会儿，说道："朝廷的钱库，爱卿不是不知道，朕即位的时候，连安葬先帝的钱都拿不出来。通过新法的施行，虽然积了一些钱，但因欠账太多，不可能都用于军队。这样吧，朕每年再给爱卿增拨三十万贯。"

王韶哭丧着脸说道："您每年就是给臣增拨三十万贯，还缺九十万贯，这么大的缺口……"

神宗将手摆了一摆说道："今天是犒劳宴，咱别老说钱。钱的事，隔日再议。"

王韶再拜说道："敬遵圣命，臣今天不再说钱的事。熙河路初建，要做的事很多，臣一人忙不过来，臣恳求陛下，给臣派一个经略安抚副使。"

神宗忙道了一声"好"。

"臣斗胆还有一请。"

神宗道："请讲。"

王韶道："臣想让王雱大人出任熙河路经略安抚副使。"

王安石心中暗喜，若论雱儿之才，做个宰相也绰绰有余。可今，才做了一个小小的太子中允，我正想着将他的官儿提一提，但不知道如何向皇上张口。如今，王韶代我张了。我做为宰相，皇上决不会让我的儿子去边疆掌兵。但是，他肯定会为雱儿升官。这不只因为王韶为大宋建了大功，皇上不肯驳他面子，更重要的，我在朝堂站着，皇上就是不给王韶面子，也会给我面子。

正如王安石所料，神宗不会让王雱去边疆掌兵，但又不想拒绝，笑微微地问道："王爱卿，本朝人才济济，王雱未曾带过一次兵，更未打过一次仗，你为什么要荐他做你的副使？"

王安石心头一震：皇上此问，大有学问，王韶若是回答不好，那不只是在害雱儿，恐怕也要累及我了！想到此，便把双目移向王韶。

王韶朝神宗拜了一拜，不慌不忙说道："启奏陛下，臣之《平戎策》，陛下觉着写得怎样？"

神宗回道："写得很好。"略顿又补充道："正因为卿的《平戎策》写得好，朕才让卿出任秦凤路经略安抚使。"

"可臣之《平戎策》，乃是受了王雱大人的启发而作。王大人虽然没有当过兵，也没带过兵，更没打过仗，但他知兵，胸中有韬略。"

王安石暗自舒了一口长气。

王韶的《平戎策》，是通过王安石呈上去的，给皇帝的书，王安石如果不看，他会呈吗？

当然不会。

王安石读了《平戎策》，连道了两声“好”说道：“此见，与吾儿不谋而合，老夫……”

王韶惊问道：“下官之见真的和贵公子不谋而合？”

王安石点了点头，说道：“十五年前，雱儿才十三岁，从陕西士卒那里得知西部战争，叹道，‘河湟吐蕃如果倒向了西夏，敌人就会越发强大，而我国边疆再难安宁！’其结果，不幸被雱儿言中。半年前，雱儿又对老夫说，‘欲取西夏，必取河湟，’唉，不说了，不说了。”

听王安石这么一说，王韶生了些许担心：一是怕王安石压下他的书，二是怕王安石让加上王雱的名字。

结果呢？

王安石既没有压他的书，也没有加王雱的名，反在神宗面前，对他的《平戎策》大加称赞。

他非常感激王安石，总想找机会报答一下。

怎么报答？

送礼，王安石不会要。

写一封感激书吧？又有些太俗。后经吕惠卿点拨，他才想出了这一招——要王雱做他的副使。

他也知道，皇上不会让宰相的儿子去边疆掌兵。但他还要说，就是皇上驳了他之所请，也让王安石知道，他是一个知恩图报的人！

神宗不是王韶肚中的蛔虫，怎能知道王韶肚中想些什么？听了王韶的回答，轻叹一声道：“朕也知道王雱有才，无论干什么准能干成。但是，父为宰相，儿子再去带兵，大宋没有这个先例，朕也不想破这个例，但朕会重用王雱的。”

翌日，神宗内降一诏，迁王雱为龙图阁直学士①。

当了不到两个月的太子中允，竟迁官龙图阁直学士，与当年的包龙图（包拯）平起平坐。内之原因，不言自明——爱屋及乌。

---

① 龙图阁直学士：官名。龙图阁，宋阁名，真宗置，负责收藏太宗御书、御制文集、典籍、图画、宝瑞之物，以及宗正寺所进宗室名册、世谱等物。龙图阁最高长官是直学士，位于学士之下、待制之上。

宋神宗如此爱王安石,若是反对王雱迁官,岂不是在老虎头上蹭痒吗?

可有人硬要蹭这个痒!

这个人叫唐坰。

唐坰不学无术,靠父荫得官。他到处投机钻营,钻了二十年,方钻了一个从七品的京官。

一个从七品的官,居然上书皇帝,直叙己见:"陛下,要想富国强兵,必须推行新法。但新法自推行以来,处处受阻。受阻的原因,乃是韩琦、富弼、吕公著、吕公弼、司马光等一帮老臣不赞成新法。要想使新法得到全面推行,必须杀了韩琦、富弼、吕公著等一班反对派!"

宋神宗将唐坰之书示之王安石。王安石两眼放光:"唐坰说得好,说得太好了!若非太祖爷定下了不杀三品以上大臣之制,韩琦他们真该杀!"

唐坰的建议虽然没有被朝廷采纳,但他本人捞到了不少好处,不只被神宗赐为同进士出身,又破例地进入集贤院,成了一个世人为之羡慕的馆阁人员。

谁知,这家伙是个半疯子,上任之后,今天弹劾这个,明天弹劾那个,所弹劾的大都是芝麻般的小事;而且,还紧紧咬住不放,弄得人人侧目。而他呢?还自以为自己正直敢言,想当御史中丞,非要王安石向朝廷举荐。这样的人,王安石敢举荐吗?

王安石没有举荐他,他便来了一个反目成仇,一连写了二十多道奏章弹劾王安石,神宗置之不理。

若是换一个人,就得考虑一下,皇帝为什么不理睬自己。

可唐坰不是这样,横下一条心,非要把王安石拉下马。为了达到目的,连皇上都敢"强奸"。

十五　流民图

唐垌不听神宗劝阻，硬将洋洋数千字的奏折读完，指着御座说道："陛下不听臣言，不得久坐此座！"

流入京城之饥民，扶老携幼，肩挑手提，络绎不绝。人人面黄肌瘦，个个衣不蔽体。还有的披枷戴锁，负瓦扛木，为官府服役偿债。

王小倩上床半个时辰，还没有睡着，她干脆不睡了，便起床化妆，化了一遍又一遍，天就是不亮，诵词，诵苏轼的词……

宋袭唐制，每隔五天，京官们在宰相的率领下进宫向皇帝请安。这一日，被称之为"起居日。"

这个请安，不是问一声"陛下，您好！"就完事了，得有一整套程序。

熙宁五年（公元1072）八月的某一个起居日，请安的程序正在进行，唐垌突然站了起来，跑到大殿中央，"扑通"一跪，大声说道："臣请陛下升座，臣有事要奏。"

此类事情，历朝历代未曾有过，神宗皱着眉头说道："今日是起居日，不是处理朝政的日子，爱卿若有什么事，隔日再奏吧。"

唐垌一脸倔犟地说道："不，臣所奏之事，事关大宋社稷，今天就要奏。"

这不是要挟人吗？居然要挟到皇帝头上。神宗又气又怒，但又不能不同意。因为，唐垌说他所奏之事，事关大宋社稷。既然事关大宋社稷，他不能不听。

王安石也许是预感到唐垌所说的大事是冲着他来的，向神宗拜了一拜，说道："陛下，唐大人既然有事要奏，臣等告退了。"

未等神宗表态，唐垌大声说道："启奏陛下，臣所劾的，全是大臣们的不法之事，一个也不能走！"

他这一说，王安石不能再说走了。

连宰相都不能走，其他官员谁敢走呀！一个个怀着忐忑不安之心瞅着唐坰。

唐坰从怀里掏出奏章，展了开来，读了一句，突然又顿住，扭头朝王安石吼道："王安石，速到御前听取札子！"

王安石愣了，历朝历代，从未有过一般大臣要宰相到御前听札子的先例！

唐坰见他站着没动，大声呵斥道："王安石，在陛下面前尚且这样，到外边可想而知！"

王安石又气又恨，他可以不理睬唐坰，但他不能藐视皇帝——"在陛下面前尚且这样"，这句话太有杀伤力了。

王安石忍着气，趋到御前。

唐坰重重地咳了一声，重新读起了奏章。吕诲当年弹劾王安石，才列举了十条罪状，而唐坰居然总结出了六十条。第一条，王安石窃国大权，作威作福，弄得天下人只知道有王安石，而不知道有皇帝。第二条，与吕惠卿、章惇、曾布等人狼狈为奸，祸国殃民，人人皆曰可杀。第三条，李定、吕嘉问、薛向、张商英根本不是朝廷命官，而是王安石的爪牙和鹰犬，他们无事生非，陷害忠良。……第四十二条，冯京、韩绛等两府高官，胆小怕事，明知王安石在为非作歹，可就是不说。尤其是王珪，他对王安石孝敬得就像家里养的奴仆一样……

唐坰就像一条疯狗，不只咬王安石，还咬其他官员，作为皇帝的神宗实在看不下去，一而再、再而三地叫停，唐坰不听，硬将洋洋数千字的奏折读完后，指着御座说道："陛下不听臣言，不得久坐此座！"

说毕，朝神宗拜了三拜："臣告退了！"昂首而去。

众人目送着唐坰出了大殿，这才有人骂道："疯子，简直是一个疯子！"

第一个开骂的是曾布。

吕惠卿纠正道："你说错了，他不是一个疯子，是一条疯狗！"

曾布、吕惠卿一骂，众人也跟着骂。

神宗怒吼一声，说道："不要骂了，诸位爱卿说一说，对于这条疯狗，应当如何惩处？"

众人七嘴八舌地说道："应当罢他的官。"

"罢官有些太轻，应当灭族！"

神宗移目王安石："王爱卿，你说应当怎样惩处唐坰？"

就王安石那个性格，众人都以为，他一定会同意严惩唐坰，不说灭唐坰的族，至少也得问唐坰一个死罪。可王安石居然不肯表态。

“陛下,臣是唐坰的弹劾对象,如何惩处他,臣不便多言。”

吕惠卿白了王安石一眼,暗自埋怨道:“唐坰如此损你、攻你、诽谤你,你居然要避嫌!”

但转而又一想,王安石身为宰相,他如果让严惩唐坰,会让人觉得他胸怀小;若是不让严惩,又不是他的本意。罢罢罢,你王安石想避嫌,我吕惠卿就代你做一次恶人。想到此,出班奏道:“陛下,事涉王宰相,他自己不肯说,臣代他说。唐坰今日之言之行,犯了三条大罪:第一,渎乱朝仪;第二,目无陛下;第三,蓄意攻击、诽谤大臣,而且,攻击诽谤的还不止一个,是数十个。三罪并罚,应当处以斩刑!”

神宗移目冯京问道:“冯爱卿以为呢?”

冯京出班回道:“启奏陛下,若是追究唐坰之罪,莫说将他处以斩刑,就是灭族也该。但是,我大宋有制,一是不杀三品以上官员,二是不以言获罪。到底如何惩处唐坰,还是让御史台来定吧。”

神宗移目张商英:“张爱卿,你是御史中丞,你说一说应该如何惩处唐坰?”

张商英出班回道:“启奏陛下,若依臣之见,可将唐坰以渎乱朝仪之罪,罢官流放。”

神宗道:“这样的处罚,是否有些太轻?”

张商英回道:“轻与不轻,看将他流放到什么地方?如果将他流放崖州,那就等于判了他的死刑。”

神宗道:“那,那就将唐坰流放崖州吧。”

王安石有惊无险,继续推行他的新法,反对派便拿天变地裂攻击他。

翌年,华岳山崩,继之又遭蝗灾,韩琦从河北上书,说是由于王安石的新法与民争利,上天以此警示王安石。王安石反唇相讥,说是华岳山崩和蝗灾,乃是为了警示那些阻碍、诋毁新法的小人而发。神宗自己心里清楚,上天的警示专对天子而言,臣子没有资格接受天的警告。第一招不成,反对派又来一招,这一招依然由天变引起。

自熙宁六年(公元1073年)七月,直到次年四月,长达八个多月无雨,韩琦、文彦博、司马光纷纷上书,说是这是上天不满变法的表现。神宗忧心忡忡地对王安石说道:“上天屡屡示警,咱应该反思一下,新法到底可不可行?”

王安石劝道:“陛下不可有如是之想。水旱灾害,历朝历代都有。尧时,有连续九年水灾;汤时,有三年之大旱。圣贤如尧如汤,尚有九年之水灾、三年之旱灾。如今,只是八个多月无雨,比起尧汤之灾,相去甚远。况且,陛下即位以来,风调雨顺,年年丰收,这点灾,还是抗得住的。至于'新法',通过这几年的推行,您也看到了,不只富了国,而且强了兵。章惇荡平峒蛮,熊本收抚泸夷,便是明证也。”

神宗轻轻颔首道:“爱卿所言也是实情。但是,'新法'也确实有不少弊端,比如,免役钱收得太多,市易法与商贾争利等等,以致怨声载道,从近臣到后族,包括冯参(参知政事冯京),无一不对朕说它的害处”。

冯京可不是一个一般人物,他不只是大宋的副相,他在朝廷内外有着极高的声誉。

中国自隋炀帝大业三年(公元 607 年)实行科举取仕以来,至宋仁宗皇祐元年(公元 1049 年),凡四百四十二年,在乡试、省试、殿试中连中三元(解元、会元、状元)的,共有八人,而冯京就是其中之一。这样的年轻才俊,连仁宗的丈伯张尧佐都动了心,想把女儿嫁给他,他不同意,最后娶了富弼的女儿。

王安石听神宗提到冯京,气不打一处来,反问道:“陛下,您知不知道冯京的岳丈是谁?”

“知道。”

王安石又问:“是谁?”

“富公(富弼)。”

“富公是一个什么样人,别人不知道,陛下您还能不知道吗?他是彻头彻尾的反对派。从反对派女婿口中说出的话,您也信?”

尽管神宗口中说不信,心中依然对“新法”打了一个大大的问号。

韩琦等人说“新法”不好,神宗尚且将信将疑。王安石的得意门生也说“新法”不好。而且,这个门生还来自地方,神宗就不能不信了。

郑侠,字介夫,福建人,王安石的得意门生,二十三岁便高中进士及第,在王安石的提携下,由光州司法参军,一跃而为雉县知县。干了三年知县之后,依例进京陈叙职守(述职)。

在等待陈叙职守期间,他拜访了王安石。二人寒暄几句之后,王安石问道:“'新法'已经推行五六年了,有人说好,有人说孬,你以为呢?”

郑侠避席回道:“正如恩师所言,对于'新法',有人说好,亦有人说孬。就学生听到的,说好的没有说孬的人多。”

王安石眉头微皱道:“真的吗?”

“学生不敢欺骗恩师。”

俗谚曰："酒逢知己千杯少，话不投机半句多。"王安石不想和郑侠再谈了，装作有些遗憾的样子，说道："你今天来得不巧，老夫还得批改一份重要公文，咱改天再聊吧！"

这是在下逐客令呢！

郑侠心中有些不快，也没敢表露出来，拱手说道："敬从恩师之命。"

郑侠这一去，二人反目成仇。

时之汴梁，今之开封，共有三城：一曰宫城。建于唐，扩建于宋太祖。宫城略呈方形，坐落在全城中央略偏西北，共有七个城门：南三门，中曰乾元（又曰正阳、宣德）、东曰左掖、西曰右掖；东二门，南曰东华，北曰諴门；西一门，曰东华门；北一门，曰拱宸（又曰拱辰）。

二曰里城。里城即旧城，宋初也称阙城，初建于唐，扩建于后周，共有城门十二个（含两个角子门）。

三曰外城。外城又名新城、罗城，宋初也称国城，为周世宗所建，共有城门十五个：东、北、西各有城门四；南有城门三，中曰南熏门、东曰陈州门（宣化门）、西曰戴楼门（安上门）。

郑侠陈述职守后，被留在汴京，监安上门①。

由于八个多月无雨，颗粒不收，四方饥民到处流窜，甚而有流入京城谋食的。

流入京城之饥民，成群结队，以致道路堵塞。从城上看，但见扶老携幼，肩挑手提，络绎不绝。人人面面饥瘦，个个衣不蔽体。还有的披枷戴锁，负瓦抗木，为官府服役偿债。凄凄惨惨，催人泪下。郑侠将看到的惨相做了一幅图，取名《流民图》，再加上一道奏章，对图加以说明，认为这种惨相都是新法造成的。

郑侠本就有才，加之怀了一腔忧国忧民之热血，把个奏章写得声情并茂，读之令人心酸泪下。

书成，为如何呈达神宗，郑侠犯了大难。

宋时，一般人给皇帝上书，不是你想上就可上的，一般来讲，得通过閤门司②。閤门司认为郑侠的上书，是针对"新法"而来，拒之不纳。难道除了閤门司之外，就没有办法向皇帝上书了吗？

---

① 监安上门：监，掌、或负责的意思。监某某门，就是掌某某门。

② 閤门司：宋辽金掌礼机构。掌殿庭传宣之事，并朝会和皇帝宴享，游幸时赞相礼仪。

有。

银台司[1]!

宋制,向皇帝上书,若属于密奏(告密和军情)之类,不必通过閤门司,由银台司直接上呈。

但是,如果郑侠亲自把书送到银台司,银台司的官员势必要对他进行盘问。为了减少麻烦,他跑到汴京城外的一个驿站,找到了作驿吏的朋友,谎称有密奏,让他以加急驿马,送到银台司。这种送书的方法,宋人称之为马递[2]。

神宗收到郑侠的奏章,以为真的是告密之书,忙展而读之:

……

去年大蝗,铺天盖地,秋庄稼颗粒无收。秋冬亢旱,麦苗焦枯,五种不入,群情惧死,方春斩伐,竭泽而渔,草木鱼鳖,亦莫生遂。灾患之来,莫之或御。恳陛下开仓廪,赈贫乏,取有司掊克不道之政,一切罢去。冀下召和气,上应天心,延万姓垂死之命。

今台谏充位,左右辅弼,又皆贪猥近利,使夫抱道怀识之士,皆不欲与之言,陛下以爵禄名器,驾驭天下忠贤,而使人如此,甚非宗庙社稷之福也。

窃闻,南征北伐者,皆以其胜捷之势、山川之形,为图来献,料无一人以天下之民质,鬻妻鬻子,斩桑坏舍,流离逃散,遑遑不给之状上闻者。臣仅以逐日所见,绘成一图,但经眼目,已可涕泣。而况有甚于此者乎?若陛下听臣之言,十日不雨,即乞斩臣宣德门外,以正欺君之罪。

神宗读过奏章,又将所附之《流民图》展开,反复谛视,禁不住悲惨起来,当下长叹数声,袖图入内,是夜辗转吁嗟。翌日临朝,特颁谕旨,命开封府酌收免行钱[3],三司察市易,司农发常平仓,三卫裁减熙河兵额,青苗、免役,方田、保甲等法,一律罢免。共计有十八事,中外欢呼,互相庆贺。那上天恰也奇怪,居然行云作雾,蔽日生风,霎时间电光闪闪。雷声隆隆,大雨倾盆而下,把自秋至夏的干涸气,尽行涤尽,淋漓了一昼夜,川

① 银台司:官衙名。宋置。初属枢密院,后移属门下省,掌受天下章奏案牍,转交通进司上呈皇帝,并兼门下封驳之事,因司址在银台门内,故称。

② 马递:古之传递公文,有三种办法:步递(用一般人传递)、马递(骑马传递)、急脚递(用类似戴宗那样的人传递,日行四百里)。

③ 免行钱:就是朝廷在正常收税之后,按一定标准再收一笔钱,商贾不再向任何方面交任何钱。

渠皆满，碧浪浮天。百官等乘势贡谀，联翩入贺。

神宗道："卿等知此雨由来否？"

大家齐声道："这是陛下盛德格天，所以降此大雨。"

神宗道："朕不敢当此。"说至此，便从袖中取出一图，递示群臣道："这是郑侠所上的《流民图》，民苦如此，哪得不干天怒？朕刚罢新法，即得甘霖，可见这新法是不宜行呢。"

王安石怒不可遏，抗声说道："郑侠欺君罔上，妄献此图，臣只闻新法行后，人民称便，哪有这种流离惨状呢？"

神宗满脸不悦道："卿且去详加察访，再行核议！"

王安石愤然退出。

翌日，王安石上表辞官，神宗将其表章封还。

吕惠卿、邓绾听说王安石上表辞官，忙跑到相府相劝。

王安石叹道："不是老夫想辞官，是皇上不想叫老夫干了。"

吕、邓二人道："相爷何出此言？"

"皇上之所以拜老夫为相，就是想让老夫主持变法，从而实现他的富国强兵之梦。可如今，他把'新法'全部废了，不就意味着不让老夫干了！"

吕、邓二人道："您这样想不对。皇上未曾为帝之前，就已经在做着富国强兵之梦。不变法，如何富国强兵？皇上废除'新法'，并不是不想变法了，而是他耳根子软，受了郑侠他们的蛊惑，只要吾等给他陈述利害，他还会要变法的。"

"这……"王安石思忖片刻道："你二位说的确有道理。但是，他连一声招呼都不打，就把'新法'废了，明显是眼里就没有老夫这个宰相，老夫不想去找他陈述利害。"

吕惠卿道："下官已经和邓大人商量了，只要您不再上表辞官，劝说皇上的事由俺俩出面。"

王安石将头点了一点："好。"

吕惠卿、邓绾出了相府，径奔皇宫，劝神宗仍行新法，神宗沉吟未答。

吕惠卿复劝道："陛下数年来，废寝忘食，推行新法，成此美政，天下百姓，受益无穷，无不讴歌帝泽，如今将一切废除，使前功尽弃，难道陛下数年心血抵不过一个狂夫的妄滥之语吗？陛下难道不觉得可惜吗？"说到这里，竟嘤嘤地哭了起来，引得邓绾也哭。二人越哭越痛，大放悲声。

神宗的确为新法倾注了大量心血，爱护新法的心情比任何人都大。经吕惠卿、邓绾这么一哭一劝,决定恢复新法。

吕、邓二人,忙收住哭声,且拜且呼道:“陛下万岁、万万岁!”

新法既复,变法派喜笑颜开,加额称快。

他们高兴得有些早了。

这一天,阳光明媚,宋神宗心情特别好,便启驾后宫,去看望太皇太后和太后。拉了几句家常之后,太皇太后突然说道:“从前,老身①只要听到民间的疾苦事,都会告诉你爷爷仁宗皇帝,仁宗皇帝无不察行。陛下应当效法你的爷爷,方可免祸。”

这不是干政吗?大宋有制,可是严禁后宫干政的呀!神宗心中尽管不悦,还是和颜说道:“敬从太皇太后之教。”

太皇太后连道两声“好”,复又说道:“老身听说,不久前,你要废除新法?”

神宗回道:“那是孙儿看了郑侠的《流民图》,为其所惑,说的一句气话。”

“据老身所知,《流民图》所绘的惨相俱是实情。”

神宗道:“也可能是实情。但是,无论哪朝哪代,遇上像去秋至今春,既蝗又旱的大灾,也无法避免百姓流离失所。”

太皇太后道:“是无法避免,但会轻一些。据老身所知,即使不遇上蝗旱二灾,百姓照样会流离失所。何也?新法之行,祸国殃民,特别是青苗、免役二法,民间甚是苦之。”

神宗分辩道:“孙儿听到的和您听到的不一样。”

“怎么不一样?”太皇太后问。

“孙儿听到的,青苗和免役二法,甚是利民。”

太后见他二人言语不合,怕起争端,忙打圆场道:“顼儿,你奶奶所言,娘也有所闻。娘也知道,新法之行,出自王安石之意。王安石虽有才学,但违民行政,终致民怨,如果爱惜安石,不如暂令外调,方可保全。”

神宗道:“群臣中惟安石一人,能任国事,不应令去。”

太皇太后未及驳斥,忽有一人进来道:“太后的慈训,确是至言,皇上不可不思!”

神宗正在懊恼,听了这话,连忙回顾,来人非别,乃胞弟昌王灏,勃然怒道:“是我败坏国事吗?他日待汝自为,可好否?”

灏涕泣道:“国事不妨共议,灏并没有什么异心,何至猜嫌至此?”

---

① 老身:太皇太后和太后,在皇帝面前的自称。太后也可称哀家。

太后也为之不欢，神宗自去。过了数日，神宗又复入谒，太皇太后竟流涕道："王安石必乱天下，奈何？"

神宗敷衍道："孙儿自前次受奶奶和母后之教诲，也想将他罢去。怎奈，一时找不到可代之人。一旦找到可代之人，把他外调便了。"

贵为大宋宰相，宫中能没有一两个耳目吗？

肯定有。故而，神宗的两次内宫之行以及与太后、太皇太后和昌王的对话，没有多久，就传到了王安石耳中。他又气又愤，未等神宗物色到代他之人，也不和吕惠卿他们商量，又上一书，请求辞去相职。这一次，照样被神宗驳回。

是神宗不想让王安石辞官吗？

非也。

一晃，到了来年元月十五的上元节。

上元节是宋代最热闹最喜庆的一天。

这一天，京城汴京被装扮成灯的海洋，宣德楼前搭了山棚彩灯，各家各户门前都挂起了各式各样灯笼。有五色琉璃灯、罗帛灯、万眼罗灯、无骨灯、羊皮灯、篾丝灯、龙灯、鹿灯、月灯、葡萄灯、柜子灯，等等。在争奇斗艳的灯中，还有一种可以旋转的灯——走马灯。

不只有灯，还在比较热闹的地方，设有乐棚，艺人不只在里边弹筝吹箫，还表演飞丸、走绳、爬杆、掷剑、吐火等节目。

每当这一天的夜里，皇帝总要带领嫔妃、亲王、重臣，来到宣德门楼上观灯、看演出。

作为当朝宰相的王安石，接到观灯的诏书，正要出发，来自杭州的商贾送来一封书，书乃堂侄女王小倩写的。王安石因为太邋遢，身上臭烘烘的，在学堂读书，同学们都不想和他坐在一起，唯有他的叔伯哥哥王安宁不嫌弃他，不但和他同坐一条板凳，带了什么好吃的，总要偷偷地分一些给他。王安宁的女儿王小倩，七八岁便爱上了诗词。十二岁那年，一个偶然的机会，得到了苏轼的一首词——《洞仙歌·冰肌玉青》，一有机会，便轻声吟诵：

冰肌玉骨，自清凉无汗，
水殿风来暗香满。
绣帘开，一点明月窥人；
人未寝，欹枕钗横鬓乱。

起来携素手，庭户无声，
时见疏星渡河汉。
试问夜如何？夜已三更，
金波淡，玉绳低转。
但屈指，西风几时来，
又不到，流年暗中偷换。

此后，她又得到了苏轼的两首词，越诵越爱。久之，由爱其词到爱其人。

十六岁那年，她出嫁徐州，为举人之妻。三年后，生了一子一女。天不佑，举子患病而亡。为了生计，她在仁德坊开了一个茶坊。某一日，徐州文学参军[①]兰鑫携关郎中前来饮茶。

关郎中问："听说知州易人了？"

兰鑫将头点了一点。

关郎中又问："听说新来的知州是个大文豪？"

兰鑫又将头点了一点。

"他叫苏轼？"

兰鑫复将头点了一点。

一听到苏轼二字，王小倩双眼猛地一亮，忙趋前问道："兰大官人，您刚才是不是说，苏大文豪要来咱徐州做知州？"

兰鑫再次点头。

"他不是在杭州做通判吗？"王小倩问。

兰鑫这一次没有点头，笑嘻嘻地问王小倩："你觉着是通判大，还是知州大？"

"当然是知州大了。"

兰鑫反问道："既然知州大，那就意味着苏轼来徐州是升了官。既然升他的官，他能不来吗？"

王小倩笑回道："他应该来。哎，听说他到杭州，是遭贬了，贬他的那个人依然高居相位，为啥又升他的官？"

兰鑫回道："是富公（弼）帮了他的忙。不，准确说，是他的一首新诗勾起了皇上的

① 文学参军：散官名。简称文学。秩从九品。

爱才之心。”

王小倩忙问:“那新诗叫什么名字?”

“叫《饮湖上初晴后雨》。”

王小倩又问:“这首诗您能背吗?”

“能。”

王小倩道:“背来听听。”

兰鑫刚诵了三个字,她便叫道:“停,妾想把它记下来,妾这就去拿笔。”

兰鑫道:“这首诗不长,才四句,好记得很。”

王小倩道:“那,您就背吧。”

兰鑫摇头晃脑诵道:“水光潋滟晴方好,山色空蒙雨亦奇。欲把西湖比西子①,淡妆浓抹总相宜。”

王小倩击掌说道:“好,这首诗写得太好了。”

关郎中白了王小倩一眼说道:“你别打岔。”说毕,移目兰鑫道:“这首诗乃苏大人在杭州做的,如何传到了皇上耳中?”

兰鑫呷了一口茶,说道:“苏大人很敬佩富公,每有新作,总要送给富公雅正。富公收到他这首新诗,越读越爱,便把它裱了,挂在堂上。前不久,富公寿辰,皇上亲去祝寿,在堂上里看到了这首诗,说这首诗是所有写西湖的最好一首。富公趁机将苏轼夸了一番之后,又为他叫屈。富公一番话,勾起皇上的爱才之心,将他的官儿由通判擢为知州。”

王小倩“噢”了一声道:“苏大人什么时候来咱徐州上任?”

兰鑫回道:“明天。”

“明天什么时候?”王小倩又问。

兰鑫回道:“具体时间,我也不知道,但是,通判大人让州衙的人明天卯时一刻到州衙相聚,然后去十里长亭迎接新知州。”

王小倩又“噢”了一声。

这一天,天还没黑,王小倩便关了店门,精心绣了一个茶叶袋子,装上精选的茶叶,打算第二天一大早,也去迎接苏轼。

她上床的时候,已经三更,可她在床上躺了半个时辰,就是睡不着,她干脆不睡了,

① 西子:即西施。西施,一作先施,春秋末年人,中国四大美女之一。

便起床化妆,化了一遍又一遍,天还不明,索性坐起来诵苏轼的词,一直诵到寅时三刻,这才穿上过年才穿的衣服,独自上路,提前赶到十里长亭。

谁知。

又一个谁知!

如狼似虎的州衙衙役,不让普通百姓参加迎接新知州的仪式,将他们赶到了半里外的地方。

众人等呀等,一直等到午时一刻,不但没有等到苏轼,前来迎接苏轼的官员,一齐掉头而返。经打听,方才知道,苏轼便服骑着毛驴,已经从小道进了徐州城。

众人在失落的同时,纷纷赞叹道:

"好官。"

"苏大人真是一个好官!一个少见的好官!"

第二天一大早,王小倩便来到了徐州州衙,一个开茶坊的女人,还是一个年轻寡妇,要见知州大人,谁敢放行呀!

不让她进,她就等,直等到关了大门,才怏怏而返。

翌日,天未亮,她又来到了州衙,依然被挡在门外。

你不让我见苏大人,我天天来。我不信他能铆①在州衙一辈子!只要他一出州衙,我就拦他的轿……

她的执着感动了兰鑫,把此事当作一个笑话,讲给了苏轼,苏轼忙将她请到后衙,一番交谈之后大悦。她不只年轻貌美,还有一定的诗词造诣。更重要的是,苏轼的诗词,王小倩几乎都能背下来。他一高兴,不但赠了她一本签了自己大名的诗作,还来了这么一句:"你有什么事,需要我帮忙吗?"

王小倩巴不得他这么一问,一脸兴奋道:"有。"

"什么事?"

王小倩敛衽一拜,说道:"小女子斗胆请大人去小女子的茶坊饮一杯香茗!"

说毕,一脸殷切地瞅着苏轼。

苏轼没有想到王小倩有如此之请!

但是,王小倩如此之请,还是源于我苏子瞻的那句话——你有什么事需要我帮忙

① 铆:土语,蛰伏的意思。

吗？如果拒绝，岂不是自打耳光！

但是，如果不拒绝，堂堂五品知州，去一个小寡妇的茶坊饮茶，岂不让人嚼断舌根！

他好生后悔。

十六　宣德门事件

行至宣德门，王安石突然来了灵感："寡妇对鳏夫才是正对。寡妇门前是非多，鳏夫呢？"

王安石苦笑一声，说道："臣和富公、韩公的矛盾，全是为了国事——变法和反变法。他们即使恨臣，依他们的地位、资历和声望，不应该转化为个人的恩怨。"

儒生一脸自豪地说道："我这次去亳州，就是想找欧阳修对诗，比一个上下高低。"

王小倩明明知道，她的请求会让苏轼为难，但她实在太想让苏轼去她的茶坊了。故而，她定定地站在那里，也不说话，用一双清澈明亮、饱含温情和万分期待的眼睛瞅着苏轼。

苏轼不敢和她对视。

沉默。

沉默了足有一刻钟，苏轼不得不将这个沉默打破："小倩，从你的谈吐来看，你是一个才女。既然是才女，我想出一个联，让你来对，你如果对上了，我就去你那里饮茶。"

王小倩急于实现自己的愿望，不加思索便答应了。

苏轼轻声诵道："寡妇门前是非多。"

王小倩心头一紧，这个联不只难对，更是对我的拒绝——"寡妇门前是非多，"言外之意，我去你王小倩那里不合适。

明知苏轼间接地拒绝了她的请求，可王小倩还是不想放弃。怎奈，这个联太难对了，她想了许久，对不上来，红着脸说道："您的这个联，太深奥了，小女子这会儿对不出来。但小女子深信，'有志者，事竟成'。请您假小女子一些时日，小女子一定能对得出来。"

苏轼暗自喜道:“好,好,我等着你。”

王小倩回到茶坊,想了三天,还是没有想出合适的下联,便修书一封,托人送到汴京,向王安石求救。

在书中,她没有提苏轼一个字。谎称,当地一个落第举子,家有良田二百顷,垂涎她的美貌,非要纳她做第九房小妾,她不答应。

落第举子道:“你不同意做本公子小妾,本公子也不勉强。但坊间都说你是一个才女,本公子今日出一联,你若对得出来,本公子屁话不说,若是对不出来,便是欺世盗名,本公子就砸了你的茶坊。”说毕,也不管她答应不答应,提笔在她的茶坊门框上写一上联——“寡妇门前是非多”,抛笔而去。她想了三天,也没有对出来,不得不请介甫叔帮忙。

王安石看了王小倩之书,想了半个时辰,也想不出合适的下联。

王雱闯进客厅,大声嚷嚷道:“父亲,今晚是花灯节,您得去陪皇上观灯,再不用饭就用不成了。”

王安石白了王雱一眼,对捎书人说道:“你也听见了,老夫今晚要陪皇上观灯,没时间再想对联了,你明天晚上再来吧。”

捎书人忙道了一声“遵命”,再拜而去。

王安石匆匆扒了一碗饭,换上官服,骑一匹高头大马,去参加花灯节。

他一边走一边想着对联的事。

这个联确实难对,他想了十几个下联,不是觉着俗,就是对仗和平仄方面有些欠缺。比如,“身正不怕影子歪”“光棍苦来没有妻”等等。

行至宣德门,他突然来了灵感:“寡妇对鳏夫才是正对。”

寡妇门前是非多,鳏夫呢?鳏夫屋顶炊烟少。对,就该这么对,“寡妇门前是非多,鳏夫屋顶炊烟少。”绝对,这是个绝对呀!想着想着,已经来到了宣德门。

忽听一声断喝:“下马!”

王安石悚然一惊,将头猛地抬起,却原是两个执戟武士,拦住了马头。他正要发火,东府从吏冲了过来,朝两个武士喝道:“大胆,你们连王丞相的马也要拦吗?”

二武士面无表情,既不回答,也不收戟。

从吏怒而上前拨戟,与武士发生了冲突,由推推搡搡发展到拳脚相向。武士人多,把王安石这一方打得鼻青脸肿,眼看就要败北,章惇、吕惠卿等人赶到,转败为胜。章惇请示王安石，王安石冷声说道：“全抓起来，交开封府治罪！”说毕，骑马昂首进了宣德门。

路上，章惇建议，让王安石把今晚发生的事情如实上奏皇上。吕惠卿连道不可：“皇上登楼观灯，与民同乐，一年就这么一次，不能扫了他的兴。”

王安石想了想，从了吕惠卿之言。

第二天，早朝后，王安石留下，面谒神宗，把昨晚发生的事如实上奏。且自责道：“昨天晚上，出了家门，臣就在琢磨一副对联，因过于专注，到了宣德门没有下马，若是一般大臣这样做，确实犯了藐视皇帝之罪。可在臣的印象中，仁宗皇帝在世的时候，曾口谕一旨，宰相可以骑马出入皇城门。此外，臣还记得，曾公亮做宰相时，也是骑着马出入皇城门。臣自己呢？这些年来，也一直是骑着马出入皇城门。为什么昨晚武士们突然拦住臣的马头，逼臣下马呢？”

神宗道：“先帝仁宗，有无宰相可以骑马出入皇城门的口谕，朕不知道。但是，朕为太子之时，入朝的班序在宰相之后，也是骑着马出入皇城门的。据此推断，先帝仁宗，应该有过宰相可以骑马出入皇城门的口谕。既然有过这个口谕，武士拦爱卿的马是不对的，打爱卿的从吏，更是不对，爱卿应该把他们扭送开封府治罪。”

王安石放心了，道了声“臣告退了，”再拜而去。

他刚刚回到政事堂，从吏气呼呼地向他禀告：“相爷，蔡确把抓去的几个武士全放了。”

王安石一脸惊讶道：“为什么？”

“蔡确说，历朝历代，大臣不能骑马出入皇城门，您作为宰相，乃百官之首，应当率先垂范。可您居然带头违制，武士之为，乃是忠于职守的表现，不但不能治罪，还应当褒奖！”

王安石满脸怒气道：“你去告诉他，先帝仁宗，曾有口谕一道，宰相可以骑马出入皇城门。叫他怎么放人，还怎么把人给我抓回来！”

从吏道了一声“遵命”。

不到一个时辰，从吏去而复转，脸上没有一点欢快的样子，王安石顿感情况不妙，问曰：“蔡确把你挡了回来？”

从吏将头使劲点了一点。

“为什么？”

从吏道：“他说他没有听说‘先帝颁过允许宰相骑马出入皇城门的口谕’。我说，

‘王相爷还会说谎吗?’他说,‘说不说谎我不知道,若是有,请拿证据来。’”

王安石恨声说道:“这个蔡确……唉,老夫刚行新法时,他出谋划策,鞍前马后地跑,老夫方荐他为三班[①]主簿,三年任满,又荐他做开封府尹。想不到他,他竟如此相待老夫……”

从吏轻叹一声道:“有些话,下官早就想对您说,一直没有机会。蔡确这个人,又奸又猾,八面玲珑,他靠你当上了开封府尹,暗地里却和冯京、太皇太后、昌王赵灏勾勾搭搭。还有人说,他的儿子蔡渭和冯京的女儿已经暗自订婚。”

王安石一脸惊愕道:“有这等事?”

从吏道:“下官也只是听说而已。”

王安石道:“说他暗结冯京和太皇太后,倒有可能。若说他和冯京结为儿女亲家,老夫有些不信。何也?冯京是富弼的女婿,而富弼极其讨厌蔡确,岂能让他的外孙女儿嫁给蔡确的儿子,这是其一;其二,朝廷三令五申,文武大臣不得私自通婚。如果通婚,得报请朝廷允许方可。据老夫所知,蔡确和冯京,都没有向朝廷上奏过结亲的事!”

从吏道:“下官的话虽是道听途说。但是,无风不起浪呀!相爷得对蔡确防着点儿。”

“感谢你的提醒,咱暂不说蔡确的为人,咱说一说蔡确放人的事,咱应该如何应对?”

“证据。正如蔡确所说,咱得拿出证据,证明仁宗皇帝曾说过‘宰相可以骑马出入皇城门的口谕。’”

王安石叹道:“这是三十几年前的事了,物是人非,证据哪里去找?”

从吏叹道:“找不出证据,这事就难办了!”

王安石默想了片刻道:“老夫这就去面谒皇上,让皇上发话。”

从吏道:“只要皇上发了话,谅他蔡确不敢不听。”

谁知,神宗龙体有恙,王安石没有见到神宗。

三天后的正月十九日,朝会将要结束,押班太监将拂尖一摆,例行公事地喊道:“诸位大臣,有本早奏,无本卷帘退朝。”

话刚落音,蔡确出班说道:“臣有本奏。”

太监问:“可有奏章?”

---

① 三班:即三班院,宋太宗置。三班者,供奏官、殿直、殿后丞旨,隶宣徽院。

蔡确道:“有。”

太监道:“请把奏章呈上。”

蔡确道:“事关皇权,臣想当着百官之面,朗读一遍。”

太监转身请示过神宗之后说道:“皇上准你所奏。”

蔡确打开奏章,高声读道:

历朝历代有制,文武大臣,不能骑马出入皇城门。同中书门下平章事王安石,位居百官之首,应当率先垂范。可他居然在上元节之夜,骑马闯宣德门。守门武士极力劝阻,他不但不听,还打伤武士四名。更有甚者,又将这四名武士扭送开封府,并要开封府治其凌辱宰相之罪!臣以为,王安石之为,犯了三条大罪:一、骑马闯宣德门,犯了藐视皇权之罪。二、打伤守城之武士,不只犯了藐视皇权之罪,亦犯了伤人之罪。三、明知自己有罪,反要惩治对方。犯了飞扬跋扈、仗势欺人之罪!恳请朝廷给以严惩。否则,又一个霍光、王莽式的人物横空出世!

读到此,他居然把头转问王安石,似笑非笑道:“王相,失敬了!”

蔡确之为,王安石既惊讶又气愤,又一个唐埛式的白眼狼加疯狗!

蔡确所劾王安石之罪,虽然没有唐埛的多,但很恶毒。唐埛仅仅恐吓王安石,说他若不到御前听札,就是藐视皇权。王安石一旦来到御前,藐视皇权之罪就不存在了。而蔡确呢?所劾之三罪,有两条都是藐视皇权。

但是,王安石并不害怕。

他不害怕的原因,是已经和神宗有过沟通。蔡确话音一落,他面带讥讽道:“佩服,佩服,蔡府尹好文才!蔡府尹的文才,实在令老夫佩服!”

他移目神宗,双手一拱说道:“陛下,臣想就蔡府尹所劾臣之事,向他解释一下可以吗?”

神宗道了一声“可”。

王安石移目蔡确道:“蔡府尹劾老夫三罪,这三罪皆源于老夫骑马闯了宣德门,老夫这样想对不对呀?”

蔡确道:“对。”

王安石又问:“如果骑马闯宣德门之罪不能成立,其他罪亦不能成立,老夫这样想对不对?”

“对。”

王安石点了点头说道：“好。老夫正告你，你所劾老夫骑马闯宣德门之罪不存在！何也？先帝仁宗曾口谕一旨，宰相可以骑马出入皇城门。老夫做参知政事时，曾见前相曾公亮出入皇城门时，未曾下马。老夫为相后，出入皇城门，也不曾下马。你说，老夫这一次没有下马，何罪之有？”

蔡确双手抱拳道：“你说仁宗皇帝曾口谕一旨，宰相可以骑马出入皇城门，下官特意请教了富公（弼）和休假在京的韩公（琦），他俩都说，仁宗皇帝允许宰相可以骑马出入皇城门之事，没有听说。他俩做了多年宰相，每次出入皇城门，没有不下马的！”

他面向神宗，拜了一拜，继续说道：“陛下，宰相到底能不能骑马出入皇城门，事关皇权，臣的话您可以不信，两个老宰相的话您难道也不信吗？”

神宗原本是支持王安石的，但蔡确的话又有着极大的杀伤力。如果说王安石无罪，蔡确不会善罢甘休。

不，不只蔡确，反对变法的那些大臣，以及那些对王安石有成见的大臣，也不会善罢甘休。

怎么办？

拖。

神宗轻咳一声道：“蔡爱卿，先帝仁宗，有无宰相可以骑马出入皇城门之口谕，你说了不算，王相说了也不算，得找那些服侍过先帝仁宗的公公，以及先帝朝的老臣。当然，韩公、富公也可以找。只有把事情弄清楚了，才能来谈孰是孰非。退朝！”

这一拖便是两个月，蔡确一连上书三封，督促神宗遣使查证落实。

王安石见蔡确上书督促神宗，他也上书。

神宗也觉着不能再拖了，诏命大宦官张茂则带人彻查此事。

这个张茂则，是太皇太后的亲信，查的结果，自然对王安石不利。

王安石很气愤，上表辞官。神宗像往常一样，一再挽留：“爱卿，尽管韩公、富公他们不记得仁宗先帝曾有‘宰相可以骑马出入皇城门的口谕’，但朕相信有。朕将另遣他人，再查。”

王安石苦笑一声道：“谢谢陛下对臣的厚爱，唉，臣太愚了。臣总觉着，臣和韩公、富公的矛盾，全是为了国事——变法和反变法。他们即使恨臣，依他们的地位、资历和声望，不会转化为个人的恩怨，更不应该为了扳倒臣，睁着两眼说谎，唉！”

神宗劝道：“富公并没有说半句不利爱卿的话呀！”

“可蔡确说他说了,而他自己又装聋卖哑。装聋卖哑便是默认!”

神宗又道:“不管他们怎么说,朕并不认为在宣德门这件事上爱卿有错。而且,朕还想在朝会上,以朕自己为例,为爱卿洗刷‘罪名’。”

王安石明知故问道:“陛下与此事何关?”

“这事,朕好像给爱卿说过,朕为太子时,班列宰相之后,但每次出入皇城门,从未下过马。班在宰相之后的朕出入皇城门尚且不下马,何况宰相呢!据此推断,仁宗先帝肯定有过‘宰相可以骑马出入皇城门的口谕’。”

王安石既生气又心寒,作为皇帝,你明明相信仁宗先帝有过这样的口谕,但蔡确当着文武百官的面劾我的时候,你为什么不为我说话?而且,还故作姿态,派人查证落实。而且,还派了太皇太后的亲信去查,逼得我不得不上表辞官,你才打算站出来说话。为了你,为了大宋社稷,我王介甫不只殚精竭虑,还把朝中那些大佬、名士几乎全得罪了,弄得四面楚歌,你却如此待我,我不干了。我王介甫不给你干了!主意已决,朝神宗拜了一拜说道:“陛下,臣再次谢谢您,谢谢您对臣的厚爱。但臣的风痰病,您是知道的,很严重,特别到了夜里,愈发严重。有几次,被痰卡主,差点没了命。臣想回老家住个年二半载,好好治一治,等病好后,臣立马上朝。”

神宗道:“爱卿的病朕岂能不知,要治病,就在京城治。何也?州县再好的郎中,能好过朕的御医?对了,朕听说,治爱卿的病,最好的药是紫团参。朕也知道,紫团参很贵。紫团参,朕给爱卿包了。”

王安石道:“谢谢陛下,臣也知道,好郎中都在宫中。至于紫团参,您给了臣那么多俸禄,臣还能买不起吗?臣这病,单靠药物不行,得养,得静下心来养,得到空气湿润的地方去养。您还是让臣回到老家养吧。”

神宗将头一连摇了三摇,说道:“不行,要养病,你也只能在汴京城养!”

“为什么?”王安石问。

“自古以来,变法不是一件容易的事情,咱君臣同心勠力,跨了一个坎又一个坎,方才有了今天的可喜局面,你走了,朕依靠何人?”

王安石道:“韩绛、吕惠卿皆可以依靠。”

神宗道:“他俩之才比起爱卿,相差不是一里二里,而是十万里。”

王安石道:“陛下太高看了臣,韩绛有大才,办事沉稳。吕惠卿有奇才,极善应变。如果陛下把变法的事托之二人,一定会干得比臣好。”

神宗一脸愧疚道:“这几年,为了国事,把爱卿累得确实不轻,你也真该好好休养几天了。这样好不好？你尽管安心回乡养病，让韩绛做次相，吕惠卿做副相。首相之位，朕还给爱卿留着，你不管什么时候回来，还做你的首相。”

王安石双手抱拳道：“谢谢陛下对臣的厚爱。历朝历代，对名分看得很重。孔夫子有一句名言，‘名不正则言不顺，言不顺则事不成。’陛下既然要韩绛代臣担当治国之大任，就该将他一步到位。”

“爱卿的意思，让韩绛直接做首相？”

王安石回道：“陛下圣明。”

“好，朕依卿。”

王安石再拜而出，回到家中，王雱迫不及待地问道：“父亲，皇上召您进宫，所为何事？”

“还不是为宣德门的事。”

“皇上怎么说？”王雱又问。

“皇上说，他要在朝会上，以他自己为例，证明仁宗说过‘宰相可以骑马出入皇城门’。”

王雱大喜道：“他这一说，蔡确强加给您的所有罪名，不都一风吹了吗？”

“是一风吹了。”

“可是……”王雱略顿又道：“您的脸上，并无半分高兴的样子。”

“皇上同意老父辞相了。”

王雱“啊”了一声，欲言又止。

“是老父坚决求辞，皇上才同意的。”

“皇上既然要以自己为例，证明您可以骑马出入宣德门，您为什么还要辞相？”

王安石长叹一声道：“老父不只气，还有些寒心。”

“您是寒心皇上吧？”

王安石点了点头。

王雱亦叹道：“皇上如此待您，确实让人心寒。但是，孩儿说句不该说的话，皇上这样待您，您应该有心理准备……”说到此，将话顿住。

王安石催促道：“说下去。”

“皇上已经不是初坐龙椅的那个皇上了，通过七八年的观察磨炼，他已经知道如何玩弄权术、驾驭群臣，使自己独尊了！”

王安石颔首说道：“你说得很有道理，说下去。”

“通过这几年推行新法,皇上富国强兵的梦想变成了现实,您的声望如日中天,皇上高兴的同时,又担心您坐大。所以呀,当有人陷害您的时候,他明知您屈,可他却装出一副公正无私的面孔,派人查证落实。此举,说轻了,对陷害您的人是一种纵容;说重了,是一种鼓励。纵容鼓励的结果,您在百官中的形象一落千丈。但当您撂挑子的时候,他又不想让您撂,他还需要您继续推行新法,继续为他卖命。故而,这才愿意站出来,为您洗冤。您不干好,好得很,就他那两下子,是担不起推行新法和治理国家这副重担的!”

“可老父已经为他举荐了韩绛和吕惠卿。”

王雱道:“不说韩绛和吕惠卿的本事,就他二人的声望而言,很难服众。孩儿断言,不出仨月,皇上还会请您回来。”

王安石长叹一声道:“但愿如此。”

第二天,王安石带着书童,骑着毛驴,悄悄离开汴京,径奔徐州。

他之所以要去徐州,那是他想还债。

这笔债的主人,乃是他的一个堂侄女,名叫王小倩。

上元节那天,他明明答应捎书人,让捎书人第二天晚上前来讨信,为骑马进入宣德门之事,闹了一个昏天暗地,捎书人也不好意思向他讨信了。

可他记着这笔账。

当他来到王小倩茶坊门口,左看右看,并未见门框上有什么联。

难道,她把那个上联给撕了?

她若是撕了,无赖举人,岂肯善罢甘休!

门内的王小倩,见一气度不凡的老者,背负双手,在门外瞧来瞧去,忙走了出去:这个老头,咋有些面熟?

他,他有点像我介甫叔。

她又将老头打量一番。是他,没错,就是他!

她喜出望外,甜甜地叫了一声大叔:“大叔,我是小倩呀,进屋,屋里请!”

王安石站着没动:“小倩,你茶坊门上的对联呢?”

王小倩一怔:“对联,啥对联?”

“‘寡妇门前是非多’呀,咋不见了呢?”

王小倩恍然大悟,我是诓他的,他竟当真!

她嘿嘿一笑说道:“大叔,先别说对联的事,请进后院饮茶,请!”

王安石道了一声“好”，迈步进了茶坊后院。王小倩亲自执壶，为他沏了一壶上等西湖龙井。

茶过三巡，王安石旧话重提：“你茶坊门上那个联呢？”

王小倩避而不谈，笑眯眯地说道：“大叔，您老人家来一趟不容易，侄女这里还有一盒洞庭碧螺春，您尝一尝吧。”也不等王安石点头，便为他沏了一壶碧螺春。

又一个茶过三巡，王安石又问：“你茶坊门上那个联呢？”

王小倩依然笑眯眯地说道：“别急，侄女这里还有一盒上等信阳毛尖……”

王安石有些生气了：“你这丫头，宰相府里能没有好茶吗？叔大老远跑来不是品茶的。问你啥你就回答啥，别乱扯。”

王小倩不敢乱扯了，来了一个实话实说。她原以为，就王安石那个脾气，得知了真相，一定会骂她一个狗血喷头。谁知，王安石不但没有骂，反而称赞道：“这个联出的好。为对这个联，叔想得头疼，还闹出一场风波。你这个黄毛丫头，如何对得出来？好，这个联出的好，既拒绝了你，又让你无话可说。这个苏子瞻呀，若不是受了朝中那些大佬的蛊惑，一如既往地支持老夫变法，老夫早就把他拔到执政一类的官职了。唉……”

王小倩试探着问：“大叔，要不要侄女给苏大人通报一声？”

王安石默想了许久道：“也可。”

王小倩霍然起身。

“别急。叔这一次辞相，乃是因‘病’而辞，既然有‘病’，就不能到处乱跑，还是不惊动子瞻为好！”

“这一点，您不要担心，侄女告诉苏大人，让他不要声张，不就得了。”

王安石又默想了一会儿说道：“你去吧。”

王小倩乘兴而去，败兴而归。

王安石问：“他没在徐州？”

“下县私访去了。”

王安石“噢”了一声，在王小倩家住了一夜，将要上路，王小倩鼓足勇气问道：“大叔，苏大人那个联，您对出来了没有？”

王安石反问道：“对不出来，叔敢来见你吗？”

王小倩“嘿嘿”一笑道：“大叔能不能把您的那个联说给侄女听一听？”

王安石道：“当然可以了。”

“那就请您说吧，也好让侄女长一长见识。”

“鳏夫屋顶炊烟少。”

王小倩击掌赞道:“对得太好了。有了叔这个联,不怕苏大人不来侄女……”

她突然觉着这话说得不妥,脸猛地一红,忙将下边的话咽回肚里。

王安石原本要回临川的,一出徐州城变了。

他想起一个人。

这个人是大宋的文学泰斗,也曾有恩于他。

这个人便是唐宋八大家之一的欧阳修,其居官之地亳州(别称谯州),距徐州又不甚远。而且,他几次上书朝廷,想以年老体弱为由致仕,朝廷没有答应。我得去看一看他。

王安石辞相一事,欧阳修已经通过阅读《邸报》①知道了,但他万万没有想到,王安石会来看他。

他虽然提携过王安石,但由于治国理念不同,他不只不赞成变法,还曾上书,奏请停止实行“青苗法”。而且,在他的辖区内,拒不执行青苗法。

但是,作为一个文友,一个曾经叱咤大宋风云的前宰相来看他,他还是很高兴的。

王安石一见欧阳修,便双手抱拳道:“‘醉翁’先生,弟子看您来了。”

“醉翁”者,欧阳修之雅称也。

庆历(公元1041—1048年)末,欧阳修贬官滁州,曾作了一篇脍炙人口的散文——《醉翁亭记》。本文将散文、骈文与赋融为一体,在描写上情景交织,将山峦、亭台、四时美景与游人、宾客一一收入眼底,文章曲折、跌宕、韵味无穷,面世后,“远近争传”,商贾到了滁州,往往高价购买拓本,用来贿赂税吏。《醉翁亭记》越传越远,时人谈到欧阳修,往往以“醉翁先生”相称。

一声“醉翁先生”,把彼此的距离拉近了许多。王安石在亳州逗留了五天,二人均有意避开国事,或谈诗词歌赋,或便服出游,其间,还发生了一件很有趣的事情,被世人传为笑谈。

这一日,天气晴朗,阳光明媚,二人各自带着书童,便服去游立德寺,归来时,在十字河坐船,船上已先于他俩坐了十几个人。船刚一开,一个儒生模样肩挎包袱的人,便开

① 《邸报》:中国古代官府用以传知朝政的文书抄本和政治情报。至宋,发展成一种手抄的类似报纸的出版物。

始高谈阔论，很招人烦。王安石面带讥讽道："看样子，你还是个读书人呢？"

儒生一脸自豪地回道："当然了，我不只熟读四书五经，我还会吟诗作赋。人都说欧阳修的诗作得好，我这一次去亳州，就是要和他对诗，比一个上下高低！"

王安石和欧阳修相视一笑。

"贵姓？"王安石问。

"免贵，姓禹，大禹治水的禹。你就叫本公子禹生吧。"

王安石"噢"了一声又问："你都作过什么诗？"

"作的可多了，我还出过诗集呢！"

王安石又问："你那诗集叫什么名字？"

"叫《禹大职诗选》。"

王安石复问："你的大作带了没有？"

禹生回道："带了。"

"在哪？"

禹生拍了拍包袱。

"能不能拿出来让老夫欣赏欣赏？"

禹生道："可以。"遂将包袱放下并打开，从中取了一本《禹大职诗选》，单手递给王安石。王安石看了三首，全都粗俗不堪，便不再看了，双手将它递给欧阳修。

欧阳修勉强看了六首，皱着眉头儿问道："你认识欧阳修吗？"

禹生如实回道："本公子不认识。"

"你既然不认识欧阳修，你去找他对诗，州衙的门子会放你进去吗？"

"这……这……这倒真是一个事哩！"禹生一边说，一边挠头皮。

欧阳修安慰道："你别急，老夫认识欧阳修。老夫虽然不会作诗，但会溜。老夫刚刚作了一首顺口溜，你这会儿把它记下来，一到州衙大门口，你便开始诵，就没人敢拦你了。"

禹生半信半疑道："你是欧阳修什么人？"

"是他师兄。"

禹生"噢"了一声道："你那个顺口溜长不？"

"不长，才四句。"

禹生道："只四句的话，就不用掏笔了，本公子这脑袋瓜子完全可以记得住，你说吧。"

欧阳修朗声诵道：

乘舟还谯州，同舟有一愚（禹）。
修已知道愚，愚却不知羞（修）。

十七　赵抃告天

吕惠卿一当上副相，丑恶的嘴脸便暴露出来。他到处咬人，而且专咬自己人——变法派。

每天睡觉前，不管多忙多累，赵抃必要祭天，且把自己一天来的所作所为，一一向上天告之。

“哼，我蔡持正撬不开你郑侠的嘴，我撬你的小妾。我就不相信，一个不到二十岁的女人，她的嘴巴也会像你郑侠一样硬！”

欧阳修熟门熟路，当禹生在州衙门口诵他的顺口溜时，他和王安石已经坐在后衙喝了两刻钟西湖龙井了。

禹生诵了三遍欧阳修的顺口溜，守门人还不放他进衙，双方吵了起来。

欧阳修料到他们必有一番争吵，便遣书童到州衙大门口暗中等候，嘱之曰：“等他们闹得不可开交之时，你方可出面。”

书童遵嘱而行，躲在大门的内西侧，直到双方由动口变成动手，方学着大人的样子，背负双手走了出来。

他稚声稚气地喊道：“诸位，君子动口不动手，尔等怎么动起手来了？”

双方根本没把他一个毛孩子放到眼里，继续动手。

他大喝一声道：“呔，欧阳大人让我来的。尔等若不收手，小心欧阳大人治尔等的罪！”

他这一喊，双方不敢不收手。但是，谁也不服谁，你瞪着我，我瞪着你。

书童踱到禹生面前，小手朝他一指问道：“你认识我吗？”

禹生移目书童，凝视良久问道：“咱俩今天是不是坐的一条船？”

书童将头点了一点。

禹生大喜道:“你来得正好。在船上,是不是有一个老夫子给我说,他是欧阳大人的师兄?”

书童又将头点了一点。

“老夫子还说,只要我诵了他的顺口溜,州衙的门子就会放我进衙了,有无这事?”

书童回道:“有。”

禹生朝门子一指道:“可我诵了三遍老夫子的顺口溜,他们不但不让我进衙,还说我是个半疯了,你说可恼不可恼?”

“咯咯咯……”书童笑得前仰后合,许久,才将笑声收住:“是有些可恼,但是,你知道你所说的那个老夫子是个干什么的?”

“像个教书先生。”

“不,他就是欧阳修大人!”说毕,又“咯咯”地笑了起来。

禹生大吃一惊,喃声说道:“他怎么会是欧阳大人?他若是欧阳大人,我找他对诗,他就应该应战呀?他不但不应战,还把我支到了州衙。他这个人不地道,不地道,很不地道。我得找他理论一番!”

书童将笑容收住,小手朝禹生一指斥道:“你真是一个半疯子!不,你是一个傻蛋,一个傻得不能再傻的傻蛋!你连欧阳大人讽刺你的话都听不出来,还想找他论诗,一比高低呢!”

禹生眨巴了几下绿豆眼问道:“欧阳大人什么时候讽刺我了?”

“在船上呀!”

禹生想了一想说道:“没有呀!欧阳大人对我很客气,还给我作了一首顺口溜……”

“那顺口溜怎么说?”书童问。

“顺口溜说,‘乘舟还谯州,同舟有一鱼。’”

书童道:“停,错矣,不是同舟有一‘鱼’,而是同舟有一‘愚’。愚就是愚蠢,傻蛋。”引得围观者哈哈大笑。

禹生将头使劲摇了一摇,说道:“不,不是你说的这个意思,鱼是鱼的鱼,舟上有鱼不很正常吗?”

围观者又是一阵大笑。

书童道:“好好好,不是我说的这个意思,就算不是我说的这个意思,你接着往下背。”

“修已知道鱼,鱼却不知羞。”

“顺口溜里的‘修’,你知道什么意思?”书童问。

禹生又将头摇了一摇。

“顺口溜里的‘修’,指的是欧阳大人自己!”

禹生既没点头,也没摇头。

书童继续问道:“顺口溜里的‘鱼’是什么意思,我刚才已经说过,就不再说了。我想问你,顺口溜最后那个‘羞’字你知道什么意思吗?”

禹生再次摇头。

“欧阳大人是什么样人?是文学泰斗。而你又是一个什么样人?是一个不知羞耻的狂生、愚生,比猪还要蠢的愚生!”

“你、你、你你你……”愚生咆哮道:“你这个小毛孩子,竟敢侮辱我这个饱读诗书之人,我,我找你们欧阳大人告你!”

书童哂笑道:“你去吧,你去告吧!你想去找欧阳大人,那还得看欧阳大人愿意不愿意见你呢!”

“你……气死我了!我这就去找欧阳大人!”说毕,就要往州衙里边闯,被两个门子拦住。

一方要进,一方不让进,双方再次发生冲突。

一个五大三粗的女人,突然挤了过来,声如狮吼道:“禹大聪!别在这里丢人现眼,快跟我走!”

禹大聪乖乖跟着那个女人走了。

众人互相打听,一个商贾模样的人向那个儒生模样的人问道:“那个女人,是禹大聪的什么人?”

儒生打趣道:“河东狮子的妹妹。”

“河东狮子是男是女?”

儒生“吞儿”一声笑了:“你呀你,也是走南闯北的人,连河东狮子是男是女都不知道!”

“我真不知道。”

儒生道:“你如果真的不知道,我这就告诉你,河东狮子是个女的。哎,你没听说河东狮子这个人,但你听没听说过大文豪苏轼写河东狮吼的那首诗?”

“没有。”

儒生轻咳一声道:“你听着,我这会儿就背给你听,也好让你长一长见识!咳、咳、咳。”

他清了清嗓子,声情并茂地诵道:“‘龙丘居士亦可怜,谈空说有夜不眠。忽闻河东狮子吼,拄杖落手心茫然’。哎,你知道居士是什么吗?”

商贾道:“不就是居家道士吗!”

儒生道:“对。你知道龙丘居士是谁吗?”

商贾道:“不知道。”

“是一个信佛的大名人,叫陈慥,字季常。他的老婆柳氏是河东人,模样长得不错,但脾气特别坏,说话的声音如同狮子吼一般。”

商贾道:“噢,我明白了。刚才那个女人,你说她是河东狮子的妹妹,也不一定是,只是一个比喻而已。”

儒生颔首称是。

书童抿嘴一笑,疾步回到后衙,将刚才的所见所闻,给欧阳修、王安石绘声绘色地讲了一遍,二人相视一笑,继续谈他们的诗词歌赋。

第二天,天还没全亮,王安石给欧阳修留了一封辞书,悄然而去。

他自青州而金陵、再杭州,又黄山、瓜州(又称瓜洲、瓜埠洲,今为江苏省邗江县一个镇),一边走、一边看、一边写。一到瓜州,有一小童边走边喊:“《邸报》《邸报》,最新消息,王安石虽然不再为相,但新法照样推行。”

王安石忙让书童买了一份。

他展而读之:“王公安石荐韩绛代己,以吕惠卿佐之。韩、吕二人感安石恩,自然守安石法度,不敢稍违,时人号韩绛为‘传法沙门’,吕惠卿为‘护法善神’。”

在此之前,王安石通过《邸报》知悉,韩维出任翰林学士,心中有些不快。又见儿子王雱迁龙图阁直学士、弟王安国任秘阁校理,方才释怀。读了新购《邸报》,喜上眉梢。第二天,他乘舟而游,但见满眼绿色,春意盎然,欣然命笔,写下了千古绝唱《泊船瓜州》:

京口瓜洲一水间,钟山只隔数重山。
春风又绿江南岸,明月何时照我还?

一个“绿”字,将无形的春风跃然纸上。但这个绿,还不只是写春风,而是暗喻新法。你看,我王介甫虽然离开了朝廷,但我的两个门徒,继承了我的衣钵,使新法得以照常进行——又绿江南岸。

尽管有“传法沙门”和“护法善神”在护法、推法,但王安石并不甘心做一个观众,他还想重返朝廷,执掌帅印,通过变法,使积贫积弱的大宋,在他手中,而不是别人手中,逐渐富强、高大起来。故而,在诗的末一句,发出了“明月何时照我还”的期盼。

这个期盼,差一点让吕惠卿、曾布等人给毁了。

在变法派中,王安石寄于最大厚望的并不是代他为相的韩绛,而是吕惠卿。由于王安石的举荐,吕惠卿才爬上了副相的高位。王安石事无大小,必与之谋,时人号安石为“孔子”,惠卿为“颜子”。

吕惠卿一当上副相,丑恶的嘴脸便暴露出来。他到处咬人,而且专咬自己人——变法派。试图通过咬人,开创一个属于自己的时代。

韩绛虽然也是自己人,但位在他之上,他暂时还不敢咬。

咬谁呢?

在变法派中。

不,不只是变法派。在所有的京官之中,论位高权重,首推韩绛,其次就是他,再次一点是三司使曾布。

吕惠卿丁忧归来,曾布不但不肯交还本来属于他吕惠卿的官职,而且,还以变法集团的二号人物自居。吕惠卿又气又恨,只是因为有王安石在,没敢向曾布下手。

如今,王安石走了,他没了顾忌,便想拿曾布开刀。未及动手,曾布和掌管市易司的吕嘉问干了起来。

吕嘉问固然是一个小人,但他是坚定的变法派,而他执掌的提举市易司,推行“市易法”不遗余力,为朝廷敛了不少钱。

他这一敛,断了不少人财路。除了商贾之外,还有一些大臣和皇族。

曾布原本与吕嘉问有隙,想通过整吕嘉问讨好那些反对者。于是,他上书神宗:“市役病民,嘉问更贩盐鬻帛,贻笑大方。”

神宗览书后,召韩绛、吕惠卿商议。吕惠卿率先开口:“陛下,吕嘉问主政市易司,确实为朝廷积了不少钱,‘其功甚伟’。但是,我大宋自立国以来,只要有丑闻,不管真假,都得罢官。据臣所知,吕嘉问确实有贩盐和鬻帛之事。而且,‘选人监京城门,民所赍物,无细大,皆征之,使贫民视之仇敌。’这后一句话,就写在郑侠的劾书里,想来陛下还会记得。此外,吕嘉问盗其堂祖父之书之事,虽为公,但与人情有悖,国人耻之……”

神宗将手摆了一摆，说道："你不要再说了，依你之见，吕嘉问将以何处？"

吕惠卿故意装作犹豫的样子，吞吞吐吐地回道："贬官怎样？"

神宗移目韩绛："爱卿说呢？"

韩绛道："臣意也是将他贬官。"

神宗将头点了一点，说道："既然二位爱卿以为应当将吕嘉问贬官，那就贬吧。"

吕惠卿和韩绛交换了一下眼色说道："常州知州空缺，贬他到常州如何？"

神宗道："可。"

吕惠卿将嘴张了几张又合住了，神宗道："爱卿有话，但讲无妨。"

吕惠卿道："吕嘉问是变法的得力干将，为了'新法'大业，不惜与家族决裂，盗书而献朝廷，那些反对变法的人，虽然对他恨得咬牙切齿，但并未有一人弹劾他。反倒是号称自己是护法善神的曾布跳出来弹劾他，臣觉着曾布之为，伤害的并不仅仅是吕嘉问，而是'新法'。说白了，他弹劾吕嘉问只是一个幌子，其本意是在否定、攻击'新法'。他在劾书中，开篇明义写道，'市易病民'。写了'市易病民'这句话后，方才写吕嘉问的问题。"

新法从制定到推行，名义上是王安石操作，但真正的操作者是神宗，故而有人说，什么"王安石变法"，分明是"皇上变法"，抑或是"熙宁变法"！

神宗将大量心血倾注在变法上，他可以容忍大臣们攻击、否定变法派的任何人，包括王安石。但绝对不允许攻击和否定新法。这一点，无论是变法派还是反对派，心里都如明镜一般。所以，反对变法的人，故意制造这么一个舆论——韩绛是"传法沙门"、吕惠卿是"护法善神"，其用意就是想通过褒韩绛和吕惠卿，从而引起神宗对他俩的不满。这一点花招，岂能瞒得了吕惠卿，他随手一甩，把"护法善神"的帽子，甩给了曾布。但是，仅仅这一顶帽子，还不足以压垮曾布，他又拿曾布攻击新法这事来激怒神宗。

果如吕惠卿所料，神宗听了他的话，勃然大怒曰："那就连曾布，也一块儿赶出汴京。"

韩绛将头摇了一摇，说道："陛下，这样做有些不妥。"

"有何不妥？"神宗问。

韩绛道："若因曾布弹劾吕嘉问而将他踢出汴京，不只他本人不服，也会引起朝野非议。"

吕惠卿附和道："韩相说得极是。若因曾布弹劾了吕嘉问而将他踢出汴京，确实有些不妥。但是，我们若是就不提他弹劾吕嘉问的事，而找他一些别的问题，将他踢出汴京，朝野就不会非议了。"

韩绛道："这个办法可行，但一时半会，能找到他别的问题吗？"

吕惠卿道："我这手里，现在就攥着他一个错儿。"

韩绛道："讲来听听。"

"前不久，曾布报了一个治平、熙宁年间财赋收支数字，我觉着有些不实，便让中书户房[①]前去核查，核查的结果，与实事出入很大。这一点，连曾布自己也不得不承认。就这件事，治他一个失职，抑或是渎职之罪，亦不为过。"

神宗道："就治他一个渎职罪吧。"

吕惠卿问："罪名定了，陛下欲将他赶往何处？"

"哪里还有知州空缺？"

"饶州（今江西上饶）。"

神宗道："那就将他贬到饶州吧。"

"吕嘉问和曾布的遗缺由何人来补？"吕惠卿问。

神宗道："二位以为呢？"

吕惠卿当先回道："中书检正官章惇，不只拥护'新法'，忠于朝廷，又有平定峒蛮之大功，让他做三司使怎么样？"

神宗目询韩绛。

韩绛横手说道："臣看章惇行。"

神宗道："那就拜章惇为三司使吧。哎，吕嘉问之职，当由何人继之？"

吕惠卿、韩绛各推荐一人，但神宗选择了吕惠卿所荐之人——邓绾。

"二位爱卿，朕不说二位也知道，韩维是朕的恩师，有宰相之才，如今却屈居一州，朕想让他回京任翰林学士，二位意下如何？"

韩绛是韩维亲弟弟，当然同意，但他不好先表态。吕惠卿和韩维的关系虽然一般，一是皇上说了，二是韩绛又在现场，忙附和道："臣看行。"

"韩爱卿以为呢？"神宗又问韩绛。

韩绛避席回道："谢谢陛下对臣兄弟的厚爱。"

神宗笑说道："看样子，卿也同意了。"

---

① 中书户房：中书省户房的简称。中书省常设办事部门之一。掌丞办除授、考核、升迁、降免、赏罚、官告废置、荐举、官员请假、亡故、临时差官等文书以及本省杂务……

韩绛忙将头点了一点。

神宗又道："御史中丞之职，已经空缺半年了，朕还想让赵抃来干，二位爱卿以为如何？"

韩绛当即附和："臣看行。"

神宗移目吕惠卿："吕爱卿以为呢？"

吕惠卿也来一个避席回道："蔡确怎么样？"

神宗道："蔡确没有赵抃耿直。"

"何以见得？"吕惠卿问。

"赵抃告天的事不知爱卿听说了没有？"神宗问。

吕惠卿回道："没有。"

"朕听说，赵抃不管多忙多累，每天睡觉前必要祭拜上天。且把自己一天来的所作所为，一一告之，可见胸怀之坦荡。"

吕惠卿轻叹一声，说道："如果他真是这样一个人，干御史中丞再好也不过了，臣同意。"

吕惠卿一出手，便赶走了"渎职"的政敌曾布，又罢免了民怨沸腾的"市易司"掌门人吕嘉问。此二举，吕惠卿不仅赢得了宋神宗的赞扬，也受到了百官的称颂，在朝堂上树立了公正无私的光辉形象。

韩绛自愧不如，处处事事让着吕惠卿，吕惠卿反倒成了东府不是掌门人的掌门人，奔竞之徒纷纷投附，唯吕惠卿马首是瞻。但是，也有例外。

冯京便是一个，在东府的排序，他名列吕惠卿之上，不管是资历、背景和人脉，吕惠卿都无法与之相比。

我吕吉南要开创吕吉南时代，必须把冯京踢出朝廷。

为踢走冯京，吕惠卿绞尽了脑汁，也没有想出一个合适的办法。恰在这时，郑侠跳了出来。

郑侠，你说他是一个汉子吗？也是，为了天下苍生，宁肯犯欺师灭祖之罪，也要上章弹劾恩师。而且，在奏章里掷地有声地说道："十日不雨，即乞斩臣宣德门外。"让人觉着，他是一个汉子，一个真正的汉子！可是，仔细一想，他在忽悠人。宋制，"不杀士大夫和上书言事之人。"莫说十日不雨，就是千年不雨，也不会有人杀他的头。所以呀，你说他是一个奸诈小人也不算错。

不管他是一个什么人，他那一次上书很成功，把他的恩师王安石给弄臭了。没有他的那次上书，就不会有王安石自动上书辞相。而他仅仅落了一个"擅发马递"之罪，至于处罚，轻得不能再轻——罚俸一个月。

郑侠就像贪吃的瞎子，一旦摸住了锅，还想摸。王安石当政，因为八个多月没有下雨，他便上书弹劾，还精心绘制了一张《流民图》。如今，吕惠卿当政，天变比王安石当政时还要严重——不是干旱，也不是大涝，而是下起了雨夹土，落到地上变成了稀泥，有好几寸厚。这种现象，据说有史以来一共发生了三次，第一次发生在殷纣王时代，第二次发生在王莽时代，第三次发生在唐玄宗时代。唐玄宗既不是一个昏君，也不是一个暴君，但他在位时，当政的是奸相李林甫。

如今，当政的是吕惠卿，吕惠卿就是当代的王莽和李林甫。

为了扳倒吕惠卿，郑侠以唐朝的几位著名宰相魏征、宋璟、李林甫、卢杞为蓝本，绘了两幅图，名为《正直君子社稷之臣图》《邪曲小人容悦之臣图》，用来影射宋朝的几位现任宰相。图成后，他又将附在《流民图》后边的那份奏章的底稿翻出来，进行了一番大删大改，新增的内容达五千字之多。主要内容有三：一、吕惠卿助纣为虐。王安石当政时的种种不法之事，都是吕惠卿蛊惑王安石干的。二、吕惠卿爱整人。他不但整反对他的人，连变法集团的人也整，比如曾布、吕嘉问等。三、培植个人势力，举贤不避亲地将两个弟弟（吕升卿、吕和卿）、表弟（方希觉）以及亲朋好友等十八人荐引入朝。

结论是，吕惠卿之为，导致天怨人怒，禁中有人披甲登殿诟骂，上天亦下泥示警。吕惠卿不去，国无宁日矣！

王安石走了，神宗为了推行他的新法，不得不依靠吕惠卿，若是准了郑侠之奏，把吕惠卿赶下台，新法怎么办？靠韩绛吧？韩绛有点软，担不起这副担子！靠冯京吧，冯京首鼠两端。

神宗想了又想，觉着对吕惠卿只能保，不能打。要保吕惠卿，就不能不处罚郑侠了。于是，一道"制书"，将郑侠贬到邓州新野县任主簿。

踢走了郑侠，吕惠卿突然蹦出一个念头——我何不拿郑侠说事，搞掉冯京。

怎么说？就从《流民图》说。

说干就干，他当即进宫，对宋神宗说道："郑侠书言青苗、免役、流民等事，此众所共知也。至于'禁中有人披甲登殿诟骂'之事，连臣都不知，郑侠安从知？据臣所知，郑侠之所为，皆冯京导之！"

听他这么一说，神宗心生疑惑，数日之后，神宗装作不经意地问冯京："卿识郑侠不?”

冯京回道:“臣不识。”

又数日,神宗见吕惠卿,语曰:“朕已问冯京,他不认识郑侠。”

吕惠卿笑说道:“他骗您呢。臣亲耳听侍御史张琥言,‘京尝从侠借书,遗之钱米’。”

神宗点了点头,翌日便召张琥询之,张琥回曰:“确有其事。”

“卿怎么知道?”神宗问。

“是王安国亲口告诉臣的。”

张琥为加强他的话的可信度,又补充一句:“王安国和郑侠素来相善,最近,来往更是频繁。”

神宗道:“王安国是王安石的亲弟弟,他怎么可能与郑侠相善呢?”

张琥回道:“王安国虽然是王安石的亲弟弟,但二人性格不同,政见亦不同。王安国经常在公开场合和新法唱对台戏,连曾布都看不下去了,斥之曰:‘朝廷变法,与你何干,你是宰相的亲弟弟,更不该胡言乱语!’王安国不但不接受,反勃然大怒,‘正因为宰相是我的亲哥哥,宰相的爹也是我的爹,我才要说。宰相都是因为你们这班小人的搬弄才做错了事,将来家破人亡,全族遭祸,甚至会波及先人,连坟墓都保不住,这还不关我的事吗?’”

神宗又道:“是不是因为王安国反对变法,郑侠也反对变法,二人才善了起来?”

“这是最主要的原因。”

“次要的呢?”神宗又问。

“他俩性格一样,都比较耿直。既互相欣赏,又口角不断。”

神宗道:“请举之一例。”

“《流民图》事件之后,郑侠与王安国在大街上相遇,王安国向郑侠深施一礼道,‘君可谓独立不惧!’郑侠脸上不只没有露出笑容,反长叹一声说道,‘我也是不得已。唉,想不到宰相被小人所误,到了如此地步。’不知为甚,王安国破天荒地为王安石‘辩解’,‘我哥哥做官,对朝廷忠贞不贰,有功归朝廷,有过自己担。所以,九州四海之怨,都集中到我兄长一人之身。’郑侠冷冷一笑道,‘你的话我不敢苟同,我从没听说过天子是尧、舜,臣子是夔、契,九州四海会有那么多的怨恨!’”

神宗又将头点了点,当即召吕惠卿进宫,告之以张琥之言。且轻叹一声道:“看来,冯京在说谎。”

吕惠卿当即避席，拜而说道："陛下圣明。"

神宗道："坐，坐下说。"

吕惠卿落座后说道："陛下，冯京作为副相，理应积极推行新法，使大宋早日富强起来。可他，居然指示郑侠，上书攻击新法，诽谤陛下，应当严惩。"

神宗道："以张琥之言，冯京确实与郑侠有交，但仅以张琥之言，就来治一个副相的罪，怕是不大合适吧？"

吕惠卿道："这个好办，把郑侠押回来，审一审不就得了！"

神宗道："好。"

郑侠已经出汴京城二百余里，被快马追回，交开封府审问。

消沉了半年之久的蔡确接到案子后，像打了鸡血一样地兴奋起来。第二天便升堂审问郑侠，但郑侠只承认借给过冯京书，别的事一概否认。

你不承认，我蔡持正（蔡确字）就没办法了吗？

用刑，用大刑。用的郑侠死而复生，但他还是那一句话——我只借给过冯大人两次书，除此之外，从未有过私人交往。

"哼，我蔡持正撬不开你郑侠的嘴，我撬你的小妾——范英！我就不相信，一个不到二十岁的小女人，她的嘴巴也会像你一样硬！"

传来范英之后，他并没有像对待郑侠那样——升堂、用刑，而是让负责行刑的小吏领着范英参观临时布置的行刑室。

这一招，并不是蔡确独创。他是从一本书里学来的，这本书的名字叫《光武帝刘秀》。书中说，王莽老牛吃嫩草，六十多岁了，将宫女原碧收为妃子，而原碧爱的是少年郎王临。

王临何许人也？

王莽的亲生儿子，新朝的太子。他与原碧合谋，欲毒死王莽。不料，事情败露，原碧被抓了起来，王莽把她交给无赖、美新公哀章审问。哀章接到案子后，并没有对原碧动刑，只是领着她看了几个行刑室。第一室：鸭子凫水室。室内的梁上吊着一个光脊梁汉子，这汉子被反剪双手，脚尖儿着地，因脖子上挂了一个水桶，那头不得不朝前伸着，活脱脱一个正在凫水的鸭子。哀章朝负责行刑的汉子努了努嘴，汉子拎了一把铁勺，从粪桶里舀了一勺屎汤子送到犯人嘴边，犯人不喝。不喝就用刀割他嘴唇，犯人不得不喝。

第二室：炮烙室。这个炮烙室，较之殷纣王的炮烙室有了不少改进，铜柱换成了木柱，又增加了一个悬着的上了锁的铁笼，还有一个熊熊燃烧的炭火盆。那木柱上边绑了一个光脊梁汉子，汉子两侧站了两个赤背袒腹、胸毛如茅的大汉。哀章朝两个大汉努了努嘴，二大汉各从炭火盆中夹了一块燃烧着的木炭，分放在“犯人”的肩胛窝里，“哧哧”两声，冒出两缕青烟，“犯人”惨叫一声，昏死过去。二汉子用凉水将“犯人”喷醒，又将他关进铁笼，并把炭火盆放在铁笼下边……

第三室：骑木驴。木驴腿很短，腹下长了四条又细又长的胳膊，背上竖了一根半寸长的尖头铁棍，行刑时，把犯人脱光，让其坐在驴背上，抬着游街……

这一看，原碧怕了，哀章叫她招什么，她便招什么。

范英的见识较原碧相去甚远，原碧尚且害怕，范英能不害怕吗？故而，她和原碧一样，叫招什么，便招什么。

她这一招，冯京不只和郑侠“相善”，而且，郑侠的《流民图》等图以及图后的奏章，都是受冯京的授意而为。

吕惠卿阅了范英的“供词”，把蔡确好生夸了一番后，话中有话地说：“这供词中似乎少了点什么？”

蔡确忙问：“相爷以为少了点什么？”

“王安国和郑侠好得只差穿一条裤子，郑侠上《流民图》和奏章，能不和他商量？”

蔡确心领神会，忙自责道：“下官失职，这么重要的事，下官居然没有问。下官这就回去，立马提审范英。”

这一提审，范英的口供里，又多了郑侠与王安国“勾结”的内容。

蔡确将范英两次的口供，综合在一块，让范英签字画押，上报朝廷。神宗看了范英的“口供”，又召韩绛和吕惠卿前来商议，韩绛尽管心中有疑，因吕惠卿在场，不便也不敢多说。而神宗呢？吕惠卿说什么，他便同意什么。翌日诏下，将郑侠编管①英州；冯京贬任楚州知州；王安国削职为民；吏民中与郑侠相善者及送行者共一百八十人，皆杖臀二十，远州编管；蔡确因审案有功，迁御史大夫，赵抃改任太子太傅。

某一日，蔡确和章惇同场饮酒，章惇质问他：“王公（安石）有恩于你，你却恩将仇报，你不只害了王公，又害了他的弟弟，你还是一个人吗？”

蔡确不敢招惹章惇，便把陷害王安国的责任推到吕惠卿身上。

章惇将头使劲摇了一摇：“你这话我不相信，吕惠卿得以进入朝廷，一步步爬上副

---

① 编管：刑法的一种，始定于宋。官吏有罪，谪放远方州郡，编入该地户籍，并由地方官吏加以管束，谓之“编管”。此等刑法亦有用于一般罪犯者。

相的高位，全靠王公所荐。他会陷害王公的弟弟吗？”

蔡确道：“王公与王安国一向不和，这您是知道的。”

章惇道：“‘灰不热是火’。王公与安国再不和，毕竟是亲兄弟！你看，郑侠仅仅说了这么一句话——‘想不到宰相被小人所误’，王安国当即反驳。‘灰不热是火’，‘灰不热是火’呀！”

“您说的倒也是。哎，想起来了，张琥曾对我说，吕惠卿非常恼王安国，但因什么事，他没有说。明天我就去找张琥，将这事问一个明明白白。”

章惇道了一声“好”。

十八　王安石复相

辽太后萧耨斤阴召诸弟，谋废长子辽真宗，改立次子耶律重元为帝。耶律重元反跑到辽真宗那里告了生母一状。

第一套方案不行，赶紧启动第二套方案——造反。涅鲁古父子，召集了四百人，悄悄扑向耶律洪基的御营。

梦中，耶律乙辛老妈抓住一只野羊，且掰断了犄角，又拔掉了尾巴。不知此梦是吉是凶，心中忐忑不安。

王安国不赞成新法，对于变法集团的人，除了他哥哥王安石，全都反感，特别是吕惠卿。某一天，吕惠卿在王安石家里，正在为如何打击反对派而密商，院子里突然响起了悠扬的笛声。王安石隔窗一望，见是王安国在吹笛，很恼火，大声说道："何不奏郑声！"

王安国亦大声回道："就是奏郑声，也比近佞人好！"说完，又吹起笛来。

"佞人"就是小人，这点知识，没有人不知道的。但"郑声"就未必，特别是年轻人。

郑，即春秋战国时期的郑国。声，即民间音乐。据传，"郑国之俗，有溱、洧之水，男女聚会，讴歌相惑，故云郑声淫。"因为郑声淫，素为儒家所不耻。到了后来，凡与雅乐相悖的音乐，甚至一般的民间音乐，均被"崇雅""黜俗"者斥为郑声。王安石要王安国吹奏郑声，乃是对其斥责和讥讽。王安国以牙还牙，要他远离像吕惠卿这样的佞人，吕惠卿岂能不恨！但王安国并没有点他的名字，他没法儿发作，只能把恨记在心里。这一次，趁整冯京和郑侠，走马捎带凤凰城，把王安国也给收拾了。

不到两个月，吕惠卿将三个朝廷大员踢出了汴京，遭到罢官和编管的吏民，一百八十人。他出手之快、之狠，百官为之股慄。他却自鸣得意，借着威慑天下的气势，创立了一种新法——手实法。

手实法是免役法的一个补充。宋朝，把有田产的农户，根据财产多寡，划为五等，每等出一定钱可以免除徭役。可是，家产随时变更，不好统计，手实法就是要解决这个问题。它规定，每一家农户可按官府确定的价格来衡量自己的家产，由户主自报家业，官府折合成钱，以定户等高低。农户的家业包括农舍、田产、牧畜、家禽和浮财。各地官府则根据农户申报的价值按逢五取一的原则征收税钱，地方官吏据丁口、财产总数和役钱总额，分摊到各户的应纳役钱里。

这样做的好处，一是每家每户有多少家产，官府一清二楚。二是老百姓完成各种税息之后，再从干瘪的口袋里拿出相当于各种税息五分之一的钱献给官府。如此一来，老百姓不高兴了。

老百姓一不高兴，就会想各种办法抵触。比如说，本来有二百亩地，他只报一百五十亩；有三头牛，他只报一头牛，诸如此类。

你别担心，吕惠卿有的是办法，手实法规定，如有隐瞒谎报，许人告发，官府没收隐瞒之财，并以隐瞒之财的三分之一奖励告发人。

手实法一推行，立即引得鸡飞狗跳墙。第一个反对"手实法"的地方官是苏轼。

苏轼所主政的徐州，自冬至夏，干旱了七个月，夏作物几乎绝收。到了秋天，又遭蝗灾，民以蒿蔓裹蝗虫置之道左，累累相望者二百余里，捕杀之数，闻之官者三万斛。又一个几乎绝收。

天灾，已使徐州民不聊生，如果推行"手实法"，对百姓岂不是雪上加霜！

有鉴于此，苏轼坚决反对施行"手实法"，并致书韩绛——《上韩丞相论灾伤手实书》。书中责备韩绛为了敛财，不关心百姓死活。法之实施，奖励告密，无疑是打开了告讦之门，岂吾君教化、相公行道之本意哉！吾宁肯丢掉乌纱也不愿推行"手实法"。

其他府州郡县自推行"手实法"之后，民众相互告讦，农事无心理会，讼事成倍地翻，地方官叫苦不迭。反对、质疑"手实法"的奏疏，雪片般地飞向御案。

"手实法"的实行，既加重了广大人民的负担，也令新法在民间人心尽失。吕惠卿的倒行逆施令朝野士民又忆起王安石的好来，王安石虽然性格有严重缺陷，但他的"狂狷少容"及执拗，是性情使然，与吕惠卿的弄权、揽权有质的不同。

于是，一些大臣便向神宗建议，应当让王安石复相。神宗也有此意，便遣使去临川看望王安石，言及王安国削职为民之事，安石竟哭了："吾自忖为相，未曾惠及安国，而安国竟为我所累。"

使者还报神宗，神宗立马召章惇谋之："朕罢安国，愧对王公，朕欲令王公复相，可乎？"

章惇一句话让他改变了主意:“陛下已经拜韩公(绛)为相,骤然让王公(安石)复相,韩何以堪?”

“令安石复相,害怕伤及韩绛,那么,让安石先做一个知州总可以吧?”神宗问。

章惇道:“如此甚好。”

于是,王安石得以出任江宁知州。

让王安石出任知州,吕惠卿心中即使一百个不愿意,也说不出口——王安石乃是因病自求辞相。如今,病好了,不说复相了,仅仅做一个知州,你吕惠卿有什么理由反对?

吕惠卿虽然不敢反对,却对王安石刻意防范,凡可以害王安石者,无所不用其极。

一年一度的冬至日,朝廷必定要举办郊祀大典。届时,依例要赦免一些犯罪的官员,有时还有一些恩赏,以示朝廷的仁爱。

距冬至还有十几天,吕惠卿突然关心起王安石来,微笑着提醒宋神宗:“王公的官职有些低,能不能趁着郊祀大典,普天同庆的时候,您给他加一个节度使的头衔?”

节度使在唐朝,是一路的诸侯,权力大到可以不买皇帝的账,皇帝也拿他没有办法。可在宋朝,仅仅是一个荣誉头衔,没有一点实权,唯一的好处,俸禄高于当朝宰相。

乍一看,吕惠卿这是在为王安石着想,仔细一想,他是在挖坑让神宗跳,从而达到阻止王安石复相的目的。

神宗不傻,岂能上当!

“王安石去不以罪,何故用赦复官?”

神宗问得好,王安石的宰相,是他自己因为身体不好主动求辞的,而不是犯了什么罪。既然无罪,何以赦之?

吕惠卿见神宗识破了他的阴谋,忙向神宗拜了一拜说道:“臣一时糊涂,请陛下原谅。”说毕,怏怏而退。

神宗正想着如何说服韩绛,让他主动让贤。韩绛自己找上门来,密奏道:“陛下,吕惠卿心黑手狠,挟公报私,以行‘手实法’为名而破坏新法,天怨人怒。臣曾三次警之,他也不听,王公不出,很难有人镇得住他!”

神宗心中暗喜,频频颔首道:“好,就依卿之所奏,让王公复相。”

翌日,神宗遣使赍诏前往江宁召王安石。

王安石奉诏后,倍道而进,七日便至汴京,进谒神宗。君臣二人一别经年,再度相见,自是唏嘘不已。

良久,神宗曰:“自卿去后,小人极纷纭,独赖吕惠卿主张而已。”神宗此语,明显有撇清自己之意。略顿又道:“小人渐定,卿且可以有为。”

王安石刚刚回京,不便多言。

神宗又道:“卿可尽复前职。”

王安石不能不有所态度了:“今陛下复召用臣,所以不敢固辞者,诚欲粗有所效,以报陛下知遇,以助陛下盛德大业而已。然投老余年,岂能久事左右?欲及时粗有所效,愿陛下察臣用心。”

神宗频频颔首。

翌日诏下,王安石尽复原职——同平章事、昭文馆大学士。

王安石这一次复官,依然踌躇满志,这一点可以从他的大作《雪诗》中窥见一斑。

赖逢阳气蒸,转作水波溶。

舞庭称贺严,扫路传呼宠。

…………

很快,王安石便发现,他虽然复了相,但情况与他辞相前相比已经发生了很大变化。他辞相后,许多人,包括他提拔重用的一些人都依附了吕惠卿,这些人乍一看来,对他一如从前,甚至极尽阿谀逢迎之能事,但内心深处却与他离心离德。吕惠卿呢?又千方百计地在暗中捣乱。他不只要防范那些一贯反对新法的反对派,还要防范变法派的内部成员,弄得他心力交瘁。

安静了二十多年的辽国,见宋朝因为变法,闹得鸡飞狗跳墙,遣使入宋,以重新划定疆界之名,行敲诈勒索之实。

此时的辽国,皇帝已经不是耶律宗真了。

耶律宗真这个人,有点像大宋的太祖赵匡胤,非常看重手足之情。其结果,赵匡胤被他的亲弟弟赵光义给暗杀了,赵光义自己当了皇帝。

耶律宗真的弟弟叫耶律重元,早先二人关系一般,后因耶律重元救了耶律宗真一命才亲近起来。

耶律宗真的生母萧耨斤是一个心狠手辣的女人,只因耶律宗真袒护了耶律隆绪的皇后——耶律宗真的养娘,萧耨斤居然阴召诸弟,谋废耶律宗真,改立耶律重元为帝。耶律重元不知怎么想的,反跑到耶律宗真那里告了生母一状,耶律宗真先发制人,将萧耨斤囚禁起来，为了回报弟弟，给了他一连串官职——北院枢密使[1]、南京（幽州）留守[2]、知元帅府事，赐金券，封皇太弟。且许以千秋万岁之后传位之愿。

愿许过之后，耶律宗真后悔了。

耶律宗真不是没有儿子，也不是他的儿子不优秀。

他的儿子叫耶律洪基，字涅邻，契丹名查剌。

耶律洪基六岁被封为梁王，十二岁总知北、南枢密院事，加尚书令，封燕赵国王；十九岁领北、南院枢密院事；二十一岁为天下兵马大元帅，知惕隐[3]事。

他这一连串头衔，把辽国的军政大权集于一身，不是皇太子的皇太子。耶律洪基既然不是皇太子的皇太子，耶律宗真就应该传位给耶律洪基，但耶律宗真曾经给耶律重元许过愿，不想失言。故而，直到他死，也没有明确皇位继承人。

既然没有明确，那就按古制办吧。

古制，帝位的传承——有嫡立嫡，无嫡立长。而耶律洪基不仅是耶律宗真的长子，还是嫡子。

于是，耶律洪基便登上了皇帝的宝座，庙号道宗。

对于耶律重元没有效法赵光义的行为，辽道宗很感激，给予他一系列高官和很高的待遇，作为回报。

——免拜不名，赐金券、四顶帽、二色袍，册封为皇太叔并天下兵马大元帅。

自夏至辽（道宗），历经十几朝，共三千多年，见了国君，享有“免拜不名”待遇的寥若晨星。照理，耶律重元应当高兴才是。可他一点儿也不高兴，他认为，这皇帝的宝座应该让他坐。这不只因为他有恩于先王，而且，先王也曾当面许他，千岁万岁之后传位于他。

如果仅仅耶律重元不高兴倒也罢了，他的儿子官拜楚国王、武定军节度使、南院枢密使的涅鲁古也不高兴，并且埋怨耶律重元——“您咋那么傻呢？您那次若是不出卖奶奶，您早已当上了皇帝。”

耶律重元叹气。

涅鲁古继续埋怨——“您既是皇太弟，先王又曾亲口许您他千岁万岁后，让您当皇

---

① 北院枢密使：北院是北枢密院的简称，辽之北面官所属军事机构。其职，掌契丹等军马之政，相当于唐宋的兵部。长官有北院枢密使、知北院枢密使事、知枢密院事、北院枢密副使等。

② 留守：官名。隋始置，皇帝出巡或亲征时指定亲王或大臣留守京城，得便宜行事，称京城留守，其陪京和行都则常设留守，以地方行政长官兼任。辽金时，五京皆置留守，亦为其地方长官。

③ 惕隐：辽官名，掌管大惕隐司。它的职责是管理迭剌部贵族的政教，即调节贵族集团的内部事务。

帝,先王驾崩时,您完全可以站出来和耶律洪基争一争。若是一争,这皇帝的桂冠很可能就戴到您的头上,可您就是不吱声。唉,孩儿真不知道您是怎么想的!"

耶律重元长叹一声,说道:"这世上啥都有卖的,就是没有人卖后悔药。若是有,不管多少钱我也会买!"

涅鲁古道:"世上虽然没有后悔药,但是,治病的药不止一种。您如果愿意当皇帝,有的是办法。"

"什么办法?"

"咱父子相加,等同于辽国军队的总……"

耶律重元一脸警惕地说道:"小心,窗外有耳。"

涅鲁古朝门口望了一望,又扫了一遍客厅,确信除他父子二人之外,再无第三人,方压低声音说道:"咱扯旗造反,抑或是暗杀。"

耶律重元默想了一会儿,说道:"暗杀比较稳妥,可作为第一方案;造反的事,也不能放弃,作为第二方案。"

涅鲁古一脸兴奋地说道:"孩儿听您的!"

三天后,涅鲁古向外宣称——父亲病了。

涅鲁古原以为,以耶律重元的地位,耶律洪基以及在京的文臣武将都会来探病。当耶律洪基一出现,一刀把他剁了,这皇袍自然就披到他父亲身上。

耶律重元在"病床"上躺了半个月,辽国在京的文臣武将几乎都来了,可耶律洪基就是不出现。

耶律洪基不但不来探病,还带人去滦河附近打起猎来。

第一套方案不行,赶紧启动第二套方案——造反。涅鲁古父子召集了四百人,悄悄扑向耶律洪基的御营。

这父子也够蠢的,你们没有想一想,以耶律重元的地位,患病半个月,耶律洪基不但不来探病,还跑出去打猎,那意味着什么?

要么他已经非常讨厌耶律重元;要么是得了消息,有意避之;要么,不只得了消息,还有意诱你父子上钩,名正言顺地灭了你们!

后来的事实证明,是第三个要么。

耶律洪基既然存了个诱耶律重元父子上钩的心理,岂能没有准备?

有,是三万人的斡鲁朵。

何为斡鲁朵?

斡鲁朵就是辽之皇帝和重要皇族的禁卫军。

三万斡鲁朵对付四百人，简直是小菜一碟。结果是耶律重元全军覆没，儿子被乱刀砍死，唯有他死里逃生。

耶律重元死里逃生后，又找到奚族的酋长，欺骗道："有人要谋反，皇上要我召奚人前去勤王。"那酋长居然信了，纠集两千部众，跟着耶律重元前去滦河勤王。其结果可想而知，这两千人不只完了，耶律重元也完了。

平乱后，耶律洪基论功行赏，赏赐最厚的有两个人，一个叫耶律仁先，一个叫耶律乙辛。耶律仁先晋官"大于越"。

何为"大于越"？

大于越是辽之北面官①，地位尊贵，无职责，其班次在百僚之上，非有大功德者不授。朝廷有大事，大于越坐而议论，犹如汉唐制中的三公、三师。终辽二百余年，受此衔者，只有四人，在耶律仁先之前，获得此衔的是那个有战神之称的耶律休哥。

耶律乙辛，字胡睹衮，辽国五院部②人。他家里很穷，穷到什么程度，不佞不说，但不佞报一下他爹的绰号，你就知道了。

耶律乙辛的老爹，绰号"穷迭剌"。

耶律乙辛老爹虽然穷，但他老妈很不一般，会做梦。她因做了一个好梦，而怀上了耶律乙辛。

梦中，耶律乙辛老妈抓住了一只野羊，且掰断了犄角，又拔掉了尾巴，不知此梦是吉是凶，心中忐忑不安，便找了一个测梦先生为她测之。测梦先生听了她的梦，当即恭喜道："好梦，好梦也，你得出十倍的钱。"

耶律乙辛老妈说："十倍的钱我没有，你说吧，我的梦怎么好，若是久后应验，我出一百倍的钱。"

测梦先生连道了两个"好"字，说道："你怀的是一个儿子。'羊'字去掉头尾，是一个'王'字，你的儿子日后要当王爷！"

耶律老妈似信非信。

怀胎十月，她果真生了一个儿子，这已经够奇了。更奇的还在后边，耶律乙辛出生

① 北面官：官名。置于辽，由契丹贵族担任，统治契丹等族的官吏称北面官，与统治汉族的南面官相对而称。

② 五院部：契丹由六部分人组成，六部就是六院部。其中，五院部和六院部组成了契丹迭剌部。后来，迭剌部又分为两大院，称北大王院和南大王院。北大王院主管部族属国之政，南大王院主管汉人租赋军马之事。

的时候，父母正在路上，附近也没有河呀、湖呀、塘呀、沟呀之类的东西，正愁拿什么给他洗澡，辗出的车辙里，突然冒出了一股清泉。

由于家穷，耶律乙辛十一二岁时，父亲便让他独自放牧。某一天，天已经黑了，他还没有回家，他父亲在草丛中找到他时，他正在睡觉，便把他叫醒，他勃然大怒，说他正梦见神人手捧日月给他吃，已经吃掉了月亮，太阳正吃一半，被他父亲叫醒。

他父亲虽然不识字，但他知道太阳代表皇帝，儿子敢吃太阳，不是一个凡人，便不再让他放牧，延师教他武艺。

他在习武同时，向汉族人学习文化，集文武艺于一身。

古人云，“学得文武艺，货卖帝王家。”

但帝王家也不是好卖的。好在他命运还不错，从军不到五年，便做了耶律洪基老爹的侍卫。未几，又升文班吏。

文班吏是干什么的？

是掌太保印的，官不大，但它和宋朝的馆阁人员一样，属于储备人才，可以经常见到皇帝。

一见，两见，三见之后，得到了兴宗皇帝的赏识，把他调到身边，做笔砚吏。

在辽国所有的皇帝中，辽兴宗的文才堪称第一，他不只在诗词歌赋方面很有造诣。他的山水画，就是与宋朝那些顶尖级画师相比，也毫不逊色。

正因为辽兴宗文才高，才特别重视文化和文化人。故而，能做辽兴宗笔砚吏，乃是一件幸事。

耶律乙辛做了不到三年笔砚吏，便被擢为护卫太保①。到了耶律洪基当皇帝，对耶律乙辛的宠信超过了乃父，将他的官一提再提。耶律重元父子谋杀耶律洪基的消息，不知怎的被耶律乙辛知道了，他便给耶律洪基支招，第一不能去耶律重元家中探病。第二出猎，引蛇出洞，歼之。耶律洪基频频颔首。

耶律乙辛因平叛有功，迁北院枢密使和赵王。

耶律仁先虽然位在耶律乙辛之上，但耶律洪基并不信任他，把军政大权全交给耶律乙辛。

耶律仁先本来就与耶律乙辛不和，见他封王，心中不平。又见他独揽辽之军政大权，愈加不平，便找耶律洪基告御状，耶律洪基不但不听，还嘲笑他：“是不是因为没有

---

① 太保：古代帝王辅弼之官。保有“阿”“姆”之意，意为“训护人主，导以德义”。

封王，心中妒忌？”弄得耶律仁先气上加气，一不做二不休，遣一刺客，暗杀耶律乙辛。

谁知，又为耶律乙辛所知，密奏耶律洪基。耶律仁先被腰斩。

除掉了耶律仁先，耶律乙辛一手遮天，随心所欲。对内，顺我者昌，逆我者亡。对外，借庆寿为名，遍邀各国。大宋虽然也收到了邀请，但韩绛觉着，你耶律乙辛再牛，也不是辽国的国王，你过你的生日，与我宋朝何干？没有遣使前去庆寿。耶律乙辛很生气，以宋因变法而生内乱为由，说动耶律洪基遣萧禧为使至宋，提出要重新划定边界。辽认为宋辽分界，应在蔚、朔、应三州之间，分水岭土城为界。宋不该增兵河东，侵入辽界。

神宗在延和殿接见了萧禧，对他说道：“三州地界事小，边疆守臣即可办理，何必专派贵使不远千里亲至。朕即刻遣一职官前去当地察看，你朝也遣一职官前去商谈，如何？”

萧禧见赵家皇帝言之有理，忙向赵家皇帝拜了一拜，说道：“甚好，外臣当遵之。”

翌日，萧禧带了宋廷的国书回国复命。半月后，神宗遣太常少卿①刘忱为使，与辽之枢密副使萧素，会议代州（今陕西代县）境上，勘察商定国界。

辽宋已交好有年，画疆自守，并无龃龉，此番偏来议疆事，显见是借端生衅，乘间侵占。果不其然，刘忱、萧素来到实地察看，并无土城。照理，萧素应该大窘。可萧素不但面不改色，反振振有词地说道：“看来是萧禧记错了。没有土城，咱就以分水岭为界吧。”

凡山皆有分水，萧素此言明明是将错就错，刘忱岂能答应！与之辩驳，至再至三，萧素仍坚持已见，不肯通融。刘忱忙奏报宋廷。

神宗未曾为帝之时，雄心勃勃，立志要灭辽灭夏，一雪先帝之耻，但当辽国讹诈他的时候，他反而害怕了，一边回书辽主，改换谈判使者，一边下诏给元老重臣韩琦、富弼、曾公亮、文彦博等人，要他们就此事献计献策。

就在此时，王安石由江宁赶回汴京，重登相位。他一再给神宗打气：“陛下非睡王②，契丹主非柴世宗③，则陛下何为忧之太过？忧之太过，则沮怯之形见于外，是沮中

① 太常少卿：太常，掌宗庙祭祀、礼乐及文化教育的官员。初置于秦，属官有太常丞、太乐令、太祝令、太宗令、太史令、太仆、太医令及博士等官。唐时，属官减少。

② 睡王：指契丹主辽穆宗。他是辽国的第四个皇帝，叫耶律璟，乳名迷律。他在位十八年，是一个有名的昏君和暴君。他有一个特点，一见床就想睡，不是蒙头大睡，便是呼呼大睡，各种睡觉的方式他都尝试一遍。而且，一睡就能睡着，时人称其睡王。

③ 柴世宗：即后周皇帝柴荣，在位期间，整顿军事，奖励生产，先后取后蜀阶、成、秦、凤四州及南唐的江淮十四州；又北攻契丹（辽），收复莫、瀛、易三州。辽人谈柴色变。

国而生外敌之气也。”

王安石以古喻今，苦口婆心地劝谏神宗，希望他挺起腰杆，勇敢面对契丹人的讹诈。

王安石的劝谏，使神宗有所醒悟，正当他将要挺起腰杆的时候，韩琦的奏章呈到了他的案头。

臣观近年朝廷举事，似不以大敌为恤，彼见形生疑，必谓我有图复燕南之意，故引先发制人之说，造为衅端。臣尝窃计，始为陛下谋者，必曰治国之本，当先聚财积谷，募兵于农，庶可鞭笞四夷，复唐故疆，故散青苗钱，设免役法，置市易务，新制日下，更改无常，而监司督责，以刻为明，今农怨于畎亩，商叹于道路，长吏不安其职，陛下不尽知也。夫欲攘斥四夷，以兴太平，而先使邦本困摇，众心离怨，此则为陛下始谋者大误也。臣今为陛下计，具言向来兴作，乃修备之常，岂有他意？疆土素定，悉如旧境，不可持此造端，以隳累世之好。且将可疑之形，因而罢去。益养民爱力，选贤任能，疏远奸谀，进用忠鲠，使天下悦服，边备日充，若其果自败盟，则可一振威武，恢复故疆，摅累朝之宿忿矣。谨具议上闻！

富弼、文彦博、曾公亮亦先后上书，大致与韩琦略同，神宗又犹豫起来。

在神宗接到刘忱奏报的同时，辽主也接到了萧素的奏报，复遣萧禧二次使宋，递交了辽主的国书。书云：

……近览所司之奏陈，载祥兹事之缕细。谓刘忱等虽曾会议，未见准依。自夏至冬，以日逮月，或假它故，或饰虚言。殊无了绝之期，只有迁延之意。若非再凭缄幅，更遣使人，实虞诡曲以相蒙，罔罄端倪而具达……

神宗阅后，沉吟良久，决意召回刘忱，另遣韩绛六弟、时任天章阁待制①的韩缜为使，在汴商谈。萧素依然坚持以分水岭为界。

韩缜驳之：“凡山皆有岭，蔚、朔、应三州之间的山，不是一座两座，也不是三座四座，你所说的分水岭，是在哪座山上？”

① 天章阁待制：天章阁，宋阁名。建于宋真宗，专门收集真宗御书、御制文集。仁宗时置待制，掌天章阁。

萧素想了一想回道:“是黄嵬山吧。”

黄嵬山是一座默默无闻、名不见经传的山脉,韩缜岂能知道?便如实回道:“贵使所说的黄嵬山,我不知晓,我让有关人员查一查,咱再商议。”

萧素道了一声“好”。

韩缜出了驿馆,直奔皇宫,向神宗禀奏。神宗更不知晓,便让王安石询之百官,百官也不知晓。正当宋之君臣为此事愁眉不展之时,休假归来的沈括毛遂自荐。他说,他不仅知道黄嵬山在哪里,他还愿意面折萧素。

神宗又惊又喜,询之王安石:“沈括行吗?”

十九　秋花不比春花

沈括的胡子、头发，皆是妻子发泄对象，一缕一缕地扯，甚而连头皮都扯了下来，弄得他血迹斑斑。

正当神宗为要不要遣使赴辽举棋不定之时，南北二方同时传来警报。

苏轼觉着王安石的《咏菊》诗有误，秋风不可能吹落菊花。遂举笔舐墨，依韵续了两句："秋花不比春花落，说与诗人仔细吟。"

沈括，字存中，杭州钱塘人，生于宋天圣九年(1031年)，二十四岁考中进士，任沭阳(在江苏省北部)县主簿。他的父亲沈周当过泉州、开封、金陵、成都的知府，使得沈括有机会随父亲走了全国许多地方，见识比限于一地一镇的读书人要开阔得多。他未第之时，跟着父亲在泉州读书，听说铅山县有一泓泉水是苦的，当地村民将苦泉水放在锅中煎熬，熬干后就得到了黄灿灿的铜。他对这一传说很感兴趣，不远千里来到铅山县，目睹了村民"胆水炼铜"的全过程，并把它记录下来。这是我国有关"胆水炼铜"的最早记载。

一个偶然的机会，他读到了一本类似地方志的书，叫《高奴风物传》，书中说："高奴县有洧水，可燃"，他觉得很奇怪，便去进行实地考察。考察中，沈括发现了一种褐色液体，当地人叫它"石漆""石脂"，采集到罐子里用来照明。沈括给它取了一个新名字，叫石油，并动员当地居民，用它做饭、点灯。他在自己的著作中这样写道："鄜、延境内有石油……颇似淳漆，燃之如麻，但烟甚浓，所沾幄幕甚黑……此物后必大行于世，自余始为之。盖石油至多，生于地中无穷，不若松木有时而竭。"沈括不仅发现了石油，并且预言，"此物后必大行于世"。

沈括在治河改地方面，也颇有研究。早在他任沭阳县主簿的时候，就主持了治理沭水的工程，组织几万民夫，修筑渠堰，不仅解除了当地的水灾威胁，还开垦出良田七千顷。在任宁国县令的时候,他倡导并且主持在安徽的芜湖地区修筑万春圩,开辟出能排能灌、旱涝保收的良田一千二百七十顷,同时还写了《圩田五说》《万春圩图书》等关于圩田方面的著作。

熙宁五年(公元1072年),沈括主持了汴河的水利建设。为了治理汴河,沈括亲自测量了汴河下游从开封到泗州淮河段共八百四十多里河段的地势。他采用"分层筑堰法",测得开封和泗州之间地势高度相差十九丈四尺八寸六分。这种地形测量法,是把汴渠分成许多段,分层筑成台阶形的堤堰,引水灌注入内,然后逐级测量各段水面,累计各段方面的差,总和就是开封和泗州间"地势高下之实"。在对地势高度计算时,其数字竟细到了寸、分,简直让人不可思议。

他不只是一个奇才,还是一个通才,上至天文,下至地理、方志、律例、音乐、医药、卜算、水利、冶金、诗词歌赋,无所不通。

不只是无所不通,而是多有建树,中国古代四大发明之一的指南针,就是他的杰作。

在地理学研究方面,他的造诣超过了前代所有人。特别是他的"飞鸟图",也就是"取飞鸟之势"的绘图方法,比以往的"循路步之法",要精确许多倍。

如此一个人物,却非常的惧内,夫人吼一声,吓得他两腿打颤,跪搓衣板是他的家常便饭。他的胡子、头发,皆是夫人发泄的对象,一缕一缕地扯,甚而连头皮都扯了下来,弄得他血迹斑斑。不少人劝他休妻,他哈哈一笑道:"打是亲,骂是爱,我不知道咋高兴呢,休什么休!"

王安石正讲得高兴,神宗笑着将他的话截住:"爱卿不必说了。朕很想知道,若是遣沈括为使,他凭什么去面折辽使?"

王安石如实回道:"臣也不知。但沈括绝不是那种说话不靠谱的人,他说他能面折萧素,一定是胸有成竹,陛下若是不放心,何不召他一问?"

神宗点了点头,当即传旨,召沈括进宫。

沈括见了神宗,行过礼后,问道:"陛下召臣,莫不是为着宋辽边界之事?"

神宗将头点了一点。

沈括道:"萧素要以黄嵬山作为宋辽的边界,那是有意讹诈大宋的疆土!"

"何以见得?"神宗问。

"宋辽之边界,《澶渊之盟》已经确定,是以白沟河为界,白沟河以北为辽国疆土,以南为大宋疆土。"

“何以为凭?”神宗又问。

沈括打开随身携带的,由他绘制的《天下郡守图》,指着标有白沟河的地方说道:“这就是白沟河。”

神宗轻叹一声道:“卿说宋辽边界以白沟河为界,辽人同意吗?”

沈括道:“有《澶渊之盟》为证,他不同意也得同意。”

“《澶渊之盟》记有此事?”神宗复问。

“记在《澶渊之盟》的附件上。”

“这个附件卿看了吗?”神宗再问。

沈括回道:“看了。”他唯恐神宗不信,又补充道:“昨天在枢密院看的。”

神宗忽然想起了什么,“哎”了一声道:“若以黄嵬山作为宋辽的边界,我朝能吃多大亏?”

沈括回道:“黄嵬山在白沟河南三十四里,而我朝之蔚、朔、应三州与辽的边界线长达七百里,若以黄嵬山为界,我朝南北失地三十四里,东西失地七百里。”

神宗“啊”了一声道:“失地这么多呀! 哎,大臣不考本末,几误国事。”当即赐沈括白金百两,任命他为正使,韩缜为副使,与萧素商议勘定边界之事。

沈括见了萧素,将《澶渊之盟》的附件和《天下郡守图》摆在萧素面前,萧素自知理屈,但又不肯认输,对沈括说道:“辽宋两国边界之勘定,贵使如果认为本使说的不对,请贵使辛苦一趟,前去敝国,直接和我们的枢密使谈。”

沈括铿声回道:“好!”

“贵使什么时候动身?”萧素问。

沈括回道:“待本使奏报吾家天子之后再定。”

“好,我在驿馆候您的信。”

沈括又道了一声“好”。

翌日,沈括、韩缜带着三个从吏,跟着萧素上路,半月后来到了辽国上京。枢密使耶律乙辛亲自出面,与沈括谈了六次,沈括不为所屈。耶律乙辛恫吓道:“区区数里,不肯界我,莫非自愿绝好吗?”

沈括愤然道:“师直为壮,曲为老,北朝弃信失好,曲有所归。枢密使如果硬要和我朝绝好,我朝就是不想绝好,又有什么办法?”

耶律乙辛冷笑一声,说道:“既然这样,你走吧!”

沈括愤然长身,昂首出了辽之议事大厅,带着原班人马返回大宋,并把沿途辽国之山川关寨的风俗民情,写成一本书——《使契丹图抄》,献给宋神宗。

宋神宗听沈括、韩缜禀奏了辽国之行,问之曰:"依二位爱卿看来,辽国会不会真的对我大宋动武?"

沈括回道:"依臣看来,他不会,可韩大人认为会。"

神宗问:"沈爱卿的依据是什么?"

沈括回道:"近三年,辽之叛乱不断,比如北部的淮布落部、乌古敌烈部等。特别是乌古敌烈部,其酋长居然自立为帝,辽国出动了三十万的斡鲁朵,用了半年时间才将他们平定。去年,辽之北方遭大雪灾,今年又遭旱灾,遍地饥民。他们自顾不暇,拿什么来进攻军事实力空前增长的天朝上国。"

神宗移目韩缜道:"卿也说一说,卿凭什么认为辽会对我动武?"

韩缜回道:"辽国是发生了几次叛乱,也确实遭了雪灾和旱灾。但平叛有失有得。什么得呢?通过平叛,锻炼了他的军队。至于受灾之事,臣以为,正因为他们受了灾,才会对我大宋动武?何也?通过动武他们可以打谷草①。通过打谷草,既解决了军队的吃饭穿衣问题,又可将打谷草所得用来救济灾民。"

神宗轻叹一声道:"二位爱卿所言都有一定道理。尔等出使辽国三个多月,辛苦了,回去歇息三天再上朝。"

沈括、韩缜再拜而去。

三天后,神宗召集众执政,让沈括将辽国要重新勘界之事的始末,仔细地讲了一遍后问道:"诸位爱卿认为,这事应当何处?"

对于何处,分成了截然不同的两派,一派认为,对于辽人的讹诈,坚决顶回去;一派认为,黄嵬山以北乃荒蛮之地,给就给吧。

就神宗来讲,他赞成把辽国的无理要求顶回去。这一派权且叫他顶回去容易,辽国若是真的打过来怎么办?在主战派中又分成了截然不同的两派,一派认为,兵来将挡,水来土掩;一派认为,应当主动出击,拒敌于国门之外,或者干脆来一个北伐。神宗举棋不定,禀之于太皇太后。

太皇太后道:"陛下若是北伐,储蓄赐予,已备足否?士卒甲杖,已精利否?"

神宗茫然答道:"这能是容易筹办的!"

① 打谷草:就是通过战争掠夺资源,一般是游牧民族进行的。他们频频入侵中原,掠夺谷呀、草呀,以及吃的、喝的东西,称之为打谷草。

太皇太后道："先圣有言，吉凶悔吝生乎动，若北伐得胜，不过南面受贺，万一挫失，所伤实多。我想辽国易图，太祖、太宗应早收复，何待今日？"

神宗方才悟道："敢不受教！"

既退，尚有所疑，欲再遣使询之韩琦。不料韩琦病逝，遗疏到京，乃辍朝发哀，追赠尚书令，谥忠献，配享英宗庙。

韩琦既殁，无法相询，神宗便遣使询之富弼，富弼道："将欲取之，必姑与之，这是老氏（老子）遗训，何妨照行。"

唉，富弼呀富弼，宋仁宗当政的时代，辽主耶律宗真索要宋之关南十县之地，你不只独闯狼穴，你还敢在狼穴里咆哮，终于使辽主放弃了索地的要求。你那时是何等的勇敢，被国人誉为英雄中的英雄，男人中的男人！而今，辽主耶律宗真早已死了，继位的乃是他的那个优柔寡断的犬子耶律洪基，你却让大宋天子向他低头，拱手把七百里锦绣河山双手送给他人！

唉，不佞真不知道你是怎么想的！

富弼的话使神宗颓然决定，遣沈括二次赴辽，答应辽之以黄嵬山为界的要求。

沈括委婉地拒道："陛下，臣在辽人面前，已经将话说满，被辽人赶了回来，臣再次使辽不大合适。"

沈括不合适，那只有遣韩缜了。但韩缜借口心口疼得厉害，不但不去，还私下对人说："我不想让人说我卖国。"

韩缜的话很快传到了神宗耳里。他暗自思道："韩缜怕人说他卖国，我呢？会不会也有人说我卖国？看来和辽国勘界的事情得慎重。"

正当神宗为要不要遣使赴辽举棋不定之时，南北二方同时传来警报：一曰，辽主正在调集军队，不日将要大举犯宋。二曰，交趾[1]分兵三路入寇。

交趾入寇大宋，半怨交趾，半怨宋廷。

交趾自黎桓篡国，翦灭丁氏，宋廷不但不去讨罪，竟将错就错，封黎桓为交趾郡王。桓死，二子为争王位，互相残杀。王位为交州大校李公蕴所篡。公蕴遣使入贡，依然受宋封册，为南平王。公蕴传子德政，德政传子日尊，日尊又传子乾德，代代向宋进贡，并无失礼之处。适章惇收峒蛮、熊本平泸夷、王韶又克河州，边功迭著，恩赏甚重。知邕州

① 交趾：旧对安南、越南的别称。越南自十世纪三十年代独立建国后，北宋称其国为交趾，南宋后虽先后改称为安南和越南，但因其国本古交趾地，也别称为交趾。

萧注，艳羡起来，居然欲南平交趾，献策徼功。及神宗召他入问，他又一味支吾，说不出什么方法。偏度支判官①沈起，大言不惭，竟视南交为囊中物。神宗以为有才，便命他出知桂州。起既抵任，遣使入溪峒募集土丁，编为保伍，令出屯广南，派设指挥二十员，分督部众，又在融州强置城寨，杀交人千数。交趾王乾德，奉表陈诉，神宗也觉无理，只好归咎沈起，把他罢职，另调知处州刘彝，往代沈起。彝到桂州，虽奏罢广南屯兵，却仍遣枪杖手，分戍边隘。复听偏校之言，大造戈船，似乎有立平南交的意思。交人入境互市，被他拒绝，又沿途派置巡逻，不准交趾通表。交人大愤，竟分三路入寇：一自广府，一自钦州，一自昆仑关，连陷钦廉二州，杀死土丁八千人。

宋神宗暗思，宋之百官对辽，素来存有恐惧心理，如今，交趾又来捣乱。宋若两面用兵，必败无疑。故而，交趾与辽，必须摆平一方。摆平谁呢？辽国之势力远大于交趾，但其祸尚未发生。交趾呢？已经陷我三州，乃火烧眉毛之祸。俗话不俗，火烧眉毛顾眼前。

既然要顾眼前，那就得对辽妥协，答应辽之要求，将黄嵬山以北的七百里荒蛮之地甩给它。

主意既决，便召韩缜入宫，命他即刻起身，再次去辽商谈勘界之事。

不，不是商谈，是照着辽之所言，以黄嵬山为界，将山北之地全部割给辽国。

韩缜不想落一个卖国之名，又以心口疼为由，拒之。

神宗板着脸说道："什么心口疼，装的！"

"不，不是装的，臣真的有心口疼病。"

神宗冷笑一声道："卿到底有无此病，朕不想给你争辩。朕只问卿一个事，何人对邓绾说，皇上要我再次使辽，与辽签订勘界的条约，这一签，把黄嵬山以北的七百里锦绣河山便割给了辽，国人岂不要骂我卖国？我可不想背上卖国的骂名！"问得韩缜头上冒汗，暗自骂道："这个邓绾，真不是个东西！"

只听神宗继续说道："卿若不肯去辽签约，辽主必将提兵南下，南（交趾）北（辽）夹击，我大宋如何受得了。国若亡了，卿家族可得保乎？所以呀，为了大宋，为了卿的家族，卿不去也得去！"

---

① 度支判官：度支，财政机构名，乃三司（盐铁、度支、户部）之一。自立为司时，度支设度支使、度支副使（不常置）。隶三司为分部时，设副使、判官、推官和主簿（罕置）。

神宗把话说得如此严厉，韩缜还能再说什么，只有去了。他这一去，便被钉在了历史的耻辱柱上，哑巴吃黄连——肚里有苦说不出来。

在遣韩缜使辽的同时，神宗颁旨一道：一、将刘彝除名（开除公职）。二、命邕州知州苏缄率当地厢军、乡军、甲丁前去剿贼。三、授天章阁待制赵卨为招讨使，宦官李宪为副使，率禁军骑兵八万，前去讨贼。

苏缄尚未接到君命，交趾军如蚁而来，将邕州城团团围住。苏缄一边率吏民守城，一边向各处乞援。哪知附近州吏，统是一班行尸走肉的人物，袖乎旁观，坐听成败，缄虽日夕抵御，究竟寡不敌众，看看粮竭矢穷，料已不能再守，乃命家属三十六人，先行自尽，一一埋置坎中，然后纵火自焚。城中兵民，感缄忠义，无一降寇，至交人攻入城内，五万八千余人，被交人屠戮殆尽。交人气焰愈盛，居然遣精兵三千名，向北潜行一百二十里，偷袭倍道而来的宋军，杀宋军官兵一千八百人。

宋军惧，后退六十里，方安营扎寨。

打了败仗，理应总结教训，重整旗鼓，克敌制胜，可赵卨与李宪不是这样，互相指责，甚而闹到神宗那里。赵卨上书云："宪系内侍，不便掌兵，请另行简命！"

神宗召赵卨入京问道："李宪既然不便掌军，那就由卿另举一人吧。"

赵卨对道："宣徽使[①]郭逵，既掌兵经年，又熟识边情，可否作为一个人选？"

神宗道："可。"

赵卨又道："既然陛下认可郭逵，臣之才不及逵，伏乞命逵为使，臣愿为副。"

神宗又道了一声"可"。

宋制，京官外任，武将出征，一般都要向皇帝辞行，说一些表忠心的话。

郭逵辞行之时，除了表忠心之外，又提了一个请求，请调鄜延河东旧吏士，随军南下。神宗不只答应了，还赐宴便殿，特给中军旗章剑甲，借示威宠。宴后，郭逵与赵卨南行。刚一出京，谍人将一交人之露佈，呈送朝廷。佈云："中国推行新法，大扰民生，故特地出兵，来相救济……"

王安石阅之大怒，亲草敕牍，进行驳斥，且令郭逵檄谕占城[②]、占腊[③]二国，夹击交州。郭逵率军行至长沙，依令驰檄，并遣裨将往攻钦、廉，自与赵卨西向进发，将至富良

---

① 宣徽使：官名。唐至元宣徽院长官，简称宣徽使。唐中叶后初置，以宦官担任，分宣徽南院使和北院使。后因宦官势力大，官职也渐尊贵。五代及宋，常以大臣任之，位尊而事简。

② 占城：古国名，也叫占婆。故地在今越南中南部。公元192年（一说137年），区逵（逵或作连、怜）建国。

③ 占腊：即真腊。

江。接到钦、廉捷报，两州已克复了。郭逵乘势进兵，到了江边，遥见伪太子洪真(李乾德之子)率领敌舰纷至沓来，帆樯如林，舰中满载兵甲，来势甚锐，倒不禁疑虑起来。当下与赵卨商议道："南蛮狡悍，鼓锐前来，急切难与争锋，看来我军是不能速渡哩，应如何设法，方可破敌？"

赵卨答道："不如先造攻具，毁坏蛮船，再出奇兵逆击，何患不胜！"

郭逵欣然道："就照此办理罢，请君督行便是！"

赵卨亦欣然说道："敬从将军之命。"当即分遣将吏、登山伐木，制成机械，运至江滨，用石发机，抛击如雨。蛮船未曾预防，遭此一击，害得帆折樯摧，七颠八倒。赵卨已备着大筏，选锐卒万人，乘筏急攻，交人正虑船破，修补不及，怎禁得宋军驰至，乱砍乱剁，霎时间各船大乱，纷纷溃散。伪太子洪真，尚欲勒兵截杀，亲登船楼，指挥左右，不料一箭飞来，正中要害，当即堕船毙命。群蛮见了，越发恐惧，弃盔卸甲，竞相奔回交州去了。

宋军夺得战船数十艘，斩首数千级，各返报军门，献功陈绩。赵卨一一记录，转达郭逵。郭逵飞章告捷，又与赵卨面商道："此次战胜，贼应丧胆，正好乘势入攻，怎奈我军远来，触犯烟瘴，非死即病。昨由我派吏查核，八万禁军已死亡逾万，这一万之中，有一半死于病疫，这却如何是好哩？"

赵卨道："既然这样，且缓渡富良江，就在江北略地，借此示威。若李乾德肯来谢罪，我等就腿搓绳，罢兵回朝。"

郭逵点首道："我也这般想呢。"乃勒兵不渡，只分兵略定广源州、门州、思浪州、苏茂州及桄榔县。

李乾德大恐，遣使奉表，诣军门纳款。郭逵、赵卨，遂与来使议和，班师还朝。廷臣又相率称贺，神宗谕改广源州为顺州，赦乾德罪；复治沈起、刘彝开衅之罪，编管随、秀二州。既而，乾德遣使来贡，并归所掠兵民，廷议以乾德悔罪投诚，赐还顺州，寻复还他二州六县。乾德感念圣恩，不再复叛。

就在郭逵、赵卨南讨交趾之时，变法集团的几个重要成员和王安石斗了起来。第一个出场的竟是韩绛。

韩绛在王安石第一次罢相期间，当上了首相，因不满吕惠卿擅权，力主王安石复职。哪知道，王安石复相后仍一如从前，独断专行。

熙宁八年(1075 年)八月，王安石提议让吕嘉问复官提举市易司。韩绛不同意："吕嘉问的名声太差，让他再次提举市易司，恐怕又要引起一番争议。"

王安石反驳道:“吕嘉问为了支持新法,不惜盗堂祖父之书,且又才干卓著,不能因为那些谏官和反对派的反对就不用他了。”

韩绛反问道:“新法再好,是不是要由人来推行?”

王安石轻轻颔首。

韩绛道:“您想让吕嘉问复官,目的是不是为了更好地推行新法?”韩绛又问。

王安石道了一声“是”。

“既然这样,我想提醒您,若用吕嘉问,怕是适得其反呢!”

王安石眉头微皱道:“不会吧!”

“怎么不会,韩非子您不会不知道吧?”

王安石道:“当然知道了。”

“他写了本书叫《韩非子》,我相信您一定读过。”

王安石又道:“读过。”

“书中讲了一个故事,叫《宋人沽酒》,这个故事,我知道您也知道,但我还是想再说一说。沽酒的这个宋人,人好、酒好、量也足。而且,还很会招揽生意,他将酒幌子(酒旗)挂的老高,诚心诚意地希望有人来买酒。但由于有条恶狗在店门口,致使酒都变酸了也无人光顾。”

他轻叹一声,意味深长地继续说道:“咱所推行的新法,不敢说每一条都十全十美,但总体来说,是利国利民的。既然利国利民,为什么还有那么多人反对,说句不客气的话,就是我们用了一些不该用的人,比如吕惠卿、吕嘉问、李定、邓绾等等。”

韩绛这一番话,虽然是掏着心窝子说的,可王安石听不进去,满面怒色道:“你一定是受某些人的蛊惑,才这样说的。没有吕惠卿他们的支持、参与,新法就不可能推行得这么快,更不会取得这么明显的成效!特别是吕嘉问,不就因为盗了堂祖父之书才臭了吗?他为什么要盗书?不还是为了新法?不还是为了朝廷?不还是为了保吾等吗?而朝廷却将他贬官,是朝廷对不起他呀!所以,依我之意,不只要复他的官,还想让他负更大的责任哩!”

韩绛为人忠厚,对王安石也十分敬重,听了王安石的话,居然一反常态,抗声说道:“您对吕嘉问怎么看,那是您的事。但我坚决反对将吕嘉问复官。”

王安石强压怒火道:“吕嘉问该不该复官,我说了不算,你说了也不算,咱将咱二人的意见,如实上奏皇上,让皇上钦定。”

韩绛怒道:“你不要拿皇上压我,这宰相我不干了!”甩袖而去。

翌日，他上书神宗，说自己贱体有恙，请求辞去宰相。书上后竟自己给自己放假，不再上朝了。

神宗留书不发，遣人捎话，要他上朝。

他不但不上，继续上书求辞。他二上之后，神宗召王安石商议。

王安石愕然说道："他果真要辞相吗？"

神宗将韩绛的三封辞书，朝王安石坐的方向推了一推道："卿自己看吧。"

王安石趋到御前，双手取了韩绛之书，坐回原处，一一览之。

"陛下，对于'新法'的推行，韩绛出了大力。而且，拥护'新法'的官员，本来就不多，您千万不要答应他。"

神宗长叹一声道："可他辞意甚坚，朕怕是留他不住。"

王安石默想了一会儿说道："臣和韩绛之争，乃是吕嘉问该不该复官一事。为了留住他，臣就让他一步吧。"

神宗道："如此说来，卿不再坚持让吕嘉问复官了？"

王安石将头轻轻点了一点。

神宗道："据朕看来，韩绛对卿的成见，不单单因为吕嘉问复官之争。"

王安石再次愕然道："还有它事么？"

神宗道："至于什么事，朕也说不大清。卿如果真的想让韩绛留下来，卿不妨屈尊去他府上一趟。"

"好，臣这就去韩府一趟。"

他这一去，韩绛被感动了。

王安石是有名的"拗相公①"，连黑脸包拯都拗不过他，居然登门向韩绛道歉，韩绛能不感动吗？

他这一感动，便自己给自己销假，又上朝去了。但他上了一旬之后，又数次上书求辞，神宗勉强同意了，让他以使相②身份去知许州。

韩绛这一次上书辞相，源于一件小事。

前年，王安石罢相归家途中，听堂侄女王小倩讲了苏轼，激起他的爱才之心，因苏轼私访去了，错过了会面的机会。前不久，杭州知州致仕，他便举苏轼代之。依例，苏轼上

① 拗相公。相公：古时对人的一种尊称。古时，凡拜相必封公。因王安石性格执拗，故称其为拗相公。

② 使相：唐宋时，节度使加宰相衔，或前宰相罢政加节度使之号者，均称使相。

任之前，须拜见天子谢恩。神宗笑而问道："卿知道卿为什么得以迁官吗？"

苏轼回道："得之于皇恩浩荡。"

神宗道："皇恩浩荡只是一个方面，卿这次得以迁官，乃王相所荐。"

苏轼颇受感动，回想起和王安石的恩恩怨怨，自己作为一个后学晚辈，确实有一些不对的地方，索性在离京之前，去王府一趟。

苏轼在汴京没有自己的私房，借住于相国寺。相国寺距王安石府，也不过数里之地，骑马一盏茶时间就到了。离相府尚有一箭之地，苏轼下马步行而前。见相府门首许多听事官吏，纷纷站立。苏轼举手问道："列位，相爷在堂上否？"

守门官上前答道："相爷昼寝未醒，且请门房中少坐。"

苏轼道了声"多谢"，径奔门房，在一张交床上坐下，将门半掩。不多时，相府中有一少年，年方弱冠，戴缠缨大帽，穿青绢直摆，攞手洋洋，出府下阶。众官吏皆躬身揖让，此人从东向西而去。

苏轼命从人去问，相府中适才出来者何人？

从人打听明白回复，是丞相老爷府中掌书房的，姓徐。在苏轼的印象中，王安石书房中宠用的有个徐伦，两年前还未冠。今虽冠了，面貌依然。遂叫从人："既是徐掌家，与我赶上一步，快请他转来。"

从人飞奔去了，赶上徐伦，不敢于背后呼唤，从旁边抢上前去，垂手侍立于街旁，道："小的是徐州府苏爷的长班。苏爷在门房中，请徐老爹相见，有句话说。"

徐伦问："可是长胡子的苏爷？"

从人道："正是。"

徐伦忙转身返回。从人先到门房，回复徐掌家到了。

徐伦进门房来见苏轼，意思要跪下去。苏轼忙用手挽住。

这徐伦立身相府，掌内书房，外府州县官员到京参谒丞相，知会徐伦，俱有礼物，单帖通名。今日见了苏轼怎么就要下跪？因苏轼久在丞相门下往来，徐伦自小服侍安石，职任烹茶，在苏轼面前，不敢托大。苏轼见他要跪，忙用手挽住道："徐掌家，不要行此礼。"

徐伦道："这门房中不是苏爷坐处，且请进府，到东书房待茶。"

这东书房，便是王丞相的外书记房了。凡门生知友往来，都到此处。徐伦引苏轼到东书房，看了坐，命童儿烹好茶伺候。

"禀苏爷，小的奉老爷差遣，往太医院取药，不得在此服侍，怎么好？"

苏轼道:“且请治事。”

徐伦去后,苏轼见四壁书橱关闭有锁,文几上只有笔砚,更无余物。苏轼开砚匣,看了砚池,是一方绿色端砚,甚有神采。砚上余墨未干。方欲掩盖,忽见砚匣下露出些纸角儿。苏轼扶起砚匣,乃是一方素笺,叠做两摺。取而观之,原来是两句未完的诗稿,认得是王安石笔迹,题是《咏菊》。

苏轼笑道:“士别三日,另眼相待。昔年,我在京为官时,此老下笔数千言,不加思索。三年后,也就不同了。正是江郎才尽,两句诗不曾终韵。”

说毕,念了一遍:“呀,原来连这两句诗都是乱道。”

这两句诗怎么样写?

西风昨夜过园林,吹落黄花满地金。

苏轼为何说这两句诗是乱道?一年四季,风各有名:春天为和风,夏天为熏风,秋天为金风,冬天为朔风。和、薰、金、朔四样风配着四时。这诗首句说西风,西方属金,金风乃秋令也。那金风一起,梧叶飘黄,群芳零落。第二句说:“吹落黄花满地金。”黄花即菊花。此花开于深秋,其性属火,敢与秋霜鏖战,最能耐久。随你老来焦干枯烂,并不落瓣。说个“吹落黄花满地金”,岂不是错误了?兴之所发,不能自已,举笔舐墨,依韵续诗二句:

秋花不比春花落,说与诗人仔细吟。

写过之后,苏轼忽生愧心:“倘此老出书房相待,见了此诗,当面抢白,如何是好?”欲待袖去以灭其迹,又恐安石寻诗不见,带累徐伦。思算不妥,只得仍将诗稿折叠,压于砚匣之下,盖上砚匣,步出书房。到大门首取脚色手本,付与守门官吏嘱咐道:“相爷出堂,通禀一声,说苏某在此伺候多时。因初到京中,文表不曾拾。明日,再来谒见。”说罢,骑马回相国寺去了。

苏轼刚走,王安石出堂。守门官吏虽蒙苏轼嘱咐,没有红包相送,那个与他禀话,只将脚色手本和门簿缴纳。王安石也只当常规,又记着菊花诗未曾完韵,无心观看。恰好徐伦从太医院取药回来。王安石唤徐伦送至东书房,自己也随后入来。坐定,揭起砚匣,取出诗稿一看,问徐伦道:“适才何人到此?”

徐伦下跪禀道："徐州府苏爷伺候老爷曾到。"

安石看其字迹，也认得是苏轼之笔。口中不语，心下恨道："苏轼这个小畜生，虽遭挫折，轻薄之性不改！不道自己学疏才浅，敢来讥讪老夫！明日奏明天子，将他削职为民。"又道："且住，他也不晓得黄州（今之湖北省黄冈市）菊花落瓣，也怪他不得！"叫徐伦取湖广缺官册籍来看。单看黄州府，余官俱在，只缺少个团练副使。安石暗记在心，命徐伦将诗稿贴于书房柱上。第二日早朝，密奏天子，言苏轼才力不及，改任黄州团练副使。

宋代，州分雄、望、紧、上、中、中下等。又有同下州之名，指军监。按格，有都督州、节度州、观察州、防御州、团练州、军事州之别。团练州置团练使，长官为五品官。团练使下置副使。不管是正使还是副使，并不负责州内事务，仅是挂名而已。

苏轼原本是正儿八经的六品知州，这一次降为从六品团练副使，且不任事。他明知是因为改诗触犯了王安石，王安石公报私仇，但还得上朝谢恩。朝房中才卸朝服，长班禀道："丞相爷出朝。"

苏轼心中尽管有一百个不满，也不能表露，束手而立。王安石自肩舆中举手说道："中午老夫有一饭。"

二十　黄州好猪肉

苏轼来到菊花棚下，只见满地铺金，枝上全无一朵，唬得目瞪口呆。

王安石指着满屋书橱对苏轼说道："你可从这二十四个书橱中任取一册书，不拘前后，念上文一句，老夫答下句不来，就算老夫无学。"

耶律乙辛把一双恶毒的眼睛转向太子的母亲——萧观音。

苏轼回到相国寺下榻处修书，打发徐州跟官人役，兼本衙管家，往旧任接取家眷黄州相会。

午牌过后，苏轼素服角带，写下新任黄州团练副使脚手本，乘马来到相府。

门吏见苏轼到了，忙通报王安石，王安石道了一声"请"。

苏轼进得大门，见王安石立于台阶，心头一热暗道："他依然拿我当学生看待呢！"忙趋而升阶，施以揖礼。

中国素有礼仪之邦的盛誉，早在先秦时代，我们的先人已经建立完备的礼仪，日常起居该行什么礼；社交往来、岁时节令、国家重大礼典又该行什么礼，都有明确规定。单就"日常起居"，又分日常应对、居住、穿衣、居家等等。"日常应对"又分多种，比如一般行为、民间相见、朝官相见、师生相见，等等。不同身份的人相见，即使同一身份，在不同场合相见，所行之礼也不相同。

为什么苏轼一进王安石家大门，便知道王安石拿他当学生看待？

宋时，小官见大官必拜。

何为拜？

拜是古人日常生活中常见的一种传统礼节。拜又分九种，两手相交，男尚（上）左手，女尚（上）右手，屈膝跪地，头不置地，头与腰如衡之平。

一般来讲，小官见大官，小官行拜礼，大官还答拜礼。如果小官见宰相、枢密使之类的大官时，小官仍行拜礼，宰相、枢密使之类的大官不须还礼。

小官若去宰相、枢密使之类的大官私宅拜见，具名帖、通名，待召而入。入时，还得趋行，一直趋到堂上，行拜礼。这中间，宰相和枢密使不仅不出迎，还端坐堂上不动。

何为趋？

小步而行，谓之趋。行走的时候，不只要迈小步，后脚还得紧跟前脚的一半。

师生在私宅相见呢？虽然也具名帖、通名、待召而入、趋行。但老师要立在台阶上相迎。学生升阶，行揖礼。

何为揖礼？

向人行礼时，两手抱拳高拱，谓之揖。

苏轼见王安石亲至台阶迎他，忙趋而升阶，向王安石施以揖礼。

王安石在前，苏轼在后。登堂后，苏轼北面再拜，王安石西面答揖。

“请，请先生居正位。”

王安石正面坐定后，命苏轼面西而坐。茶至，苏轼又向王安石施以揖礼后，方才归座。

茶过三巡，王安石开言道：“子瞻左迁黄州，乃圣上之意，老夫爱莫能助。子瞻莫要错怪老夫。”

苏轼道：“学生自知才力不及，岂敢埋怨老师！”

王安石笑道：“子瞻大才，岂有不及！只是到黄州为官，闲暇无事，还要读书博学。”

苏轼目穷万卷，才压千人。今日劝他读书博学，还读什么样的书！心中愈发不快，但口中却道：“承老师指教。”

王安石为人至俭，肴不过四器，酒不过三杯，饭不过一箸。不消两刻，食已毕。苏轼起身告退。王安石送到滴水檐前，携其手道：“老夫幼年灯窗十载，染成一症，老年举发。太医院看是痰火之症，虽然服药，难以除根。必得阳羡茶，方可治。有荆溪进贡阳羡茶，圣上就赐予老夫。老夫问太医院官如何烹服，太医院官说：‘须用瞿塘（中峡）水’。瞿塘在蜀，老夫几欲差人往取，未得其便，兼恐所差之人未必用心。子瞻桑梓之邦，倘尊眷往来之便，将瞿塘水，携一瓮寄与老夫，则老夫衰老之年，皆子瞻所延也。”

苏轼拱手说道：“小事一桩，学生若有回京机会，定将一瓮瞿塘水双手奉上。”

王安石道了一声“多谢”，目送苏轼出了大门，这才折回。

苏轼刚一回到相国寺，韩绛遣人来请。忙又上了坐骑，去见韩绛。

韩绛问曰：“学士知不知道，你为何左迁黄州？”

苏轼道:“知道。”

“为什么?”韩绛问。

苏轼便将他拜访王安石之所见所为,仔细地讲了一遍。

韩绛愤色说道:“学士说得对,菊花确实开于深秋,就是焦干枯烂也不会落瓣。王安石不懂菊硬写菊,学士只是改了一下他的诗,他便如此相报,可见他的心眼之小,可见他又是多么的跋扈!哎,与这样的人同朝为官,简直是一种耻辱!老夫这宰相坚决不再干了!”

苏轼慌忙劝道:“相爷,这宰相您不能辞。一是朝廷离不开您。二是若是因为我,您辞了宰相,叫王丞相怎么看我,朝野又怎么看我?”

韩绛道:“不关你事,这宰相老夫早就不想干了!”

苏轼还想再劝,韩绛将手摆了一摆说道:“老夫辞意已决,你就不要劝了。”

苏轼怅然而去。

送走了苏轼,韩绛来到书房,又写了一道辞相的表章。

神宗见他去意甚坚,便准其所请,命他以使相的身份,知许州去了。

此一消息,苏轼在去黄州的路上,从驿馆的《邸报》上看到后,发出一声长叹。

黄州吏民久闻苏轼大名,况且,他又是因为遭王安石所忌而贬,听说他到了黄州地界,数千吏民出郭相迎。

苏轼在黄州,与蜀客陈季常为友。陈季常者,就是那个河东狮吼的男人。二人不是登山玩水,便是饮酒赋诗,军务民情,秋毫无涉。

某一日,季常问苏轼:“听说贤弟很会烹调猪肉,黄州的猪肉,贱如粪土,而人们又不大吃它,您何不烹调一些来吃?”

苏轼颔首道:“贤兄所言甚是。”当即让家人买了十斤猪肉,亲自下厨烹调,食之甚美,季常赞不绝口。自此,苏轼经常烹调猪肉让季常和家人吃。某一次,食得兴起,即兴作了一首打油诗,名曰《食猪肉诗》:

黄州好猪肉,
价贱如粪土。
富者不肯吃,
贫者不解煮。
慢着火,少着水,

火候足时它自美。

每日早来打一碗，

饱得自家君莫管。

此诗一传十，十传百，人们照着诗中所言竞相烹调猪肉，并把这道菜戏称为“苏轼肉”。

苏轼在黄州悠哉了将近一年，秋天戛然而至。重阳之后，连日大风。一日风息，苏轼兀坐书斋，突然想到：“定惠院长老曾送我黄菊数种，栽于后园，今日何不去赏玩一番！”

足犹未动，恰好陈季常来访。苏轼大喜，便拉陈季常同往后园看菊。到得菊花棚下，只见满地铺金，枝上全无一朵，唬得苏轼目瞪口呆。

陈季常惊问道：“子瞻见菊花落瓣，缘何如此惊诧？”

苏轼回道：“季常兄有所不知。平常见此花只是焦干枯烂，并不落瓣。去岁在王丞相府，见他《咏菊》诗中写道，‘西风昨夜过园林，吹落黄花满地金。’小弟只道此老错了，续诗二句道，‘秋花不比春花落，说与诗人仔细吟。’却不知黄州菊花果然落瓣！此老左迁小弟到黄州，原来是想让我看菊花呢！”

陈季常轻叹一声道：“古人说得好，广知世事休开口，纵会人前只点头。假若连头俱不点，一生无恼亦无愁。”

苏轼亦道：“小弟被谪，总以为是王公恨我摘其短处，公报私仇。谁知，他倒不错，我倒错了。亲眼相见者，尚且有误，何况其他！吾辈切记，不可轻易说人笑人，正所谓经一失长一智耳。”说毕，命家人取酒，与陈季常就落花之下，席地而坐。

二人正饮酒间，门子报道：“本州马大人拜访，将到。”

苏轼吩咐道：“辞了他罢。”

是日，两人对酌闲谈，到晚方散。

次日，苏轼写了名帖，答拜马大人。马知州出堂迎接，到了后堂，分宾主而坐。二人一边饮茶，一边闲谈，谈着谈着，谈到了苏轼去年相府错题菊花诗之事。马知州微笑道：“学士初到此间，也不知黄州菊花落瓣。亲见一次，此时方信。可见王相学问渊博，有包罗天地之抱负。学士大人一时忽略，陷于不知，何不到京中王相门下赔罪一番，王相必然回嗔作喜。”

苏轼道：“学生也想去，恨无由也。”

马知州道:“今便有一事可以方便,只是不敢轻劳学士。”

“大人不必客气,有事尽管吩咐。”

马知州道:“常规,每逢冬至节,州府长官要有贺表到京,学士大人若不嫌琐屑,借进表为由,去京一趟可好?”

苏轼道:“承堂尊大人用情,学生愿往。”

马知州道:“这道表章还得借学士大笔。”

“小事一桩。”苏轼说毕,别了马知州回衙。想起王安石嘱他要取瞿塘水的话来。初时心中不服,连这取水一事,也置之度外。如今却要替他出力做这件事,以赎妄言之罪,但此事不可轻托他人。现今夫人有恙,思念家乡,既承贤知州美意,不若告假,亲送家眷还乡,取得瞿塘水,庶为两便。黄州至眉州,一水之地,路正从三峡过。

三峡者,西陵峡,巫峡,归峡也。

三峡又分上、中、下峡,西陵峡为上峡,巫峡为中峡,归峡为下峡,那巫峡又唤作瞿塘峡,在夔州(治所在今四川省奉节县)府城之两崖对峙,中贯一江。滟滪堆当其口,乃三峡之门。所以,又唤作瞿塘峡。此三峡共长七百余里,两岸连山无阙,重峦叠嶂,隐天蔽日。风无南北,唯有上下。自黄州到眉州,总有四千余里之程,夔州适当其半。

苏轼暗自忖道:“若送家眷到眉州,往回将及万里,把贺冬表又耽误了。倒不如从陆路送家眷到夔州,令家眷自回。我在夔州换船下峡,取了中峡之水,转回黄州,再往东京,公私两尽。”算计已定,对夫人说知,收拾行李,辞别了马知州,在衙门上悬一个告假牌子,择个吉日,合家起程。

苏轼到了夔州,与夫人分手。嘱咐管家:“尔要小心服侍夫人。”

管家频频颔首。

与夫人分手后,苏轼讨了个江船,自夔州开发,顺流而下。原来这滟滪堆,是江口一块孤石,亭亭独立,夏天浸没,冬天露出。因水满石没之时,舟人取途不定,故又名犹豫堆。俗谚云:“犹豫大如象,瞿塘不可上;犹豫大如马,瞿塘不可下。”

苏轼在重阳后起身,此时尚在秋后冬前。又其年是闰八月,迟了一个月的节气,所以水势还大。上水时,舟行甚迟,下水时却甚快。苏轼来时正怕迟慢,所以舍舟从陆。回时乘着水势,一泻千里,好不顺溜。苏轼看见那峭壁千寻,沸波一线,想要做一篇《三峡赋》,结构不就。因连日鞍马困倦,凭几构思,不觉睡去,不曾吩咐得水手打水。及至醒来问时,已是下峡了。苏轼忙叫来水手,吩咐道:“我要取中峡之水,快与我拨转船头。”

水手禀道："老爷，三峡相连，水如瀑布，船如箭发。若回船便是逆水，日行数里，用力甚难。"

苏轼沉吟半晌道："请你将船泊住。"

水手忙将船泊住。

苏轼吩咐书童："你去岸上将那年长知事的居民，唤一个来，我有话要问。"

书童领命，登岸不多时，带一老人上船。

那老人见了苏轼，忙跪下叩头。苏轼双手将他挽起，和颜说道："老翁不必害怕，我是过往客官，与你没有统属，要问你一句话。瞿塘三峡，哪一峡的水好？"

老者道："三峡相连，并无阻隔。上峡流于中峡，中峡流于下峡，昼夜不断。一般样水，难分好歹。"

苏轼暗自想到："王公胶柱鼓瑟。三峡相连，一般样水，何必定要中峡！"叫手下，给官价与百姓买个干净磁瓮，自己立于船头，看水手将下峡水满满的汲了一瓮，用柔皮纸封固，亲手佥押，即刻开船。直至黄州，拜了马知州，夜间草成贺冬表，送去府中。

马知州读了表文，深赞苏轼大才，赍表官佥了苏轼名讳，择了吉日，与苏轼饯行。苏轼赍了表文，带了一瓮蜀水，星夜来到东京，仍投大相国寺内。他见天色还早，命手下抬了水瓮，乘马来到相府。

王安石正在闲坐，闻门上通报："黄州团练副使苏爷求见。"笑道："已经一载矣！"吩咐守门官："缓着些出去，引他东书房相见。"

守门官道了一声"遵命"，转身趋出。

王安石缓步来到东书房，见柱上所贴诗稿经年，尘埃迷目，亲手于鹊尾瓶中，取拂尘将尘拂去，俨然如旧。

守门官延挨了半晌，方对苏轼说道："相爷请您到东书房相见。"

一听说东书房相见，苏轼便想起改诗之事，面上赧然。及至书房见了王安石，慌忙下拜。

王安石忙用双手将苏轼扶住，且解释道："不在大堂相见，惟思远路风霜，休得过礼。"说毕，命书童为苏轼看座献茶。

苏轼落座后，见那《咏菊》一诗，贴在对面柱子上，面上更加赧然。

王安石装作不知，用拂尘朝柱上一指说道："子瞻，可见光阴迅速，去岁作此诗，又经一载矣！"

苏轼忙起身拜伏于地。

王安石用手扶住道："子瞻为何？"

苏轼道："晚学生甘罪了！"

"你见了黄州菊花吗？"王安石问。

苏轼毕恭毕敬回道："见了。"

王安石道："目中未见此一种，也怪不得子瞻。"

苏轼道："晚学生才疏识浅，全仗老师海涵。"

王安石笑道："你太客气了。哎，子瞻，老夫烦你带之瞿塘水，可带来吗？"

苏轼回道："见携府外。"

王安石命堂侯官两员，将水瓮抬进书房，他亲自以衣拂拭纸封打开，命童儿茶灶中煨火，用银铫汲水烹之。先取白定碗一只，投阳羡茶一撮于内。候汤如蟹眼，急取起倾入，其茶色半晌方见。

"此水取自何处？"王安石问。

苏轼回曰："三峡。"

王安石复问："是中峡吗？"

苏轼回曰："正是。"

王安石笑道："又来欺负老夫了！此乃下峡之水，如何假名中峡？"

苏轼大惊，述土人之言："三峡相连，一般样水。晚学生误听了，实是取下峡之水，老师何以辨之？"

王安石道："读书人不可轻举妄动，须得细心察理。老夫若非亲到黄州，看过菊花，怎么诗中敢乱道黄花落瓣？这瞿塘水性，出于《水经补注》。上峡水性太急，下峡太缓，惟中峡缓急相半。太医院官乃名医，知老夫乃中脘变症，故用中峡水引经。此水烹阳羡茶，上峡味浓，下峡味淡，中峡浓淡之间。今见茶色半晌方见，故知是下峡。"

苏轼避席谢罪。王安石笑道："子瞻何罪之有！皆因子瞻过于聪明，以致疏略如此。老夫今日偶然无事，幸子瞻光顾，一向相处，尚不知子瞻学问真正如何？老夫不自揣量，要考子瞻一考。"

苏轼欣然答道："晚学生请题。"

王安石微笑道："老夫若遽然考你，只说老夫恃了一日之长。子瞻不妨先考老夫一考，然后老夫请教。"

苏轼揖道："学生不敢。"

王安石道："子瞻既不肯考老夫，老夫却不好佞妄。也罢，叫徐伦把书房中书橱尽数与我开了。左右二十四橱，书皆积满，子瞻可在这二十四橱中，任取一册，不拘前后，念上文一句，老夫答下句不来，就算老夫无学。”

苏轼暗想道：“这老甚迂阔！难道这些书都记在腹内？虽然如此，不好去考他。”又作一揖道：“晚学生还是不敢！”

王安石道：“你这样说就有些虚伪了。抽吧，拿出你当年考老夫《字说》的那股劲。”

话说到这个份上，苏轼道了一声：“恭敬不如从命。”便趋到书橱前，就灰尘多处抽了一本。

他为什么要去灰尘多处取书？灰尘多处的书，料是许久未看了。

他这是有意让王安石出丑。

他所抽的这本书，未见题签，揭开居中，随口念一句道：“如意君安乐否？”

王安石随口道：“‘窃已啖之矣。’可是么？”

苏轼道：“正是。”

王安石反问道：“这句话怎么讲？”

苏轼未曾读过这本书，暗自思道：“唐人讥则天皇后，曾称薛敖曹为如意君。只是下文说：‘窃已啖之矣’，文理却接上面不来。”沉吟了一会，又想到：“不要惹这老头儿，千虚不如一实。”遂如实回道：“晚学生不知。”

王安石道：“这也不是什么密书，如何就不晓得？这是一桩小故事。汉末灵帝时，长沙郡武冈山后有一狐穴，深入数丈。内有九尾狐二头，日久年深，皆能变化，时常化作美妇人，遇着男子往来，诱入穴中行乐。稍不如意，分而食之。后有一人姓刘名玺，善于采战之术。入山采药，被二妖所掳，夜晚求欢。刘玺用抽添火候工夫，二狐非常快乐，称为如意君。大狐出山打食，则小狐看守。小狐出山，则大狐守之。日就月来，并无忌惮，酒后露其本形，刘玺方有恐怖之心，精力衰倦。一日，大狐出山打食，小狐在穴，求其云雨，不果其欲。小狐大怒，生啖刘玺于腹内。大狐回穴，心记刘玺，问道：‘如意君安乐否？’小狐答道：‘窃已啖之矣。’二狐相争追逐，满山喊叫。樵人窃听，遂得其详，记于《汉末全书》。子瞻想未涉猎？”

苏轼将舌头暗自吐了吐：“亏我如实回他，若则要出大丑呢！”口中却道：“老师学问渊博，非晚辈浅学可及！”

王安石微笑道：“这也算考过老夫了。老夫还席，也要考子瞻一考，子瞻休得吝教。”

苏轼亦微笑道：“老师要考学生，学生不敢不从。但望命题平易些。”

王安石道："考别件事，又道老夫有意为难你。久闻子瞻善于作对。今年闰了个八月，正月立春，十二月又是立春，是个两头春。老夫就将此为题，出句求对，以观子瞻妙才。"说毕，命童儿取纸笔过来。安石挥毫，立就一上联："一岁二春双八月，人间两度春秋。"

苏轼虽然是妙才，但这联出得蹊跷，一时寻对不出，羞颜可掬，面皮通红了。

王安石问道："子瞻从湖州至黄州，可从苏州、润州（治所在今镇江市）经过么？"

苏轼回道："经过。"

王安石道："苏州金阊门外，至于虎丘，这一带路叫作山塘，约有七里之遥，其半路名为半塘。润州古名铁瓮城，临于大江，有金山、银山、玉山，这叫作三山。俱有佛殿僧房，想子瞻都曾游览？"

"览过。"

王安石道："既然子瞻览过，老夫再将苏、润二州各出一联，求子瞻对之。"说毕，也不管苏轼应也不应，信口咏出描写苏州之联。"七里山塘，行到半塘三里半。"

略顿，又咏描写润州之联："铁瓮城西，金、玉、银山三宝地。"

苏轼思忖多时，不能成对，只得谢罪而出。至相国寺大门，一英俊小厮迎了上来："苏爷，俺家老爷有请。"

苏轼举头一望，见是欧阳修的长随欧阳桐，又惊又喜道："老先生也回京了？"

欧阳桐回道："已回来月余了。"

"他老贵体可好？"苏轼问。

欧阳桐长叹一声道："不怎么好。"

"欠安么？"

欧阳桐回道："中风①病又犯了。"

苏轼问："重不重？"

"重倒不是太重，但脚肿了。"

苏轼叹道："俗言说：'男怕穿靴（脚肿），女怕戴帽（头肿）。'哎！快带我去看一看老先生。"

苏轼一进大门，便看见了站在台阶上的欧阳修。他虽然拄着双拐，但气色尚好。苏轼心中稍安，忙趋而升阶。行过见师礼后，双手搀着欧阳修进了大堂。扶欧阳修坐下

---

① 中风：中医学病症名。犯病时突然昏倒（也有不昏倒的）、口眼歪斜，言语困难或半身不遂。

后，苏轼方才面西而坐。

苏轼本想问一问欧阳修的病情，正不知如何开口，欧阳修问道：“听说你去拜访介甫了？”

苏轼忙避席回道：“正是。”

欧阳修道：“不必客气，老夫问你话，你尽管坐着回答。”

苏轼忙应了一声“是”。

“你可否把拜见的情况，给老夫说一说。”

苏轼便将拜见王安石的情况如实地讲了一遍。欧阳修长叹一声道：“这个王介甫，睚眦必报！报了也好，报了对你也许是一件好事。”

苏轼苦笑一声道：“他把我弄得无地自容，还会有什么好事？”

“迁官呀！”

苏轼一脸惊讶地反问道：“他会迁我的官？”

欧阳修将头点了一点。

“为什么？”苏轼问。

“王介甫这个人呀，气量有点小了些，又特别的执拗，但他心地不坏，也爱才。他虽然腌臜了你，那是为了出气，也是为你好。唉，学问茫茫，无有尽头，连孔圣人亦为小小的项托所诘难，何况吾辈乎！”

苏轼再次避席：“敬从恩师之教。”

“坐下，请坐下。”

待苏轼落座后，欧阳修又道：“介甫状态如何？”

苏轼回道：“很好。不过，与一年前相比，两鬓斑白，人也憔悴了许多。”

欧阳修叹道：“他虽然位居一人之下，万人之上，看起来很风光。其实，他活得很累，也很苦。”

“何以见得？”苏轼问。

“他一手栽培起来的那个吕惠卿，暗地与他作对。皇上对他的信任好像也不如从前了，更可忧的是家内不和。王雱这个人，若论聪明，很少有人赶上他的。据说，五岁时，有人给他家送了两只野兽——一只是獐，一只是鹿。而且，还是装在一个笼子里送的。送野兽的人逗王雱道：‘你能不能说一说哪个是獐，哪个是鹿吗？’王雱想了一会儿回道：‘獐旁边的是鹿，鹿旁边的是獐。’反应敏捷，无懈可击，观者无不惊叹。他年方十五，便著书立说。十八岁考中进士。王介甫的新法，无论是从制定还是推行，不少点子都是他出的。但是,他和他的父亲有一个共同的毛病——心胸狭隘、执拗、睚眦必报。另外,他还患上了心疾(俗称失心疯,就是现在说的精神病),整天疑神疑鬼,甚而疑到他夫人庞氏头上,总觉着庞氏与桑家瓦子①那个唱小生的有染……"

欧阳修轻叹一声,端起面前的茶杯,朝苏轼举了一举说道:"请用茶。"

苏轼端起茶杯,呷了一口道:"王雱和他的夫人庞氏,还是因联结缘,听说十分恩爱,怎么会是这样?"

欧阳修复叹道:"王雱如果仅仅怀疑庞氏与唱戏的小生有染,倒也没有什么,他还认为儿子也不是自己的,不仅千方百计地'捉奸',甚而,还要除掉儿子。前不久,儿子死了,有的说死于病,有的说是他害死的,弄得庞氏整天以泪洗面。至于庞氏与唱戏的小生是否有染,王安石心里有数。虽说王雱为难庞氏是因为生病性情大变所致,但到底是王家对不起儿媳。为了不让儿媳痛苦,也不耽误她的青春,介甫不仅做主让儿子和儿媳解除了婚姻,还怕世人误会庞氏,让庞氏担上'失德被休'的恶名,又把庞氏认作闺女,亲自为她择了一个丧妻的大户人家嫁了出去。"

苏轼轻轻颔首道:"听恩师这么一说,王公的人情味还很浓呢!"

欧阳修点头说道:"他这一点,很少有人能够做到,包括老夫。"

苏轼怕欧阳修说多了累着,起身告辞。

果如欧阳修所料,三天后,苏轼迁官杭州知州。

苏轼走马上任去了,王安石继续为推行他的新法呕心沥血。

推行"新法"的目的,乃是富国强兵,灭辽灭夏,一雪大宋之耻。可是,"新法"推行了七八年,诸耻不但没有雪,反又失去了黄嵬山以北七百里锦绣河山。有人造谣,把失地的罪责算到王安石头上。

王安石很生气,他暗下决心,在他主政期间,至少把失去的七百里地再夺回来。

某一日,三司使章惇一脸兴奋地对他说道:"好消息,从辽国传来了好消息!"

王安石没有凑腔,只是一脸平静地瞅着他。章惇继续说道:"辽国的耶律百元遣其侄耶律熊前来见我,说是耶律乙辛祸国殃民,请我朝发兵,帮他们清君侧,除掉耶律乙辛。事成后,不但归还黄嵬山以北的失地,且酬之战马一千匹。"

"耶律百元和耶律乙辛一向不是很好吗?为何突然翻脸了呢?"

---

① 瓦子:宋朝最具特色的娱乐场所,每天都有固定的节目演出。瓦子也叫瓦肆,来时瓦合,去时瓦解之意。

章惇道："这事说起来话长。"

耶律百元既是耶律洪基的尚父，又是南面官。在朝中的势力，仅次于耶律乙辛。耶律乙辛不想让朝中任何一人的势力，可以与他抗衡，便拼命地打压耶律百元。耶律百元自忖自己非耶律乙辛对手，便来一个以退为进，称病辞官。官虽然没有辞掉，但他也很少上朝了。这样一来，耶律乙辛没有了顾忌，更加随心所欲，谁阿谀奉承他就会升官；谁若和他作对，不是被杀，便是遭贬，这引起了太子耶律浚的反感。

这个耶律浚，既是嫡出，又是皇长子。他俊秀聪明，不只好学知书，武功也不错，七岁从父皇出猎，连获二鹿。耶律洪基昭告天下，他若不在上京，国事可由太子处置。

这一诏告，把耶律乙辛独掌朝纲的局面给搅黄了。他气，既气耶律洪基，又气太子。但耶律洪基是皇帝，他就是再气，也拿耶律洪基没有办法。

于是，他把一双恶毒的眼睛盯向了耶律浚。而耶律浚又太优秀了，他找不到可以打击、迫害耶律浚的任何机会。

于是，耶律乙辛又把一双恶毒的眼睛转向了耶律浚的妈——萧观音。

你耶律浚得以立为太子，不就因为你妈是皇后吗？我只要把萧观音扳倒，你那太子自然就当不成了。

萧观音也很优秀。她不只出身高贵——辽兴宗的生母萧耨斤的侄女。她在诗词歌赋方面的造诣在辽国也是无人可及。耶律洪基能娶到这样的女人，感到很骄傲。故而，他很爱萧观音，就像唐玄宗之爱杨玉环。可萧观音并不爱他。

辽人是游牧民族，特好打猎，耶律洪基尤甚。一年三百六十五天，几乎有一半时间他都在打猎。一个能歌善舞、文笔极佳的才女，怎有可能去喜欢一个舞刀弄枪、两手血淋淋的莽汉呢！

她想改变自己的男人。

为了改变自己的男人，她经常吹枕头风，往往是，床上耶律洪基答应她不再去狩猎，但一出寝宫就变了。好在，耶律洪基打猎的时候不再强迫她伴驾，使她有了更充裕的时间去弹琴，去唱歌，去吟诗作词……

宫中有个伶官叫赵惟一，不只多才多艺，人也长得特别帅。由于爱好相同，和萧观音的接触自然要比一般伶人多一些。

这一多，被耶律乙辛瞄上了。他私下宴请另一位伶官朱顶鹤，宴间，有意把话题扯到萧观音和赵惟一身上，且表现得饶有兴趣。朱顶鹤心领神会，投其所好，谈了不少萧观音和赵惟一的“韵事”。比如,每当萧观音作了好词好诗,便让赵惟一为她配上曲子;每当萧观音唱歌的时候,便让赵惟一为她弹琴,等等。

耶律乙辛一高兴,赏给他三十两银子。

为了讨耶律乙辛的欢心,更是为了多得赏钱,朱顶鹤秘密搜集萧观音和赵惟一的言行。

二十一　情到深处

萧观音跟着琴声，哼了两遍，这才展开歌喉，且歌且舞："青丝七尺长，挽作内字妆……"

还没容王安石向神宗进言，一场针对他的谋逆大案悄然而来，而且愈演愈烈。

王安石回到东府，独自坐在椅上生闷气，韩维来了。王安石有点不相信自己的眼睛，揉了一揉再看。

朱顶鹤将搜集到的东西，添油加醋地讲给耶律乙辛听，每讲一次，耶律乙辛便宴请他一次，当然，赏钱是不可少的。

赏了十数次之后，耶律乙辛给了他一张纸，纸上有一首词，叫《十香词》。这首词全是描写女子体臭的，每一首描写身体的一个方面，按照十首的次序是：发、乳、颊、颈、舌、口、手、足，及一般皮肤：

青丝七尺长，挽出内家装；
不知眠枕上，倍觉绿云香（发）。
红销一幅强，轻阑白玉光；
试开胸探取，尤比颤酥香（乳）。
芙蓉失新艳，莲花落故妆；
两般总甚比，可似粉腮香（颊）。
蝤蛴那足并？长须学凤凰；
昨宵欢臂上，应惹领边香（颈）。
和羹好滋味，送语出宫商；
定知郎口内，含有暖甘香（舌）。

非关兼酒气，不是口脂芳；
却疑花解语，风送过来香（口）。
既摘上林蕊，还亲御苑桑；
归来便携手，纤纤春笋香（手）。
凤靴抛合缝，罗袜卸轻霜；
谁将汉白玉，雕出软钩香（足）。
解带色已战，触手心愈忙；
那识罗裙内，销魂别有香（阴部）。
咳唾千花酿，肌肤百和装；
元非瞰沉水，生得满身香（体肤）。

朱顶鹤看了《十香词》，脱口赞道："好词，就连我这年近半百之人，看了也是耳热心跳。但不知赵王爷让小人看它有何深意？"一边说，一边把《十香词》还给耶律乙辛。

耶律乙辛接过《十香词》，笑微微地问道："朱大官人想不想富贵？"

"想啊，做梦都在想！"朱顶鹤回道。

"既然想，我托你办件事，事成后，北院的六部长官，你想干什么我就让你干什么。"

朱顶鹤回道："大人想让我干什么事，尽管吩咐，只要我能干，我坚决干！"

耶律乙辛用双眼将堂内搜索了一遍，压低声音，如此这般讲了一番。

朱顶鹤默想了一会儿，说道："干这事，我一个人怕是不行，得找一个宫女做帮手。"

"那你就找吧。"

朱顶鹤又道："我想找的这个宫女，父母有病，弟弟妹妹又小，大人是不是……"

耶律乙辛道："不就资助她几个钱吗，小意思，你说个数。"

"五十两银子怎么样？"

耶律乙辛很慷慨地说道："我给她一百两。"

宫女单登，和朱顶鹤是老乡，二人毛对色对，私下里以兄妹相称，朱顶鹤叫她干什么，她便干什么，何况又得了一百两银子。

这一日，她悄悄地告诉朱顶鹤："不知何人给萧皇后献了一首诗，叫，叫什么来着……叫《定风波》。对，就叫《定风波》，是南朝柳……柳什么写的呀……"

朱顶鹤提示道："柳三变。"

"对，就是柳三变。萧皇后看了柳三变的诗，叹道：'好一个柳三变，若能得见此人与之互吟，就是这会儿死了也值！'说毕，便命司膳为她备酒，独个儿在书房里自斟自饮……"

朱顶鹤将手摇了摇，说道："你不要说了，我知道该怎么办。你稍等我一会儿。"说毕，进了内室，拿了一个小纸包和两张纸出来，对单登说道："请带我去见萧皇后。"

二人将至萧皇后的寝宫，朱顶鹤突然说道："停一下。"

单登满面困惑道："为什么？"

"得邀上赵惟一。"

单登又问了一个为什么。

朱顶鹤道："我想让萧观音给我抄一份《十香词》，她不一定答应。若是哄得她高兴，再让她喝点酒，她有可能答应。但是，单靠我不可能哄得她高兴，更莫说让她喝醉了。得邀上赵惟一。"

"赵惟一若去，皇后一定高兴，喝点酒应该不成问题。但是，你让她抄诗抄词，赵惟一恐怕要干涉。"

朱顶鹤道："先把赵惟一灌醉。"

单登点了点头："这个法子行。"

"我这里有包好东西，你找机会把它下到酒里。"

单登又点了点头，接过小纸包，目送着朱顶鹤西去，自己站在原地等候。不到喝两盏茶的时间，朱顶鹤与赵惟一并肩向她走来。她当即掉头，进得寝宫，向萧观音敛衽一拜道："启奏皇后，伶官赵惟一、朱顶鹤觐见。"

萧观音忙道一声"请"。

单登掉头趋出，不一刻儿，将两个伶官带了进来。二伶官趋到萧观音座前，朝她行了一个拜礼。

"这么晚了，二位爱卿还要来见哀家，所为何事？"

朱顶鹤朝赵惟一丢了一个眼色，赵惟一轻咳一声道："禀皇后，俺俩得了一首好词，是南朝柳三变的新作，不敢独享，特来献上。"

萧观音满面欢喜道："词呢？"

朱顶鹤趋前两步，双手呈上《十香词》。萧观音一目两行，看毕，玉口一张，吐出来一串话："好词！较之《定风波》又胜一筹。赵伶官，你这会儿就给哀家谱上曲子。"

赵惟一忙道了一声"遵命"，双手接过《十香词》，小声念了三遍，便宫呀商呀地哼了起来。

萧观音越听越高兴，轻启玉唇道："七弦琴①伺候！"

不一刻儿，宫人将七弦琴抬了进来。萧观音朝赵惟一指了一指，赵惟一坐到琴前，拨动琴弦。萧观音跟着琴声，哼了两遍，这才展开歌喉，且歌且舞：

青丝七尺长，挽作内家妆；
不知眠枕上，倍觉绿云香。
……

词好，瑟妙，唱的又好，引来满堂喝彩之声。

喝彩声一停，朱顶鹤双手举着酒杯，单腿跪地，向萧观音献酒。

萧观音本来就能饮上几杯，加之心情又好，接过酒杯，一饮而尽。

单登等人见了，亦来献酒。萧观音来者不拒，顷刻儿喝了九杯，飘然欲仙。

在敬萧观音的同时，众人分别又敬赵惟一。赵惟一虽为一个男子汉，但酒量远不如萧观音，喝了三杯，便满面通红，连说话都有些迟钝了。

朱顶鹤一脸诚恳地说道："小弟有一事相求，请贤兄千万莫要拒绝。"

赵惟一道："咱俩谁跟谁呀，有什么事，你就说吧。"

"这首《十香词》是柳三变亲笔所写，我的一个小兄弟花了五十两银子，从南朝买来，视作珍宝，我好说歹说，才从他手里借来，明天就该还他。我知道贤兄的字写得非常好，我想请贤兄帮我抄一份，好永久保存。"

赵惟一满口答应。

朱顶鹤移目萧观音："小臣求赵伶官帮小人把《十香词》抄一份保存，赵伶官也答应了，能不能借一借您的宝地和笔墨纸张？"

萧观音不但答应，还笑对朱顶鹤说道："要抄就抄两份，朱爱卿一份，哀家一份。"

朱顶鹤道："臣看行，但不知赵伶官肯不肯多抄一份？"

赵惟一道："只要皇后高兴，莫说抄两份，就是抄十份，我也愿意。"

萧观音听得真切，再次轻启玉唇，命宫人笔墨纸张伺候。

赵惟一趋到书案前，泼墨挥毫，不一刻儿，两份《十香词》跃然纸上，一片叫好之声。

单登忙斟了一满杯酒，双腿跪献，赵惟一正在兴头上，接过酒杯，一饮而尽。

---

① 七弦琴：古琴，亦称瑶琴、玉琴，中国最古老的弹拨乐器之一。

朱顶鹤亦斟了一满杯酒，双手端给赵惟一，笑嘻嘻地说道："有劳了，小弟也敬你一杯。"

赵惟一连连摇手道："不行不行！别人不知道，你还不知道，我一向不胜酒力，免了吧。"

朱顶鹤道："不行。"

"为什么？"赵惟一问。

"单登敬你的酒你都喝了，我敬的你不喝，你这不是明摆着的重色轻友吗！"

"这……"赵惟一苦笑一声，接过酒杯，将头一仰，灌下肚去。不一刻儿，便伏在书案上睡去。

萧观音吩咐宫人："把他送回去吧。"

送走了赵惟一，朱顶鹤一脸媚笑地对萧观音说道："我这里还有一首好诗——《怀古诗》，是苏轼的新作。苏轼的文才，远在柳三变之上，您要不要看一看？"

纵观大宋的文人，萧观音崇拜的是三个人——苏轼、欧阳修、柳三变。一听说是苏轼的新作，岂有不看之理！朱顶鹤忙把《怀古诗》献上。诗曰：

宫中只数赵家妆，败雨残云误汉王。
唯有知情一片月，曾窥飞燕入昭阳。

萧观音读之叹之，朱顶鹤道："赵飞燕误汉之天下，天下应该以赵飞燕为戒！启禀皇后，臣想请您把这首诗抄一份，警示天下！"

萧观音道了一声"好"，伏案奋笔，将《怀古诗》抄了一份，交给朱顶鹤。

朱顶鹤得了皇后所抄之《怀古诗》，连同《十香词》，当天夜里便送给了耶律乙辛。第二天一大早，耶律乙辛带着这一词一诗，驰见在滦河一带打猎的耶律洪基，献上《十香词》和《怀古诗》。

耶律洪基读了这一词一诗，连道了两声"好词好诗"之后，叹曰："这样的诗词，我北朝怕是无人写得出来！"

耶律乙辛笑嘻嘻地说道："陛下不必长南朝志气，灭我北朝威风！这一词一诗，不但是我北朝人所写，而写词写诗之人，陛下也很熟悉。"

耶律洪基眉头微皱道："这诗这词的作者，朕真的认识？"

耶律乙辛将头点了一点。

“在朕所认识的人中,没有人能写出这么好的诗这么好的词。”

耶律乙辛微微一笑道:“有没有咱暂时不说,您好好看一看《十香词》的字体有点像谁的?”

“有点像,像赵惟一。”

耶律乙辛颔首回道:“正是赵惟一所写。”

耶律洪基叹道:“这首词够艳的,朕做梦也没想到,赵惟一有这等本事!”

耶律乙辛笑回道:“臣说一句该杀头的话,能不能写出这样的词,一要文才,二要感受,情到深处有妙笔!”

耶律洪基笑问道:“依爱卿所言,赵惟一的这首词,是写给他深爱的女人?”

耶律乙辛将头点了一点。

“赵惟一深爱的女人是谁?”耶律洪基问。

“赵惟一所深爱的女人是谁,臣暂不奉告,但臣想让陛下再仔细看一看《怀古诗》的字像何人之笔?”

耶律洪基又将《怀古诗》仔细地看了一遍说道:“这《怀古诗》的字,咋有些像皇后?”

耶律乙辛将头使劲点了一点,说道:“知皇后者,莫过于陛下。这首诗确实是皇后所写,而且还是写给赵惟一的。”

他见耶律洪基怒色上脸,忙朝他拜了一拜说道:“陛下息怒,臣不会说话,臣该打脸。”说毕,真的自个儿打自个儿耳光。

耶律洪基喝道:“别打了!”

耶律乙辛忙将扬起的胳膊收回。

耶律洪基沉声问道:“你怎么知道《怀古诗》是皇后写给赵惟一的?”

“臣是听人说的。”

“谁?”耶律洪基问。

“朱顶鹤和单登。”

“皇后为什么要给赵惟一写诗?”

耶律乙辛回道:“赵惟一给皇后写了一首《十香词》,而且,词又写得这么好,皇后不能不有所表示呀!”

“这是你的推测!”

耶律乙辛辩解道:“不是。”

耶律洪基问:“你能拿出证据吗?”

耶律乙辛回道:“无须臣拿,证据就在《怀古诗》里,您自己将它多看几遍,就一切都明白了。”

耶律洪基将《怀古诗》看了又看说道:“朕已经看了三遍,并没有看出来什么呀?”

耶律乙辛问:“《怀古诗》的第一句怎么念?”

耶律洪基回道:“宫中只数赵家妆。”

“第三句呢?”耶律乙辛又问。

“唯有知情一片月。”

耶律乙辛复问:“第一句诗是不是暗藏了一个‘赵’字,第三句是不是暗藏了两个字,一个是‘惟’,一个是‘一’?”

耶律洪基额头上青筋突爆,将御案“啪”的一拍,咬牙切齿地说道:“这个贱人,居然……启驾上京!”

他一回到上京,立马宣萧观音上殿,将《十香词》和《怀古诗》“啪”地往她面前一放,吼道:“这是怎么回事?”

萧观音一见这一诗一词,便明白了怎么回事,哭着辩解道:“耶律乙辛亲口对臣妾说,《十香词》是南朝柳三变写的,《怀古诗》是南朝苏轼写的。他还说这一诗一词是从别人手里借来的,急着归还,让臣妾和赵惟一各抄一份,臣妾……”

耶律洪基将御案“啪”的一拍,斥道:“狡辩,你说的话连鬼也不会相信!”

他越说越气,抓起铁骨朵①朝萧观音头上打去。只一下,便将她击昏过去。遂命武士将她用凉水浇醒,交耶律乙辛和南院宰相张孝杰审问。

张孝杰明知萧观音冤枉,但他是汉人,不敢多言,案件实际上是由耶律乙辛一人审理。

为了让萧观音“招供,”耶律乙辛把赵惟一作为突破口,向他施以“钉子钉”“炭火烤”等酷刑。

赵惟一受刑不过,便将耶律乙辛为他所拟的口供,照抄了一遍,并在上面签字画押。

此外,因那个叫高长命的教坊艺人与单登不和,也被抓了起来,硬说他也和萧观音有私情,将他屈打成招。耶律洪基看了赵惟一和高长命的“口供”,愈发恼怒,大声吼

---

① 铁骨朵:辽金时代的兵器,同时也用于审讯犯人。以熟铁锻制,由八片熟铁虚合;木把为柳木,长三尺。凡犯盗窃、走私等罪便用铁骨朵击打。

道:“这个贱人,以皇后之尊,居然和两个伶人上床,贱得不能再贱了,严惩!”

有了他这句话,耶律乙辛命萧观音自行了断。萧观音一边哭一边写《绝命词》,写毕,自缢而亡,死后被草草安葬。

赵惟一、高长命的下场可就惨了,被处以凌迟之刑,割下的肉喂了御园的老虎、狮子,骨头被烧成灰撒到野地。

安葬萧观音那天,耶律浚哭得死去活来,一边哭一边喊:“娘,我一定杀了耶律乙辛,为您报仇!”

耶律百元既同情萧观音,更为朝廷担忧,有心去告耶律乙辛的御状,又怕耶律洪基袒护耶律乙辛,逮不住老鼠反惹一身骚。直接和耶律乙辛对着干吧,又不是他的对手。想来想去,决定借宋朝这把刀杀了耶律乙辛,为皇后报仇,为国除奸。于是,便有了耶律熊的大宋之行。

听章惇讲了耶律百元请宋出兵的原因,王安石道:“老夫想见一见耶律熊。”

章惇问:“在什么地方见?”

王安石反问:“他没住驿馆吧?”

“他是秘密而来,哪敢住驿馆!”

王安石又问:“他下榻何处?”

“在下官家里。”

王安石道:“那就去你家见吧。”

“什么时候去?”

王安石回道:“戌时一刻。”

“好,我在家里等您。”

见过耶律熊之后,王安石很亢奋,决定翌日早朝后便向神宗谏言,出兵伐辽,收回黄嵬山以北的失地。

还没等他谏言,一场针对他的“谋逆”大案悄然到来,而且愈演愈烈。

在王安石变法之前,宋朝奉行的是“士大夫与天子共天下”的政治制度。天子想办什么事,大到官员的升黜,小到建一个薰笼,一般来讲都得经过有关衙门和有关部门的附署,或者同意,方能办到。王安石推行新法时,为了减少来自各方的压力,劝神宗加强皇权,鼓吹独断。他的这些做法引起了苏轼的担心。苏轼借任国子监考官之机,出题曰:“晋武(王)平吴,以独断而克;秦王(坚)伐晋,以独断而亡;齐威(王)专任管仲而霸;燕王(哙)专任子之而亡,事同功异,何也?”

以上四句话,讲的是四个历史典故!

王安石饱读诗书,不可能不了解这些典故。既然了解,岂能不知道加强君权会引起一些不良后果。但由于推行新法的阻力太大,他不得不主张强化君权。这样做的结果无疑是饮鸩止渴。神宗的权力加强了,他可以不经过各衙门、各部门,以御笔手诏的方式随便下达旨意,王安石开始品尝他自己种下的恶果。

这个恶果,源于一件很小很小的案件。

徐州朱唐,虽是一介草民,但交际很广,与前余姚县主簿李逢相善。

李逢的祖父李昌言,做过参知政事,他本人也是进士及第,干了两届主簿,不但没有得到晋升,反因一个小小的案件,被褫职为民。

他官运不济,夫妻又不和,其妻被他“丢弃出外”,独自一人居家,常常借酒消愁。喝多了酒,天南海北地胡侃,偶尔还将朝廷评论一番,语中不乏一些不敬之语,其中还涉及李士宁。朱唐听得久了,滋生了告密邀功之念,但一介草民,告密也见不到皇帝。

见不到皇帝,我可以见当地的知县。

他满怀希望地前往县衙告发李逢谋反。

知县说他证据不足,不予受理。

开弓没有回头箭,一不做二不休,跑到州衙。州衙也不予受理,又跑到京西东路的监司①告。

监司王庭筠原本也不想受理,朱唐威胁他,要去汴京告御状。不只告李逢,连他也要告。告他的理由,说他和李逢是同谋。

王庭筠害怕了,接了他的告发书,并传唤了李逢。经过一番审问、取证,结论是李逢虽有谤讪朝政,妄说休咎之事,但无谋反之实,可将他编管岭南。

这一结果,刑部、大理寺无有异议。

宋之历来皇帝,对官员贪腐、徇私之事,可以睁只眼闭只眼,但对攻击、诋毁宋廷之事却极为重视。故而,神宗看到奏疏中有“谤讪朝廷、妄说休咎”之语,甚是敏感,认为

---

①　监司:监察官的上级机构或长官。其名称初见东汉,称监郡的督邮为监司。宋代,诸路转运使、提点刑狱、提举常平均兼按察之任,故称监司。

对朝廷如此不敬之人,才给予编管的处罚实在太轻。太轻的原因,是有关官吏有意袒护。于是,另遣权殿中侍御史蹇周辅前往徐州核查。

蹇周辅得以出任权殿中侍御史,乃吕惠卿所荐。核查归来,还没来得及谒见神宗,吕惠卿邀他过府,“闲谈”之中,不只谈到这个案子,还谈到了李士宁。

吕惠卿道:“李士宁可是一个著名道士,他不只精通养生之术,还擅长相面,能预言祸福。那些李士宁的追随者,吹嘘说李士宁已经二三百岁,李士宁一进京,许多达官贵人纷纷到他下榻处拜访。”

蹇周辅回道:“是的,这个李士宁,与京中达官贵人,颇有交往,出入王侯将相之门,就像出入自家厨房那么随便,包括拗相公。”

吕惠卿道:“你说的拗相公,可是王介甫?”

蹇周辅道:“正是。”

吕惠卿又道:“若是李逢仅仅谤讪朝政、妄说休咎倒也没什么,若是李逢谤讪朝政、妄说休咎,是受了李士宁的影响,事就大了。”

蹇周辅警而问道:“为什么?”

吕惠卿道:“李士宁每次进京,赵世居高接远送。哎,你知道赵世居吗?”

蹇周辅将头轻轻摇了一摇,回道:“不知道。”

“他是太祖四世孙。太祖与太宗子孙辈分的排序,应该一致,可太宗当上皇帝后,硬将他的子孙变了,从而脱离了宗族的排序。”

“怎么变?”蹇周辅问。

吕惠卿道:“弘、匡之后的辈分,依次是德、惟、从、世,令、子、伯、师、希、与、孟、由。太宗本为匡脉,他之后应为德辈,而他把德改为元,依次为元、允、宗、仲、士、不、善、汝、崇、必、良、友。”

蹇周辅“噢”了一声。

吕惠卿又问:“‘斧声烛影’你知道什么意思吗?”

蹇周辅回道:“知道。”

吕惠卿道:“知道就好。太宗为什么不让他的子孙后代的辈分,依弘、匡、惟、从等排下去,就是想摆脱太祖的阴影。他为什么要摆脱这个阴影,就是害怕太祖子孙夺他后代的江山。”

蹇周辅将头使劲点了一点。

“你知道皇上是谁的后人吗?”

蹇周辅回道："下官当然知道，皇上是太宗皇帝的后人。"

吕惠卿道："知道就好。哎，你如果通过李逢这个案子，把赵世居扳倒，皇上会怎么想？"

"他，他可能会感激我。"

吕惠卿击案说道："你不糊涂，你说得对！太宗一脉，无时无刻不在提防太祖这一脉夺他们的皇位，你如能通过李逢之案把赵世居整趴下，太祖一脉就不敢妄说妄动了。只要叫他们不再妄说妄动，你就是帮了皇上大忙。所以呀，这个案子，你应该…………"

蹇周辅避座拜道："多谢大人提醒，下官知道怎么做了。"

他这一知道，李逢"谤讪朝廷、妄说休咎"之事，便上升为谋逆大案，赵世居被赐死，其子孙除籍为民，终身监禁；李逢凌迟处死；王庭筠、李士宁锒铛入狱。

凡与李士宁有往来的，不是被褫职，就是被编管或流放，只有王安石例外。

王安石与李士宁相善，朝野尽知。每逢李士宁进京，第一个拜访的便是王安石。而且，这个李士宁曾精准的预言王安石"逾二纪为相。"王安石也有《寄李士宁先生》之诗相赠。

楼台高耸间晴霞，松桧阴森夹柳斜。

渴愁如箭去年华，陶情满满倾榴花。

自嗟不及门前水，流到先生云外家。

王安石对李士宁倾慕之情跃然纸上！

吕惠卿鼓动蹇周辅对朱唐一案进行彻查，并不是真的为神宗好，而是想借此案扳倒王安石，目的没有达到，岂肯善罢甘休！

他决定亲自出马。

"陛下，朝野对朱唐状告李逢谋反一案议论颇多，不知陛下听到了没有？"

"他们怎么议论？"神宗问。

"朱唐所告者，乃是李逢，为什么把李士宁也下了狱？"

神宗回道："李士宁犯下了两条大罪。"

"臣斗胆一问，李士宁犯下了哪两条大罪？"

神宗回道："第一，李逢之所以谤讪朝政，乃是受了李士宁蛊惑。第二，李士宁与赵世居过往甚密，曾赠赵世居钑龙宝刀一把，恭维他：‘非公不可当此！’‘太祖肇造大宋，子孙当享其祚。’‘祚’是什么？祚者，皇位也。下边的话，还用朕说吗？”

吕惠卿道：“不用了，不用了。但臣又有一问。”

“讲。”

吕惠卿道：“赵世居有不臣之心，应该赐死。但始作俑者是李士宁，陛下为什么不让李士宁死呢？”

神宗轻叹一声道：“朕何尝不想杀了李士宁！但是，太祖有制。大宋朝不以言获罪。连罪都不能治，怎么杀他呀？所以，为李士宁下狱之事，朕犹豫了很久，才决定下来。”

吕惠卿“噢”了一声又道：“臣还有一问……”

“讲。”

“凡与李士宁有交往的，皆受到惩治，王……王……”吕惠卿欲言又止。

“卿不必吞吞吐吐，卿说的王、王，一定是王介甫了。”

吕惠卿频频颔首道：“陛下圣明。”

“介甫和李士宁的关系，朝野皆知，朕岂能不知？介甫既是朕的首相，又是朕的股肱之臣，他不可能谋反。”

他口中虽然这么说，心中已对王安石画了一个大大的问号。他之所以没有动王安石，只是觉得王安石还有用，要继续推行“新法”，目前还真没有人能替代王安石！

吕惠卿见神宗如此评价王安石，不敢再说什么了，再拜而去。

神宗已经给王安石打了个问号，他却浑然不觉，第二天早朝后，单独面见神宗，把耶律百元邀宋出兵伐辽的事，当作一件喜讯说给了神宗。他原以为神宗一定会很高兴。神宗却不冷不热地回了一句：“天上不会掉馅饼！辽人多诈，他们的事，咱还是不掺和的好！”

王安石争辩道：“臣以为还是掺和的好。如果不掺和，何以收回黄嵬山以北之失地？”

神宗道：“地已经失了，就叫它失吧！”

王安石还想再辩，神宗道：“爱卿还有别的事吗？若没有，朕想去看一看太皇太后。”

这不是下逐客令吗？

自神宗第一次召王安石进京，已经九年了。九年来，君臣二人每次相见，几乎都有说不完的话,像下逐客令这样的事还是头一次。

王安石一蹶而起,回到东府,独自坐在相椅上生闷气,韩维来了。王安石有点不相信自己的眼睛,揉一揉再看,来人的的确确就是韩维,忙站起来。

韩维因不满王安石之所为,愤而离开朝堂,出任襄州知州,满打满算,已经三年了。三年来,他二人没有任何来往,这一次不请自到,王安石表面上亲热,心中却忐忑不安。

韩维落座后,自有人前来献茶。

三杯茶下肚,韩维轻叹一声,说道:“介甫,咱俩已经三年没有这么面对面地坐了,是吧?”

王安石将头轻轻点了一点。

“在回翰林院之前,愚兄在襄州干了三年,虽然吃了不少苦,但所得颇多,同是一件事,肉食者和乡下草民的看法会截然相反。比如‘新法’,愚兄在京为官时,听到的几乎全是微词。不,说微词有些太轻,是祸国殃民。而乡下那些草民呢?说‘新法’好的多达三分之二。愚兄自己也觉着有些‘新法’还是利大于弊的,比如‘免役法’‘保甲法’‘保马法’‘农田水利法’等等……”

王安石轻舒了一口气,暗自思道:原来他是向我示好的!他既然主动向我示好,我也得高姿态一点,遂微微一笑说道:“持国兄,您说得对,‘新法’确实利大于弊。既然利大于弊,为什么遭到那么多人反对?我想,不外这五个原因,第一,‘新法’本身确实有弊。第二,歪嘴和尚把经念歪了,这些歪嘴和尚,便是推行‘新法’的那些官吏。第三,损害了一些人的既得利益。第四,由于急于推行‘新法’,在选人用人方面,只重才,忽视了‘德’,以致使一些品行不端的人进了变法队伍,损害了变法队伍的形象。第五,一些人恪守传统,死抱住所谓的祖宗之法不放,拼命攻击‘新法’。”

韩维轻轻颔首道:“介甫所言甚是。有一件事,为该不该给您说,我想了十几天,觉着还是给您说了好。”

王安石鼓励道:“那您就说吧。”

“在没有说之前,愚兄想问您一个问题,朱唐状告李逢谋反,既然查无实据,可这个案子为什么越办越大,还死了一个王爷?”

王安石轻轻将头摇了一摇。

二十二　神宗的小算盘

王安石正要对位居章惇之后的邓绾下手,御史蔡承禧突然向吕惠卿发难。

韩维开导王安石:"作为国君,给臣下说好话,说一次两次尚可,说上三次四次呢,他的尊严何在?"

吕惠卿经过不懈努力,终于在王安石和自己来往的书信中,找到了两封可以证明王安石有罪的证据。

韩维见王安石摇了摇头,便道:"既然您不知道这个案子越办越大的原因,我就直说了吧。这个案子,是吕惠卿鼓捣大的。"

王安石似信非信道:"吕惠卿和赵世居无冤无仇,他没有必要把这个案子鼓捣这么大呀?"

"吕惠卿把这个案子鼓捣这么大,其目的并不是为了整倒赵世居。"

"他想整倒谁呀?"王安石问,

"您。"

王安石将头使劲摇了摇,说道:"不会吧! 吕惠卿为人确实不怎么样,但他还不至于坏到这个程度,连我也要整。"

"他坏没坏到这个程度,我暂不回答,但我问您,安国的官是怎么丢的?"

"冯京认为是吕惠卿使的坏,但冯京的话,我不大相信。"

韩维道:"冯京的话不可信,皇上的话您信不信?"

"当然信了!"

"每一年的冬至,依礼,朝廷要举办郊祀大典。届时,依例要赦免一些犯罪的官员,有时还有一些封赏。这个惯例,您不会不知道吧?"

王安石道:"知道。"

“熙宁八年(1075年)冬至将至之时,吕惠卿奏请皇上,将您加一个节度使的头衔。被皇上给顶了回去——‘王安石去不以罪,何故用赦复官?’吕惠卿偷鸡不成,反蚀了一把米。自此之后,皇上才对他有了警觉。正因为对他有了警觉,才有了让您复相之举。”

王安石“啊”了一声。

韩维继续说道:“吕惠卿总觉得你挡了他的官道,不把你整倒不罢休,所以,才唆使蹇周辅把李逢谋反之案往下深挖,在李士宁身上大做文章。您看,除您之外,凡与李士宁有交往的都是什么下场?”

“既然他们深挖的目的是整我,为什么那么多人因李士宁倒下了,包括赵王爷(世居),我却安然无恙?”

韩维道:“您问这话,吕惠卿也问过皇上。”

“皇上怎么回答?”王安石问。

韩维便把神宗的话复述了一遍后轻叹一声,又道:“皇上这么说,既是为您辩护,更是对您的肯定。但是,这个案子弄得这么大,连王爷都被赐死了,对您岂能无损?哎,我再问您一个事……”

王安石轻叹一声道:“您问吧。”

“辽国耶律百元是不是遣其侄来汴,邀我朝出兵伐辽?”

王安石将头点了一点。

“您同意了?”

王安石又将头点了一点。

“您也去找了皇上?”

王安石道了一声“是”。

“皇上不但不同意伐辽,还对您下了逐客令?”

王安石又道了一声“是”。

“皇上为什么不同意伐辽?”

王安石将头摇了一摇。

“原因有二,第一,若伐辽,可以将黄嵬山以北的失地收回来,在您以为,这是好事,天大的好事!但是,您想过没有?辽国想重新勘界,而且通过重新勘界,硬把黄嵬山以北的七百里宋土夺走。有人把这笔账记到您头上,但我心里清楚,朝中不少大臣也清楚,这事与您无关,是皇上自己定的。既然是皇上自己定的,这就出现一个问题,若出兵伐辽,把失去的地再夺回来,您成了大宋的功臣,皇上成了什么?”

王安石不由自主地“噢”了一声。

韩维继续说道:“赵世居有不臣之心,始作俑者,乃是李士宁,而您与李士宁的关系朝野皆知。皇上虽然没有动您,但这件事在他心中留下了很大的阴影。如果同意您伐辽,把失地收了回来,不仅使皇上面上无光,您也会因此赢得民心。而为帝为王的,最怕他的臣子受民拥戴,抑或是坐大!”

王安石又“噢”了一声道:“谢谢持国兄。俗话说,‘听君一席话,胜读十年书’,此话不谬矣。”

此后,王安石再也不谈伐辽之事。

对于吕惠卿,王安石恨不得当日便把他逐出汴京。

但是,吕惠卿虽然是一副相,执政也不过一年,可早在王安石第一次为相期间,他已经开始结党了。要想扳倒吕惠卿,必须先铲去他的同党。

在吕惠卿的同党中,官职最大,最有影响的要数章惇了。

章惇得以为官,乃吕惠卿所荐。王安石便借赵抃弹劾章惇经常到樊楼饮酒和召妓之事,撺掇神宗,将章惇赶出朝堂,出知湖州(治所在今浙江吴兴县)。

王安石正要对位居章惇之后的邓绾下手。御史蔡承禧上书弹劾吕惠卿,劾书说,吕惠卿与其弟吕升卿在主持国子监考试时徇私舞弊,扰乱国法,将成绩平平的方通(吕惠卿内弟)名列优等。

这事乍一听来不算多大事,但在宋朝却是很大的事。

何也?

宋自太祖立国以来,对在科举、选官方面出现的任何问题都很重视。一旦涉及徇私,主考官就得罢官。故而,吕惠卿得知蔡承禧弹劾他,忙进宫求见神宗,想当面做一解释。神宗不见,遣宦官传谕吕惠卿——要他去中书省接受首相王安石的查询。在传谕吕惠卿的同时,又遣一宦官对王安石说道:“吕惠卿兄弟涉嫌科场舞弊,应当严惩。”

吕惠卿知道王安石有意整他,索性来一个躺倒挨拳——我不去中书省,爱怎么整我,你就整吧!

王安石见吕惠卿不肯来中书省,想了又想,屈驾吕府,对吕惠卿说道:“你兄弟二人,事关科场舞弊,本应严惩,皇上念及你有功于社稷,不想明诏降罪。你可主动辞官,如此,尚可保留一点尊严。”

吕惠卿想了一想,勉强同意了。第二天,便上表请求辞去副相。

神宗接到吕惠卿的辞表,不仅没有同意,反召吕惠卿进宫,问之曰:“主持国子监考试的是你弟弟吕升卿,你为什么要辞官?”

听神宗这么一说,吕惠卿的第一反应——我上了王安石当了。正要把王安石说给他的话道给神宗,突然又转一念——王安石尽管恨我,但他为人极其耿直,从未见他说过半句谎言。如果他真的想整我,他会直说,通过这种手段,通过假借皇上的手段整人,不是他的风格。既然不是他的风格,那就是皇上在说谎,在耍滑,在玩弄权术!皇上为什么耍滑呢?皇上长大了,皇上老练了,皇上想一人独尊。事实上就是这样,他想富国强兵,就得推行“新法”,而要推行“新法”,不得不用以王安石和我吕惠卿为首的变法派——新党。但是,皇上屡屡向反变法派——旧党,暗送秋波。

面对西夏的骚扰,宋神宗特意下诏征询韩琦、富弼、文彦博、曾公亮等人的意见。

王安石刚一罢相,宋神宗就将同情旧党的赵抃、韩维召回,委以重任。

在旧党中,范纯仁是反变法派中的第一斗士,他竟敢在他所管辖的范围内拒绝执行新法,神宗不但不加罪,反将他由和州知州迁为龙图阁学士兼知庆州。这个职务是范纯仁老父范仲淹曾经担任的统管西线一路军务的重要职务。

神宗为什么要这么做,他不想让“新党”独自坐大,用“旧党”牵制新党。

神宗既然不想让“新党”坐大,岂能允许王安石和我吕惠卿坐大吗?当然不会。所以,当王安石罢相后,我吕惠卿执政,不到一年,他又把王安石请了回来。王安石复相不久,把韩绛挤出朝堂,这一次若是把我吕惠卿再挤出朝堂,百官中就没有人能和他抗衡了。这种局面是神宗不愿意看到的。所以,他才让王安石动员我吕惠卿辞官,当我吕惠卿真的要辞官,他又站出来挽留,有意加深我和王安石的矛盾。一定是这样!

既然我吕惠卿知道皇上在耍滑,我就不能把王安石说给我的话说出来。若不说呢,拿什么话来回复皇上?

他自己问自己,我可不可以这样回复皇上:王安石复相后,性情大变,啥事都是他说了算,容不得半点不同声音,生尽千方百计打压排挤韩相,硬是把韩相给挤走了。韩相一走,他便把矛头对准了我吕惠卿。我若和他一般见识,双方斗起来,影响东府的形象。想了又想,还是我离开朝堂吧!

他自己回答自己,这样说好,既没有戳穿皇上的小把戏,又参了王安石一本。

神宗听了他的回答很高兴:“不管介甫如何对卿,卿的人品,卿的才能,卿对朝廷的贡献,朕心里清楚,朕不会让卿辞官的!”

吕惠卿忙向神宗拜了又拜,屁颠屁颠地出了皇宫,径奔中书省。一到中书省大门,他便收住笑容，背负双手，一脸严肃地走了进去。王安石忙起身让座，他也不坐，黑虎着脸说道："王大宰相，刚才皇上召我进宫，明确地对我说，'卿的人品，卿的才能，卿对朝廷的贡献，朕心里清楚，朕不会让你辞官的'。既然皇上不让我辞官，这个参知政事我还得继续做，不敬了！"说毕，甩袖而去。

王安石愣在原地，许久才醒过神来，自言自语道："不会，皇上不会对他这样说，我找皇上去。"

话音刚落，韩维来了。他轻叹一声道："对不起，我不能陪您了。"

"急于出去？"韩维问。

"嗯。"

"去哪里？"韩维问。

"皇宫。"

"找皇上？"韩维复问。

"嗯。"

"所为何事？"韩维再问。

王安石不再"嗯"了，把吕惠卿兄弟科场如何舞弊，吕惠卿如何被皇上拒之门外，皇上如何要他严惩吕惠卿兄弟，他自己又如何劝说吕惠卿，以及吕惠卿今天给他说的那一番话，讲了一遍。

韩维默想了一会儿，说道："我劝您不要去找皇上。"

"为什么？"

韩维道："我觉得吕惠卿不敢说谎。"

"为什么？"

韩维道："吕惠卿兄弟科场舞弊，闹得满城风雨，弄得吕惠卿不得不去找皇上解释，对不对？"

王安石轻轻颔首。

"皇上不但不见他，还传谕要您对他严惩对不对？"

王安石复又颔首。

"经您劝说，他才上书辞官对不对？"

王安石再次颔首。

"这就有问题了！"

王安石道："请继续讲。"

“照您的理解,让吕惠卿辞官,乃是皇上的意思,而吕惠卿又同意辞官。既然皇上有意让吕惠卿辞官,收到吕惠卿的辞书后,来一个‘同意’不就得了,为什么还要召见吕惠卿?”

王安石将头轻轻摇了一摇,说道:“皇上是不是召见了吕惠卿,那是吕惠卿自己说的,是真是假还不好说。”

“您是不是认为,吕惠卿在说谎?”

“很有可能。我之所以急着去见皇上,就是想把这件事核实一下。”

韩维道:“您不必核实,见皇上可不是一件小事,知道的人也不是一个两个。凭吕惠卿的智商,他不会,也不敢撒这样的谎。愚兄我觉得,吕惠卿肯定见到了皇上。而且是皇上召他去的。”

“何以见得?”

“您刚才不是说,科场舞弊案发生后,吕惠卿想去见皇上,被拒之门外。而在他得知皇上要他辞官,且将辞书呈送皇上之后,他还敢提出见皇上?”

王安石道:“照理他不会。”

“既然他自己不会提,却见到了皇上。除了皇上主动召他,您还能想出别的解释吗?”

“这……”王安石道:“想不出来。”

“所以,愚兄认为,吕惠卿是奉诏进宫的,他说皇上给他说的那番话也是真的。若不是真的,他敢在您面前那么嚣张吗?他敢继续做他的参知政事吗?”

王安石道:“诚如此,岂不是皇上在耍我呢!”

韩维劝道:“也不能说是耍您,皇上此为,乃是为了大宋社稷,他不想让朝中任何一种势力独大,包括新党。他既然不想让新党独大,能让您独自坐大吗?”

王安石愤然说道:“他既然对我如此不信任,拿吕惠卿牵制我,这首相还干得成吗?我辞官,我这就上书辞官!”

“您不能辞!”

“为什么?”王安石问。

“您如果一辞,这首相的桂冠无疑会落到吕惠卿头上。就吕惠卿那个德行,不祸国殃民才怪呢!为了社稷,为了百姓,这官您绝对不能辞!”

略顿,韩维又道:“您就是上书辞官,皇上也不会答应,何也?皇上既然不想让任何势力独大,能允许吕惠卿独大?事实已经证明,能够镇得住吕惠卿的只有您!皇上不想让吕惠卿独大,就得挽留您,甚而给您说好话。作为国君,给臣子说好话,说一次两次尚可,说上三次四次呢,他的尊严何在?在我的记忆里,您曾四次提出辞官,每一次皇上都给您说好话,甚而又是自责,又是向您道歉。所以,您不能再说辞官的事了!"

王安石默想许久说道:"谢谢贤兄提醒,我听您的。但是,有吕惠卿在,就是想干事,也难干成!"

韩维安慰道:"皇上不让吕惠卿辞官,并不是认为他好。况且,吕惠卿的恶名天下皆知。古人云,'天作孽,犹可悔,自作孽,不可活。'早晚会有人收拾他的!"

王安石将头点了一点。

韩维继续说道:"皇上既然要您严惩吕惠卿,而他又不让吕惠卿辞官,他会给您一个说法的,很可能让吕升卿当替罪羊。"

王安石轻叹一声道:"但愿如兄所料。"

果如韩维所料,当天下午,神宗便召王安石进宫,就吕惠卿兄弟科场舞弊之事解释道:"科场舞弊之事实有之,但乃吕升卿所为。吕惠卿既不是考官,又没有为其内弟请托过任何人,官就不必辞了吧。至于吕升卿,可罢去太子中丞、崇政殿说书之职,发遣江南,任江南西路转运副使。此外,朕将宣喻吕惠卿,让他好好参贰爱卿。"

王安石心中已经有数,不想多言,便向神宗拜了一拜说道:"陛下圣明。"掉头出宫。

吕升卿的遭贬,吕惠卿不认为是"罪有应得",而是把这笔账记到王安石头上。

为了扳倒王安石,他绞尽脑汁。某一日,趁和神宗单独议事的机会问神宗:"陛下宣谕臣,要臣参贰王安石,不识何也?参知政事,莫参政于陛下之政事否?"

神宗见他居然当着自己的面挑拨他和王安石的关系,很生气,正告道:"安石之政事,即朕之政事也。"

这话已经够狠了吧,吕惠卿居然还不收敛。

练享甫进士及第出身,文章好,字写得也好,还是一个美男子。经王雱所荐,出任中书五房习学公事①。因他与王雱交往频繁,便起了一个谣言,说王雱有"龙阳之好②"。

这谣言一传两传,传到了吕惠卿耳里。

他如获至宝,又趁与神宗单独议事的机会,对神宗说道:"人都说王介甫教子无方,

---

① 中书五房习学公事:宰相属官,大都由新进士担任。入中书五房习学检正官事,满二年,经考课合格,出任检正官。检正官,宰属名。隶中书,掌总理、督察中书门下诸房吏人公事,其官系士人之高选,以朝官充任。也可从中书五房习学公事中选拔。

② 龙阳之好:乃一典故,出自《战国策·魏策》中魏王与龙阳君的一段记载。后来广泛衍用于指代男子之间的同性恋,亦作"龙阳之好"和"断袖",或"断袖之癖"。

并不亏他。”

神宗问:“何以见得?”

“臣曾听人说,某一日程颢拜访介甫,二人为了时政正互相辩难,忽见王雱囚首丧面,手执一妇人冠,惘然出庭,见了程颢也没什么礼节,但问介甫:‘老父所谈何事……’”

神宗将手摇了一摇,说道:“你不用说了,这事朕早已知晓,朕也曾问过介甫,介甫说绝无此事。后来,有人告朕,这是那些反对‘新法’者恶意编排王雱。”

“这事也许是那些反对‘新法’者的恶意编排,但有一件事可是真的。”

“什么事?”神宗问。

“王雱伤风败俗,有‘龙阳之好’。”

神宗道:“不会吧。朕听说,王雱不只有瘪症,房事亦不能举。故而,他总怀疑妻子与别人有染。”

吕惠卿信誓旦旦地说道:“真的,王雱真的有‘龙阳之好’。陛下不信臣,臣有老母,敢以为誓!”

此话不知道通过什么渠道传到了御史蔡丞禧耳中,当即上书弹劾吕惠卿——“为了整倒某人,竟对陛下亲诅其母,真是混账之极!有臣如此,还是执政的大臣,朝廷之耻也!请陛下为国除耻。”

神宗留书不发。

数日后,一张姓御史上书弹劾吕惠卿——“奸邪不法,威福赏刑,天下共愤,请陛下乾纲独断,为国除奸。”

神宗又来一个留书不发。

练亨甫既恨吕惠卿对他的恶意诽谤,又想报王雱父子的知遇之恩,便去游说中书检正官邓绾。

“邓大人,下官说句不该说的话,您在王公(安石)罢相期间不该投靠吕惠卿。”

练亨甫有意把话顿住,看一看邓绾什么反应。

邓绾长叹一声,面上略显愧色。

练亨甫心中有了数,继续说道:“有道是,‘狗咬挎篮的,人巴有钱的。’王公罢相了,吕惠卿成了不是首相的首相,你投靠吕惠卿也情有可原。但是,你不该对王公落井下石,在处理‘李逢谋反案’的时候,上蹿下跳,吕惠卿指到哪里,你就打到哪里!”

他又将话顿住。

邓绾又是一声长叹，满脸尽是愧色。

“如今，王公又复相了，吕惠卿因作恶多端，成了众矢之的，迟早要被逐出朝堂。你呀，得好好想一想自己的出路了。”

他再一次将话顿住。

邓绾复又一声长叹：“唉，世上啥都有，就是没有卖后悔药的。”

“你准备躺着等死？”练亨甫问。

“不等死又能怎样？”

练亨甫道：“你不要如此悲观，我给你指条路。你只要循着这条路走，兴许会转祸为福。”

“只要你给我指路，我一定会照着你指的这条路走。说吧，路在哪里？”

“你和吕惠卿走得那么近，你一定知道他做了哪些恶事、糗事。你把他的恶事、糗事抖出来，最好抖给皇上。你若是这样做了，王公父子不仅会重新接纳你，还会记住你的好，说不定啊，有机会还会重用你哩。”

邓绾叹道：“重用的事，我也不敢想，只要王公父子能重新接纳我，我已经是烧了八辈子高香！”

练亨甫暗自欢喜道：“事成矣。”

第二天，邓绾便把吕惠卿的恶事、糗事抖给了神宗，而且是以弹劾的方式抖的。而且，一抖便是九件。

一、结党，与章惇等人狼狈为奸。

二、打击异己，诸如郑侠、王安国等。

三、百般阻挠王安石复相。

四、排挤宰相韩绛。

五、以行新法“助役法”为名，行败坏新法之实。

六、假公济私，华亭县知县张若济因吕惠卿之荐得任此职。他为了报答吕惠卿，威逼县内六家富户拿出四千贯钱，以极其低廉的价格在华亭县境内买良田一百倾送给吕惠卿。吕惠卿投桃报李，迁张若济为秀州（治所在今浙江嘉兴县）知州。

七、其弟吕升卿、吕温卿勾结地方官，低价强买良田五十倾。

八、其舅郑鹰（人称郑六舅）横行两浙，强借民钱，低价购买民田一百倾。

九、吕惠卿出资七百贯，交给一个郑姓商人为他理财。郑商三年为他盈利一千贯，他还嫌少，大骂郑商无能，逼得郑商自缢而死。

邓绾的劾书，牵扯到了命案，神宗不能再留书不发了。

当即内降一旨给事中、参知政事吕惠卿：朕不次拔擢，俾预政机。而乃不能以灭私，为国司直，呵蔽所与，屈扰典型。言者交攻，深骇朕听。可守本官，出知唐州（今河南省唐河县）。

消息一经传出，最高兴的莫过于王雱。晚饭时，特意让厨子加了一壶酒、两个肉菜。王安石一进屋，便发现了案上的酒，沉着脸道："把酒给我撤了！"

王雱笑嘻嘻地劝道："爹，孩儿知道您不喝酒，可今天有些特别，孩儿陪着您喝两杯，庆贺庆贺！"

王安石依然沉着脸道："你说的特别，不就是吕惠卿给贬了吗？"

王雱道："是啊，吕惠卿遭贬，还不值得庆贺吗？"

"这事若发生在一个月前，爹也许会觉着值得庆贺。现在不这么认为了。"

"为什么？"王雱问。

"吕惠卿虽然人品不行，但他有才，为新法的制定、推行出了不少主意，他的离去，对'新党'来说，无疑是一个损失。何况，他是爹一手栽培起来的，爹的心中，他既是爹的门生，又是爹的小弟。不管是门生还是小弟出了事，不说爹，就是换成别人，也不会觉得这是一件值得庆贺的事！"

"爹，为了吕惠卿的成长，您确实花费了不少心血。但他不是一个人，是一条毒蛇，一条被冻僵了的毒蛇，您把他暖活了，他却反咬您一口。这样的人，仅仅被贬官，太便宜了他，应该把他杀头！"

王安石将他狠狠瞪了一眼，掉头欲出。王雱慌忙叫道："爹，您不吃饭了？"

王安石扭头说道："你把我气饱了，还吃什么饭！"说毕，气冲冲地回到书房，将门一关，闷着头喝茶，谁来叫门也不开。

王安石还没有从吕惠卿遭贬的阴影中走出来，吕公著又朝他胸口上扎了一刀。

吕公著听说吕惠卿被逐出朝堂，加额称快。

他高兴了几天之后，突然萌生一念，何不拿吕惠卿的事，当作一块砖，砸一砸王安石。

怎么砸？

上书皇上。

他说干就干,熬了将近一个通宵,把一份洋洋三千字的劾书呈给神宗。

——王安石意气用事,反复无常。吕惠卿明明是一个奸诈小人,在王安石眼里却成了治国良才,一擢再擢,官至参知政事。如今,又把吕惠卿说得一无是处,逐出了朝堂。身为宰辅,对人才的评定反复无常,处理国事岂能做到公平无私!陛下推行"新法"已经八年,可国家依然贫弱。这样的首相,陛下还要他干什么?早罢一天,百姓就会多一天福!

神宗读后,虽然留书不发,但对王安石又打了一个问号。

王安石为吕惠卿背了不少黑锅,还被吕公著狠狠砸了一砖。照理,这个消息传到吕惠卿耳里,他应该感到愧对王安石。可他不但没有半点愧疚之心,反到处搜集王安石罪证。

"功夫不负有心人",经过吕惠卿不懈努力,终于在王安石和自己往来的书信中找到了两封可以证明王安石有罪的证据。

第一封,"勿使齐年知"。"勿使"就是不要的意思;"齐年"指的是副相冯京。因冯京和王安石同岁,私下互称"齐年"。二人虽是"齐年",但素来不合。王安石有才,有大才。可冯京也不是无名之辈,他不只有一个好丈人——富弼,他还是连中三元的状元,无论是门第、名望、才学,都不在王安石之下。可每逢中书省议事,别人都沉默,唯独冯京经常和王安石唱对台戏。所以,王安石有些忌惮冯京。就某一项新法推行之事,写信给吕惠卿,嘱曰:"勿使齐年知。"

第二封信,"勿使上知。""上"即神宗也。四年前,王安石想罢黜几个官员,神宗不同意,吕惠卿给王安石出主意,可以通过一些非正常手段,整倒这些官员。王安石以为对,便写信给吕惠卿:"勿使上知"。也就是说,这事可以做,但不能让神宗知道。

这两封信,可不可以作为王安石的罪证,那就得看神宗怎么认为。若说王安石无罪,并不是说不通。

何也?

在"新法"的制定和推行的过程中,旧党官员,不时跳出来阻挠,而冯京又是旧党的重要成员,回避他有甚不可?

为了推行"新法",对于那些反对的官员,用一些非常手段铲除,还不是为了大宋社稷,就是瞒着神宗能算多大问题?

如果说王安石有罪，也顺理成章。

又何也？

王安石所做的这两件事，既有弄权之过，又有架空和欺君之罪。

这一过一罪，都是神宗不可容忍的。他不再打问号了，而是要罢去王安石的首相。

怎么罢？

直接下诏，会让人说我无情无义，抑或是卸磨杀驴。

我不能背这两个恶名。

为了不背这两个恶名，他将吕公著和吕惠卿的劾书，一并转给王安石。

他相信，王安石看了这两封劾书，一定会自己上书请求辞相。

他所料不差。

这两封劾书送给王安石的当天，他便以病重为由，上书求辞。

神宗的目的达到了。但宋朝有个潜规则，凡大臣自己上书辞官，不能一上就准。上一次，皇帝挽留一次。最多的上书，竟达十次之多。神宗当然不会破这个潜规则，况且，上书求辞的还是当朝的一品首相。

王安石五上之后，神宗正要批一个大大的“准”字，王安石家出事了，出大事了！

一个月前，王雱背生恶疮，听说五朵山张道长擅治各种毒疮，便前去求治。听到父亲上书辞官的消息，他星夜兼程赶了回来，问之曰：“爹，您为什么要辞相？”

王安石将神宗转来的两封劾书示之。王雱读之，勃然大怒道：“欺师灭祖，无耻小人，我这就去唐州找吕惠卿！”

王安石劝道：“你既然知道吕惠卿是无耻小人，何必与他计较呢？况且，他已经把弹劾老父的书呈给皇上了，他就是反悔了又有什么用？”

“那我找皇上。”

王安石苦笑一声道：“皇上已经铁了心要罢老父的相，找也白找。”

“不，我得找。他这是卸磨杀驴！我得找他讨要一个说法！”王雱一边说一边转身。

王安石大吼一声道：“你给我站住！”

王雱明明知道背疽疮戒怒戒酒，可他却把自己关在书房里喝了大半坛酒。也不知道是醉了，还是癔症犯了，他看见了吕惠卿，吕惠卿就站在他对面，似笑非笑。

他一跃而起，扑向吕惠卿，明明被他抓到了，一眨眼，吕惠卿又不见了。

他正在四下寻找，吕惠卿不知道从什么地方冒出来，便大吼一声，又朝吕惠卿扑了上去。不想,又让吕惠卿给溜掉了。如此者六,累得他呼呼直喘,就是抓不到吕惠卿。

他双眼忽地一亮。

剑。挂在壁上的宝剑映入他的眼帘。

他大跨两步,取下宝剑,再一次扑向吕惠卿。

因为有剑,臂不加而长,吕惠卿逃无可逃,背墙而立,用双手来挡,被他削去了右手。又一剑,直插其胸膛。吕惠卿居然没有倒下,反而,整个人贴在墙上。王雱挥剑又刺,一边刺一边大骂:"你这个无耻小人,你这个无耻小人!"

刺了大约数十剑之后,一个前栽,头撞在墙上,又缓缓地倒了下去。

第二天,下人喊他吃早饭,他既不开门,也不应腔。没奈何,下人去请示王雱老娘。老娘亲来叫门,还是不见应腔,顿觉事情有些不妙,命人将门撞开。王雱的额头有一个大包,尸体已经僵硬。再看剑,剑尖已折。墙呢?斑斑点点。

讣达朝廷,神宗遣宦官张若水前去吊孝。

张若水还报神宗,神宗问:"王雱才三十二岁,怎么说死就死了呢?"

张若水便将王雱因何而死,如实禀告神宗。

"原来是因朕而死呀!"神宗颇感内疚,内降一旨,"追封王雱为左谏议大夫[①],命中书检正官邓绾护雱丧归葬江宁。"

葬过王雱,王安石再次上书辞相。神宗因王雱之死,心中愧疚,不允。王安石十上之后,神宗才勉强同意。诏下,王安石以使相判江宁府。

---

① 左谏议大夫:官名。谏议大夫初名谏大夫,东汉改为谏议大夫,乃光禄勋属官,掌顾问应对、议论政事。唐中叶以后,谏议大夫分置左右,左谏议大夫隶门下省,右谏议大夫隶中书省,秩正四品。宋置谏院,以左右谏议大夫为谏院之长。

二十三　饮恨半山堂

梦中,王安石恍恍惚惚到了一个去处,如大官府之状,府门尚闭,见王雱荷百斤重的巨枷,立于门外。

某一日,君臣议事,王安石正在高谈阔论,一只虱子悄悄地爬上他的胡须。

王安石复又叹道:"蔡确这个人,是白眼狼加疯狗,皇上如此重用他,看来是不要新法了。"

两年之前,在王安石第一次罢相期间,已经判过一次江宁府了。他知道江宁府是一个好地方——金陵古迹之地、六朝帝王之都,山美河清、物产丰富,适宜人居。心下甚喜,离京之时,百官设宴送行,王安石托病辞之。

是夜,王安石做了一个梦,恍恍惚惚到了一个去处,如大官府之状,府门尚闭。见王雱荷巨枷约重百斤,力殊不胜,蓬首垢面,流血满体,立于门外,王安石忙上前问道:"雱儿,你这是怎么了?"

王雱"嚎"的一声哭了起来,经他一劝再劝,王雱方抽抽泣泣地说道:"阴司以儿父久居高位,不思行善,专一任性执拗,行青苗等新法,蠹国害民,怨气腾天。儿不幸阳禄先尽,受罪极重,唯斋醮可解……"

话犹未毕,府中开门吆喝:"凡人怎得在此!"王安石猛然一惊醒来,方知是一场梦。

翌日,王安石将梦告之夫人。

夫人道:"儿既然在阴间受苦,咱不妨延迟几日,招天下高僧,设七七四十九日斋醮,超度儿之亡灵。"

王安石道了一声"可"。

斋醮已毕,王安石择一吉日,带着小吏江居,并童仆家眷,悄然赴任。从汴京到金陵,可通水路。王安石既然不想见百官,自是不肯用官船。自己出资雇了一条民船。

一上船，王安石便唤江居及众童仆吩咐："我虽为宰相，今已挂冠。凡一路码头歇船之处，有问我何姓何名何官何职，汝等只说是过往游客。汝等若是实说，必然惊动当地官府，前来迎送，或起夫防护，骚扰居民。倘或泄露风声，必是汝等需索地方常例，诈害民财，吾必重责。"

众人都道："请相爷放心，吾等不敢违命。"

王安石道："这就好。"

江居上前禀道："相爷白龙鱼服，隐姓埋名。倘或途中小辈不识高低，有诋谤相爷者，何以处之？"

王安石道："常言道，宰相腹中能行船，从来人言不足恤。言吾善者，不足为喜；道吾恶者，不足为怒，只当耳边风过去便了，切莫揽事。"

江居道了一声"晓得了"。

王安石这一次离京，自以为十分秘密，岂不知，他未曾上船，便被人盯上了。他所到之处，俱都有人暗中安排。

但是，这种安排，绝不是为他好，是想把他羞死、气死。就是不死，也叫他一生不得快乐。

船行二十余日，来到钟离县（治所在今安徽省凤阳东北）境。王安石原有痰火症，住在船上多日，心情抑郁，痰火症复发。欲舍舟登陆，观看市井风景，少舒愁绪，便吩咐管家道："此去金陵不远。你可小心服侍夫人家眷，从小路，由瓜步淮扬过江。我从陆路而去，到金陵江口相会。"

说毕，安石打发家眷开船，自己只带两个僮仆，并亲吏江居，主仆共是四人登岸。

江居禀道："相爷陆行，必用脚力，是拿钧帖①到县驿取讨，还是自家拿钱雇赁？"

王安石道："我吩咐你的话，你怎么忘了。不许惊动官府，自家雇赁便了。"

江居道："若自家雇赁，须要投个主客。"

王安石道了一声"可"。

当下，江居携了包裹，同王安石到了一个经纪人家，主人迎接上坐，问道："客官寻吾何事？"

王安石回道："欲觅肩舆一乘，或骡或马三匹，即刻便行。"

主人道："如今不比当初，不好办哩！"

---

① 钧贴：古代对有身份的人的柬帖的敬称。

王安石问道:“为何?”

主人道:“一言难尽!自从拗相公当权,创立新法,伤财害民,百姓逃散。虽留下几户穷民,只顾奔走官差,哪有空闲等雇?况且,民穷财尽,百姓饔餐不饱,没闲钱去养马骡。就有几头,也不够差使。客官坐稳,我替你抓寻去。寻得着,莫喜;寻不来,莫怪。但价钱要比往常多两倍哩!”

江居问道:“你说的那个拗相公是谁?”

主人道:“叫作王安石。闻说一双白眼睛,恶人自有恶相。”

王安石垂下眼皮,叫江居莫管别人家闲事。主人去了多时,回来复道:“轿夫只许你两个,没有替换,却要把四个人的夫钱雇他。马是没有,只寻得一头骡,一个叫驴(公驴),明日五鼓到我店里,客官将就去得时,可付些银子与他。”

王安石听了前番许多恶话,不耐烦,巴不得走路。想道:“就是两个夫子,缓缓而行也罢,只是少一个牲口。少了也罢,把一匹与江居骑;那一匹,叫两个童仆轮流骑吧。”想到此,吩咐江居,但凭主人定价,不要与他计较。江居把银子称付主人。日光尚早,王安石在主人家闷不过,唤童儿跟随,走出街市闲行。果然市井萧条,店面稀少,王安石暗暗伤感。步到一个茶坊,倒也洁净。王安石走进茶坊,正欲唤茶,只见壁间题一绝句云:

祖宗制度至祥明,百载余黎乐太平。
白眼无端偏固执,纷纷变乱拂人情。
无名子慨世之作

王安石默然无语,连茶也没兴吃了,慌忙出门。又走了数百步,见一所道院暗道:“且去随喜一回,消遣则个。”

走进大门,就是三间庙宇。王安石尚未跨进殿槛,只见朱壁外面粘着一幅黄纸,纸上有诗句:

五叶明良臻太平,相君何事苦纷更?
既言尧舜宜为法,当效伊周辅圣明!
排尽旧臣居散地,尽为新法误苍生,
翻思安乐窝中老,先识天津杜宇声。

英宗为帝时,有一高士,姓邵名雍,别号尧夫,精于数学,通天彻地。自名其居为安乐窝,曾与客游洛阳天津桥上,闻杜宇之声,叹道:“天下从此乱矣!”

客问其故。

尧夫答道:“天下将治,地气自北而南;天下将乱,地气自南而北。洛阳旧无杜宇,今忽有之,乃地气自南而北之征。不久天子必用南人为相,变乱祖宗法度,终世不得太平。”

王安石,南人也。

王安石将此诗默诵一遍,问香火道人:“此诗何人所作?没有落款。”

道人道:“数日前,有一道侣到此索纸题诗,粘于壁上,说是骂什么拗相公的。”

王安石将诗纸揭下,藏于袖中,默然而出。回到主人家闷闷得过了一夜。

五鼓鸡鸣,两名伕和一个赶脚的牵着一头骡,一个叫驴,都到了。王安石上了肩舆,江居乘了驴子,让那骡子与僮仆两人更换骑坐。约行四十余里,日光将午,到一村镇。江居下了驴,禀道:“相爷,该打中火了。”

王安石因痰火病,随身带有清肺干糕,及丸药茶饼等物,回道:“给我取沸汤一瓯来,你们自去用饭。”

江居道了一声“好”,命一童仆去取沸汤。待沸汤已到,双手递给王安石,王安石将沸汤调茶,用了点心。

众人吃饭,兀自未了,王安石见屋旁有个坑厕,讨一张毛纸,走去登东。只见坑厕土墙上,白石灰画诗八句:

初知鄞邑未升时,为负虚名众所推。
苏老《辨奸》有先识,李丞弹劾已前知。
斥除贤正专威柄,引进虚浮起祸基。
最恨邪言“三不足”,千年流毒臭声遗。

王安石阅毕,就左脚脱下一只鞋,将鞋底向土墙上抹得字迹模糊,方才罢手。

众人中火已毕,王安石复上肩舆而行。又三十里,遇一驿舍。

江居禀道:“这官舍宽敞,可以止宿。”

王安石道:“昨日叮咛汝辈是甚言语!若宿于驿亭,岂不惹人盘问。可到前村,择僻静处民家投宿,方为安稳。”

又行五里许，天色将晚，到一村家，竹篱茅舍，柴扉半掩。王安石叫江居上前借宿。居推扉而入，内一老叟扶杖走出，问其来由。江居道："某等乃游客，欲暂宿尊居一宵，房钱依例奉纳。"

老叟道："但随官人随便。"

江居引王安石进门，与主人相见。老叟延安石上坐。见江居等三个侍立，知有名分，忙又将安石请到侧屋另坐。老叟安排茶饭去了，王安石看新粉壁上，有新书律诗一首，诗云：

文章漫说自天成，曲学偏邪识者轻。
强辩鹑刑非正道，误餐鱼饵岂真情。
奸谋已遂生前志，执拗空遗死后名。
亲见亡儿阴受梏，始知天理报分明。

王安石阅毕，惨然不乐。须臾，老叟搬出饭来，从人都饱餐，王安石也略用了些。问老叟道："壁上诗何人所作？"

老叟道："往来游客所书，不知名姓。"

王安石俯首寻思："我曾辩帛勒为鹑刑，及误餐鱼饵二事，人颇晓得。只亡儿阴府受梏事，我单对夫人说，并没第三人得知，如何此诗言及！好怪好怪！"王安石因此诗末句刺着他痛心之处，狐疑不已。因问老叟："高寿几何？"

老叟道："年七十八了。"

王安石又问："有几位贤郎？"

老叟扑簌簌泪下，告道："有四子，都死了。与老妻独居于此。"

王安石复问："四子何以俱夭？"

老叟道："十年以来，苦为新法所害。诸子应门，或殁于官，或丧于途。老汉幸年高，得以苟延残喘。倘若少壮，也不在人世了。"

王安石惊问："新法有何不便，乃至于此？"

老叟道："官人只看壁间诗可知矣。自朝廷用王安石为相，变易祖宗制度，专以聚敛为急，拒谏饰非，驱忠立佞。始设青苗法以虐农民，继立保甲、助役、保马、均输等法，纷纭不一。官府奉上而虐下，日以捶掠为事。吏卒夜呼于门，百姓不得安寝。弃产业，携妻子，逃于深山者，日有数十。此村百有余家，今所存八九家矣。寒家男女共一十六口，今只有四口仅存耳！”说罢，泪如雨下。

王安石亦觉悲酸。又问道：“有人说新法便民，老丈今言不便，愿闻其详。”

老叟道：“王安石执拗，民间称为拗相公。若言不便，便加怒贬；说便，便加升擢。凡说新法便民者，都是谄佞辈，实害民不浅！就连拗相公自鸣得意的保甲法，也有害民之处。民家每一丁，教阅于场，又以一丁朝夕供送。虽说五日一教，那做保正的，日聚于教场中，受贿方释。如没贿赂，只说武艺不熟，拘之不放。以致农时俱废，往往冻馁而死。”言毕问道：“如今那拗相公何在？”

王安石哄他道：“现在朝中辅佐天子。”

老叟唾地大骂道：“这等奸邪，不行诛戮，还要用他，公道何在！朝廷为何不相了韩琦、富弼、司马光、吕诲、范纯仁、苏轼诸君子，而偏用此小人乎！”

江居等听得侧屋中喧嚷之声，便走来看，见老叟说话太狠，咤斥道：“老人家不可乱言，倘王丞相闻知此语，获罪非轻！”

老叟矍然怒起道：“吾年近八十，何畏一死！若见此奸贼，必手刃其头，刳其心肝而食之。虽赴鼎镬刀锯，亦无恨矣！”

众人皆吐舌缩项。王安石面如死灰，不敢答言。起立庭中，对江居说道：“月明如昼，还宜赶路。”

江居会意，付了老叟饭钱，安排轿马。

王安石举手与老叟道别，老叟笑道：“老拙自骂奸贼王安石，与官人何干，乃拂然而去，莫非官人与王安石有亲故么？”

王安石连声道：“没有，没有。”说毕登舆，吩咐快走。从者跟随，踏月而行。又走十余里，有一片树林，林边有茅屋三间。王安石道：“此颇幽寂，可以息劳。”命江居叩门。内有老妪启扉。江居亦告以游客贪路，错过邸店，特来借宿，来早奉谢。

老妪指中间一屋道：“此处空在，但宿何妨。只是草房窄狭，放不下轿马。”

江居道：“不妨，我自有道理。”

王安石降舆入室。江居吩咐将轿子置于檐下，骡驴放在树林之中。王安石坐于室内，看那老妪时，衣衫褴褛，鬓发蓬松，草舍泥墙，颇为洁净。老妪取灯火安置王安石，自去睡了。

王安石见牖间有字，携灯看时，亦是律诗八句。诗云：

生已沽名炫气豪，死犹虚伪惑儿曹。

既无好语遗吴国，却有浮辞诳叶涛。

四野逃亡空白屋，千年嗔恨说青苗。

想因过此来亲睹，一夜愁添雪鬓毛。

王安石阅之，如万箭攒心，好生不乐。想道：一路来，茶坊道院，以至村镇人家，处处有诗讥诮。这老妪独居，谁人到此，亦有诗句？足见怨词詈语遍于人间矣！那第二联说"吴国"，乃吾之夫人也。叶涛，是吾故友。此二句诗意犹不可解。欲唤老妪问之，闻隔壁打鼾之声。江居等俱已睡去。王安石辗转寻思，托膺顿足，懊悔不迭。想道："吾只信福建子[①]之言，道民间甚便新法，故吾违众而行之。焉知天下怨恨到此？此皆福建子误我也！"

是夜，王安石长吁短叹，和衣偃卧，不能成寐。吞声暗泣，两袖皆沾湿了。天明，老妪起身，蓬着头，同一赤脚蠢婢，赶二猪出门外。婢携糠秕，老妪取水，用木勺搅于木盆之中，口中呼："罗、罗、罗，拗相公来。"

二猪闻呼，就盆吃食。婢又呼鸡："㖿、㖿、㖿、㖿，王安石来。"群鸡俱至。

王安石、江居和众人见了无不惊讶。王安石心愈不乐，问老妪道："老人家何为呼鸡豕之名如此？"

老妪道："官人难道不知，王安石即当今之丞相，拗相公是他的诨名。自王安石做了相公，立新法以扰民。老妾二十年孀妇，子媳俱无，与一婢同处。妇女二口，也要出免役、助役等钱。钱既出了，差役如故。老妾以桑麻为业，蚕未成眠，便预借丝钱用了；麻未上机，又借布钱用了。桑麻失利，只得畜猪养鸡，等候吏胥里保来征役钱。或准与他，或烹来款待他，自家不曾尝一块肉。故此民间怨恨新法，入于骨髓。畜养鸡豕，都呼为拗相公王安石，把王安石当作畜生。今生没奈何他，后世得他变为异类，烹而食之，以快胸中之恨耳！"

王安石暗暗垂泪，不敢开言，命江居取钱谢了老妪，收拾起身。

出了农居，江居走到舆前，禀道："相公施美政于天下，愚民无知，反以为怨。今宵不可再宿村舍。还是驿亭官舍，省些闲气。"

王安石口虽不答，却点了点头。上路多时，到一驿亭。江居先下驴，扶王安石出轿升亭而坐，安排早饭。王安石看亭子壁间，亦有绝句二首，第一首云：

---

① 福建子：即吕惠卿。吕惠卿是闽人，故王安石呼为福建子。

富韩司马总孤忠，恳谏良言过耳风。
只把惠卿心腹待，不知杀羿是逢蒙。

第二首云：

高谈道德口悬河，变法谁知有许多。
他日命衰时败后，人非鬼责杀愁何？

王安石看罢，怫然大怒，唤驿卒问道："何方狂夫，敢诽谤朝政如此！"

驿卒回道："大人息怒。不但此驿有诗，他驿皆有留题也。"

王安石问道："那些诗都是为何而作？"

驿卒回道："因王安石立新法以害民，所以民恨入骨。近闻得王安石辞了相位，判了江宁府，从此路过。早晚常有村民数百在此附近，伺候他来。"

王安石道："伺他何来？要拜谒他么？"

驿卒笑道："仇怨之人，何拜谒之有！众百姓持白梃，候他到来时，打杀了他，分而啖之耳。"

王安石大骇，不等饭熟，趋出驿亭上轿。江居唤众人随行，一路只买干粮充饥。王安石更不出轿，吩咐兼程赶路，直至金陵，与夫人相见。羞入江宁城市，乃入居于钟山①之半，名其堂曰半山堂。王安石只在半山堂中，看经佞佛。他原是过目成诵、极聪明的人，一路所见之诗，无字不记。写出后与夫人看之。当夫人看到"亲见亡儿阴受梏"之语，不由想起出发之前王安石所作之梦，涕泪交流。翌日，尽出房中钗钏衣饰之类，及所藏宝玩，约数千金，布施各庵院寺观，打醮焚香，以资亡儿王雱冥福。

一日，读之《邸报》，见欧阳修谢世消息，泪如雨下，挥毫走笔，且泣且书，一篇数百字的感人至深的祭文，跃然纸上。遣江居日夜兼程，送至汴京。

祭欧阳文忠公文②

惟公生有闻于当时，死有传于后世，苟能如此足矣，而抑又何悲？

① 钟山：又名蒋山，古代江南四大名山之一，以寺庙林立而闻名。山之阳有蒋山寺，又名太平兴国寺、开善寺……

② 欧阳文忠公：即欧阳修，谥"文忠"，故称之。

如公器质之深厚，智识之高远，而辅学术之精微，故充于文章，见于议论，豪健俊伟，怪巧瑰琦。其积于中者，浩如江河之停蓄；其发于外者，灿如日星之光辉。其清音幽韵，凄如飘风急雨之骤至；其雄辞闳辩，快如轻车骏马之奔驰。世之学者，无问乎识与不识，而读其文，则其人可知。

呜呼！自公仕宦四十余年，上下往复①，感世路之崎岖，虽屯邅困踬②，窜斥流离，而终不可掩者，以其公议之是非。

既压复起，遂显于世。果敢之气，刚正之节，至晚而不衰。

方仁宗皇帝临朝之末年，顾念后事③，谓如公者，可寄以社稷之安危。及夫发谋决策，从容指顾④，立定大计，谓千载而一时。功名成就，不居而去。其出处进退，又庶乎⑤英魄灵气，不随异物⑥腐散，而长在乎箕山之侧，与颍水之湄。然天下之无贤不肖，且尤为涕泣而嘘唏；而况朝士大夫，平昔游从，又予心之所向慕而瞻依！

呜呼！盛衰兴废之理，自古如此，而临风想望，不能忘情者，念公之不可复见，而其谁与归！

此文从文章、才德两个方面，对欧阳修作了高度赞扬，并通过描写天下之士，对欧阳修的悼念，非常深刻地抒发了自己的哀伤之情，特别是末一句，“念公之不可复见，而其谁与归！”真是一字一泪。

王安石还没有从丧友的悲伤中走出来，江居回来了。从江居口中，他方才知道工部判部事⑦吴充当了宰相，唏嘘良久。

吴充是他的儿女亲家，对于他的才学、人品，王安石了如指掌。

吴充是一个好人，但要他去担治理国家的担子，他根本担不起来。

那么，神宗为什么要选吴充来当宰相？

这不只因为，吴充头上有一个探花光环，更重要的是，他虽是王安石的亲家，但他不

① 上下往复：指官职时升时降。

② 屯邅困踬：处境困难。踬，跌倒。

③ 顾念后事：考虑身后的事情。

④ 指顾：手指眼看，形容行动迅速。

⑤ 庶乎：大概可以说。

⑥ 异物：指尸体。

⑦ 工部判部事：即工部尚书，掌百工、水土之政令。

是“新党”。不只不是“新党”，还多次在神宗面前说王安石和“新法”的孬话。

吴充也不是旧党，但和旧党的重要成员韩琦、富弼、吕公著、文彦博、司马光等人交情不错。

王安石、韩绛、吕惠卿执政时，新旧两党闹得不可开交。神宗不想让他们再闹了，决定找了一个双方都能接受的人来担任宰相。

新旧两党所能接受的官员，除了吴充之外，还有一个王珪。王珪则接替了吕惠卿的位置，拜官参知政事。

对于王珪，王安石也不陌生。

王珪，又名王禹玉，川人，若论头上的光环，比吴充还大——榜眼出身。

他的文章写得特别好，“博赡瑰丽，自成一家。”

字也写得好，可追柳公权。故而，一入仕便在翰林院。六年后晋升为知制诰。为仁宗、英宗、神宗皇帝写了十八年诏书。王安石与他相识，是在杭州。某一年，王珪、陈升之相约去杭州看韩琦。韩琦在州衙花园里设宴。韩琦正想和王安石缓和关系，便邀王安石作陪。园内有四盆盛开的“金带围”，甚是好看，韩琦便剪了四朵，给自己，并二王和陈的头上各插一朵。

何为“金带围?”

“金带围”是芍药花的一个品种。这种花，花瓣红色，中间有一圈黄蕊，形似身穿红色官袍、腰系金色腰带的官员。

在宋朝，只有宰相才有资格穿红色官袍，系黄色腰带。所以，读书人、做官人都把观赏到这种花作为做官和升官的吉兆。王安石他们还不只是欣赏，是戴到头上。后来，四人都做了宰相。于是，便有了“四相簪花”的典故。

自杭州结识之后，王安石与王珪有了书信来往。王安石在京做官期间，彼此的交往，仅次于“嘉祐四友”。王安石不苟言笑，连包拯都对他忌惮三分，可王珪敢和他开玩笑。王安石的邋遢是出了名的，由于常年不洗澡，不换衣服，衣服长了许多虱子。某一日，君臣议事，王安石正在高谈阔论，一只虱子悄悄地爬上了王安石的胡子，神宗发现后，两只眼睛盯着王安石的胡须，看着看着，“吞儿”一声笑了。

大臣们见神宗突然发笑，都不知何因，便循着神宗的目光去寻，也看见了虱子，一个个抿着嘴乐。

王安石不知道他们为什么而乐，正在胡乱猜测，王珪告诉他：“相爷，有一只虱子爬到您胡子上。”

王安石一听，臊得满脸通红，忙将虱子抓住，但不知道如何处置，掐死不雅；放生，更觉尴尬。

王珪不失时机地站出来为他解围：“相爷，下官有一首写虱的诗，想念一念让大家品评可好？”

说毕，高声诵道：

虱

屡经胡须，曾经御览；

不可杀之，或曰方焉。

王安石知道该怎么做了，夸道：“王大人好诗，老夫恭敬不如从命。”说毕，便扔掉了手中这个小玩意。

这事被一些别有用心之人广为宣传，为了进一步抹黑王安石，又演义出王珪因虱而升官的故事。

演义说，王安石和王珪的关系很一般，因为作《虱》诗，王安石记住了他。一个月后，中书省缺空一个中书舍人①，王安石当即便想到了王珪，并向神宗举荐：“王珪才思敏捷，当合此职。”神宗颔首称是，王珪由从六品的知制诰一跃而为正五品的中书舍人。

但不管怎样演义，有两点抹黑不了。第一，王安石和王珪的关系不错，要不，王珪不敢和王安石开这样的玩笑。第二，王珪不但有才，而且才思敏捷。

有才未必就能治国！

王珪做一个中书舍人是非常称职的，但要他做执政就不行了。执政需要决策，需要有管理的才能，可王珪媚骨太重，对上司唯命是从，更莫说对皇上了。神宗看中的正是这一点。神宗自己认为自己很行了，不需要再选象王安石、吕惠卿那样有棱有角的人辅佐！所以才选王珪。

找宰相的标准，“不是能不能干事，而是晓不晓事！”

王安石不懂神宗，反来一个杞人忧天，仰天长叹道：“皇上呀皇上，您选这两个人出

① 中书舍人：中书省（监）属官。初置于三国魏，原称中书通事舍人，或称舍人通事，各为一职。东晋合之，谓之通事舍人，后省通事二字。掌诏诰、侍从制敕、宣旨劳问、接纳诉讼、敷奏、文表，分判省事。秩正五品。

任宰执，若能把国家治理好，才是咄咄怪事！”

叹毕，向江居问道：“朝中大臣，还有哪些变动？”

“蔡确出任知谏院[1]。”

“赵抃呢？”王安石问。

“为母丁忧去了。”

王安石复又叹道：“知谏院职在谏诤朝政阙失，司农寺又掌新法的推行，蔡确这个人，是个白眼狼加疯狗，皇上如此重用他，看来是不要新法了！”

江居道：“相爷不必担忧，皇上还要新法。”

“你怎么知道？”王安石问。

“皇上不只重用了蔡确，也重用了李定。”

“李定迁何职？”王安石又问。

“以集贤校理、检正中书吏房、直舍人院、同判、太常等。”

王安石叹道：“李定虽然迁了官，但新法的推行不在他的职权之内。唉！”

“舒亶您还有印象没有？”江居问。

“有呀，他是治平二年（公元1065年）的状元，初授临海尉，老夫见他是一个人才，将他一迁再迁，官居提举两浙常平[2]。他怎么了？”

江居回道：“因蔡确所荐，迁监察御史里行。”

王安石眉头微皱道：“没听说他和蔡确有什么关系，蔡确为什么荐他？”

江居道：“小人只听说舒亶的迁官，是因为蔡确所荐，至于他俩有什么关系，下官也不知道。”

“京官中还有别的变化没有？”王安石问。

“韩维大人加授资政殿大学士。”

王安石道：“早就应该了，还有吗？”

“冯（京）大人复官参知政事。”

“还有吗？”王安石又问。

“吕嘉问从常州回来了，重掌提举市易司。”

---

① 知谏院：差遣官名。北宋前期，在谏院实际供奉言事职事者称知谏院。职在谏诤朝政阙失，大则廷议，小则上封。

② 提举两浙常平：官名。提举原意管理、官领，多为主管某项专门事务的职官。宋始置。提举两浙常平，就是管理两浙路粮食仓储的官。

王安石颔首说道:“好,很好,市易司是推行新法的重要机构。老夫离京之前,曾向皇上进谏,让吕嘉问重掌市易司,皇上左顾而言它。哎,是谁举荐他重掌市易司的?”

“听说是蔡确。”

王安石一脸厌恶地说道:“怎么又是他!唉,老夫有眼无珠,把他从一个州的司理参军,一拔再拔,一直拔到监察御史。起初,他对新法的制定和推行还是很积极的,免役法就是出自他的主张。后来,他见皇上待老夫不如从前了,便来一个落井下石。如今,他居然举荐老夫所赏识的李定和舒亶来掌新法的两个重要部门,不知道他葫芦里卖的是什么药?”

江居道:“他是不想让新法‘夭折’。”

王安石狠狠瞪了江居一眼斥道:“胡说八道!”

江居诚惶诚恐地回道:“小人不敢在相爷面前胡说八道。”

“既然你不敢在老夫面前胡说八道,那你就说一说你有什么证据,证明蔡确不想让‘新法’夭折!”

“小人在欧阳大学士灵前,与吕嘉问大人相遇,他亲口对小人讲,没想到救‘新法’的人竟是蔡确。小人将嘴撇了一撇。吕大人见小人不相信。复又说道:真的,我不骗你。唉,俗话说,画虎画犬难画人,知人知面不知心!吴相,不管咋说,他是王公(安石)的儿女亲家,他明明知道‘新法’乃王公一生的心血所聚,一当上宰相,便想废除‘新法’,还恳请皇上,把司马光大人、吕公著大人、文彦博大人等元老重臣召回朝堂,辅佐皇上治理天下。在洛阳的司马光大人得到消息兴奋至极,致书吴相,历数了废除‘新法’的必要性和迫切性。关键时刻,蔡确搬出‘萧规曹随’的典故劝谏皇上:‘新法乃是陛下所创,前相助成,后相废除,会令百姓无所适从。’说得皇上频频颔首。当吴相把司马大人的书呈给皇上时,皇上连看都不看,明确表示,‘新法’乃富国强兵之法,已经推行多年,效果非常显著,此法决不可废!吴相不敢再言,司马大人空喜欢了一场。”

王安石眉开眼笑道:“诚如尔之言,‘新法’死不了了。真是可喜可贺!哈哈哈,可喜可贺,可喜可贺呀!”

他突然将笑声停止,一脸困惑道:“蔡确维护‘新法’如此卖力,令人费解。”

江居道:“小人也拿这话请教过吕嘉问大人。吕大人说,起初,他也不解,经过十几天的苦思,他解了。”

王安石迫不及待地问:“他怎么解?”

“吕大人说,正如相爷所言,蔡确是一个反复无常的小人。既然他反复无常,由积极参加‘变法’到反对‘变法’，再到维护‘变法’，这不很正常吗？若不这样，他就不是一个反复无常的小人了！”

王安石苦笑一声道：“吕大人这话只能拿来调侃，蔡确如此坚定地维护‘新法’，绝不会如此简单，一定另有原因！”

江居道：“相爷所言甚是。吕大人说，反复无常是蔡确的特性，这个特性注定了他要反复无常，但他是拥护‘变法’得以迁官，‘新法’中的‘免役法’就是他的主张，若是否定了‘新法’，等于否定了他自己，所以，他才如此坚定的维护‘新法’。”

王安石断然否之：“吕大人这种说法不对，蔡确如果真的感恩新法，如果真把否定‘新法’视为否定他自己，他就不会弹劾老夫，更不会要把老夫一棍子打死了！还是老夫刚才那句话，一定另有原因！”

二十四　相州杀人案

韩维暗自思道："响器要用重锤擂，象子瞻如此聪明之人，让他吃点苦头也好。"

神宗却来了这么一句："介甫为吕惠卿所卖，有何面目复见朕耶？"

索豹子朝裴麻子努了努嘴，裴麻子用只有强盗才能听得懂的黑话问："光子行不？"

韩维在重返朝堂之前，已经在襄州任职三年。宋制，官员任职满三年，可以休假两个月。他没有休，回京之后，忙于朝政，也没有补休。这一次他趁官职变动之机，休假两个月，带着一家人去杭州、苏州游玩，途经金陵，便择了一个日子，去拜访王安石。

老朋友来访，王安石又惊又喜，迎至山下。

韩维笑哈哈地问道："有朋自远方来，不亦乐乎？"

王安石笑回道："齐管子①得鲍子友，三生有幸！"

韩维拱手说道："介甫过奖了！"

王安石右手前伸，做邀客状："持国兄，请！"

王安石的"抠"，名扬天下。招待客人，饭菜简单得不能再简单了。南宋有一个叫独醒道人的学者，在其《独醒杂志》一书中记载了王安石待客之事，文曰：

---

① 管子：即管仲，春秋时期齐国相。自幼与鲍叔牙（鲍子）善。二人一块经商，"每分财，管仲多自与，鲍子不以他为贪，知他贫也。"入伍后，每临阵，"冲锋在后，退却在前，"鲍子不以他为怯，知他有老母也。齐桓公未为君时，管子几乎将他射杀，后为恒公虏，经鲍子力荐，不仅未死，反为恒公相。成语"管鲍分金"和"管鲍之交"，讲的就是管子和鲍子之间的友谊。

王安石在相位,子妇之亲(儿媳妇的亲戚),萧氏子至京师(汴京)谒公(安石),公约之饭。

翌日,萧氏子盛服而往,竟谓公必盛馔。

日过午,饥虽甚而不敢去。又久之,方命坐,果蔬(泛指蔬菜)皆不具,其心已怪之。

酒三行,初供胡饼①两枚,次供彘脔(切成块的肉)数四,顷即供饭,旁置菜羹而已。

萧氏子颇骄纵,不复下著,唯啖胡饼中间少许,留其四傍。公顾取自食之,萧氏子甚愧而退。

既然王安石之"抠"名扬天下,韩维作为他的好友,岂能不知?所以,韩维拜访王安石时,把一家老小都留在了驿馆。

谁知,今日的饭菜非常丰盛,荤菜素菜摆了满满一大桌子,韩维数了数——七个盘子、八个蒸碗。南方人待客,以酒为重,根本不会上这么多菜。就是北方人待客,上七碟八碗的也不多。

"介甫,您弄了这么多菜,不打算过日子了?"韩维笑问道。

王安石笑回道:"您这不是有意取笑愚弟了!"

韩维双手抱拳道:"哪敢,哪敢!不过,在我印象中,您不管待谁,从来没这么丰盛过。"

王安石叹道:"弟为相之时,一言一行,一举一动,小到可影响身边的人,大到天下。如今,我是一个只拿俸禄的人,和草民差不多,没有那么多人在意我了,我不必再刻意的苦自己。况且,这些菜都是我和家人种的,吃起来特别香,多上几个,想让您也分享分享。"

他用筷子指了指清蒸鲢鱼说道:"这是咱门前鱼塘养的。"

又指了指炸鸡块和盐水鸭说道:"鸡鸭都是你弟妹养的。"

他将清炒茄子、煎南(北)瓜坨、煎青椒坨等蔬菜一一点过说道:"这些菜也是咱自己种的。"

他又指了指红烧猪肉:"这个菜,怕是您没吃过呢。您先挟一口尝尝,我再给您

① 胡饼:烧饼,因饼上著有胡麻,故称之胡饼。一说烧饼由西域传入,西域人又称胡人,故曰胡饼。

介绍。”

韩维果真挟了一块,送到嘴里:“好吃,好吃。这肉虽然很肥,但吃到嘴里,一点也不腻。人们说某某东西肥而不腻,指的怕就是这种肉吧?”

王安石道:“这个我没考究,也许是吧。哎,您知道这是什么肉烧的?”

“有点像猪肉。”

王安石道:“正是猪肉。”

“这种做法我还是第一次见到。”

王安石道:“我也是到了金陵之后才见到。你知道这种做法是何人所创?”

韩维摇了摇头。

“是子瞻所创。”

韩维“啊”了一声:“我只知道他是一个吃货,想不到他还会烧这么好吃的肉!”

“子瞻还给这道菜取了一个很好听的名字——苏氏红烧肉。他能创出来这道菜,还是老夫无意间成就了他。”

韩维“噢”了一声道:“您能否把如何成就子瞻的事讲一讲?”

王安石便把苏轼为甚拜访他,以及改《咏菊》诗和贬官黄州的事讲了一遍。

韩维暗自思道:“当年,明明是王介甫荐子瞻为杭州知州,子瞻入朝向皇上辞行,他又密奏皇上将子瞻贬官黄州。外界只知道子瞻改了他一首诗,他恼羞成怒,才将子瞻贬官,内幕原是如此。”

王安石见韩维低头凝眉,久久无语,还道韩维怪他心胸狭隘,不该贬苏轼的官,长叹一声自责道:“我如此惩治子瞻,实在有点过分,每每想起,悔不可言。”

韩维亦长叹一声,说道:“您将子瞻贬官,做得确实有点过分,但话又说回来,古人道:响器要用重锤敲。像子瞻如此聪明之人,让他吃点苦头也好,叫他知道,天外有天,见不尽者,天下之事;读不尽者,天下之书;参不尽者,天下之理。子瞻尚应如此,吾辈更应如此!”

王安石附和道:“持国兄所言极是。”

“哎,金陵距杭州不是甚远,您听没听说子瞻在杭州的情况?”

王安石道:“听说了。”

“他干得如何?”韩维问。

“很好。”

“怎么个好法?”韩维又问。

王安石道:“我只说一件事,您自己说他干得怎样?”

数年前,苏轼为杭州通判,写了一首诗,内中有这么一句:“欲把西湖比西子,淡妆浓抹总相宜。”可这一次来到杭州,一看他诗中的西湖变了。“堙塞几半,水面日减,茭葑①日滋。”再过二十年,西湖将不存在。杭州如果没了西湖,就像女人没了眼睛。没有眼睛的女人,那还算一个美女?为了让西湖恢复原来的面貌,他向朝廷连上两道疏——《申三省起开湖六条状》和《杭州乞度牒开西湖状》。是时,吕惠卿当政,不置可否。苏轼将心一横,你吕惠卿不支持我治理西湖,还不是怕我花朝廷的钱吗?我若不要朝廷一文钱,你不会不同意吧。

筹资,我自己筹资自己干。

他把当地那些富商大贾请到州衙,一场酒下来,筹资一万贯。钱有了,工也开了。但是,清理西湖,挖出来的淤泥、水草,预计有几十万立方,往哪里堆?负责清理工程的官员为此愁眉不展。苏轼到实地转了两圈,想了一个高招——用挖出来的淤泥、水草,在西湖的西侧修一长堤。

这一招太妙了。第一,为淤泥和水草找了一个去处。第二,沟通了西湖的南北,这样从西湖的北边到南边,就不用再绕三十里路了。

这道堤②长达八百八十丈,宽五丈,中间有六座桥。

苏轼在大堤上走了一遍,给六座桥一一标上名字,而且这名字还挺好听,诸如,映波、锁澜、望山、压堤、东浦、跨虹,等等。

标了名字之后,苏轼总觉得还少了点什么?

建亭台!

这么长的堤,应该建几个亭台。

他说建就建,一建便是九个。

本来是一个普普通通的水利工程,经苏轼这么一鼓捣,弄出一个美丽的长堤。

通过对西湖的清理和长堤的修建,西湖变得更加漂亮了。

照理苏轼应该很高兴,他确实也高兴了一阵。但没多久,眉头又皱了起来:通过这一次的清理,淤泥没有了,水草也没有了。但是过几年呢?淤泥水草必将卷土重来。以

---

① 茭葑:茭者,草也。葑者,何超《晋书音义》卷下引《珠丛》:“菰草丛生,其根盘节,名约葑。”

② 堤:指“苏堤”。初建时,无名。苏轼离开杭州后,杭州人为了纪念他,把这道堤取名“苏公提”,简称“苏堤”。与西湖上的“白堤”(白居易建),成为西湖中间最为著名的人文景观。

后的知州会不会像我这样,再来几次清理?

如果会,那再好不过了。如果不会,西湖岂不是又变丑了吗?

几天后,他又有了高招。

水草容易在什么地方长呀?

当然是靠近河滩的地方,靠湖岸的地方!

我如果把这些地方租给村民,让他们种上菱角,不仅使他们盈利,还解决了水草卷土重来的问题。

何也?

种菱角的前提必须把杂七杂八的水草全部除掉。

靠河滩、湖岸的水草解决了。湖内呢?

湖内那些类似岛屿的地方,也会长水草呀;而且,那水草还会向湖内进军!

想,再想。

没多久,他又想出一个高招。

在岛屿上建小石塔,且一建便是三座。这三座小石塔,演变成西湖景当中的"三潭印月"。

有了景,就会有人来游,来看。

既然有人来游,来看,就会有人来管理。既然有人来管理,还会让那上边长杂草吗?

不会,当然不会!

王安石讲了苏轼治理西湖的佳话之后,话锋一转问道:"持国兄,我听说吴充他们想废除'新法',若非蔡确力挺,'新法'就要完了,这是真的吗?"

韩维回道:"是真的。"

"我百思不得其解,蔡确这么一个反复无常的势利小人,为何要力挺'新法'?"

"刚听说我也不解,想了两天之后解了。"

"怎么解?"王安石问。

韩维道:"依蔡确的人品,反复无常才是正常……"

王安石道:"这道理我也懂,但他的反复无常是有前提的,在'新党''旧党'双方,皇上偏向哪一方了,他就站在哪一方。这一次呀,我被罢相。我的左膀右臂,包括之前的韩绛和吕惠卿,一一被踢出了朝堂。这说明,皇上对'新党'不感冒了。若依他平时的行为,他必定大反特反'新法',可他居然还要力挺'新法',到底什么原因?"

“原因有二。”

“哪二?”王安石问。

“第一,蔡确的人品,一向为旧党所鄙视,这一点,他心里最清楚。如果把‘新法’废除了,‘旧党’就会得势。旧党得势了,没有他好果子吃,他不想让‘旧党’得势,就得力挺‘新法’。”

王安石轻轻颔首道:“说得是,二呢?”

“第二个原因,蔡确还是在为自己考虑。‘新党’,以您、吾兄及吕惠卿为首,可您仨都离开了朝堂,目前是群龙无首,他想当‘新党’的首领。‘新法’如果废了,这首领还当得成吗?”

王安石“噢”了一声道:“我明白了。困扰我多日的问题,被您几句话给解决了。”

他双手抱拳道:“多谢,多谢贤兄!来来来,我敬您一杯。”

韩维道:“您太客气了,要喝咱俩一块喝。”

王安石道了一声“好”。

王安石从不喝酒,今天居然陪韩维喝了三杯,顿时,满脸通红,天旋地转。

韩维双手一拱道:“介甫,我知道您从不喝酒,我也是不胜酒力。酒咱就不喝了。”

王安石几不成语说道:“恭敬不如从命。”

韩维道:“我这次来,不单单是看您,还想问您请教一个问题……”

王安石道:“贤兄不必客气,有什么话尽管说,不必说请教二字。”

“蔡确如此唯利是图,您说,我是给皇上说,还是不说?”

王安石虽然醉了,但心里清楚,断然说道:“不说!”

“为什么?”

王安石道:“蔡确再坏,只要他力挺‘新法’,就是好事,就能富国强兵,就能一雪前耻!如果您给皇上一说,皇上即使不将他踢出朝堂,也不会再重用他,这样‘新法’可真的要夭折了。”

韩维叹道:“贤弟远离庙堂,依然操心国事,把个人恩怨置于一旁。您就是第二个范公(仲淹)呀!”

王安石双手抱拳道:“贤兄过奖了。”

韩维亦双手抱拳道:“贤弟多多保重,我相信,只要‘新法’不废,皇上还会召您回去的。”

王安石道:“但愿如此。愚弟说句狂言,愚弟若能重返朝堂,必将对‘新法’队伍进行一番整肃,也会让‘新法’更加完善。使‘新法’的推行,真正成为利国利民之举。”

韩维拱手说道:“甚好,甚好!”

韩维离开半山堂,又在金陵玩了两天,启程前去杭州。又由杭州至苏州,玩了一个多月,方才回到汴京。

第二天,韩维便进宫面圣,将一路所见所闻,简单讲了一遍。

神宗道:“想不到苏子瞻文章写得好,官也做得好,此人应当大用。”

韩维恭维道:“陛下圣明!”

正说着苏轼,神宗突然来了这么一句:“介甫的风痰病好些了吧?”

韩维希望神宗重新启用王安石,就是没好,也得说好。

“他真的住在半山堂吗?”神宗问。

“他一直住在半山堂。”

“半山堂距金陵城那么远,出行很不方便,他为什么要住在那里?”神宗复问。

“他只是暂住。”

神宗道:“金陵是个养老的好地方,比他的家乡好多了。他还打算回老家养老?”

韩维觉着神宗这话不大对劲。俗话不俗,“锣鼓听声,听话听音”。看来,皇上不打算复王介甫的官了。可是,我心中已经许了介甫,只要皇上没有明言拒绝,我还得说,但不能说得太直。想到此,微微一笑,说道:“臣听说,陛下有言,不许介甫久去,所以介甫亦不敢作安居计。”

也就是说,陛下您曾经许过王安石,不会让他久离朝堂,所以他才暂住在半山堂。

韩维说这话的目的是想让神宗兑现诺言,早日召王安石回来。谁知,神宗却来了这么一句:“介甫为吕惠卿所卖,有何面目复见朕耶?”

差!

差矣!

皇上不只没有打算让王安石复官,而且对他还有些厌恶。

尽管这样,韩维还想找机会劝一劝神宗。

机会还没找来,神宗颁诏改年,熙宁年号不再用了,用新的,新的年号叫元丰。

年号虽然改了,但“新法”照样推行,而且,推行的力度比过去还大。这等于昭告天下:朕要和王安石掰清关系,变法的真正当家人是朕!

这一掰清,韩维叹道:“王安石的复相彻底无望矣!”

他不再劝神宗,通过吕嘉问的嘴,把这不好的消息委婉地转告王安石。王安石得知神宗不想再次起用自己的消息后,收起了重整山河的雄心壮志,继续读书、练字、吟诗作赋、看经佞佛、饲养家禽家畜,出行也由骑马变成了骑驴。他曾经作诗两首以明志。第一首题在蒋山寺的门扉上:

口含天宪手持钧,
已是龙墀第一人。
回首三千大世界,
此身犹是一微尘。

第二首,题在蒋山寺院照壁上:

揉蓝一水萦花草,
寂寞小桥千峰(嶂)抱。
人不到,
柴门自有清风抱。

朝堂里,并没有因为王安石的退隐而停止争吵和演戏。乱哄哄,你方唱罢我登场。

王安石离开朝堂之后的第一场大戏,主角既不是宰相吴充,也不是副相王珪,而是知谏院蔡确。

蔡确和吴充有梁子。

这个梁子在王安石第一次为相时结下的。

吴充在任工部判部事的时候,多次"非议""免役法"。你吴充若是非议其他"新法",我蔡确尚可忍受,但"非议""免役法"万万不可!

何也?

"免役法"是我蔡确的杰作!

但是,对"免役法"不满的不只吴充,还有同是新党成员的三司使沈括。沈括对"免役法"虽然不满,但他既不想给蔡确说,也不想给王安石和神宗说。给谁说呢?给吴充说,这不只仅仅因为他俩都对"免役法"不满,而是他俩的关系非常好。

沈括对"免役法"只是有所不满,并非否定。您看,他是怎么对吴充的!

他说:"如今的'免役法'弊端太多,一些繁重的徭役可以出'助役钱',而那些比较轻的徭役并不影响百姓的生活，老百姓完全可以和以往一样轮流服役。”

这话并没有错，可蔡确认为它错。就是不错，也不允许你沈括、吴充和我蔡确唱不同的调！

他们已经唱了怎么办？

整他们！

怎么整？

借用皇帝的手整他们！

于是，蔡确上书弹劾沈括和吴充——沈括身为皇上侍从官（翰林学士），又掌三司，对朝廷的政令有看法，抑或是不满，可以直接禀奏皇上，或者在朝会时向所有执政提出。而沈括不是这样，暗中和工部判部事吴充串联，明显是轻慢国法，犯下渎职大罪。

既然沈括“有罪”，神宗岂能饶恕！贬官，由翰林学士兼三司使贬为宣州知州。

吴充虽然也有“罪”，但不是“主犯”，仅仅处以“闭门思过三天”之惩处。

这处罚较之沈括，轻之不能再轻了。

堂堂一个正三品工部掌门，受到朝廷惩处，他觉得没面子。从此，吴充也恨上了蔡确。

因为王安石的被罢，吴充得以做了宰相。

宰相虽然奈何不了知谏院官，但他毕竟是一人之下，万人之上的一品命官，一般来说，皇帝在任命官员时，事先得经过政事堂堂议，最后还得由宰相附署（签字）。这样一来，宰相便有了说话的机会。

只要让他说话，他就有机会报复蔡确，除非你蔡确的官职在他当宰相期间就不想升。

可蔡确想升，通过走李宪的门子，神宗欲擢他为参知政事。堂议时，吴充一言不发。堂议后，他对神宗说：“蔡确是条疯狗，连他的恩人王安石都咬。做了知谏院后，今天弹劾这个，明天弹劾那个，弄得大臣们人人自危，如果再让他做副相，东府自此不得安宁矣。”

这一说，神宗犹豫了。

也是蔡确活该倒霉，正当神宗犹豫不决的时候，文彦博回京面圣，神宗问曰：“蔡确这个人怎么样？”

文彦博直言回道：“不怎么样。”

这一句“不怎么样”，把蔡确的升官梦给掐灭了。自此，蔡确不只和吴充的梁子结得更大了,也恨上了文彦博。

两个月后,相州(治所在今之安阳市)发生了一件大案——劫匪杀人。新任知州范纯仁将三个劫匪全部判了死刑,并依规行文呈报朝廷。

宋朝,把人命看得很重,一般不判人死刑,不得已判了,必须上报大理寺,经大理寺复核通过送到刑部复核。刑部复核同意,交审刑院评议当否,然后进奏皇帝。皇帝在裁定之前,一般要将案子交中书省之制敕院刑房①再议,如无异议,再呈皇帝,皇帝批准才能执行。刑部收到大理寺送来的相州行文后,由详覆官周清负责复核。周清拿着行文,左看右看,大有不挑出错儿誓不罢休之意。

他为什么非要挑出一些错儿?

根在王安石。

王安石第一次拜相期间,曾经颁布一条法令——作为刑部官员,只要能发现大理寺官员和地方官员判处案件的任何一处错误,就可以升一级官。这个周清,就是因为挑出过大理寺两次错儿,连升两级。

功夫不负有心人,通过两天的努力,终于挑出了该案的一个错儿。

什么错?

笔者这里暂不回答,笔者给您讲一讲这个案子。

相州三个惯盗,去一家富户抢劫,抢得银子五十两,钱一百二十贯,绢三十匹,还没跑出大门,被听到呼救声的十几个村民堵住了,三个惯盗放下钱物,翻墙而逃。逃回盗窟之后,总结教训,盗首索豹子说:"我等武功都不弱,一个人少说也能打他们七八个,那十几个村民根本不是我等对手,反把我们吓跑了,以后再遇见这种情况,对方只要不超过三十人,我们就和他们对打,最好杀几个人,震住他们。"

另外二盗频频颔首。

一个月后,仨盗又到一家抢劫,这家的主人出远门去了,只留一个老仆女看门。仨盗搜遍了各屋,只搜到了三匹布和一百多文钱,便把老仆女吊起来拷打追问金子银子匿处。老仆女不但不说,反一个劲地哭,哭声惊动了保丁,他们拿着长刀大矛涌来,将大门堵住。

---

① 制敕院刑房:中书门下办事机构。掌敕书、德音泛降、责授经赦叙理、刑狱诉讼、擒捕、旌赏之事。由堂后官一人总本房事,下设录事一人、主事三人、守当官五人,分掌本房事。熙宁三年九月一日,创设检证中书刑房公事二人,位在堂后官之上。

有一个叫杨大的村民，一脚将大门踹开，见堂外有一强盗，估计堂内也不会多，便对众人说道："做强盗的皆是亡命之徒，咱尽量不和他们动手，免得梁子越结越深。我进去劝劝他们，只要他们放了老妇，咱就放他们走。"

众人以为他说得对。

杨大把长矛交给身边一个村民，背着双手走了进去。杨大朝索豹子拱手说道："好汉爷，她只是一个老佣，莫说主人家没有金子银子，就是有，藏在什么地方，岂会让她知道？你们如此拷打她，真是不该，放下她吧！"

索豹子向内中那个叫裴麻子的强盗努了努嘴。

裴麻子问："光子①行不？"

索豹子回道："不行，得去皮②！"

裴麻子扬手一刀，砍掉了杨大的人头。

这一砍，众保丁恼了，冲进院子，和三个惯盗叮叮当当地打了起来。保丁人数虽然不足二十人，但都是经过训练的，内中有四个，还当过兵，打过仗，仨盗不是对手，顷刻儿被打翻在地。保丁们将他仨绳捆索绑押送州衙，被范纯仁判了死刑。

杀人偿命，古今一理。而杀人者还是惯盗，范纯仁这么判并不错，可周清认为有错。

错在哪里？

宋律规定，在杀人案中，即使已经将人杀死，只要符合九十三条可以不杀中的两条，就可以不判死刑。

对照可以不杀的九十三个条件，裴麻子刚好占了两条，第一，他是从犯。第二，率先认罪。之所以说他是从犯，因为盗首是索豹子。

在审案的时候，裴麻子第一个认罪，老老实实地承认杨大是他杀的。

既然裴麻子不是主犯，又率先认罪，你相州就不该判他死刑。

大理寺呢？你既然负责复核案件，你没有复核出问题，这还不是错吗？

既然有错，我就得驳你。

大理寺负责复核案子的是窦平和周孝恭，这个案子一旦被认定复核错误，他俩以及相州的有关官员都要接受降官的处罚。范纯仁心中尽管不满，也不想多说，反倒是相州判官陈安民慌了。

---

① 光子：土匪黑话，即流血。

② 去皮：土匪黑话，即杀头。

陈安民背着范纯仁，独自跑到汴京大理寺，找窦平和周孝恭商量。他们又一块儿找大理寺最懂法律的刘奉世请教。刘奉世说："再把它驳回去。"

窦平将头摇了一摇，说道："周清讲裴麻子不该判死刑的事，于法有据，怎么驳？"

刘奉世道："从根本上驳。"

窦平又问："什么是根本？"

刘奉世道："周清说裴麻子不该判死刑的理由有二，一是裴麻子是从犯，二是率先认罪。咱就驳这两条。第一，从犯的问题，他不是。何以说他不是？人是他亲手杀的，分明是正凶，怎么会是从犯？即是他是受索豹子指令杀的，无非多一个主犯而已！第二，率先认罪的问题。老妇就在现场，有老妇和众保丁的指证，他就是不承认杀人，也能定他一个杀人罪。所以，他率先认罪之举，与案件的处理毫无意义。"

窦平、周孝恭频频颔首，当即行文反驳周清。

此一案子，蔡确不知道通过什么渠道知道了，很感兴趣，当天便登门拜访了周清，打听案件的具体情况。

他不只是知谏院，他还和周清同属"新党"，周清便把案子的情况如实相告。

这是一件很普通的杀人案，怎么处理，与知谏院八竿子打不着，蔡确何以如此关心？

因这件案子涉及两个人——范纯仁和陈安民。

范纯仁是旧党的魁首之一；陈安民虽然不是旧党，但他和文彦博、吴充是亲戚，陈安民的姐姐嫁给了文彦博作填房，所生之子取名文吉甫，文吉甫娶的老婆又是吴充的女儿。

一出周清家，蔡确就在想，如何把这个案子弄大，从而扳倒范纯仁、文彦博和吴充。

要想把这个案子弄大，不能就事（判断失误）论事，得把案件的焦点由判断失误，弄成历代皇帝最担心的"朋党"案。

要把这个案子弄成朋党案，仅听周清说说还不行，得掌握第一手资料。

为了掌握第一手资料，他派了一个心腹前去相州。

心腹在相州待了半月，还告蔡确："案件经过，一如相州公文所述，没有什么疑点。但是，具体负责这个案件的陈安民和相州法司潘开，偷偷地来到汴京。而且，潘开行前，卖了三百亩地，得钱一百六十二贯，明显是进京活动用的。"

蔡确大喜。

他判断陈安民虽然也来汴京了，第一，他不会直接找吴充活动。陈安民如果想找吴充，根本不用花钱。既然不用花钱，潘开就没有必要卖地了。

第二，他也不会亲自出面找别人活动。

又何也？

他的身份特殊。

陈安民既不找吴充，又不能亲自出面找别人，那只有靠潘开了。潘开呢，一个不在品的小官，除了在京的相州籍官员可以找外，他还能找谁？

根据这个判断，蔡确派人，对在京的相州籍的，凡七品及七品以上的官员，全部进行监视。

监视的结果，潘开与中书省班簿房①的高在等联系达五次之多，每一次见面都有礼物相送。而高在等又两次宴请中书省制敕院刑房的官员苏腊，每次亦有礼物相送。

蔡确暗自思道：是了，是了，高在等之所以要宴请苏腊，因苏腊是中书制敕院刑房的官员，若由苏腊出面按照正常程序对相州的判决加以肯定，范纯仁他们包括大理寺的窦平和周孝恭，都没事了。

哼，想得倒美！

我蔡确让你们美不成！

于是，他又让他的心腹写了一封告发书送到开封府，告发书说，潘开行贿高在等和苏腊，干扰刑部对杀人案的复审。

开封知府见告发书里涉及中书省两个官员，办与不办，正在犹豫，风闻潘开的后台是吴充和文彦博，做了缩头乌龟——不办了。

怎么办？

就这么罢了不成？

蔡确自问自答："不能罢！我蔡确整人，从来没有失过手，这一次，岂能例外。"

---

① 中书省班簿房：中书省常设办事部门之一。掌百官名籍。

二十五 三旨相公

另一汉子，插二指入口，吹了三声口哨，众鳖纷纷朝赤身裸体的吴海爬去，竞相撕咬，疼得吴海狂呼乱叫。

刘仲话一落音，蔡确便一脸兴奋地说道：“谢谢你，我知道该怎么应对御史台和内侍省的人了！”

退朝后，王珪与蔡确同行，一路上闷闷不乐。行约里许，蔡确突然大笑道：“有了，有了！”

蔡确为了达到目的，一不做二不休，索性把高在等的事捅到了神宗那里，神宗又让他来办这个案子。

神宗明明知道蔡确与吴充、文彦博、范纯仁不和，为什么还要把这个案子交蔡确办理？

这就是帝王之术——以臣治臣。

当然，神宗敢让蔡确办这个案子，也有一定道理。

宋朝对于案件的管理权限，有着明确的分工，开封府虽然负责辖区内的案子，但涉及官员的，一般由大理寺审理，刑部复核。若是涉及执政，则由谏院组织调查。

高在等的案子，涉及的还不是一般执政，是执政中的首脑——当朝宰相。所以，神宗把这个案子交给蔡确并不为错。

蔡确接了案子后，当即下令，把潘开、高在等、窦平、周孝恭、苏腊都抓了起来。他亲自出面审了三次，也没有从潘开等人嘴里得到他想要的东西。

宋律，官员受审时，只要没有定罪，不得用刑。蔡确居然把潘开、高在等、窦平、周孝恭和苏腊戴上沉重的枷锁，拉到太阳底下暴晒，潘开当场晕倒。救醒后，潘开依然坚持，说他这次来京，是看望老朋友，没有向任何人送过一文钱、半寸绢。

蔡确冷哼一声道："你不承认行贿，我还晒你。但这次他学乖了，只晒潘开半个时辰。半个时辰后，拉回囚房，休息一刻钟继续晒。"

对潘开如此，对高在等他们也是如此。

没有太阳咋办？

继续提审，一个一个地提审。提审时，让他们面壁而立，胸口上绑一摞粗布，让一彪形大汉，用大铁锤猛击粗布，击得受刑人口喷鲜血，却不见伤。

不管他怎么折磨，潘开他们还是不肯承认有行贿和受贿之事。

蔡确很困惑，难道这些人的嘴巴都是铁做的吗？

怎么撬？

继续用刑，用大刑，用酷刑！

但当他真的要对高在等等人用酷刑的时候，刘仲忙趋到他的身边，耳语道："大人，高在等他们都是办案的行家里手，啥刑没有见过？用之，效果不一定好。倒不如把他们抛开，另觅一个对象。"

蔡确道："审案不同小孩子过家家，想怎么玩就怎么玩。若是把高在等他们抛开，另觅一个与本案无关的人来审，怕是国法难容。"

刘仲道："我让您另觅一个对象来审，并非要您觅一个与本案无关的人。比如陈安民，虽然未曾拘押在案，但是，这个案子，与他有着莫大的关系。提审他能有什么错？"

蔡确道："没错。"

刘仲继续说道："下官为什么要您提审陈安民呢？陈安民三代单传，从小娇生惯养，七八岁了还让娘喂饭吃，胆子还特别小，打个雷赶紧把耳朵捂住，虽说官居相州判官，掌狱讼刑罚，可他上任不到两个月，便发生了劫盗杀人案，如果对他施以'威慑之刑'，一定能成功。"

蔡确眉头微皱道："威慑之刑？威慑之刑怎讲？"

"威慑之刑就是用某种手段，从精神上、意志上摧残犯人的心理防线。新朝的哀章审问王莽的妃子原碧，仁宗朝的王洙审问欧阳修的外甥女张莺，都是用的这种刑。"

蔡确道了声"好"，当即遣人持谏院公文，前去传唤陈安民。

陈安民来到谏院，蔡确对他很客气，一边让座，一边让下人献茶。

茶过三巡，蔡确问道："陈大人，你知道谏院为什么传唤你吗？"

陈安民故作不知，将头摇了一摇。

"你若真的不知道，本官这就告诉你，为的是相州劫盗杀人一案。"

陈安民道:“此案已上呈大理寺,大理寺复核无误,又送刑部,刑部说我们不该将惯盗裴麻子判死刑,我们不服,双方正在交涉中,大人对这个案子是不是很感兴趣?”

“感兴趣倒谈不上。只是,皇上将此案移交谏院,本官不能不管。”

陈安民道:“那你就管吧。”

“有人上书皇上,说你和潘开,行贿中书省的高在等和苏腊,干扰刑部办案。潘开已经招供,不知陈大人肯不肯招?”

陈安民分辩道:“相州盗杀人案,自呈报大理寺后,下官因贱内分娩之事,告假两个月,从早到晚,都在围着贱内和婴儿转,哪有时间去行贿?况且,下官从没有听潘开说过要向谁行贿!”

蔡确道:“你别不承认,潘开把什么都招了,为了向高在等他们行贿,把家里的三百亩地都卖了,你要不要看一看他的供词?”

陈安民想看,但口中不说。

蔡确拉开抽屉,将一份事先准备好的“供词”拿了出来,用手一弹,弹给坐在对面的陈安民。当陈安民伸手去拿“供词”的时候,蔡确又将“供词”收了回来:“你是同案,这个东西不能让你看。但是,本官可以让你看几个字。”

他翻到“供词”的第三页,用右手食指,点了点潘开二字:“潘开的字,你不会不认识,你看,这上边的签名,是不是潘开的笔迹?”

陈安民顺着蔡确所指之处,低头一看,“潘开”二字,有点像潘开的真笔。

蔡确将“供词”收起,放回抽屉道:“咱不说潘开,咱说你,你如果这会儿招了,本官可以上奏圣上,对你网开一面。”

陈安民道:“下官刚才已经说过了,两个月来,下官天天围绕着贱内转,没有向任何人行贿,也没有时间向人行贿。至于潘开,就是经他所审的案子真有瑕疵,顶多降官一级,用不着把祖业卖了向人行贿!”

蔡确道:“潘开既然没有给高在等他们行贿,他招什么呀?”

陈安民道:“所以呀,对您刚才拿出来的‘供词’,下官很是怀疑!”

蔡确冷哼一声道:“你竟敢怀疑本官做假!看来,不动刑,你是不会招的!走,本官带你一个去处,让你见识几样刑具,尔后,咱再商量一下,给你动什么刑。”

陈安民暗道:“我好赖也掌过刑狱,哪样刑具我没见过,你吓谁哩!”

蔡确好像他肚中的蛔虫,嘿嘿一笑道:“州、县的刑具,本官相信你全见过,但你不一定受得住。”

陈安民道："有些刑，下官确实受不住，比如椤刑、炮烙、脑箍等等，但这属于酷刑，朝廷禁止使用。"

蔡确道："这一点，本官也知道，本官想让你看几样没有列入刑具的东西，但本官想把它们用作刑具。既然朝廷没有把它们列入刑具，就不在朝廷禁止的范围。走，本官这就带你去见识一下这些不是刑具的刑具吧！"说毕，当先出了谏院大堂，来到谏院西北角一座小院。小院坐北向南，上房三大间，东西厢房各三小间。西边的厢房，除了三大箩筐鳖外，别无一物。

陈安民心中暗道："这有什么好看的！"

蔡确道："你别急，管叫你大开眼界。"说毕，高声喊道："带吴海受刑。"

话刚落音，两个彪形大汉，押着那个叫吴海的"犯人"走了进来，先是将吴海脱去衣服，继之绑了手脚，将他仰面平放在地上。押他的一个汉子，将三个箩筐一一掀翻，众鳖满屋乱爬。另一汉子插二指入口，吹了三声口哨，众鳖皆朝吴海爬来，竞相撕咬他的身体，疼得吴海一边扭动身子，一边狂呼乱叫，惨不忍睹。陈安民忙将脸背了过去。

"陈大人，你说吴海能坚持多久？"

陈安民又惊又怕，将头摇了一摇。

蔡确心中暗道："怕了就好。"但口中却道："这样的戏，你在别的地方看不到，还是好好看一看吧！"

陈安民道："如此折磨人，你还认为是好戏，未免有些太残忍了吧？"

蔡确道："对犯人就应该残忍，你还是好好看一看吧！"

说毕，伸手把陈安民的头扳过来。

陈安民将眼闭住。

蔡确照着陈安民下颚咚地一拳："你怎么这么不给面子？"

陈安民只得把双眼睁开，吴海仍在扭动嚎叫，连脸都变形了。陈安民想要闭眼，又不敢闭。

蔡确笑嘻嘻地说道："前时，本官把此刑施之于潘开，潘开只坚持半个时辰就坚持不住了，问他啥他说啥。这个吴海的耐力怕是远不如潘开，能坚持两刻钟就很不错了。"

果如蔡确所料，吴海坚持了一刻半，便哭着说道："你们饶了我吧，你们要我说什么，我就说什么。"

蔡确朝那个吹口哨的汉子努了努嘴，那汉子又来一个二指入口，吹了三声口哨，众鳖纷纷将口松开,爬了开去。唯有两个红眼大鳖,还死死地咬住吴海的脖子和阳物,吹口哨它们也不听,不得不把艾蒿点燃,去烧咬阳物的大鳖的脊背,直到把它烧痛,它才松口。

依照此法,又去烧咬脖子的大鳖的脊背……

鳖虽然不再咬了,但吴海的身上鲜血淋淋,连站都站不起来,被押他进来的那两个汉子架了出去。

蔡确笑问陈安民:“你知道这叫什么刑吗?”

陈安民将头摇了一摇。

蔡确道:“这叫鳖刑。你要不要试一试?”

陈安民一脸惊恐道:“我不要!”

“还是试一试好,但不知你能坚持多久?”

陈安民愈发害怕:“我不要试,我也不看了!”一边说一边转身。

蔡确一把将他拽住,冷笑一声,说道:“既然到了本官的三尺地头,就由不得你了。把衣服脱了!”

陈安民不脱。

蔡确朝去而复归的两个大汉命令道:“你俩帮他脱!”

陈安民不让脱,二汉子以目请示蔡确,蔡确皱着眉头儿说道:“他不让脱你们就不脱了?他让你俩死,你俩难道真去死?脱!”

二汉子强行将陈安民的衣服剥去。

蔡确又道:“把他的双手双脚也绑起来吧!”

陈安民不让绑,二汉子强行绑了他的双脚双手,亦将他仰面平放在地。

“吹哨!”蔡确命令道。

陈安民带着哭腔说道:“别,别吹,蔡大人,我说,你让我说什么,我就说什么。”

蔡确道:“我让你说,你为何要指使潘开向大理寺和中书省官员行贿,你说吗?”

陈安民辩解道:“潘开行贿的事与下官无关,下官只是找到外甥文吉甫,让他去找他的岳父,为下官求情。”

蔡确心中大喜,从“潘开行贿的事与下官无关”这句话来看,陈安民等于承认潘开给窦平他们行贿。只要承认行贿就好!

“陈安民,据潘开所供,他向窦平等人行贿,是你指使他干的,‘好汉做事好汉当’,你就认了吧!”

陈安民道:“不,潘开向窦平他们行贿的事,真的与下官无关!”

蔡确冷笑一声道:“你骗鬼去吧!”

“真的,我不骗你。相州劫盗杀人案被刑部驳回后,潘开很害怕,找到我,问我怎么办?我说,这个案子是你具体经办的,我作为判官,只不过按照惯例签字同意,朝廷若要问罪的话,你首当其冲,你看着办吧。此后的事,我就不知道了。”

“哼,你还在骗爷。吹哨!”

陈安民带着哭腔说道:“蔡大人,别,别吹,我若骗你了,叫我出门遭雷击!”

蔡确让吹哨只是吓吓而已,他哪敢真让咬陈安民呀!且不说陈安民只是涉嫌犯罪,就是定了罪,他也不敢让众鳖咬。何也?陈安民不只是一个从六品官员,他的背后还站了两个大官——吴充和文彦博。

陈安民被带走后,他的妻子忙遣管家去找文吉甫,文吉甫又去找吴充。吴充自己不好出面,便让儿子去找邓绾。

邓绾乃御史中丞,不管什么案件,他都有权过问。

第二天早朝后,邓绾单独面见神宗,奏曰:“‘相州劫盗杀人案,’本是一个普通案件,蔡确却抓住不放,为这个案子,抓了上百人,包括大理寺的窦平、周孝恭和中书省的高在等、苏腊等五个朝廷命官。昨天又抓了相州判官陈安民,非要让他们承认行贿,抑或是受贿之事。本没有这样的事,他们自然不会承认。不承认就拷打,打得一个个体无完肤,还口口声声奉了圣谕。他这样做,是在抹黑陛下您呀!”

神宗既惊讶又生气,内降一旨,由御史台、内侍省①各出两个人,前去调查“潘开行贿案”。

御史台出的是两个御史,一个叫陈军,一个叫刘理。内侍省出的两个人都姓张,一个是副都知,一个是押班。

蔡确慌了,忙入宫求见神宗,神宗不见。蔡确又惊又惧,找刘仲商议对策。

刘仲默想良久问道:“大人听说过大秦宰相李斯吗?”

蔡确暗道:“这个刘仲,我前来找你,商议如何应对御史台、内侍省的调查,你却问起李斯,李斯与此案何干?”想到此,嗡声说道:“你这个人,火烧眉毛了,还有心扯淡!”

---

① 内侍省:隋迄宋辽,宫廷侍御机构。隋时掌宫廷门阁及役服杂事。宋,与入内内侍省(又称后省和北司,主管宦官)分掌殿中及宫内执役杂事,拱侍殿中、洒扫庭院。有左右都部知、副都知、押班等,俱以宦者任之。

刘仲一脸微笑地说道:“我这不是扯淡。您若不想回下官的话,下官自己说。”

他把话说到这个份上,蔡确再不高兴,也不好意思阻拦。

“大宦官赵高诬告李斯谋反,被秦二世胡亥下狱,审案的主官,乃赵高之弟赵成。奉兄之命,对李斯严刑拷打,李斯受刑不过,明明承认自己谋反,却又上疏胡亥,为自己辩冤。魔高一尺,道高一丈。赵高指使狱吏,斥责李斯:‘阶下之囚,安敢上疏!’且是,每上一次,便杖其一顿。疏不得上,但并不意味着供不得翻,李斯还有嘴,不一定哪一天,胡亥心血来潮,派人来狱中查看,李斯趁机翻供,岂不露了马脚! 得设法堵住他的嘴。怎么堵? 他指示心腹走卒十余人,扮作胡亥派来的御史、侍中等官,轮番对李斯审讯。起初,每讯一次,李斯便大声呼冤,推翻原有供词,对以实情。每当这时,那些‘御史’‘侍中’,便将他暴揍一顿,不令翻供。揍的次数多了,李斯心中害怕,当真的御史奉胡亥之命,前来审讯他时,也不敢翻供了,御史还奏胡亥,说李斯自认不冤,胡亥将他处以极刑。”

刘仲话一落音,蔡确便一脸兴奋地说道:“谢谢你,我知道该怎么应对御史台和内侍省的人了!”

“怎么应对?”刘仲问。

“学赵高。”

这一学,陈安民、潘开、高在等、窦平他们也和李斯一样,当陈军他们前来审讯的时候,他们不敢以实言相对。陈军倒很负责,让人解开陈安民等人衣衫查看,并无拷打的伤痕。

陈军等人还奏神宗,神宗还道是邓绾说了谎,正想把邓绾招来训诫一番,蔡确求见。神宗忙道了一声“请”。

蔡确朝神宗拜了三拜,说道:“陛下,臣想辞官。”

神宗道:“卿这知谏院干得好好的,怎么辞起官来?”

蔡确道:“臣因为办陈安民、潘开的案子得罪了吴大宰相和邓中丞,一个掌政,一个掌检察。得罪了他们之中的一个就不得了,如今,臣把他两个都给得罪了,以后,哪还有臣好吃的果子。臣想把知谏院给辞了,以避其锋。”

神宗道:“卿多想了。有朕在,他俩即使对卿有一些误会和成见,也奈何不了卿。”

“可是,可是……”蔡确欲言又止。

“卿有什么话,但讲无妨。”

“陛下既然要臣讲,臣不敢不讲,但臣讲了之后,陛下千万莫要生气。”

神宗道："朕不生气，卿讲吧。"

蔡确故意装作仍在犹豫。

神宗催促道："犹豫什么，讲吧。"

蔡确长叹一声，说道："俗话说，'维持一人修条路，得罪一人打堵墙。'打墙的事，谁愿意干呀？这道墙还不是一般的墙，是关系一个现任宰相和一个前任宰相。但是，为了一正国法，臣把这个案子——'潘开行贿案'接了。且顶着很大压力，把陈安民他们拘禁起来。这一拘，惹怒了吴大宰相，指使邓中丞向陛下进臣的谗言，若非陛下圣明，遣陈御史他们弄清了事情真相，莫说臣这头上的乌纱难保，怕是已经跑到岭南，吸瘴气去了。唉，臣越想越后怕……"说着说着，竟呜呜咽咽地哭了起来。

神宗慌忙劝道："爱卿莫哭，这件事，朕误听了邓绾谗言，悔之莫及，这样好不好，'潘开行贿案'，卿还继续办。而且，卿觉着应该怎么办，便怎么办。至于吴充、邓绾他们，朕一定严惩。"

蔡确不再呜咽，朝神宗拜了三拜道："陛下圣明，臣听陛下的，臣告退了。"说毕，掉头趋出。回到知谏院，越想越高兴。

他一高兴，便想唱戏。

唱什么呢？

唱南阳鼓子曲①《文昭关》②。对，就唱《文昭关》！

他重咳三声，清了清嗓子唱道：

（咣彩、咣彩、—咣彩）

临潼关我（伍子胥）曾举鼎，

万马营中显奇能。

时来双挂明辅印，

运败时衰宿……

他戛然而止，自责道："我怎么唱这个？不好不好，我得改唱！唱什么呢？唱《收姜维》。"

① 南阳鼓子曲：即今之南阳大调曲。戏剧的一种。初为自娱自乐，无专门从业者。清末民初，才有了专业的演唱团队。现存节目一千三百多个。

② 《文昭关》：写春秋末楚将伍子胥逃亡路上的一折戏，又名《一夜须白》。

他又清了清嗓子，刚唱了两句"四千岁你莫要羞愧难当，听山人把情由细说端详。"又觉不妥，这个戏应该由皇上来唱，而且，最好唱给吴充听。那么，唱什么呢？唱喜祥的，唱令人高兴的。那《高文举中状元名扬天下》这个唱段就很喜祥。

于是，又重重地咳了三声唱道：

（咣彩、咣彩、—咣彩）
高文举中状元名扬天下，
游三宫和六院帽插金花。
喜的是读书人修成正果，
叹的是想姑妈不能还家。
（咣彩、咣彩、—咣彩）
……

他正唱着，刘仲求见，忙道了一声"请"。

刘仲见他神采飞扬，双手一拱说道："恭喜大人！"

蔡确笑问道："你恭喜我什么？"

"恭喜您升官！"

蔡确嗔道："你明明知道我进宫乃是为了辞官，反倒恭喜我升官，是何道理？"

"您辞官是为了升官，乃是以退为进！"

蔡确笑指道："你真聪明，我若是真的升了官，我一定荐你做知谏院。可惜，我这官没有升。"

刘仲道："您这官一定要升，且不出三天。"

果如刘仲所料，第二天，神宗内降诏书一道：吴充罚俸三个月；邓绾知虢州（治所在今河南省卢氏县）；苏腊、高在等、窦平、周孝恭、陈安民降官一级；潘开除名；迁蔡确为御史中丞、李定为知谏院。

蔡确既高兴，又不满。

他升了官，当然高兴了。可吴充仅仅受到罚俸三个月处罚，他觉着太轻。

他当天便进宫面圣："陛下，臣斗胆进言，吴充作为大宋宰相，干扰大理寺、刑部官员办案，知法犯法，应该罪加一等。可他仅仅被罚俸三个月，臣以为太轻。"

神宗道："宰相也是人，也有三亲六朋。儿子出面请求他为陈安民说情，他并没有答应,只是让儿子直接去找邓绾。就这点来说,他也够清正了。当然,邓绾出面干涉这个案子,在一定程度上,也是看了他的面子。所以,朕才给予他罚俸三个月之处罚。这事,卿就不要再说了!”

蔡确见神宗态度如此之坚决,不敢再说什么。他正要告退,突然想起了对刘仲的许诺。

“陛下,臣还有一言,若是说得不对,还请陛下恕罪。”

神宗道:“你说吧,什么事?”

“刘仲进士及第出身,人也很正派,这一次,臣奉旨查办‘潘开行贿案’,抽调刘仲协助,他为办理此案出了很大力。他已经在正六品官的板凳上坐了六年,能不能让他也有一个小小的进步?”

神宗默想了一会儿,说道:“那就叫他接替李定原来的职务吧。”

“谢陛下!”蔡确再拜而出。

御史中丞,官不及副相(参知政事),但他是皇帝耳目之官,掌纠察文武百官,肃正朝廷纲纪法规,可以风闻奏事。莫说副相,就是首相,也对他忌惮三分。吴充岂能例外,每逢见了蔡确,毕恭毕敬。可蔡确反倒是爱理不理。如果仅仅这样,吴充尚可忍受,偏那蔡确抱定一个信念——非把吴充整趴下不可。故而,利用他可以风闻奏事的特权,三天两头弹劾吴充,弄得吴充高度紧张。为了不使自己崩溃,一而再再而三地上书神宗,要辞官为民,神宗居然答应了。

吴充一走,参知政事王珪自然而然地升为首相。蔡确水涨船高,升为次相。章惇,不知何人所荐,不但进京,还迁官参知政事。

王珪本来就有点软弱,又遇到两个强有力的副手,索性什么事也不管,上殿说“取圣旨”,神宗批完后说“领圣旨”,下朝向其他官员传达说“宣圣旨”,被人讥为“三旨相公”。

“三旨相公”自己尸位素餐,倒也罢了,还不想让别人有所作为。某一日,君臣议事,神宗突然说道:“御史中丞空缺已久,最佳人选,莫如司马光。”

王珪大惊。

退朝后,王珪与蔡确同行,一路上怏怏不乐。行约里许,蔡确突然大笑道:“有了有了!”

王珪吃了一惊,问之曰:“大人的‘有了有了’,到底有了什么?”

蔡确反问道:“观公今日之表情,深恐司马光入用,不知何意?”

王珪直言不讳地说道:“司马光来京,必将参劾我辈,恐怕我辈之相位难保了!”

蔡确道:“若为这个,公不必担忧。圣上久欲收复灵武,公若促成此事,相位便可稳如泰山,何惧一司马光也!”

王珪转忧为喜,乃荐俞充知庆州,使上平西夏策。

神宗变法,就是想富国强兵,一雪国耻。谁知,变法八年,国耻不仅未雪,反被辽国狠敲一下竹杠——硬将黄嵬山以北七百里锦绣河山夺了去。每当想起这事,心中隐隐作痛。但他始终认为,就大宋之兵力,与辽相搏,胜之很难,故而,只有忍了。若对西夏,胜算不说百分之百,百分之八十还是有的。不说出兵灭了西夏,就是夺回一些失地,对于国人,面子也好看一些。于是,神宗把启用司马光之心丢之一旁,迁吕公著、韩缜同知枢密院,诏民蓄马,择日西征。

此时的西夏,已经失去了雄才大略的李元昊。

李元昊之死是自作的。

古人曰:“天作孽,犹可悔,自作孽,不可活。”

李元昊是贪色而死。

可话又说回来,男人有几个不好色?何况,李元昊又贵为一国之王,有条件贪!

但他贪色与别人不同,两只色眼尽在自己亲人圈里找。他先是把他的丈嫂没藏氏纳入后宫,立为皇妃;后又将他的儿媳妇没哆氏纳入后宫,立为皇后。

将没藏氏纳为皇妃,倒没有什么隐患。因为,在纳没藏氏之前,他已经将没藏氏男人一族灭了。但没哆氏就不一样了,她的男人还健在。而且,还是一个储君——太子。

太子为了报夺妻之恨,受没藏氏哥哥——国相没藏讹庞的挑唆杀了李元昊。而太子又死在没藏讹庞手里。

皇帝死了,储君也死了,没藏讹庞便立自己三岁的小外甥李谅祚当了皇帝。

一个三岁小孩懂个啥!

二十六　五路伐夏

十万夏兵，已经把宋军打得摸不着东西南北，如今是四十万，宋军受得了吗？

神宗明明知道种谔是一个枭雄，其军事才能无人可及。可神宗既不让种谔做伐夏的统帅，也不让他的部队担任主攻。

种谔这一次攻城采用的方法，在中外战争史上也是独一无二——向米脂城抛人头，抛夏军的死人头。

一个三岁的娃娃，虽然做了皇帝，确实啥也不懂。

但有人懂。

懂的这个人，便是没藏讹庞。

没藏讹庞不只要当国舅，他还要做国丈，把五岁女儿嫁给了小皇帝。自此，他把西夏国的军政大权紧紧地抓在自己手里。这老家伙杀伐决断，任意妄为，国人几乎没有不恨他的！

小皇帝也恨，咬牙切齿地恨。

小皇帝恨老家伙的原因很多，但最重要的一个原因，是老家伙要杀他，自己当皇帝。

平心而论，老家伙应该杀他。

刚刚过了十四岁生日的小皇帝，居然和比他大了八岁的没藏讹庞的儿媳妇——汉人梁氏姘上了，二人如胶似漆。

唉，这个李谅祚，不仅长相酷似乃父，连乃父好色乱伦的基因也一并继承下来了！

没藏讹庞要杀小皇帝的计划，不知怎的让梁氏知道了，关键时刻她站在了野男人这边，告发了公公的计划。

小皇帝既没有害怕，也没有惊慌，而是秘密令与没藏讹庞有仇的酋长，带兵进宫，埋伏起来，尔后，请没藏讹庞前来议事。

没藏讹庞总觉着李谅祚还是一个不懂事的娃娃，大摇大摆地走进宫中。结果呢？

结果，被李谅祚拿下，他不但自己死了，连整个家族也被李谅祚诛杀。这里所说的整个家族当然不包括梁氏。

没藏皇后见她的整个家族被诛，很知趣地上书小皇帝，她要出家为尼，小皇帝很高兴地同意了。

没藏皇后一走，皇后之缺，由梁氏递补。

梁皇后的弟弟梁乙埋因姐姐而贵，坐上了国相的交椅，执掌西夏国军政大权。

这姐弟俩虽是汉人，但对宋廷的态度，比党项人（西夏国民的主体是党项人）还坏。

这个党项人，当然也包括李谅祚。

李谅祚虽然浪漫好色，爱斗，甚而也曾率兵攻打过宋。但就他一生来说，他对宋人还是蛮不错的。蛮不错的原因，他的奶娘是宋人，而他本人又喜爱汉文化。他执政后，曾拿五十匹骏马，向宋廷换取《诗经》《尚书》等九经，以及唐史等典籍。并且，还搞了一系列"去藩礼、用汉礼"的改革。

并且，增设了大量由汉人担任的官职，凡汉人来投者，厚待之。

但对吐蕃就不一样了，一年两次对吐蕃用兵。但当西使城（今甘肃榆中贡马井）吐蕃首领禹藏花麻降了西夏之后，他不仅妻以禹藏花麻宗室之女，又将西使城升格为保泰军，仍让禹藏花麻镇守。

翌年，他御驾征讨河州之吐蕃，其首领瞎毡子木征自忖不敌，举河州降之。

两年后，因一件小事，李谅祚与宋廷翻脸。

这个事情不只小，而且可笑。

嘉祐八年（公元1063年），宋仁宗驾崩，西夏遣使吴宗前往吊唁，吴宗与接伴使①高宜发生了口角，高宜扬言，要点起百万大军，荡平西夏。

这就像两家小孩吵架，明智的家长往往会批评自己的小孩。可新皇宋英宗不是这样，反把吴宗召进宫中熊了一顿。吴宗回到西夏，把自己如何挨训，以及高宜的话添油加醋说了一遍。李谅祚勃然大怒，遣兵一万余人，进攻庆州王官城，掳掠牛羊数万只（头）。

初战告捷，李谅祚来了兴趣，于治平二年（公元1066年），亲率大军数万，攻打宋之重镇大顺城，连续围攻了三天三夜，大顺城岿然不动。李谅祚亲自督阵，扬言，这一次若

① 接伴使：宋、辽、金时专门接待迎送对方使节之官。

攻不下大顺城,誓不为人。

常言道,“能吃过天饭,但不可说过天话。”他这一次攻城,不但未能将城攻下,反被宋军床子弩射中了大腿,慌忙下令撤军。

何谓床子弩?

床子弩是弩箭武器的登峰造极之作,是依靠几张弓的合力将一支箭射出,往往要几十人转动轮轴才可拉开,射程可达一千米以上。《澶渊之盟》时,辽国大将萧挞览就是被这种武器射中脑门而死的。

李谅祚也不知是受了惊吓,抑或是风流过度,回国不久就死了。

这一年,他才二十一岁。

他一死,他的儿子,也就是他和汉女梁皇后野合的孩子李秉常位继大统。儿子做了皇帝,梁氏自然而然地由皇后晋升为皇太后。

李秉常登基时,比他老爹李谅祚当年登基时才长了五岁。

一个八岁的小皇帝,依然什么也不懂。

她娘懂。

这个汉族美女。

这个淫荡的汉族美女,执掌西夏国大权后不只没有对汉人半点友善,反而与小情人李谅祚背道而驰——去汉礼、复藩礼。

若仅仅去汉礼、复藩礼倒也问题不大,她还要频频对宋发动战争。

宋熙宁二年(公元1069年),她发兵攻打宋之泰州(今甘肃天水),攻占了刘沟堡。之后,又攻打庆州之顺安寨、墨水等地,掳人口两万、牛羊八万头(只),唱着凯歌,返回西夏国都。

那个时候,宋神宗继位还不到二年,宋朝穷得连为英宗治丧的钱都拿不出来,哪有钱去武装军队?

没有钱,只能躺倒挨锤。

蛇蝎美女梁太后,尝到了伐宋的甜头,一发而不可收。第二年五月,调集十万大军,再度伐宋。

大宋之应州知州李复圭,既不知兵,又刚愎自用,居然遣三千厢兵前去迎战西夏,全军覆没。

三千厢兵不行,我派六千。

六千厢兵,又被西夏兵包了饺子吃。

厢兵完了，还有乡兵。李复圭正欲调集乡兵，迎击西夏军。西夏兵铺天盖地而来。

李复圭惊讶了。

西夏兵不就十万吗？这一次来的，三十万也不止。

李复圭说对了，这一次来的确实不止三十万，是四十万。这四十万西夏兵，除了早先来的十万，又加了三十万。这三十万大军的统帅，不是别人，乃梁太后的亲弟弟梁乙埋。

十万夏军，已经把宋军打的摸不着东西南北。如今是四十万，宋受得了吗？

肯定受不了。

关键时刻，与西夏世仇的吐蕃站了出来。他们乘西夏国内空虚之机，出兵西夏，来了一个围魏救赵，迫使梁乙埋回兵自救。

危险虽然过去了，但宋神宗觉着很没面子，自己还是一个孩子的时候，就立志长大后带兵，讨伐辽国和西夏，以雪国耻。可自己已经当了五年皇帝，耻不但未雪，反接二连三地受一个小得不及我大宋一个州的人口的西夏欺负。

丢人。

太丢人了！

正当神宗想着如何雪耻，王安石把王韶的《平戎策》呈给他。他便让王韶去主政秦凤路，并允他便宜行事。

王韶上任后，一连砍了三刀，将吐蕃人占据的熙河收了回来。收复熙河的意义，还不在于拓地多少，重要的意义是它斩断了西夏的右臂，史称王韶开边。若照王韶之意，应该乘收复熙河之威，进军西夏，一鼓灭了西夏，由于王安石的罢相和旧党的反对，神宗把王韶召回朝廷，另委宦官李宪为熙河、秦凤军总管。

李宪一上任，便两次上书神宗，要出兵伐夏，神宗置之未理。书他不敢再上了。

七年之后，听说神宗受了王珪之撺掇，欲征西夏，便遣数十谍人（侦探），潜入西夏，刺探消息。

未几，谍人还报，夏人内讧。

梁乙埋的军事才能很一般，可他硬要学李元昊，连年对宋用兵，几乎是每战必败。

李秉常到了亲政的年龄，梁太后不能不让他亲政，但是，国家大小事依然她说了算。

李秉常和他爹一样，向往汉族文明，屡屡向梁太后建议，“去藩礼，行汉礼”。

梁太后不听，李秉常便和亲信大臣李清商议，想把梁太后软禁起来。由于谋事不密,被梁太后知道了,提前下手,杀了李清,将李秉常囚禁在皇宫七里外的木砦,一些部落拥兵自固,国内一片混乱。

如此一个机会,李宪岂能错过,便与宋边将鄜延路沈括、权鄜延路军马副总管兼第一将种谔联名上书神宗,要出兵伐夏。此书,与神宗吞并西夏之志不谋而合,便内降一旨,命集中包括熙河在内的西北各路宋军,分五路伐夏。

第一路,以熙河军为主。由李宪率领,计步骑三万、吐蕃董毡军三万,攻击兰州、灵州。如果灵州被友军攻破,变目标为凉州。

第二路,以鄜延军为主。由种谔率领,计鄜延军九将五万四千人,东京禁军七将三万九千人,出陕西攻米脂、夏州。尔后,会合河东军,一道进攻怀州,尔后进攻灵州。

第三路,河东军。由宦官王中正率领,计步骑六万人,民伕六万人,马两千匹,驴三千头,另有民伕五万人作为预备,与种谔一道,攻取怀州后,渡过黄河,进入西夏腹地,再捣灵州。

第四路,环庆军。由高遵裕率领,计蕃汉步骑八万七千人、民伕九万五千人,攻取清远军后,直抵灵州。

第五路,泾原军。由刘昌祚率领,步骑五万人,攻高崖、分水岭,直捣兴庆。

五路宋军,共计三十五万人,另有民伕二十万。两者相加,共五十五万人。

当年,宋太宗雍熙北伐,规模够大了,也不过三十万人左右。这一次,竟达五十五万。可见,宋神宗是多么的重视这一次的西征!

动用了这么多军队,宋神宗心中也是忐忑。他把枢密院的几个头头脑脑召进宫来,问之曰:“朕这一次倾全国将近三分之一的兵力去伐夏,卿等觉着该不该?”

众人你瞅瞅我,我瞅瞅你,没有一人应腔。直到宋神宗又问了一遍,吕公著才轻叹一声说道:“陛下,容臣直言,‘举兵易,解祸难’,臣以为不可。”

神宗虽然没有直接驳他,但话说的已经够明白了:“西夏内乱,我不敢不取。”

众人又一次你瞅瞅我,我瞅瞅你。许久,吕公著又道:“请问陛下,五路大军伐夏,总得有一个统帅吧,陛下将以何人为主帅?”

“李宪。”

吕公著反问道:“李宪?”

神宗将头轻轻点了一点。

众人再一次你瞅瞅我,我瞅瞅你。这一次说不的依然是吕公著。

“陛下,宋太祖有嘱,不得用宦者统军,不得用南人为相。宋太宗基本执行了。但也有例外,李顺造反,太宗拜大宦官王继恩为元帅,率兵十万前去平叛,虽然把李顺杀了,但他的余部越战越强,攻下包括嘉州在内的沿江八州。太宗不得不遣枢密副使张咏前去收拾残局。而王继恩呢?还觉着自己斩杀了贼首,跋扈起来,太宗驾崩,居然勾结后宫,欲废太子,另立新君,若非吕相(端)挺身而出,大宋的天子就不是真宗了!太宗之后的天子,虽然也有让宦官知军的,但从没有让他们做过统帅,顶多只是一个监军而已。陛下让李宪做统帅,臣以为不可。"

神宗道:"朕还是皇子时,李宪就跟着朕,十几年了,朕颇知之。他与王继恩不同,既贤又有韬略。朕把这五十五万人马交给他,特别放心。"

听到"特别放心"四字,吕公著突然想到了老父吕夷简。

某一日,父子俩在一块儿闲谈,公著问乃父:"太祖有嘱,宦官不得干政,更不能带兵,可他此后的皇帝大都不听,特别是太宗,居然让王继恩统兵十万前去蜀地平乱,这是为什么?"

吕夷简道:"陈王赵元禧曾就这个问题问过太宗,太宗直言不讳地回道,'这一次讨伐乱蜀之贼,为父把大宋的十万精兵都动用了。这么多军人,不管交给哪一个文臣武将,为父也放心不下。而王继恩呢?既有大功于为父,又是一个宦官,他不会有非分之想。就是有,哪有宦官为帝的道理!'"

太宗把十万军队交给文臣武将不放心,而这一次伐夏的军队多达三十五万,还不包括二十万民伕,神宗能放心吗?

当然不放心了。

不放心文臣武将,那只有像太宗一样,交给不可能做皇帝的宦官了!

想到此,吕公著长叹一声,不再多言。连吕公著都闭了嘴,其他人谁还敢再提反对意见呀?

就这样,神宗把统率三十五万大军的帅印,交给了李宪。

"将在外,君命有所不受",这是起码的军事常识。可宋朝不是这样,自宋太宗始,每次打仗,出兵日期、人员、兵力、攻击路线,甚而连在何地宿营都由皇帝来定。所以,它才败多胜少,而对于辽、夏,几乎屡战屡败。这一光荣传统,到了宋仁宗时代,多少有些改变。到了宋神宗,又完全恢复了。

在五路大军的将帅中,真正懂军事的,有过辉煌战绩的,只有种谔和刘昌祚。

种谔,大家并不陌生。他是西北名将——老种略相公种世衡的儿子,是比杨家将、呼家将还要厉害的种家军的第二代传人。

种世衡当年创青涧城，而且，把这个城炼成一个超级庞大、格外扎人的刺猬，西夏每次犯宋，必绕它而行。

种谔则创绥德城，而且，这个城就在西夏境内。西夏人把它视为眼中钉肉中刺，可就是不敢动它。

种世衡聪明狡诈，为达目的不择手段，曾一而再地使反间计，让李元昊自己动手，杀了自己的左膀右臂——野利兄弟。

种谔的聪明狡诈，比乃父有过之而无不及，不只玩西夏于股掌，连他的顶头上司薛向，甚而神宗也要。

神宗明明知道种谔是一个枭将，其军事才能无人可及，可他既不让种谔做五路军的统帅，也不让他的部队担任主攻。

灵州是这一次伐夏的攻击重点。灵州若下，西夏也就完了。如此光荣而又艰巨的任务，神宗却把它交给了高遵裕。

高遵裕何许人也？

高遵裕乃北汉虎将高行周的后人。

高行周绰号高鹞子，在五代十国的好汉榜上，排名第八。高鹞子有两个儿子，长子怀德、次子怀亮，都是大宋的开国元勋。怀德之子高琼，在《澶渊之盟》中建立了莫大功勋，被封为武烈王，高遵裕就是武烈王的儿子。高家自高鹞子的高祖父始，七代为将：计枢密副使一人、节度使五人、指挥使五人、团练使三人、防御使一人、提举一人、兵马钤辖①二人，另有侍御武官十五人。

高家在抗辽、抗夏战争中屡建功勋。

此外，神宗的母亲——高太后，是高遵裕的侄女。

如此一个家族出身的人，除了宦官之外，神宗若不信任，还有谁可信任呢？

故而，神宗把攻击灵州的重任，交给了高遵裕。

高太后听说后，面见神宗说道："娘这个叔佬子，才倒是有一点，但气量狭小，若用他，会坏事的。"

听老娘这么一说，神宗有些后悔了。高遵裕虽然出身于将门望族，但他毕竟没有多少实战经验，气量又小，把如此重的担子交给他，他怕是真有些担不动呢！

---

① 兵马钤辖：简称"兵钤"，宋前期临时委派的军区武官，常以朝官或诸司使以上充任。位在都部署、都监之上。

神宗也是，既然你担心高遵裕不行，你就该让行的人上。可他又拉不下这个脸。

何也？

我身为皇帝，言出如铁，我已经把进攻灵州的担子交给了高遵裕，如果易人，将士们岂不要议我出尔反尔！

“不能易，坚决不能易！”

既不能易将，又要确保战之必胜，也就是说，既不要熊死，又要有熊掌吃。

为了达到目的，他苦思冥想了几天，办法终于让他想出来了——让刘昌祚的第五路军协同高遵裕攻击灵州。这一协同，高遵裕成了刘昌祚的顶头上司。

刘昌祚又何许人也？

刘昌祚也是一位大宋名将。字子京，真定（今河北省正定县）人，其人气雄貌伟，精通兵法，尤善骑射，有百步穿杨之能。在对夏作战中，屡建大功。刘沟堡一战，以两千人对夏军两万，硬是将夏军打败，夏军对他畏之如虎。

有这样的将，来协助高遵裕进攻灵州，应该是稳操胜券！

但是，由于神宗的用人不当，加之瞎指挥，这一次败了，败得很惨很惨。

没有让种谔做五路的统帅，他心中已经有了怨气，如今连伐夏的主军都不让做，气上加气。

既然有气，那就得撒出来。

往哪撒？

他明明知道，让他失去进攻灵州机会的人是皇帝，但他不敢把气往皇帝头上撒。

往谁头上撒呢？

西夏军！

若是能一举灭了驻扎在绥德百里之外的那支西夏军，一是可以出气，二是也让皇上看一看我种谔是一个什么样人！

主意已决，他便于元丰四年（公元1081年）八月八日，率部冲出绥德，将那支上万人的西夏军击败，斩首千余级。

此为，固然有些不当，作为宋神宗他可以处罚种谔，但不可以叫停，更不可以让种谔重返绥德待命。更为混蛋的是，居然在种谔头上又加了一个婆婆。他的这一路宋军，受第三路的主帅王中正节制。

一个多月后，神宗下达了讨伐西夏的命令。一个多月的宝贵时间，硬是从神宗手里溜走了！

回到绥德的种谔，接到命令后，率先行动，于元丰四年九月十五日，杀牲祭旗，兵出绥德，沿无定河北上，前去攻打米脂城。

由于夏军有了准备，种谔攻了三天，米脂城岿然不动。

“奶奶的，爷就不信，绥德的汉子拿不下你米脂的婆娘！”种谔将盔甲连同上衣一齐甩掉，一手持刀，一手执盾，向米脂城发起了新一轮的进攻。

就在这个时候，援救米脂城的八万夏军来了，带队的是西夏正当红的后党大将梁永能。

梁永能很狡猾。而且，他也知道种谔的厉害。就双方兵力的数量而言，种谔比他多了一万三千人。但是，种谔的部队中，只有三万九千人是禁军，余之，全是厢兵和番兵。而梁永能的八万夏军全是骑兵，而这些骑兵乃西夏军精锐中的精锐。

尽管这样，梁永能还是不想和种谔来一个硬碰硬，一路上偃旗息鼓，沿无定河南上，进入一座山谷。出了山谷就是米脂城，可种谔那里，还在光着上身指挥部队攻城。

梁永能暗喜，种谔呀种谔，人都说，论勇你比张飞还勇；论奸诈，曹孟德也不如你。但你也有失算的时候，你就等着我包你的饺子吧！

将出山谷，天降大雾，梁永能越发高兴，对天祷告道——上天呀，您这是在帮我呢！等灭了宋军，我奏明太后，让她亲来这里祭您。

话刚落音，山下山上，响起了“咚咚”的战鼓声。山下的宋军用巨木堵住了山口；山上的宋军或向山谷射箭，或投掷石块、木棒。

梁永能做梦也没有想到，他由偷袭变成了应战。

不，不是应战，是挨打。

他们不可能骑着马上山和宋军厮杀，宋军也不会跑下山来和他们厮杀！

射不完的利箭，掷不完的石头和木棒，惨叫声中，夏军成批成批地倒下。

在挨了一刻钟的打之后，梁永能突然清醒了——撤军，再不撤军，恐怕要全军覆没了！

他撤得快，种谔追得快，几将夏军全歼。

梁永能倒是跑了。

他是带着一肚子疑问、惊恐和怨气跑的。

他想不明白，他的行动如此秘密，而且，不是一个谍人，也不是两个谍人，是十几个谍人给他说，种谔天天都是赤着上身攻米脂城，他是什么时候来到谷口的，难道他有分身术！

还有，夏军在谷里和宋军厮杀那么久，米脂城内的夏军为什么不出来救援？

他这样想，那是他不了解种谔。莫说一个米脂城，就是再加一个米脂城，种谔也能攻下，若是没有攻下的把握，他就不会贸然出兵！

他这一招叫“围点打援”。

打“点”成功之后，种谔带着他的战利品——一万多俘虏、八千多颗人头，一万多匹战马，唱着凯歌，回到米脂城下，向米脂城再一次发起进攻。

这一次进攻的方法，不只与以前不一样；而且，在中外战争史上，也是独一无二——向米脂城抛人头，抛夏军的死人头。种谔原打算，若是把这八千多颗人头抛完，城内的夏军还不投降，就杀虏抛头。

人头抛了还不到五分之一，米脂城的城门从里边打开了。西夏的官兵，牵着白马白羊，缓缓走了出来，齐刷刷地朝种谔跪了下去。

种谔在米脂城歇军三天，向夏州挺进。

李宪见种谔得了头彩，正想着如何打一个比种谔还要漂亮的大仗，西夏军送给他一个绝好的机会。

李宪的熙河军从兰州一出发，就被西夏军发现了。

西夏军觉着，兰州以东，大都是平原，平原是骑兵的天下。故而，没等他的十万大军集结完毕，便迎头向熙河军扑去。双方在女遮谷（今陕西省榆中市万川河谷）相遇。

西夏这一方，骑兵五万。

李宪这一方，步骑六万，但以步兵为主，内中还有三万是董毡的番兵。

乍一看，宋军势力不如夏军强大。但是，熙河军是王韶一手带出来的部队，是实战能力天下第一的部队。

这切不说，宋军的武器也比夏军为优。

冷兵器时代，弓箭就是最厉害的武器。西夏军虽然拥有牦牛角制作的威力强大的弩，但它远不及宋军的神臂弓和麻子弩厉害。

《孙子兵法》曰：“知彼知己，百战不殆”。这话，李宪穿开裆裤的时候，就喜欢读《孙子兵法》。王韶开边，他曾被神宗以走马承受①的身份派到前线，把《孙子兵法》实践了一年多。

---

① 走马承受：亦称走马承受公事。隶于诸路经略安抚总管使司，掌按察诸路军情并得直接走马京师以汇报工作。常以入内内省侍官员充任。

彼长是什么?

彼长是骑兵。骑兵利于平原和野外作战。

己长是什么? 武器优于彼方,弓箭利于远距离作战。

既然我军利于远距离作战,我就尽量避免和你面对面厮杀。

射!

用麻子弩射,用神臂弓射。

你夏军再厉害,能厉害过辽国大将萧挞览?

《澶渊之盟》签订之前,萧挞览率三十万大军伐我大宋,且狂言曰:"十天之内拿下汴京!"说过这话不到两天,被我三千步之外的麻子弩射中了脑袋,一命呜呼。

这一次,爷一定让你们党项(西夏)的龟孙领教一下我麻子弩的厉害。射!

霎时,万箭齐发。漫天箭雨,嗖嗖作响,飞向夏军。夏军忙进行还击。双方对射了两个时辰,夏军不支,丢下近千具尸体、数百匹战马,趁夜遁去。

追!

宋军所到之处,蕃人纷纷来降。不到二十天,连克夏之三座重城——龛谷城、撒逋宗城和兰州城。

兰州这片土地,自唐代便落入番邦之手,一百多年之后,终于回归汉疆。

为收复这片土地,不知有多少英雄、伟人,策划了多少次,打了多少仗,流了多少血,死了多少人,都没有实现,却让一个无根之人实现了。

论打仗,宋朝不行,但宋朝却出了一些会打仗的宦官。诸如秦瀚、李宪等。

秦瀚何许人也?

秦瀚是河北获鹿人,十三岁入宫,开宝(公元968—976年)中被擢为内侍高品①。太平兴国四年(公元979年)以后,长期任职边关,南征北战,东征西杀,身被四十九创,为大宋王朝立下了汗马功劳。尤其值得一书的是,在决定大宋命运的澶渊大战时,他身在最前线,七十余日不解甲,直到辽国退军。他死后,禁军有不少人为之泣不成声,宋真宗亦为之潸然泪下。

李宪想做第二个秦瀚。

但要做第二个秦瀚,他还得努力。在收复了兰州全境后,他在兰州筑城开幕,设置

---

① 内侍高品:宋入内内侍省及内侍省属官,位次内侍殿头,在内侍黄门上。政和二年(1112年)改为右班殿直。

帅府。

就在李宪在兰州筑城开幕期间，高遵裕克清远军，王中正克宥州（治所在今内蒙古延恩县），刘昌祚克磨脐隘。

宋军自九月十五日西征以来，所克夏之城池、关隘不下二十，但唯有磨脐隘的克复，对夏人的打击最大。

何也？

这一仗，十万夏军，包括两万铁鹞子[①]在内，几被宋军全歼，这是其一。其二，磨脐隘的地理位置太重要了。

磨脐隘位于葫芦河东岸，山崖峭立，猿鸟难渡，中间两座大山，如同突出的磨脐一般，号称葫芦河第一险，夏人在这里凭高修筑寨子，不仅控制着葫芦河的河道，亦控制着出葫芦河经陆路通往灵州城的大门。西夏自立国以来，还没有面对过这么严峻的形势。梁太后正在病中，闻听宋军攻陷磨脐隘，抱病召集诸将，共议御敌之策。不少人建议把分散在各地的军队火速召回勤王[②]，包括集结在天都山下，迎击李宪的六万精兵。

梁太后连道“不可”。

何也？

梁太后缓缓说道：“第一，远水解不了近渴。第二，正因为分散在各地夏军的抵抗，才使宋的其他四路大军未能如期赶到灵州。”

诸将虽然觉着梁太后言之有理，但还是说出了自己的担心：“勤王固然不可，但不勤王，兴庆难保呀！”

梁太后将头轻轻点了一点，说道：“诸位的担心是对的。磨脐隘已为刘昌祚所陷，灵州无险可依，失陷只是早晚的事。而灵州又是西夏故都，距兴庆府不足两舍[③]之地。灵州一旦不保，兴庆也就完了。”

诸将频频颔首。

梁太后继续说道：“所以，灵州一定得保！”

她移目梁乙埋问道：“兴庆城还有多少兵马？”

---

① 铁鹞子：西夏的王牌骑兵，除了用它作为西夏最高统治者的护卫、仪仗外，还用它作为冲锋陷阵的“前锋”。这支骑兵装备精良，乘良马、披重甲、刺斫不入，用钩索绞联，虽死马上不坠。遇战则先出铁骑突阵，阵乱则冲击之；步兵挟骑以进。这支骑兵在纵横天下的蒙古铁骑出现之前，是世界上最凶悍的骑兵，也是宋和党项人的梦魇。

② 勤王：谓起兵救援王朝。

③ 舍：古时，六十里为一舍。

梁乙埋避座回道:“不足六万。”

“拿出来四万,你亲自率领,增援灵州。”

“兴庆呢? 她可是咱的国都呀! 不足两万人的军队,守得住吗?”梁乙埋一脸担心地问。

“守不住也得守,自今日始,凡十五岁以上,七十岁以下男子,自备武器和干粮,轮流守城。”

梁乙埋将头重重点了两点:“甚好,甚好!”

梁太后又道:“传喻全国,宋师远来,利在速战,我军不必拒敌,但教坚壁清野,待他深入后,遣轻骑抄袭其后,断他饷运,叫他不战自困!”

二十七　筑城永乐川

种谔选择了进，他坚信，只要能打胜仗，西夏人的粮草，就是我种谔的粮草。

格众在东川左等右等，不见宋军到来，正要遣谍人前去打探，在他的背后，突然涌出两万宋军。

既然夏人不会让宋军在他眼皮底下建城，但是，徐禧建城的时候，并未见他们出面阻止。难道是夏人害怕了吗？

高遵裕！

高遵裕！

这个妒贤嫉能、千刀当剐的高遵裕，在五路西征大军中，他这一路的目标是灵州，刘昌祚只是协助。可刘昌祚已经攻克磨脐隘，还没看到他的影子。

灵州近在咫尺。是攻，还是不攻？

若是攻，利三弊四。

利者，一、城内夏军没有准备。二、挟战胜之威，我军士气更为高涨。三、逃入城中之夏军已成惊弓之鸟，对守军的士气不会没有影响。

弊者，一、我军走了一路打了一路，没有得到很好休息，兵疲。二、城内夏军以逸待劳。三、我是偏军，高遵裕本来就是鸡肠小肚，在他没有来到之前我若是将城攻破，他会很不高兴。四、我军兵员，只是高遵裕的一半，若是等他到来再攻城，力量会更大一些。但是，在等高遵裕的日子里，敌人岂能不增援灵州？

为攻不攻灵州，刘昌祚纠结了半天，方才决定下来。

攻！

若是因为没有等高遵裕使他不高兴，那就叫他不高兴吧！

刘昌祚一声令下，五万泾原铁骑冲向灵州城。

他这一方，为攻不攻灵州城虽然耽搁了半天，依然让灵州城守军既惊讶又诚惶诚恐。

灵州人觉着，刘昌祚军只不过是高遵裕的一个偏师，自九月十六日出师以来，每天都在赶路，三五天必有一战，磨脐隘一战虽然击败了我十万铁骑，谚曰："杀敌一万，自损八千"。若按这个数字计算，他目前的部队，也就是三万人。曲曲三万人，又是疲惫之师，在主力部队高遵裕没有到来之前，借给他一个天胆，他也不敢来攻我的古都！

正因为夏人存了这样一个心理，他们照样的大开四门，接收安置从磨脐隘败退下来的夏军将士。

可笑。

夏人真是可笑之极！

如果按照他们的算盘打，刘昌祚还叫刘昌祚吗？

刘昌祚出兵，比高遵裕晚了一天。

不是刘昌祚要晚，是高遵裕非要他晚，他不敢不晚。

高遵裕出发的地点是庆州，刘昌祚出发的地点是泾原，二者与灵州的距离几乎相当。高遵裕不但比刘昌祚早出发一天，路上也没有打什么大仗，反让刘昌祚领了先。

正因为灵州人判断失误，低估了刘昌祚。当泾原军的先锋已经来到城下，他们才慌了。

关门，立即关门。

夺门而入的数十个泾原兵，寡不敌众，被夏人杀死。

被关在灵州城门外的泾原军，昼夜不停地攻城。城几垂克，高遵裕姗姗来到。

你高遵裕既然来了，就该来到前线，直接指挥攻城。可他，在距灵州城尚有半舍之地停了下来，飞使传谕刘昌祚，要他立即停止攻城。理由是，他身为主将，正和西夏谈判，宋军就要不战而胜了。

军令如山，刘昌祚不敢不听，只好按甲以待。

高遵裕终于来了。

他一到，便下令解除刘昌祚兵权，把泾原军并入他的环庆军。

这一并，他的部队，由九万三千人，增加到十四万三千人。

而灵州城守军，加之前来援助的梁乙埋的部队，也不过九万。

十四万三千人对九万，单从兵力来说，攻克灵州城应该没有问题。可他一连攻了十八日，没有攻下。

兴庆府之夏人,趁高遵裕攻打灵州城之机,遣师潜至灵州城南面,决黄河七级渠,灌入宋营。宋军不意水至,溺毙多人。凫水逃生者,因时值隆冬,浑身湿透,寒冷不堪,丧亡大半。余之,溃归。途中,又被夏人追杀一阵,十成中剩得两三成。刘昌祚悲愤交加,一病不起。

五路伐夏之军,败了两路。

种谔这一路,克了米脂城后,又克夏州,不顾一切地向灵州进军。

他之所以这样?

一是,为了神宗的“一雪国耻”。

二是,要与刘昌祚一较高低。

当他翻越了横山,攻克盐州的时候,天降大雪。种谔的部队满是战争装备,连一件御寒的衣服也未曾带,他眼睁睁地看着士兵们被冻死。雪后清点,少了五分之一。

更要命的是,部队开始缺粮。第一,他不是主攻部队,粮草的接济不如李宪、高遵裕等人。第二,他跑得太快,让后面的运粮队跟不上。

是等,是退,还是进?

种谔选择了进,他坚信,只要能打胜仗,西夏人的粮草就是我种谔的粮草。

他这样想是对的。

但是,夏人不和他正面冲突,一是坚壁清野,二是劫他的辎重。

夏人这一劫,种谔的一个偏将怕了,竟先逃遁,余军随走。适大雪漫天,兵不得食,种谔不得不退军。出征时九万三千人,还军时只剩三万人。

王中正这一路,是五路西征军里最幸福的一支。麟州就在他的辖区,在他掌河东路前,麟州是折家军的天下。

折者,佘也。

戏剧中的佘太君,并不姓佘,而是姓折,折家“自晋汉以来,独居府州,控阨西北(含麟州),中国赖之。”(宋史《折德扆传》)。王中正出发前,折家军的粮草官找到他:“这一次伐夏,将军约需多少天军粮。”

王中正想了一想回道:“半个月吧。”

灭掉一个千里之外的国家只需半个月,这话就是说给鬼,鬼也不信!

粮草官虽然不信,但也不便多说,便为王中正奉送了半个月的军粮。

半个月后,粮食没了,王中正又不好意思再折回去筹粮,便一边走一边强令沿途百姓供给,饥一顿饱一顿。到了神雄,随军的民伕跑了十之七八。勉强又走了十几天,饥寒交迫，部队几将哗变，王中正不得不率部沿原路返回。

李宪呢？

五路伐夏之宋军，唯有李宪这一路，还在慢腾腾地进行西征。行至葫芦河，闻各路宋兵已经退归，不敢再进，当即班师。

五路西征大军次第返回的消息传到汴京，时已半夜，神宗绕榻而行，一夜无眠，此后，便患上了很严重的失眠症。

严惩！

对这些无能的家伙一定要严惩！

但当真要对这些西征的将帅进行严惩的时候，他又犹豫了。

李宪，作为西征军的统帅，对于这一次西征，当然要负主要责任。可是，在五路宋军中，唯有他的部队全身而退。且是，西征途中，有过不凡的表现——立营天都山下，焚去了西夏的南牟内殿和内府库；击退了来援的西夏一号战将仁多唆丁，斩获一千余人，兵锋直指葫芦河。

既然他有功有过，那就不降罪了。但得把他换一个地方——由秦凤路移到泾原路，任泾原经略安抚制置使、兼知兰州。

西征之所以失败？败就败在高遵裕，他不只妒贤嫉能，贻误战机，还把失败的责任推到刘昌祚身上，说他在去灵州的路上，被夏军包围，刘昌祚见死不救。

如此一个人，杀头都不亏！

可是，宋朝有制，不杀三品以上大员和上书言事之人。

宋神宗不敢违制。

就是宋朝没有不杀三品以上大员的规定，高遵裕也不能杀。

何也？

在出征之前，老娘对他说，高遵裕气量狭小，用之会坏事，他不听。若是杀了高遵裕，他老娘心里一定不高兴，这是其一。其二，自彰己短——既不识人，又不会用人。但是，若不对高遵裕进行惩处，谏官不答应，朝野上下也会说三道四。唉，那就将他降一下官吧！

诏下，贬高遵裕为郢州（治所在今湖北省武汉市武昌）知州。

处置过统帅和罪魁祸首后，该轮到种谔、王中正和刘昌祚了。

降级。

将他仨各降一级。种谔改任鄜延路安抚副使，王中正改任金州（治所在今陕西省安康县)观察使[1],刘昌祚改任泾原路安抚副使。

对于这个结果,最不满意的是种谔和刘昌祚,但他们不敢给神宗说。

“路不平,外人铲。”吕公著站了出来,质问神宗:“刘昌祚一路上夺关斩将,磨脐隘一战,将包括铁鹞子在内的十万西夏军打得落花流水。请问,自我大宋立国以来,对外之战以百计,有谁取得过如此之大的战绩?何况,若不是高遵裕妒贤嫉能,刘昌祚肯定会拿下灵州城。诚如梁蝎子[2]坦言,‘灵州一旦不保,兴庆也就完了。兴庆完了,西夏还能存在吗?’刘昌祚本应建灭国之功,因为高遵裕的嫉贤妒能泡汤了。如此之人,如此之功,应当封王封侯,可陛下不但不封,反将他降官一级,天底下有这样的理吗?”

神宗微笑着说道:“爱卿别激动,爱卿只知其一,不知其二。是的,在五路伐夏军中,刘昌祚确实打了一些恶仗,也取得了一些辉煌战绩。但是,作为进攻灵州的一支偏军,不听主帅指挥,这怎么成?”

吕公著忍无可忍,反问道:“错的也要听吗?”

神宗没有回答。

吕公著道:“俗话说得好,‘将在外君命有所不受’,连‘君命’都可以不受,何况高遵裕又是瞎指挥!”

神宗道:“‘君命有所不受’,这话在其他朝代可以,但在我大宋不可以。我大宋自太宗始,奉行的是‘将由中御’。”

吕公著连道两声“好”道:“‘将由中御’,‘将由中御’,战场瞬息万变,如果什么事都要请示朝廷后才去干,那仗就无法打了。臣说句不客气的话,以后再有征战之事,就由皇帝直接挂帅好了,还遣的什么将?”

“你……”神宗把到嘴边的话硬生生地吞回肚子。

“陛下,如果因为刘昌祚不从庸帅之指挥,打了胜仗反而降官,臣这枢密院事无法干了!臣请求辞官。”说毕,摘下项上乌纱帽,双手捧着,跪趋神宗,将乌纱帽置于御案上,朝神宗拜了三拜,站起身来,径直下殿去了。

神宗明明知道,吕公著所言是对的,但他不想改正。

五路大军伐夏虽然失败了,但神宗灭夏的梦想并未随之而破灭。

---

① 观察使:官名。初置于唐,位次于节度使。宋沿置,为虚衔,无定员。

② 梁蝎子:即西夏的梁太后,因她貌美,而心如蛇蝎,人送绰号梁蝎子。

这一次伐夏，宋之将士死伤二十万，就是加上民伕的伤亡，也才四十万。但是，西夏呢？种谔所克之兰州、米脂两城及义合、吴堡、塞门浮图等寨，纳入大宋版图。此外，归附大宋的部落达数万帐①。西夏虽然胜了，却也付出了极大的代价，不说它失了多少地，单就死伤的人口也在十万人以上。此外，还有数万帐的夏人投了大宋。

此外，据李宪所上之书载："虏失匹帛五十余千，其余老弱转徙，牛羊堕坏，所失盖不可胜数。""米脂等地的失去，使我大宋打通了进横山的要道；兰州的失去把西夏的腹背暴露给了我大宋。这两地的损失，不亚于十万军队。"

有鉴于此，神宗还想继续伐夏。

李宪闻知神宗有再次伐夏之意，投其所好，"上再举之策。"

对于五路伐夏之失败，神宗也在反思，第一，不能再用象高遵裕那样的人为将为帅。第二，他想起王安石的好来，王韶开边，拓地一千余里，是王安石在那里运筹帷幄。王安石若在，这一次伐夏不一定会失败。

但是，若在这个时候将王安石复相，一是王珪、蔡确怎么摆？二是朝野会不会说我没有本事，离不开王安石这个拐棍？

不能启用王安石！

但是，他又想念王安石。纠结了几天之后，内降一旨，擢王安石之弟王安礼为尚书省右丞②。

这一日朝会，神宗将李宪的上书示之众臣，且曰："李宪请再举伐夏，可乎？"

王珪朗声回道："可以。"

众执政你瞅瞅我，我瞅瞅你，也不说同意，也不说反对。

正当神宗想要拍板，王安礼重咳一声，说道："再举伐夏之事，臣以为不可。"

神宗一脸不悦道："朕闻唐宪宗欲平淮西③，谋及众臣，皆曰不可，唯宰相裴度④支持宪宗。今日伐夏之议，不曾出自公卿，反出自阉寺（宦官），朕为此感到害臊！"

王安礼争辩道："唐宪宗征讨淮西三州，相有裴度，将有李光颜、李愬，尚穷竭兵力，

---

① 帐：即帐篷。西夏人住帐篷。至于一帐多少人，说法不一。有专家认为，一帐是一个核心家族，五口人左右；也有专家认为，一帐是同一祖父的一族，十口人左右。

② 尚书省右丞：简称尚书右丞。阶官，职事官名。尚书丞初置于秦。尚书丞分左右，始于东汉初。宋沿置，但前期无职事，为文臣迁转官阶，位在六部尚书之下（正四品上）。元丰（1078——1085年）改制，升任正二品执政（副相）。

③ 淮西：唐代方镇名。全称为淮南西道，治蔡州（今河南省汝州市），常领申、光、蔡三州。

④ 裴度：唐宪宗时宰相。字中立。他支持宪宗削藩，元和十二年（817年）督师攻破蔡州，擒李元济，河北藩镇大惧，多表示服从唐朝廷。唐代藩镇割据的局面暂告结束。

历年方定。今西夏之强，非淮、蔡可比；宪及诸将，才度又不及二李，臣恐未能副圣志呢！”

俗话不俗，“话不投机半句多”。神宗皱着眉头说道：“伐夏的事以后再议，散朝。”说毕，拂袖而去。

也是宋与夏合该再有一场大战。两个月后，鄜延路安抚副使种谔，在主政鄜延路的沈括的支持下，上书神宗：“臣等对于去年伐夏之事一直在反思，战争的开局甚好，哪一路大军不是捷报频传？我们之败，不是败给了夏人，而是败给了天气和黄河。只要我们把伐夏的时间避过严冬，臣不敢说胜算的把握百分之百，百分之八十还是有的。陛下若不以臣所言为谬，请允臣率所部人马，去夏之葫芦寨一试牛刀，看一看夏之反应，尔后再决定是否大举伐夏。”

神宗览书大喜，御批道：“种副使所见甚是，可以一试牛刀！”

有了神宗的御批，种谔异常兴奋，于元丰五年三月，遣大将曲珍率步骑两万，大张旗鼓地由麟延东道出塞攻击夏之葫芦寨，西夏宥州观察使格众忙领兵三万前去截击，他满以为，论兵力，自己多出曲珍一万，且是以逸待劳，这一次宋军输定了。

谁知，格众在东川左等右等，不见宋军到来，正要遣谍人前去打探，在他的背后，突然涌出两万宋军，猝不及防，惨败，连格众本人，也成了宋军的刀下之鬼。

直到死，格众也没有弄明白，他的兵就潜伏在葫芦寨的寨南，这里是宋军进攻葫芦寨的必经之路，不说两万名宋军，就是两万只麻雀从他头上飞过，也不可能看不到！

他太低估了种谔，种谔不是麻雀，是人，是大宋立国以来，一百余年间，所有将领中，最有特色的一个——既富有韬略、英勇善战，又有些狡黠，甚而还有点胆大妄为！格众根本不是他的对手。他把格众卖了，格众还在帮他数钱。

这一次，他并没有卖格众，而是将格众忽悠了一下。

曲珍从东道出塞，走了十几里之后，马上掉头返回，由西道出塞，来到格众背后……

曲珍挟战胜之威，进军宥州，宥州不战而降。

牛刀初试，大获全胜。

两万人歼敌三万人，又克夏之重州。捷报传到汴京，神宗喜得合不上嘴，飞使传种谔进京，询问伐夏之策。

种谔奏曰：“欲灭西夏，当在横山筑城。”

何也？

“横山延袤千里，出产战马，易于耕种，而且有盐铁之利，百姓又骁勇善战。横山之城筑好后，自银州、宥州、夏州，再筑一座长城，把三个州连接起来，三足鼎峙，则横山之地全囊括其中，最后修盐州。若如此，横山强兵、战马、山川之利，尽归中国，可以居高俯视兴(庆)、灵(州)，直覆巢穴。”

神宗道了一声“妙”。

道过之后，他又后悔了，如此之大事，岂能只听种谔一面之词，我得遣使前去考察一番。

遣谁去呢？

神宗想了一天，决定遣给事中①徐禧和太监李舜举前往。

徐禧何许人也？

徐禧，字德占，洪州分宁(今江西修水县)人。少有大志，气度不凡，读书破万卷，但又不屑于参加科举考试。自二十岁始，骑头毛驴，不只游大江南北，也游边塞绝域。

因他见多识广，在脑瓜子里产生一大堆新奇古怪的想法，特别是军事方面，狂言：“西夏小丑，只要老子抬抬手，叫它从此消失。”正是他的这些想法和这些话迷惑了神宗，叹曰：“朕阅人多矣，未见如卿者。”将他的官一擢再擢。

王安礼听说神宗遣徐禧和李舜举去鄜延考察商议对夏用兵之事，忙入谏道：“徐禧志大才疏，恐误国事，请陛下另简妥员！”

神宗不听。

徐禧偕李舜举来到鄜延，很认真地进行了一番考察。他觉着，种谔、沈括在横山筑城的方案不可取。

何也？

沿银、宥、夏、盐等州之线筑城，工程量太大，没有十年八年不可能完工。有鉴于此，他否定了种谔、沈括他们的构想：银州虽据明堂川、无定河交汇之处，但故城东南已经被河水所吞，其西北又被天堑所阻。若在银、宥、夏三州的交界点永乐川(今陕西米脂西北)筑城，可以收到在横川筑城一样的效果。

新方案一经提出，就遭到了种谔的反对，他冷冷地问徐禧：“徐大人，您提出在永乐川筑城，您了解永乐川吗？”

徐禧不傻，岂能听不出弦外之意，铁青着脸反问道：“你问这话是什么意思？”

---

① 给事中：秦迄清官名。初为加官，后为正式官名。宋初为寄禄官。元丰改制后，始正其职，分治吏、户、礼、兵、刑、工六房，审读诏旨、奏状，并判门下后省事。

“什么意思,你自己可以想嘛!”

徐禧冷声回道:“我不想想。”

“大人如果不想想,那就听卑职再问好了!”

他也不看徐禧的脸色,继续问道:“您选的那个筑城点,有没有水源?”

徐禧道:“当然有。我选的筑城点内就有一座水寨。”

种谔道:“是有一座水寨,可那水寨的水全来自寨内的十三眼泉水。那水顶多能供一万三千人饮用。我们辛辛苦苦修了一座城,才准备装一万多人吗?”

徐禧道:“要是只装一万多人,我就不修了。我打算至少也得装他二十余万人。”

种谔复问:“不说装二十余万,就算二十万吧。装了二十万人之后,那十八万七千人的饮水用水问题怎么解决?”

徐禧回道:“去北边的无定河取。”

“无定河距永乐川多远?”

徐禧回道:“不到二十里。”

“取个水跑二十里,费人费力不说,夏人一旦在他的境内塞了无定河,抑或是在无定河下毒怎么办?”

徐禧大怒道:“你咋尽往不吉利的地方想?你咋没说夏军死了统帅,抑或是夏军都得了瘟疫呢?你这个乌鸦嘴,气死我了!”

种谔道:“不是卑职尽往坏处想,是卑职所说的这几种情况都可能发生。马谡失街亭,失就失在被曹军断了水源。前车之辙,我们不可不鉴。我作为鄜延路安抚副使,我得为我这几万将士负责。在您没有拿出解决水的方案之前,卑职坚决反对在永乐川筑城!”

徐禧冷笑道:“我是朝廷特使,有权决定筑城的地点,你反对有屁用。”

种谔道:“我一个人反对,也许无用,沈安抚使如果也反对呢?”

徐禧道:“沈安抚使是个明白人,他知道哪轻哪重,我想他不会反对的!”说毕,移目沈括,直直地瞅着沈括。

种谔亦移目沈括,在他看来,筑城横山的方案,是他和沈括及其诸将反复商议,才定下来的,沈括一定会支持他。谁知,沈括反边(背叛)了,他不但不支持种谔,还说徐禧筑城永乐川的方案高人一等。

他这么一说,把种谔的脸都气绿了,手指沈括大骂道:“势利小人,地道的势利小人!”号啕而去。

他一走，筑城永乐川的事，便定了下来。

改变了筑城的地点，不能不给神宗说一声。

徐禧很精，他不自己说，让沈括说。沈括居然答应了，上书神宗——《请筑永乐城奏》。书曰：

“既获米脂寨，以横山势弊，距宥州才三舍，下瞰银夏平川，千余里可以耕稿，为囤田之计，今乞米脂之间筑城永乐，囤劲兵以抗虏，则河北之地尽可耕种矣。”

神宗见沈括言之有理，便批准了筑城永乐川的方案。沈括本来是一个通才、奇才、科学巨人、反辽的斗士，因为这一封奏书，被时人和后人目为趋炎附势的势利小人。

小人得势了。

得势的小人——徐禧和沈括，于同年八月率鄜延军所有大将（种谔除外）、四万步骑，以及禁、厢、番兵八万，民伕二十万，出边界，到永乐川筑城。经过十四天的苦干，一座“三面阻崖、表裹河山、气象雄伟”的永乐城拔地而起。

站在这座城下，徐禧满面红光，神采奕奕。这是他的计划、他的功绩，这里将成为灭夏的前哨阵地。捷至汴京，宋神宗既高兴又激动，如此一项巨大的工程，而且在夏人的眼皮底下，只用了十四天便完成。奇迹，天大的奇迹！挥毫走笔，以“银川寨”三字赐之。

其实，徐禧他们所建成的只是“银川寨”的主城，还有一系列的附属设施，比如邻寨、小寨等还在施工中。徐禧留下曲珍、景思宜两员大将继续干，他和沈括带着一大批高官回了米脂。

夏人呢？

西夏人再蠢，也不至于蠢得让宋人在他们眼皮底下建如此一座大城。

既然西夏人不会让宋军在他眼皮底下建城，那么，宋军建城的时候，他们就应该出来阻止呀！

可他们没有。

难道是西夏人害怕了，不敢站出来阻止？

也不是。

西夏人的谍报（情报）出了问题。

据谍人禀奏，李宪不甘心他的失败，上书宋皇帝，要再举伐夏，宋皇帝也同意了。李宪秣马厉兵,随时都可以出兵攻夏。

梁蝎子害怕了,调动了几乎全国的军队,进驻与泾原路搭界的夏境,严阵以待。

等来等去,李宪那儿一点动静也没有,反倒是在永乐川凭空多出了一座能容纳二十万人的大城。梁蝎子既惊讶又害怕,忙将备战泾原路的三十万大军撤向永乐川。不,应该是撤向“银川寨”。

坐镇银川寨的曲珍,得知三十万夏军来犯,忙遣副将高永亨飞马去报徐禧。

高永亨何许人也?

他是高永能之弟。

高永能又何许人也?

他是银川寨的二号头儿。元丰四年,五路宋军伐夏,他是种谔的得力助手。

曲珍遣这样一个人物,去向徐禧汇报军情,可见对夏军来犯之事之高度重视。

徐禧对夏军来犯之事,不愁反喜,哈哈大笑道:“来得好,我装了一肚子韬略,正想找机会施展一下。你先回去,我安排一下之后,立马就去银川寨。”

高永亨提醒道:“寨中的士兵太少,才四千人,要去您就快去,否则,银川寨怕是不保!对了,夏军放出风来,要切断永定河的水源。这水源一旦切断,我军将不战而溃!”

徐禧大怒道:“你这是在拾种谔的牙慧!你这是扰乱军心!来人,把他抓起来关进大牢!”

沈括得知消息,忙进帐劝道:“徐大人,高永亨虽然不会说话,但他的话并非一点道理也没有。况且,他的亲哥哥又是‘银川寨’的二掌门,您把高永亨关起来,有点不大合适。”

徐禧道:“怎么不合适?合适得很。”略顿又道:“我没杀他,已经是便宜他了。我军与西夏开战,为什么常吃败仗,就是治军不严造成的!孙武练兵,因杀了不听军令的吴王爱妃,使三军股栗。自此,视军令如山,攻无不开,战无不胜。司马穰苴奉命率齐军迎战入侵的晋军和燕军,出师之日,杀了失约的庄贾,而这个庄贾,不只是他的监军,更是齐景公的宠臣。将士们见司马穰苴军法严明,铁面无私,个个精神振奋、斗志昂扬,晋燕二军,不等交战,便退军了。我不敢说我就是孙武和司马穰苴,我学一学他们总应该吧!”

沈括无语。

徐禧怕沈括抢了他的功劳,笑嘻嘻地说道:“沈大人,西夏人自来送死,咱得成全他们。这样好不好?你在这里坐镇,我带兵前去杀敌!”

沈括道:“恭敬不如从命。不过,我想知道,您去杀敌,想带多少兵马?”

徐禧道:“三万怎么样?”

沈括道:“三万有些少,是不是把咱遣散的那几万厢兵、乡兵、番兵,再召集回来?”

徐禧道:“不少了,银川寨还有四千呢。”

沈括暗自骂道:“你他妈的简直是一个白痴,脑袋瓜里没有一点儿数字观念,竟以三万四千人对付三十万?”

沈括开始后悔了。

不只是后悔,心在发冷。

他明明知道在永乐川筑城的方案不可取,但为了附炎徐禧,他不只背叛了种谔,也背叛了自己。

沈括之所以背叛了自己和种谔,主要原因是他趋炎附势。除此之外,与他对西夏的错误判断,以及识人不明也有关。

沈括觉着,梁蝎子虽然放了李秉常,还让他继续做皇帝,但伤口已经撕开,很难弥合,这是其一。其二,经过宋军的五路讨伐,夏人损失也相当惨重,很难在短时间内集结重兵来对抗宋军。所以,不管把城建在横山还是永乐川都行。

至于徐禧,他知道徐禧志大才疏,但他不知道徐禧志大到如此自大和狂妄,竟以三万四千人对三十万人,还口口声声要吃掉夏军!这仗不用打,胜负已见——宋必败矣!

宋若败,我沈括岂不成了大宋的罪人,历史的罪人!

想到此,沈括打了一个冷战。

为了大宋社稷,也为了我沈括自己,我得好好劝一劝徐禧。

他强装笑脸道:“徐大人,夏军三十万,咱才三四万,可谓是敌众我寡。依卑职之见,咱不和他来硬的,咱把银川寨的兵撤出来,留给他一个空寨。尔后,召集遣散的那些厢兵、乡兵、番兵,再向朝廷要个十万八万兵马。尔后,再与夏军决战,叫他有来无回。”

徐禧将头使劲摇了一摇,说道:“你这办法不行,未与敌战,便来个拔寨而逃,这个人我丢不起!就是丢得起,也不能这么干。何也?为修银川寨,朝廷拨给我们的钱物,若是折成钱,多达九十五万贯。花了九十五万贯修了一座寨,一刀未搏放弃了,怎么向朝廷交代?你这个方不行!万万不可行!”

沈括正要再辩,徐禧将手摆了一摆,说道:“你什么话也不要说。李元昊算个什么东西,好水川、三川口之战,我方的兵力是夏的十倍,而李元昊居然把我军打得落花流水。而今,夏的兵力还不足我方的十倍,李元昊能干成的事,我难道干不成吗?你只管坐在米脂城里,一边喝你的小酒,一边静候我的佳音!”

二十八　乌台诗案

为了止渴,宋军只好绞马粪取水,每天渴死的人,数以百计。

舒亶将苏轼的大作搜集了几大箱子,一本一本、一首一首的看,终于从中找到了他们想要的东西。

苏轼在张石的白团扇上又是写又是画,完事之后,对张石说道:"这二十把扇子,一把卖一贯,便是二十贯,足够你还债了。"

进攻银川寨的西夏军,不仅十倍于宋军,连"铁鹞子"和"步跋子"也全部出动了。"铁鹞子"就是重甲骑兵,人和马都披着厚厚的盔甲。"步跋子"则是一种特殊步兵,可以穿山越岭,跋涉如飞。

面对气势汹汹,倾国而来的西夏军,宋军中弥漫着一股畏敌情绪。

作为宋军的统帅,应当想方设法鼓励士气,比如,按照斩获敌人的首级给予奖赏呀等等。按斩敌多寡进行奖赏的办法,始自战国的商鞅,各朝各代一直沿袭下来,至宋元丰年间,实行了一千四百多年,可徐禧硬要改,他认为,若按斩获敌军首级进行奖赏的话,士兵会为了抢夺敌人首级耽误了杀敌。他的办法是,仗,士兵们尽管打,胜利后,按歼敌的总数给予一定的钱,但这些钱不给士兵自己,给士兵所在的都①,由都按人分发。他这一改,极大地挫伤了士兵杀敌的积极性。曲珍劝他,他也不听。

宋元丰五年(1082 年)九月九日,三十万西夏大军在名将仁多零丁、叶悖麻、咩讹埋等人的统帅下涌向银川寨,差不多与蜂蚁相似。

大将高永能献策道:"虏来甚众,乘他未阵,即行掩击,或可取胜。"

徐禧怒叱道:"尔可知王师不鼓不成列!"

① 都:宋朝禁军的编制为:都、营、军、厢四级。每都一百人,五都为营,五营为军,十军为厢。

“王师不鼓不成列”这句话，不是徐禧的首创。首创人是春秋时期的宋襄公。

宋国本是一个中等国家，实力也不强，宋襄公又是一个蠢猪式的人物，可他偏要效法齐桓公，要做各国的霸主。楚国首先不服，将他捉弄一番。宋襄公衔恨于心，但他不敢招惹楚国，便去招惹楚国的同盟郑国，起倾国之兵伐之。

郑国惧，遣使求救于楚，楚不救郑而袭宋。宋襄公忙回兵自救，屯兵于泓水之南，而楚屯兵于泓水之北。

天明，楚渡水攻宋。半渡之时，宋之大将公孙固请出兵击之。

宋襄公指旗曰：“汝见‘仁义’二字否？寡人堂堂之阵，岂有半济（渡）而击之理？”

待楚军尽渡，楚将布阵，公孙固又请于襄公：“楚方布阵，尚未成列，急鼓之必乱。”

襄公唾其面曰：“咄，汝贪一击之利，而不顾万世之仁义耶？寡人堂堂之阵，岂有未成列而鼓之之理？”

结果呢？宋军大败，宋襄公身被数创，右股中箭，若非公孙固舍命相救，襄公已为楚虏矣。自此，宋襄公之蠢名，名扬天下，就在他几将断子绝孙之时，又出了一个徐禧，承其衣钵！

夏将见徐禧按兵不动，大喜，从容布阵。

见夏军列阵已毕，徐禧方命宋军击鼓而进，连攻三番，俱被夏军击退。春秋曹刿，有一名言，“一鼓作气，再二衰，三而竭。”

当宋军“竭”了以后，夏将擂响了进军的战鼓。黑压压的铁鹞子，乌云盖顶般地压过来，宋军不支，逃回寨中。夏军乘胜追击，将银川寨环绕数匝。

朝廷接到银川寨危报，急令各路援救。

距银川寨最近的宋军，当数驻防米脂的鄜延军，种谔称病不出。沈括不得不亲自带着五千宋军前去救援，行至中途，路人纷纷传说，夏将咩讹埋率夏军五万，进攻米脂，沈括忙率军而返。

泾原路李宪，挥军来救，被夏军半道截住，数战不能脱身。

银川寨无了外援，变成一座孤寨。

如果仅仅没有外围，坚守月余应该没有问题。

关键是水。

为了抢水，宋军各部之间大打出手，还死了十几个人。没奈何，徐禧命大将曲珍率兵五百护泉，高永能负责分水。

一万三千人的用水，分给二十余万人，每人能分多大一点！莫说洗涮，连做饭都不够用,将士和民夫渴的嗓子冒烟。

为了止渴,宋军只好绞马粪取水,每天渴死的人数以百计。

没死的人,天天盼着下雨。

九月二十日,天眼忽开,下起了瓢泼大雨。正当众将士欢呼雀跃之时,夏军寅夜攻寨,因寨墙统系新修,又是匆匆而成,质量可想而知,经大雨一淋,一些地方自行倒塌。夏军蜂拥而入,徐禧、李舜举、高永能等,俱死在乱军之中。唯曲珍弃甲裸跣,逃得一条性命。将校死者数百。士卒、民夫,死之过半。败讯传到汴京,宋神宗"涕泣悲愤,为之不食"。早朝时,他又"对辅臣痛哭,莫敢仰视。"

自熙宁开边以来,只得夏国兰州、米脂两城,及义含、吴堡等六个堡寨,但灵州、银川寨(永乐)两次大败,宋军兵民役夫,以及边境归附的熟羌①,竟有六十万人死于战争;至于所费金钱,绝对是个天文数字,算也算不过来。自此,神宗再不言兵。

富国强兵梦破灭之后,神宗突然想起他的太宗爷爷。

宋太宗雍熙北伐失败后,掉头向文,附庸风雅,他不只带头读书、作诗、练习书法,还特别重视文人,拼命地扩大科举取士的规模,崇文抑武,以儒立国。甚而让文官作最高的军事长官,从而构建了大宋的文治帝国,流芳千古。

我既然学不了我的太祖爷爷,我就学我的太宗爷爷,也来一个掉头向文——读书、作诗、练书法,扩大科举取士的规模,编书修史。说到编书修史,他立即想到了司马光,司马光修的虽然也是史,但只修到五代后周显德六年。而且,还没修好。

没修好倒也没有什么,可以续修吗?但司马光不想续,还振振有词地说道:"臣历来反对当代人修当代史。"而我,又特别想活着的时候,亲眼看到自己治理下的大宋,变成文字以后会是什么样子!

哼,能修史的人不只你司马光!王安石的文才并不比你司马光差。你不修,朕就启用王安石。

但当他真要启用王安石,又犹豫了。

若启用王安石,恐怕又要引起一番议论!

王安石不能启用!

那么,苏轼呢?苏轼的文才较之司马光和王安石还胜一筹。就是苏轼了!说到苏轼,一股内疚之情,浮上心头。

---

① 熟羌:被汉化了的羌族。与汉族通婚、说汉话、日常生活习俗习惯等与汉族差不多。对应的是生羌。

唉,若不是太皇太后提醒,我差点把苏轼给杀了。

这个李定!

这个该死的李定,就是他做的孽!

苏轼不仅会赋诗、填词,也会当官,通过兴办学校、赈灾、治理西湖和断案,特别是断案,他不依常规,既机智又诙谐,在杭州百姓中留下了很好的口碑。

元丰二年三月,苏轼在杭州任满调任湖州。按照惯例,他需要向皇帝写一道谢恩表。他确实也写了,史称《湖州谢上表》。表曰:

湖州风俗阜安,在东南号为无事;山水清远,本朝廷所以优贤。顾惟何人,亦与兹选。臣轼中谢。

伏念臣性资顽鄙,名迹堙微。议论阔疏,文学浅陋。凡人必有一得,而臣独无寸长。荷先帝之误恩,擢置三馆;蒙陛下之过听,付以三州。非不欲痛自激昂,少酬恩造。而才分所局,有过无功;法令具存,虽勤何补。罪固多矣,臣犹知之。

夫何越次之名邦,更许借资而显受。顾惟无状,岂不知恩。此盖伏遇皇帝陛下,天覆群生,海涵万族。用人不求其备,嘉善而矜不能。

知其愚不适时,难以追陪新进;察其老不生事,或能收养小民。既能自得于江湖,而臣顷在钱塘,乐其风土。鱼鸟之性,吴越之人,亦安臣之教令。敢不奉法勤职,息讼平刑。上以广朝廷之仁,下以慰父老之望。臣无任。

表有四层意思。第一层,感激。湖州这么好,本是朝廷优待贤才的地方,我苏轼算什么人?居然得如此厚爱!

第二层,自贬了一番。我学识浅陋,政绩一般,又无任何长处,却蒙皇上越次担任名邦之职,全都是因为遇到了皇上您呀……

第三层,拍神宗马屁……

第四层,向皇帝表态:上以推广朝廷的仁义,下以满足父老百姓的愿望。

是时,凡地方大员的奏章,一般都要在《邸报》上刊发。苏轼素有大名,公认的"大宋文坛第一人"。他的奏章,当然要在《邸报》上刊发了。

这一刊发,坏事了。

坏大事了!

"新党"党魁之一的李定，此时已经出任御史中丞，看了苏轼的《湖州谢上表》，勃然大怒，拿着当日的《邸报》去找蔡确，用右手食指点着内中的一句说道："您看看，您看看，苏轼不放过任何一个攻击咱们的机会！"

蔡确沿着他指头所点之处，小声读道："知其愚不适时，难以追陪新进；察其老不生事，或能收养小民。"

他眉头微皱道："'知其愚不适时'，'其'，当然是苏轼了。'知'呢？是不是指皇上？"

李定道："正是。"

"愚不适时，什么意思？"蔡确问。

"那是苏轼故意自贬。"

蔡确将头点了一点，将"新进"二字亦点了一点，说道："这两个字，指的应该是咱们了！"

李定道："正是。"

蔡确又点了点"难以追陪新进"六字道："这是什么意思？"

李定道："前四个字——难以追陪，也可以说是谦虚，也可以说是自贬，还可以说是对咱们的攻击。卑职以为，他是对咱们的攻击。什么'难以追陪新进，'无非是说难以和我们这些'新党'合作共事。为什么要这样说呢？您看下边这一句就知道了，'察其老不生事'。谁'察？当然是皇上了。谁'老不生事'？当然是指他苏轼自己了。他自己不'生事'，'生事'的自然是我们这些新党了！"

蔡确愤然道："欠揍！"

李定道："有您这句话，我就想办法收拾他。"

蔡确道："收拾他可以，但不能动武。"

李定道："您放心，我知道该怎么做。"

自古以来，文人和武人不同，杀人很少用刀。

李定回到御史台，立马把舒亶找来，密谋了一番。舒亶将苏轼的大作搜集了几大箱子，一本一本、一首一首的看，终于从中找到了他们想要的东西，大喜，挥毫走笔，拟就劾书一道，呈达神宗。书中列举了苏轼四大罪状：

罪一，公然非议新法，认为青苗法盘剥百姓，导致百姓贫苦，有苏轼的《山村五绝》(其二)为证——"赢得儿童语音好，一年强半在城中。"

罪二，嘲讽神宗一味看重刑名，不读圣贤书，使得天下官员都成了刻薄之人，有苏轼的《戏子由》（其三）为证——“读书万卷不读律，致君尧舜知无术。”

罪三，皇上下诏兴修水利，各地搞了不少水渠堤坝，本来是好事，苏轼居然讽刺皇上，不如让龙王把斥卤（盐碱地）变桑田，有《八月十五看潮》为证——“东海若知明主意，应教斥卤变桑田。”

罪四，大宋自立国以来，对盐茶都是实行专卖，但因时代的变迁，旧的盐法已经不适应了，皇上您颁布一个新盐法，这很正常，可苏轼嘲讽您，说是因为您的新盐法，导致百姓三个月没盐吃，有《山村五绝》（其三）为证——“岂是闻韶解忘味，尔来三月食无盐。”

这四大“罪状”，如果落到宋仁宗眼里，会一笑了之。可神宗不行，总觉着我对你苏轼不薄，你还写诗嘲讽我，真是岂有此理！

但若就因为这四大“罪状”来治苏轼的罪，神宗又不想干。

何也？

宋之祖制，不以言获罪。

对于舒亶上书，神宗没有反应，李定坐不住了，赤膊上阵，上书神宗：“苏轼诽谤君父，非议新法，若不斩首，既不利于新法的推行，又有损皇上的名节。”神宗受其所惑，同意由御史台来查办苏轼。

御史台是何人的天下？

李定和舒亶的天下。

神宗啊神宗，你这不是要苏轼死吗？

苏轼不该死，苏轼的好友驸马都尉①王诜从宫中得到了消息，急忙派人通知在陈州做官的苏辙。苏辙忙遣心腹家人前去湖州送信。苏轼得到消息立即着手，翻查家中的来往信件，以及平时写的诗词歌赋和文章，只要涉及朝政的一律焚烧。

苏轼刚刚销毁了“罪证”，奉旨押他进京的钦差大臣皇甫遵闯进州衙。苏轼明知故问道：“天使到此有何贵干？”

皇甫遵似笑非笑道：“皇上想你了，想让你去京一晤。”

苏轼道：“您别骗我，我知道自己平时的言行多有开罪朝廷之处，这一次进京，必死无疑，我想与家人道个别。”

---

① 驸马都尉：简称驸马。侍从武官。

皇甫遵想了片刻,勉强同意了。

在与家人道别的过程中,上千百姓涌到州衙门口。皇甫遵害怕出事,半夜三更,押着苏轼上路,走了二十天到达京城,关押在御史台。

御史台也叫乌台,乌台之名,汉已有之。御史台为什么又叫乌台,有两种说法。一、当时的御史台院内,有很多柏树,常有数千只乌鸦栖息在树上,晨去暮来,号为朝夕乌。二、跟御史的职业有关,这帮人今日弹劾这个,明日弹劾那个,像个烦人的乌鸦。苏轼之案由诗引起,时人把这个案子称为"乌台诗案。"

乌台的官员们打定主意要整死苏轼,因苏轼一案被抓的上百人。苏轼到京的第二天,他们便提审苏轼,一天一次,一连提审了四十次,打也打了,枷也枷了,可苏轼就是不承认诽谤君王。至于"新法",虽有非议,但他在京任官之时,已非议过多次。而且,因为非议新法,被贬到地方为官。审来审去,诽谤君王之罪不能成立。非议新法之罪朝廷已经处罚过了,没有必要再追究。既然这样,就该将苏轼无罪释放,但李定、舒亶、皇甫遵等人不答应。

如果仅仅他们几个人不答应,问题还不算很大,宰相蔡确跳了出来,也不知道他从哪里弄来了一首苏轼的诗——《王复秀才①所居双桧二首》,在朝堂上念了一遍:"凛然相对敢相欺,直干凌云未要奇。根到九泉无曲处,世间唯有蛰龙知。"

他话音刚落,李定便大声说道:"苏轼该杀!"

神宗问:"为什么该杀?"

李定道:"陛下,您飞龙在天,苏轼以为不知己,而求之地下蛰龙,可见他有不臣之心!"

神宗笑驳道:"文人之词,安可如此论?彼自咏桧,与朕何干?"

李定回驳道:"有干。"

"什么关系?"神宗问。

李定道:"自古君王才称龙,而苏轼居然赞扬蛰龙,蛰龙就是还没有当上君王的龙,他是想让这个蛰龙变成真龙……"

章惇虽然与蔡确、李定同属新党,但与苏轼是"同年",关系也不错,眼看苏轼有性命之忧,忙出手相救:"李御史所言差矣,自古以来,并不仅仅是君王才称龙,西汉的名

① 王复秀才:即王复,家于钱塘。为人多技能而医尤精。院中有两颗高大的百年古桧。人只知其院中有桧,不知其精医。

士荀淑有八个儿子，都很优秀，被称之为‘荀氏八龙’。蜀汉丞相孔明，抑被称为卧龙。苏轼为什么不可以写蛰龙呢？”

李定道：“蛰龙与它龙不同，蛰龙是什么，是蛰伏，蛰伏的龙想干什么……”

章惇怒斥道：“你不要再狡辩了！想害人，也不能这么个害法！”

章惇之所以敢这样斥责李定，因他的名位和资历远在李定之上。李定不敢和他争辩，把嘴闭上了。

神宗虽然为苏轼说了话，但他还不想将苏轼无罪释放。

何也？

拘捕苏轼，是他点了头的，若是将苏轼无罪释放，等于自己否定自己，这是其一。其二，将苏轼置于死地的人是新党（章惇除外），若是将苏轼无罪释放，新党会很不高兴。

拖。

明知苏轼无罪，他还要拖。

苏轼得以释放，来自四个方面的力量。

一、崇拜苏轼的人，按现在的话说，苏轼的粉丝。粉丝们纷纷上书神宗，抑或是进京，为苏轼鸣冤叫屈。

二、各界名流和一些不在职官员，诸如王安石、吴充、司马光、张方平、李清臣、范镇、陈襄、刘放、孙觉、曾巩、程颐、吕大临等，纷纷上书神宗，为苏轼请命。

三、一些在职官员，诸如章惇、苏辙、韩绛、韩维、范纯仁等，不只为苏轼请命，还愿意用官职和身家性命担保，说苏轼绝无不臣之心。

四、太皇太后亦为苏轼讲情。

在这四个方面的力量中，起作用最大的有三个人。

第一个人是王安石。他不当首相多年了，经常骑着一头毛驴游山玩水，听说苏轼下狱，忙上书神宗，并不说苏轼不该杀，问之曰：“安有圣世而杀贤才乎？”

这句话对神宗触动很大。他常以圣贤自居，当然不想落一个杀贤的恶名。

第二个是吴充。他面谒神宗，问道：“陛下，您认为魏武帝（曹操）是怎样一个人？”

神宗一脸不屑地说道：“此人嫉贤妒能，何足道哉！”

吴充道：“臣知道陛下一直尊尧帝、舜帝为师。与尧舜二帝相比，魏武帝确实不足道。但是，魏武帝尚能容忍祢衡，可陛下居然容不下一个苏轼，臣甚不解！”

祢衡曾裸衣骂曹操，可曹操并没有杀他，宋神宗若因苏轼作了几首谤诗就杀了苏轼，他是一个什么人？

他连他不屑一顾的曹操都不如,他是一个什么人?

宋神宗连忙解释:“朕绝没有杀苏轼的意思,朕只是叫御史台问问情况,很快就会放他出来。”

第三个是太皇太后。神宗所敬重的人不是甚多,但其中一个就是太皇太后。近三年,太皇太后经常患病。一患病宋神宗便减少膳食、停止奏乐,为奶奶积福。这一次太皇太后旧病复发,神宗又为她减少膳食和停止奏乐。太皇太后知道后,将他召到柔仪殿,问之曰:“哀家听说您把苏轼拘押在御史台?”

神宗回道:“有人说他诽谤朝政,孙儿只是让御史台问一问有无此事。”

太皇太后道:“你别骗奶奶了。问一问真假,岂能问四十多天,而且还问得遍体鳞伤?而且,还因他抓了上百人!”

神宗一脸惊讶道:“御史台竟然敢对苏轼用刑?”

“用没用刑您遣使一看便知,不须奶奶唠叨。”

神宗道:“孙儿这就立马遣人去御史台察看。”

太皇太后道:“先别说察看的事,奶奶问您,您可知道,苏轼被拘押御史台后,赴京为他请命的有多少人吗?”

神宗道:“孙儿不知。”

“少说也有五百。”

神宗道:“都是些什么人?”

“几乎全是平民百姓。”

“平民百姓为啥要为他请命?”神宗又问。

“他做过三个州的知州,每到一州,便兴学、赈灾、兴修水利。为官又很清廉,处处事事为百姓着想。百姓们,包括妓女在内都记着他的好呢!”

“他对妓女有什么好?”神宗复问。

“他不只为冤死的妓女李秀奴申冤,还多次帮妓女脱籍从良。”

太皇太后为了表明自己所言不虚,讲了两件事。

第一件事发生在杭州,有一个外号叫九尾狐的官妓年纪大了,请求从良。苏轼当即准许,且作诗曰:“五日京兆,判断自由;九尾野狐,从良任便。”

第二件事发生在京口(今江苏镇江),某一次苏轼路过京口,京口知州宴请他,让官妓郑容、高莹二人作陪。席间,二妓请求苏轼帮忙脱籍。苏轼满口答应,不久他又后悔了。京口知州对自己虽然很尊重,但毕竟自己只是个客人,不好意思张口,将要离开的时候，二妓再次恳求帮忙，苏轼想了想，写了一首诗给她们，说："你们拿我的诗去见知州，他肯定知道什么意思。"原来苏轼写的是一首藏头诗，将每句诗的开头的那个字连起来就是："郑容落籍，高莹从良。"京口知州看了苏轼的诗，拈胡大笑道："有趣，太有趣了！"当即将郑、高二人脱籍。

太皇太后话音一落，神宗便笑驳道："奶奶的话，孙儿不敢苟同。咱大宋自立国以来，便有官妓。官妓的存在好比酒宴上不可缺少的一道菜，如果当官的都像苏轼那样，让官妓脱籍从良，这道菜不就完了吗？"

太皇太后道："苏轼在帮助官妓脱籍这件事上，有他的是与非。比如，在判妓女九尾狐脱籍的同时，有一个姓周的妓女也想脱籍，三番五次的求他，他都没有同意，并作诗劝之，'敦《召南》之化，此意诚可嘉；空翼北之群，所请宜不允'。他之所以拒绝这个姓周的妓女，就是因为这个妓女年轻。"

神宗又提出了新的疑义："妓女虽然也是百姓，但她们不是一般的百姓，她们大都年轻，有姿色。而苏轼又是一个风流才子，他对妓女们好，并不代表他就对一般百姓也好。"

太皇太后道："既然您这么想，奶奶就给您讲一个他和一个一般百姓的故事。"

苏轼为官杭州，李确告邻人张石借其钱二十贯，一年多了不肯归还。苏轼便把张石传来询问。

张石回道："小人欠李确钱不假，但那是小人家父欠的。小人一家五代制扇为业。去年，小人家父升天，小人忙于安葬家父，再加今春以来，连雨天寒，扇子卖不出去，并不是故意欠钱不还。"

苏轼想了一想，说道："去，把你制成的扇子取来。"

张石不知何意，又不敢不取。不到一个时辰，便把扇子取来，是白团扇，一共二十把。苏轼便用公堂上的判笔，又是写行书草书，又是画枯木竹石，很快就完事了，然后把扇子交给张石说道："这二十把扇子，一把卖一贯便是二十贯，足够你还债了。"

张石抱起扇子，哭着道谢而去。一走出州门，便被那些看热闹的人围住，一贯钱一把，顷刻儿卖个精光。没有买到的人十分懊恼。张石有了钱，立马把债还了。消息传开后，杭州人对苏轼称赞不已。

神宗轻轻颔首道:“难得,难得,大宋像苏轼这样有才、有智,而又善待百姓的官太少了。”

太皇太后道:“真是太少了。苏轼不只善待象张石这样的穷百姓,还善待那些打着自己旗号行骗的人。您要不要听一听?”

神宗又将头点了一点说道:“要听,要听!”

某一日,苏轼正在州衙批阅公文,圣贤坊的缴巡[①]卒押来一个花白胡子的小老头。

这个小老头穿的衣服补丁摞补丁,背上有一个大包裹。

苏轼问:“这个小老头犯了什么罪呀?”

缴巡卒指了指小老头背上的包裹回道:“他竟敢冒充大人您。”

苏轼朝那大包裹一瞧,见包裹上写着:“翰林学士知制诰苏轼,封寄京师苏侍郎辙。”

苏轼有些纳闷,我并不认识他呀,他为什么要以我的名义寄东西与子由(苏辙字子由)弟?况且,所写的官职也不对呀,我早已不做知制诰了,子由也早已不做侍郎了,这是怎么回事?

是这么回事。

这个小老头叫吴文举,福建路福安县人。他自三十一岁参加乡试,考了七次,好不容易考上了,但进京参加省试没钱了。乡人可怜他,给他凑了四十匹麻纱做路费。可是,麻纱若在当地卖,卖不了几个钱,如果拿到中原抑或是北方就值钱了。但是,去汴京卖麻纱,得经过许多关,每个关都要抽税。聪明人便给他出主意,叫他说这纱不是卖的,是苏轼托他带给弟弟的,就不用出税了。这一招挺灵的,从福建一路走来,没人让他交税。但是,一到杭州就被缴巡卒发现了。何也?杭州知州就是苏轼呀,他如果给弟弟寄麻纱,应该写现在的官衔呀!况且,杭州也盛产麻纱,根本不用去福建买!三问两不问,吴文举便说了实话。

好家伙,为了偷税,你吴文举居然盗用我苏轼的名字,一定要重处!

御内的人也都认为他要重处!谁知,他不但没有重处这个可怜的小老头,反把包裹上的字撕掉,换上一个新布条,条子上写道:“知杭州苏轼,封寄京师竹竿巷苏学士辙。”

吴文举做梦都不会想到,会是这样一个结局,千恩万谢后上路了。走了一路,卖了

① 缴巡:又称军巡。宋时,每坊、巷三百步许,有军巡铺一所,铺兵五人。铺兵又称缴巡卒。

一路纱，不仅解决了路费，还有一贯钱的结余。且是，他居然得了个同进士出身。

神宗复又一声长叹："苏轼这个人还真蛮不错呢！"

太皇太后道："正因为他蛮不错，才会有几百个百姓进京为他请命。若不是御史台又是恐吓又是抓人，看他的人，为他请命的人恐怕要上千！顼儿呀，如此一个人，如此一个好人、好官，你若把他杀了，朝野将会怎么议您？唉！"

神宗又羞又惭，将胸脯一拍道："请奶奶放心，孙儿今日便放了苏轼。"

太皇太后加额赞道："顼儿圣明！"

元丰二年十二月二日，苏辙将苏轼从御史台接了出来，居于竹竿巷。

神宗原本要将苏轼无罪释放，但由于蔡确、李定等人的强烈反对，给他扎了一个尾巴——虽无诽谤朝廷之罪，但有非议新法之实，罚铜五百斤，贬为黄州团练副使。

苏轼这一次遭贬黄州，与上一次不同。上一次遭贬黄州，举家才七口人，这一次呢，已经十六口了。单单团练副使的俸禄，不可能养家糊口。

在入狱之前，他家尚有一些积蓄。入狱以后，需要上上下下打点，早就将积蓄耗费尽了。他的续弦王闰之，虽然没有原配王弗有才，却很会居家过日子，将自己的一些首饰出卖，得钱一百一十贯。去黄州的路上，花了二十余贯，所剩只有九十贯了。为了控制开支，苏轼亲自理财，在家中的墙壁上钉了三十个钉子，每个钉子上挂五十文钱，这便是一家人一天的生活费。

堂堂大宋的第一才子，如此之穷魄，岂不悲乎?!

二十九　又一个吕端

苏轼袒腹问小妾王朝云:“我这肚子里装的什么?”

陈才人一边默念李煜的诗,一边幻想着李煜和小周后偷情的情景。想着想着,风流倜傥的李煜笑嘻嘻朝她走来。

王珪复问:“陛下,您如果同意立皇六子为太子,请将龙首点一点。”

宋朝的一市斤米,价值四文。

苏轼一家十六口,每天的生活费限定在五十文,且不说买菜买柴,就是全部用来买米,也只能买十二斤半。这十二斤半米,分到每个人头上,还不到十三两。那时的一市斤是十六两。十三两,按今天十两秤折合,才八两。一人一天八两米,恐怕连肚子都填不饱。您说苏轼愁不愁?

愁。

愁了几天之后,苏轼不愁了。

何也?黄州不缺荒地,只要有地,还愁种不出来米呀、蔬菜呀。

通过一个姓马的朋友,他租了五十亩荒地,每天带着小妾王朝云和儿子儿媳去种粮种菜,倒也不觉其苦。因这地乃一坡地,又位于州城东边,苏轼便将它取名“东坡”,且以“东坡居士”自居。世人则以东坡呼之。

三年后他作了一首诗——《黄州寒食》。诗曰:

自我来黄州,已过三寒食。
年年欲惜春,春去不容惜。
今年又苦雨,两月秋萧瑟。
卧闻海棠花,泥污燕支雪。

暗中偷负去，夜半真有力。

何殊病少年，病起头已白。

……

诗成，亲以行书书之，故而《黄州寒食》又名《黄州寒食帖》《黄州寒食诗帖》。

“诗贴”问世后，受到了世人和书法家的高度赞扬，说它可以与王羲之的《兰亭序》和颜真卿的《又宗侄文稿》媲美。从而，奠定了苏轼宋朝第一行书大家的地位。

一说到修史，神宗又想到了在黄州的苏轼，降旨一道，宣他进京。

自古以来，朝廷把国史看得很重，一般由宰相主修。

唐高宗的宰相薛元超为相七年，多次辅佐太子监国，他自己评价自己：“我虽然不才，但富贵过人。平生有三恨——做官之始未能以进士擢第，未娶五姓女，不得修国史！”

唐代已经很看重功名了，没有通过科举当官，被人瞧不起。薛元超未能以进士入仕，而是通过恩荫入仕，自为一恨也。

唐人看中门第，特别是择婿。唐人以“五姓七家”的门第最高。

哪五姓七家？

陇西①李氏、赵郡②李氏、博陵③崔氏、清河④崔氏、荥阳郑氏、范阳卢氏、太原王氏。

这五姓七家，非常珍视自己的优良血统，甚至连李唐皇室都有些瞧不起。因为在他们眼里，皇室是冒牌的“陇西李氏”。他们只愿同自己家族平级的世族联姻。因薛元超不属于这“五姓七家”，故而不得娶“五姓七家”之女，其为第二恨。

薛元超贵为宰相，未曾修过国史，其为第三恨。

连宰相都把修国史看得这么重，苏轼能不看重吗？故而，当他接到进京的诏命后异常高兴，特意热了几壶酒和全家人共饮，喝得酩酊大醉。

就在他将要上路的前一天，突然多了一个心眼儿，国史历来由宰相主修，皇上却让我修，王珪和蔡确会不会觉得没面子？当然会，他们没了面子，必将迁恨于我！再说，修

---

① 陇西：郡名。战国秦昭襄王二十七年（公元前280年）置。因在陇山之西得名。

② 赵郡：郡国名。汉高祖（公元前203年）改邯郸郡置赵国。治所在邯郸。

③ 博陵：郡国名。东汉本初元年（146年）置郡。治所在博陵（今河北省蠡县南）。

④ 清河：郡国名。汉高祖置郡。治所在清河（今河北省清河东南）。

国史不只要涉及历代皇帝和历代文武百官，还要涉及一些重大事件。内中，不乏敏感之事，甚而禁区。弄不好让蔡确这家伙再抓住一点什么，无限扩大，那就不是再坐几天牢的事了！

想到此，他不寒而栗。

到底该不该应诏，家人分成了两派。一派认为苏轼的担心是对的，不能应诏。这一派的代表是苏轼的三儿子苏过。

另一派认为，修国史不是一件小事，皇上一定会征询两个宰相的意见。两个宰相若是不同意，皇上也不会召苏轼。这一派的代表是苏轼的大儿子苏迈、二儿子苏迨。

双方各抒己见，争得面红耳赤。

苏轼重重地咳了一声，说道："你们不要争了！"

等屋子里静下来后，苏轼移目王闰之道："你说我该不该应诏？"

王闰之苦笑一声道："对当官、修史的事，妾不懂，您自己看着办吧。"

苏轼又移目王朝云："你说呢？"

王朝云微微一笑，回道："妾不说您该不该应诏，妾只问您一句话，您腹中装的什么？"

她这一问，把苏轼逗乐了。

王朝云十二岁进入苏府，做王弗的丫鬟，聪明伶俐又善解人意，十七岁那年被苏轼收房。两人虽然相差二十几岁，却十分恩爱。半年前，苏轼喝多了酒，光着上半截身子坐在榻上，王闰之拿了一件上衣让他穿，他将衣服扔到一旁，拍着肚子笑问王闰之："这里边是什么？"

王闰之笑回道："一肚子诗书文章。"

苏轼将头摇了一摇。

苏轼又问小孙子，小孙子回道："一肚子屎尿。"

苏轼哈的一声笑了："错矣！"

苏轼又问三个儿子，或说一肚子忠心，或说一肚子智慧，或说一肚子慈悲。

苏轼连道三声错矣！

苏轼移目王朝云："你说呢？"

王朝云笑回道："一肚子不合时宜。"

苏轼哈哈大笑道："知我者，朝云也。"

王朝云道："正因为您一肚子不合时宜，您才被一贬再贬。而贬您的人，内中还有一个是您的恩师。连您的恩师都不能包容您，还说别人呢？而这些别人，五年前从您的几首诗中来一个鸡蛋里挑骨头，差一点儿把您整死。您如果答应进京修国史，让两个宰相的面子往哪搁？他们不恨死您才怪呢！您面临的敌人，还不止两个宰相，会很多很多。何也？修国史不只要涉及历史上和现在发生的一些重大事件，比如'陈桥兵变''斧光烛影''雍熙北伐''澶渊之盟'，等等，还会涉及诸位先帝和皇上，乃至数以千计的已故和健在的文武大臣！写这些人这些事，不可能不触及他们的阴暗面，它所带来的恶果，可比那几首小诗严重得多！"

苏东坡长叹一声道："你所言是也。"饭后，工工整整地写辞官表章一道，呈达神宗。理由是椎间盘脱出病复发了，坐都坐不住。

神宗接到苏轼辞表，冷哼一声道："让你苏轼修国史，是朕看得起你，给脸不要脸。没了你，这国史照样修！程颢除了在诗词歌赋方面稍微逊你一点外，其他方面都不比你差。你不修，我就叫程颢修。"

程颢也不肯奉诏。理由：身患失眠、无力、头晕诸病。

神宗既生气又纳闷：修国史分明是一件非常荣光的事，苏轼、程颢居然拒之！

不解。

实在不解。

后经韩维点拨，他才恍然大悟——噢，根在两个宰相！

若是为了让他二人修国史，把他们擢为宰相，也不太合适。

神宗长叹一声，不再说修国史的事。

一晃，半年过去了。《资治通鉴》的成书，又将他修国史的欲望勾了起来。

《资治通鉴》原名《通志》，是司马光主编的，这部书前后编了二十一年。二十一年前，司马光在做龙图阁直学士的时候，经常去三馆①阅读历史方面的书籍。他发现，自古以来的历史书中，没有一部完整的通史，便产生了编写一部通史的冲动。于是，花了整整两年时间，编了一部从战国到秦末的史书。这部书只有八卷，取名《通志》。宋英宗对《通志》评价非常高，鼓励他继续写下去，并为此成立了一个编书机构——通志局。至于编写人员，由司马光自己挑选，官府所有的藏书，他都可以借阅。

① 三馆：唐宋弘文（亦称昭文）、集贤、史馆三馆的合称。掌藏书、校书、修史等事。宋太平兴国中，三馆新辟院舍，改称崇文院。

有了宋英宗的支持，司马光便邀请著名学者刘恕、刘颁和范祖禹以及养子司马康做他的助手，致力于《通志》的编写工作。但真正专下心来，是在宋熙宁四年（1071 年），因为变法问题，与王安石闹得很僵，被踢出汴京，判西京御史台。自此，他便专心著述。这一著便是十四年，仅这本书的初稿就堆了两间房子。

他每天天不亮就起床，一直写到深夜。而且，枕的还是一个圆木枕头，只要一翻身，枕头就会滚掉，然后他就会被惊醒，爬起来继续写作。

司马光在编书的时候，并没有与世隔绝。

洛阳是当时的文化中心，被王安石踢出汴京的一些名士高官，纷纷到洛阳居住。内中有一个叫文彦博的老头，已经七十七岁了，以太尉的身份留守洛阳。年纪大威望高，由他牵头，成立了一个"耆英会"。入会的条件，一是身在洛阳，二是年龄七十岁以上。排名的原则是，"序齿不序官"。司马光才六十四岁，也积极要求入会。会员一共十三名，轮流坐庄。从此，在洛阳城，经常会看到"须眉皓齿，衣冠甚伟"的老头儿，出没于名园古刹、水竹林亭中，成了洛阳一道亮丽的风景线。

元丰七年（1084 年），《通志》编成了，这是中国历史上第一部多卷本的编年体的史书。全书共二百九十四卷，三百多万字。以时间为纲，事件为目，从周威烈王二十三年（公元前 403 年）写起，写到五代后周显德六年（公元 959 年）征淮南停笔。涵盖十六朝一千三百六十二年历史。

这一部历史巨著，能与之媲美的，唯有司马迁的《史记》。

神宗越看越高兴，御批道："鉴于往事，有资于治道。"该书应更名为《资治通鉴》。

批毕，意犹未尽，又颁旨一道：赐司马光钱一百贯，赐刘恕、刘颁、范祖禹、司马康钱各五十贯，赐参编人员每人钱十贯。

司马光接到诏书，当即上表谢恩。神宗正想着如何动员司马光，让他把后周显德六年以后的历史接着写下去。宦官趋奏："太皇太后薨了"。他当即启驾柔仪殿，一路走一路哭。

高太后虽然是他亲娘，但属于严母那一类，他有点怕高太后。太皇太后属于慈母那一类，加之又隔了一代。俗话不俗，"隔代亲"。故而，神宗从小就喜欢太皇太后，经常去柔仪殿玩。英宗登基初期，和太皇太后闹翻了，太皇太后之所以没有废他，原因很多，其中一条原因，就是神宗。神宗不只在帝后之间起了一定的缓冲作用，而且太皇太后寄厚望于神宗。

何也？

英宗身体很差，这大宋的江山很快就会由神宗来掌！如今，太皇太后薨了，而且年纪又不是甚大。神宗跪在太皇太后灵前,哭得差一点晕倒。当天夜里,神宗病了,吃了十几天药,病不但没治好,反而加重了。

失眠。

他再一次失眠。

他这个失眠病,是三年多前五路宋军讨伐灵州失败后患上的。银川寨之战后,愈发严重了。第一次,吃了一个月药,便好了。第二次复发,吃了两个月药。这一次已经吃了三个月还没见轻。

元丰八年正月初,神宗强撑着身子去御花园散步,撞上了陈美人。

陈美人是汴京人,幼颖悟庄重,选入掖庭①,为才人②。因生子赵佶,进封美人。

赵佶生的有些奇怪。

元丰四年(1081年)十月丁巳日,神宗由向皇后和陈才人伴驾,驾幸秘书省③,观看收藏的名画。其中有一幅画叫《韩熙载④夜宴图》。作者为五代十国的大画家顾宏中。

韩熙载,北人南官,为后唐主李煜所忌,遂广蓄女乐,彻夜宴饮,以排遣悲愤。李煜觉着韩熙载不是一个沉湎酒色的人,遣著名画家顾宏中前去观察。顾宏中便将看到的情况如实画了下来。此画以长卷的方式描摹了南唐巨宦韩熙载在家开宴行乐的场景。

在这幅巨作中,画有四十多个神态各异的人物,蒙太奇一样的重复出现,各个性格突出,神情描绘自然,突出地表现了我国传统的工笔重彩画的杰出成就。

这幅画在中国十大名画⑤中位列第五。这画,神宗看了上百次还没有看够,来一次看一次。而且,每一次总要在画前伫立良久。

陈才人不大爱好字画,但爱好诗词歌赋。当神宗在凝视《韩熙载夜宴图》的时候,她在想诗。在李煜的诗作中,她最喜欢的是《虞美人·春花秋月何时了》和《菩萨蛮·花明月暗笼轻雾》。二者相较,她更喜欢后一首,不由自主地默念起来:

花明月暗笼轻雾,

---

① 掖庭:皇宫中的旁舍,嫔妃所居的地方。

② 才人:宋嫔妃中最末的一等。

③ 秘书省:官署名。东汉始置秘书监之职,典司图籍。晋设秘书寺,后改为秘书省。唐宋沿置。

④ 韩熙载:字叔言(920—970年),原籍宛城(今河南省南阳市),五代十国南唐名臣、文学家。官居兵部侍郎、崇政殿学士承旨。

⑤ 十大名画:《清明上河图》《五牛图》《汉宫春晓》《千里江山图》《韩熙载夜宴图》《唐宫仕女图》《步辇图》《富春山居图》《洛神赋图》《百骏图》。

今宵好向郎边去！

刬袜步香阶，

手提金缕鞋。

画堂南畔见，

一向偎人颤。

奴为出来难，

教君恣意怜。

她一边默念，一边幻想着李煜与小周后①偷情的情景，想着想着风流倜傥的李煜，笑嘻嘻地向她走来，揽腰将她抱住。她心中一动，不由打了一个摆子，差点儿跌倒。神宗惊问道："才人怎么了？"

陈才人的脸微微一红，扯了一个谎道："启奏陛下，臣妾昨晚没有休息好，头有点晕。"

神宗道："既然爱妃不大舒服，你就别伴驾了，回宫好好歇息歇息。"

陈才人谢过圣恩，独自回宫去了。十个月后生下一子，取名赵佶。故而有人说赵佶乃是李煜转世，向赵氏王朝索要李家的天下。这话，风言风语传到神宗耳中，他曾两次追问陈才人，是不是梦见过李煜？

不，不能再叫陈才人了。

陈才人因生子有功，晋升为美人。

陈美人见神宗追问，若实话实说，赵佶性命难保，便坚决否认。

尽管陈美人不承认梦里见过李煜。

尽管神宗也觉得陈美人因梦见李煜而怀孕有些荒唐，但他口里总像吞了一个苍蝇，再也不叫陈美人侍寝了。

赵佶呢？

因母而厌，神宗见了他从没给过一个笑脸。

陈美人呢？

也尽量避免让他父子相见，某一次，带着赵佶游御园，一只硕大的老鼠从她母子面

① 小周后：李煜皇后周娥皇之妹。周娥皇通书史、善音律，尤工琵琶。十九岁入宫。未几，立为皇后。周娥皇患病，李煜召其妹（小周后）进宫照料姐姐。李煜却与小周后发生恋情，爱得死去活来。《菩萨蛮·花明月暗笼轻雾》是李煜为小周后所作。

前跑过，钻到桂花树下的一个鼠洞。母子俩从花工那里要了一把小铁铲来掘鼠洞。等他们看见神宗时，神宗也看见了他们，避之不及了。

神宗板着脸问道："你俩在这干什么？"

陈美人正想着如何回答，小赵佶笑嘻嘻地回道："启禀父王，孩儿在捉大老鼠。"

神宗问："大老鼠在哪？"

赵佶指着已经挖了一尺多深的鼠洞，稚声稚气地回道："就在这里边。"

神宗问："你怎么知道那里边有大老鼠？"

赵佶道："孩儿亲眼看到一只大老鼠钻了进去，俺娘也看见了，不信，您问俺娘。"

赵佶移目陈美人，陈美人将头点了一点。

神宗来了兴趣："把小铁铲给朕。"

赵佶便把手中的小铁铲双手递给神宗，神宗欲掘鼠洞，随侍太监忙趋到他身边，附耳说道："陛下，掘不得。"

神宗问："为什么？"

太监又附耳说道："陛下降生之时，祥光普照，群鼠吐五色之气成云。鼠是您的福星，岂能动得！"

我降生时群鼠吐五色之气成云之事，太皇太后和太后都曾对我说过，看来，这个鼠洞真的不能掘！

想到此，神宗移目赵佶，厉言说道："十二属相中，鼠为首，不可捕捉，更不可伤害！"说毕，把小铁铲往地上猛地一掷。因用力过猛，大声咳嗽起来，吐出的痰还带血。众人忙把神宗扶回万岁殿。

这一夜，神宗的病情又加重了，还不时地说胡话。王珪亲去灵宫祈祷；蔡确等一班执政，则分祷天地宗庙，均不见效。

五天了。

神宗病得连胡言乱语都不能了，每一天昏迷的时间多，清醒的时间少。就是清醒之时，问他什么话也无力回答，只略略点首罢了。

王珪、蔡确经过一番商议，带着全体执政，趁神宗清醒之时，一齐拜谒神宗，并问道："陛下，您龙体欠安，三两天内很难上朝视事，能否从诸皇子中择一个立为皇太子，并皇太后权同听政？您若是不以臣等之言为谬，请将龙首点上一点！"

许久，神宗方将头点了一点，两行热泪夺眶而出。

王珪与蔡确互相交换了一下眼色，复又问道："陛下，您既然同意臣等从诸皇子中择一人立为皇太子。那么,臣就从皇六子念起,念到某皇子时,您如果同意立为太子,就将龙首点一点。您如果认同臣的说法再将龙首点一点。”

神宗勉强将头点了一点。

王珪复问:“您如果同意立六皇子赵佣,请将龙首点一点。”

神宗不住地哽咽,却不肯点头。

王珪再问:“您如果同意立七皇子赵价为太子,请将龙首点一点。”

神宗依然哽咽,哽着哽着,又昏迷过去。抢救了半刻钟,方醒过来,众人不敢再问立太子之事。

在神宗病重期间,执政们三个人一拨,轮流当值,一轮一天。

蔡确在龙塌前守了一天一夜,刚刚回到家中,正想好好睡上一觉。职方①员外郎邢恕求见。

蔡确忙道了一声“请”。

邢恕登堂入室,开门见山地问道:“相爷,您为什么不想立延安郡王赵佣为太子?”

蔡确道:“何以见得?”

邢恕道:“自古以来,立储之制,乃是有嫡立嫡,无嫡立长。皇上没有嫡子,就该立长才是。延安郡王虽然在皇子中排行第六,但他的五个哥哥都已经夭折了。‘下雨不戴帽,轮(淋)也该轮到他了。’可您和王相却要皇上从诸皇子中择一位立之,此乃司马昭之心——路人皆知!”

蔡确叹道:“我何尝不知道自古以来立储君之制,但是,高太后有想法,我不能和她对着干。”

邢恕道:“我知道了,高太后想立一个小的当皇帝,她好多垂几年帘!”

蔡确道:“也许是吧。”

邢恕道:“变法乃国之大事,你我也因支持变法而显。太后您也知道,是反对变法的,她垂帘的时间越久,对咱们越不利。”

蔡确道:“这点道理,我岂能不懂!但是,皇上病成这样,而太后不只强势,还是皇上亲妈,他想择一个小的皇子当太子,恐怕连皇上也不敢不听。”

“照您这么说,咱们只能顺着她了?”

蔡确将头轻轻点了一点。

---

① 职方:官员,兵部属曹,掌天下图籍,以周知方域之广袤,及郡邑、镇砦道里之远近。

“是奶孙的关系近呀，还是母子关系近？”邢恕问。

蔡确道：“你这不是废话吗？连傻子也知道，母子的关系，超过奶孙的关系！”

“我再问您，《金匮之盟》您听说过没有？”

蔡确道：“听说过。”

“在哪里定的？”邢恕问。

“在太祖母昭宪杜太后病榻前定的。”

“谁主盟？”

蔡确回道：“杜太后。”

“古制，君位之传承，是父传子。太祖又不是没有儿子，杜太后为什么非要太祖传位于弟？”

蔡确道：“鉴于后周失国的教训。”

“请道其详。”

蔡确道：“你是在考我呢！”

邢恕笑回道：“也算是吧。”

“周世宗驾崩，其子柴宗训继承帝位，因年纪太小，压不住阵，太祖爷取而代之。为了防止这个悲剧在大宋重演，杜太后才要太祖传位于弟。”

邢恕复问：“柴宗训登基时几岁？”

“七岁。”

邢恕又问：“本朝皇子中年纪最大的是谁？”

“延安郡王。”

邢恕问：“延安郡王年齿几许？”

“十岁。”

邢恕道：“只比柴宗训大了三岁，依然是一个娃娃。即使让他做了皇帝，他能压得住阵吗？他既然压不住阵，谁敢担保后周亡国的悲剧不会在大宋重演？”

“这……”蔡确忽有所悟：“邢大人，你是想让我拿《金匮之盟》说事，让皇上传位于弟？”

邢恕满脸欢喜道：“相爷果真厉害！”

蔡确继续说道：“皇上如果传位于弟，不管是岐王，抑或是嘉王，俱都已冠[①]。既然

---

① 冠：古代男子年二十行加冠礼，表明他已成人。

他们俱都已冠,就无须高太后垂帘听政了!”

邢恕频频颔首道:“正是这样!”

“还有,高太后和皇上都是想从诸皇子中择一人位继大统。由于咱们的运作,才让岐王或嘉王做了皇帝。他俩不管谁做了皇帝,都会感咱们的恩。是不是这样?”

邢恕又将头使劲点了一点。

“你这想法倒蛮不错,怕只怕高太后第一个站出来反对。”

邢恕道:“不一定。”

这一次,该蔡确问为什么了。

邢恕道:“做父母的哪一个不是望子成龙?咱们要立的皇帝,不管是岐王还是嘉王,都是高太后的亲生儿子。一个女人再成功,还有比两个儿子都当皇帝成功?再者,杜太后已经为她做了表率。还有,咱提议让她儿子来做皇帝,她若不同意,儿子们会恨她,世人也会讥讽她贪权!”

蔡确将头轻轻点了一点,说道:“言之有理。不过高太后已经暗示过我,要从诸皇子中择一子为帝,我也表示同意。如果改立岐王或嘉王,这个言由我来进不大合适。”

邢恕道:“不知为甚,太后对我颇有成见,这个言若由我进,恐怕会适得其反。”

蔡确道:“你说的也是。哎,我听说你和高太后侄儿高公绘关系不错,你何不去找一找他!”

邢恕道:“你这一句话,提醒了我这个梦中人,我这就去找高公绘。但是,您也得给岐王和嘉王暗示一下,一是叫他们早做准备,二是让他们知道咱们在为他们操心。”

蔡确道:“你放心去吧,我知道怎么做。”

高公绘听说邢恕来访,忙下堂来迎。一番寒暄之后,邢恕说道:“高大人,下官给您送富贵来了。”

高公绘笑道:“我何德何能,已经官居三品,不敢再望富贵了。”

邢恕道:“俗话不俗,好运来了,跌个跤也能捡个金锭子。富贵要找您,门板也挡不住。”

高公绘道:“诚如此,那就请邢大人说一说,你想给我送一个什么样的富贵?”

邢恕目扫室内一周,起身趋向高公绘。高公绘忙站起身来。邢恕附着高公绘耳朵说了许久,高公绘却是一个劲儿摇首。

邢恕有些急了,放声说道:“延安(郡王)幼冲,何若岐、嘉!而岐、嘉又俱有贤名。况且,弟承兄业,古已有之。就连咱们太宗爷的江山也是从其兄手中接过来的!”

高公绘断然拒绝道:“立储之事,乃国家大事,岂容吾辈私下商议!大人所说之事,我不敢传。谅之,谅之!”

邢恕乘兴而来,败兴而返。

蔡确这边进展十分顺利,岐、嘉二王见了他的暗示,深表感谢。而且,每日两次入宫,叩问神宗起居。

送走了邢恕,高公绘忙进宫面谒高太后,将邢恕所言告之。

高太后降懿旨一道,皇上需要静养,除了执政,他人概不得入宫探视。

她在降懿旨的同时,阴敕东头供奉官梁惟简,预制一件十岁儿可穿的黄袍密进。

蔡确见了高太后懿旨,知道事情败露,忙与邢恕密谋,欲以复议立储君之名入宫,暗使知开封府蔡京,外伏剑士,王珪若持异议,当即将他枭首。也是赵佣有做天子之命,未待蔡确与约。王珪先一步入宫,对神宗说道:“陛下,臣闻有大臣密谋,想拥立岐、嘉二王为君。陛下千岁万岁之后,若有意效法太祖,传位于弟,那就罢了;若无,请将龙首点上一点。”

神宗忙将头点了一点。

“陛下既然没有传位于弟之意,那就是要传位于皇子了。陛下若不以臣之言为谬,请再将龙首点上一点。”

神宗复又将头点了一点。

“陛下有龙子十四:成王(佾)、惠王(僅)、唐哀王(俊)、褒王(伸)、冀王(僩)、延安郡王(佣)、豫悼惠王(价)、徐中惠王(倜)、吴荣穆王(佖)、仪王(伟)、宁国公(佶)、燕王(俣)、楚荣宪王(似)、越王(偲)是也。但无一人嫡出。自古以来,储君之立,‘有嫡立嫡、无嫡立长。’而诸皇子中,论齿,大于延安郡王的均已升天。要立也只有立延安郡王了,陛下如果不以臣之言为谬,还请您再将龙首点上一点。”

神宗再次颔首。

王珪暗喜,忙召学士承旨入殿,草制立储君之诏。学士承制挥毫走笔。

诏成,王珪将草制诏书看了一遍,双手呈给神宗。神宗将头摇了一摇,又将龙口张了一张。

王珪会意,将草制诏书念了一遍,说道:“陛下若无异议,请在空白处书上储君大名。”

神宗再次点头,提笔在草制诏书的空白处写上赵佣二字。

王珪是有名的“三旨”宰相,一切唯皇帝之命是从,无所建树,也不敢建树。今日居然有如此之为。吕端,又一个吕端也!

蔡确因迟了一步,计不得行,即悔又恨,但也无可奈何!

三月朔日,延安郡王佣立为太子,赐名煦;皇太后高氏权同处分军国重事。

越五日,神宗驾崩,年三十有八。总计,神宗在位,改元两次,共十八年。太子煦即皇帝位,尊皇太后高氏为太皇太后、皇后向氏为皇太后、帝生母德妃朱氏为皇太妃;追尊先帝庙号曰神宗,葬永裕陵;晋封叔灏为扬王,弟佖为太宁郡王、佶为遂宁郡王、俣为咸宁郡王、似为普宁郡王。封尚书左仆射王珪为岐国公、潞国公文彦博为司徒、王安石为司空,余官一律加秩。

主要参考书目

脱　脱:《宋史》

司马光:《资治通鉴》

高天流云:《宋朝那些事》

赵家三郎:《微历史@宋朝人》

金　刚:《大宋帝国三百年》

江　月:《宋朝其实很有趣》

丁振宇:《微历史——宋朝就是如此有趣》

黄燕生:《宋仁宗宋英宗传》、

仲伟民:《宋神宗传》

叶之秋:《宋史是最好的教科书》

叶之秋:《大宋最官场》

张　平:《一本书读完历代趣闻轶事》

黎　重:《一本书读懂大宋》

蔡东潘:《宋史通俗演义》

马兆锋:《宋史是最好的教科书》

独孤慕雨:《单挑大宋朝王安石》

国　晶:《宋朝游历指南》

策划编辑：王世勇
责任编辑：李　冰

图书在版编目(CIP)数据

大宋天子——宋神宗/秦 俊 著. —北京:东方出版社,2018.11
ISBN 978-7-5207-0597-4

Ⅰ.①大…　Ⅱ.①秦…　Ⅲ.①宋神宗(1048-1085)-传记　Ⅳ.①K827=441

中国版本图书馆 CIP 数据核字(2018)第 219002 号

大宋天子——宋神宗
DASONG TIANZI SONGSHENZONG

秦 俊 著

東方出版社 出版发行
(100706　北京市东城区隆福寺街 99 号)

北京中科印刷有限公司印刷　　新华书店经销

2018 年 11 月第 1 版　2018 年 11 月北京第 1 次印刷
开本:787 毫米×1092 毫米 1/16　印张:23.25
字数:426 千字　印数:0,001-4,000 册

ISBN 978-7-5207-0597-4　定价:80.00 元

邮购地址 100706　北京市东城区隆福寺街 99 号
人民东方图书销售中心　电话 (010)65250042　65289539